시적 담론과 평설

― 서정주·신석정 대표작해설 ―

송 하 선

국학자료원

국립중앙도서관 출판시도서목록(CIP)

시적 담론과 평설 : 서정주·신석정 대표작해설 / 송하선 著. -- 서울
: 국학자료원, 2003
    p. ;   cm

ISBN 89-541-0068-6 93810 : ₩24000

811.609-KDC4
895.7109-DDC21   CIP2003000699

책 머리에

최근 몇 년 동안 '문예지' '全集' '학술지' '시집' 등에 쓴 비평적인 글들을 제1부에 다시 앉혔고, 제2부에는 '서정주 대표작 해설'을, 제3부에는 '신석정 대표작 해설'을 다시 앉혀 보았다. 그리고 부록으로 문덕수, 천이두, 장석주, 이보영, 조명제 등이 쓴 필자에 대한 글(필자의 시와 저서에 관한 글)들을 다시 한 자리에 모아보았다.

여기 실린 글들은, 서로 방법이 다르고 그 표현도 조금씩 다르다고 할 수 있으나, 결국은 문학을 위한, 혹은 바람직한 시를 위한 천착이라는 점에서는 모두 일치되는 글들이라고 할 수 있다. 특히 '「미당 담론」에 대한 담론' 같은 글은 다소 논쟁적 성격을 띤 글이긴 하지만, 당시 비교적 화제를 모았던 글이기도 하거니와 다시 음미해보기 위해 여기 실리게 되었다는 점을 밝혀둔다. 이 점 양해 있으시기 바란다.

사실 대학에서 '詩論'을 20여년 동안 강의해오면서도, 아직도 필자는 좋은 시에 대한 최선의 해답을 찾지 못하고 있다. 마치 안개꽃을 바라보듯 아른아른 좋은 시들을 지켜볼 뿐이요, 좋은 시를 찾아서 아직도 안개 속을 걷고 있을 뿐이다. 다만, 필자의 다른 저서 『한국 명시 해설』(국학자료원, 1998) 등을 정리할 때 눈여겨 본 바 '名詩'들은, 대체로 그 표현 미학이 두드러진다는 점이다. 가령 상징과 은유로 표현되어 있다거나, 우리의 모국어를 결과 가락에 맞게 잘 부리어 쓴 경우에 이른바 '名詩'로 불리는 작품이 되었다고 볼수 있다. 그리고 또 한편으로 그 '名詩'들은, 파편적 언어를 통하여 재기(才氣)를 발휘하려는 시가 아니라, 인간의 삶과 사물(자연)에 대한 깊은 사색과 명상을 통하여 터득되는 세계를 노래하고 있는 시들이라는 점이다. 말하자면 순간적 재치로 촉발되는 시의 세계는 자칫 유머와 윗트로 커버하려는 속성을 띠게 되고, 그것은 때로는 독자들을 우롱하는 속임수로 작용하기도 한다.

그러나 사색과 명상을 통하여 터득되는 세계를 노래한 시들은, 독자들을 사뭇 명상과 사색과 침잠의 세계로 인도해 준다. 그리고 그것은 바로 우주적 질서와 현세적 혹은 내세적 질서와도 맞닿아 나타나기 때문에, 시의 진정성을 얻게 되고 많은 공감대를 확보하게 되는 것이라고 볼수 있다. 다시 바꾸어 말해 본다면, 순간적 '재주'나 '재치'에 기댄 직설적인 시보다는, 삶의 '진실'과 시적 '천부성'과 맞닿아 있을 때, 그리고 상상력을 무한히 확대시켜 줄 수 있을 때, 그 울림이 크고 이른바 그 '名詩'의 반열에 오르더라는 애기다.

각설하고 다만, 한 가지 덧붙여 두고 싶은 말은, 두 분(서정주, 신석정)의 '대표작 해설'을 여기 한자리에 모은 일이다. 이 두 분은 필자에게 있어 사사롭게는 시를 쓰는 일의 스승들이셨다. 한 분(서정주)은 문단이라는 곳에 이끌어 준 스승이었고, 또 한 분(신석정)은, 대학시절 '詩論' 강의를 통하여 필자에게 최초로 시적 영향을 주신 분이셨다. 이 두 분 시인의 대표작을 여기 '해설'해 보임으로써, 두 분 스승에 대한 제자로서의 도리를 다소라도 했다고는 전혀 생각지 않는다. 오히려 두 분의 광활하고도 깊은 시세계에 행여 격을 떨어뜨리거나 누를 끼치지는 않았는가?하는 생각을 갖게될 뿐이다. 그리고 또 한편으로는 이 '해설'들이 필자의 다른 저서『서정주 예술 언어』(국학자료원, 2000)와『夕汀詩 다시 읽기』(이회문화사. 2001)의 내용과 한 맥락으로 읽혀지기를 기대할 뿐이라는 점도 밝혀둔다.

출판계의 사정이 여러모로 어려운 때인 데도 불구하고 선뜻 이 책을 펴내주신 국학자료원 정찬용 사장께 깊이 감사한다.

2003년 여름

유항재(有恒齋)에서

송 하 선

차 례

❖ 3 부 ❖
신석정 대표작 해설

✛ 1 부 ✛

삼절三絶, 그 마지막 선비

— 초정 김상옥의 삶과 문학

1. '천부적'이라는 말과 초정 김상옥

초정 김상옥은 현대시조 산맥의 가장 높은 봉우리를 점유한 분일 뿐만이 아니라, 다른 한편으로는 글씨와 그림 그리고 도자기에 대한 안목과 식견에도 타의 추종을 불허하는 분이라고 말할 수 있다. 흔히 시·서·화에 능한 분을 일러 <三絶>이라 말하지만 초정은 거기에 도자기 하나를 더하여 <四絶>이라 이름해야 될 만큼 시·서·화와 도자기 속에 묻혀 평생을 사신 분이다.

실로 초정 김상옥의 예술혼은 광활하고 다양하게 펼쳐졌다고 볼 수 있다. 그런데 그 다양하고 광활하게 펼쳐진 그의 예술들이 어느 누구에게 특별히 사사받은 일도 없이 독학과 독습으로 이루어졌다는 사실은 우리가 무심히 넘겨서는 안되는 점이라고 하겠다. 그리고 바로 그 점이야말로 그에게 <천부적>이라는 관사가 붙어야만 되는 이유라고 할 수 있다.

초정은 정말 천부적 선천적 생득적 시인이요 서예가요 화가이다. 초정의 연보를 보면 '1926년 漢文書堂 松湖齋에 最年少者로 受講해서 <魁>를 받음'만이 적혀있을 뿐 그 이외의 학력은 별로 없다. 그러니까 그는 독학으로 시를 공부했고 독습으로 글씨를 익혔으며 독습으로 그림을 그린 분이다. 최근 그는 사재를 털어 '백자예술상'을 제정하여 시상하고 있다. 이 상은 '인품이 介潔하고 시·서·화 등 각 부문에서 예술성이 높은 작품을 제작했거나, 斯界의 발전을 위해 공헌한 분을 찾아내어 그 업적을 顯揚하고자'한다고 상의 제정 이유를 말하고 있다. 상의 이름을 <백자예술상>이라 한 것은 '백자는 곧 이땅의 흙으로 빚은 예술혼이요, 제정자의 예술적 표상이기도 해서'라는 것이다. 필자는 이 상을 이 나라에서 제일 먼저 받아야 될 분은 바로 초정 김상옥 선생 그 자신이라고 생각한다.

A.워렌과 L.웰렉은 시인을 가리켜 '인스피레이션을 받은 자' '씌어딘 者' 혹은 '만들어내는 힘이 있는 狂人' '이미지를 창조해내는 미술사' 등으로 표현한 바 있다. 필자는 이들의 이러한 표현을 대할 때마다 미당 서정주 선생과 초정 김상옥 선생을 떠올리곤 한다. 이 나라에 시인은 많지만 '씌어딘'이라는 말을 들이댈 때 맨 먼저 떠오르는 이름은 이 두 분이라는 것을 솔직히 고백하는 것이다.

옛 시골에서도 쓰이는 말로<귀신 씌었다>는 말이 있다. 귀신 씌었다는 말은 신들렸다는 말이다. 따라서 '씌어딘 者'라는 말은 신들린 사람을 말한다. 시인은 원래 신들린 사람, 곧 영을 받은 무당이었다. 신의 말씀(계시)을 맨 먼저 알아차릴 수 있는 사람이 곧 시인인 것이다.

앞에서 제시한 A.워렌과 L.웰렉의 표현은 그들의 慧眼과 날카로운 식견이 낳은 산물이라 할 수 있지만 그 속에는 시인은 모름지기 <그래야>된다거나 혹은 <그렇게>되기를 희망하는 메시지가 담겨있다고 볼 수 있다. 그리고 바로 그 <씌어딘> 등의 표현에 부응하고 있는 주인공이 필자가 보기에는 미당과 초정 두분이라는 생각이다.

未堂에 대해서는 필자의 『서정주 예술언어』(국학자료원, 2000) 등에 많이 얘기한 바 있으므로, 여기서는 초정에 대해서만 집중적으로 얘기 해보기로 한다. 미당은 초정에 대하여 다음과 같이 말한 바 있다.

그는 모든 사물을 볼 때마다 살다가 죽어간 옛 어른들의 눈에 보이지 않는 넋을 찾아내는데 있어 우리 시인들 중에서는 가장 뛰어난 눈을 가진 선수이다. <鬼神이 哭한다>는 말이 있는데 그의 시 속에는 늘 귀신도 많이 참가하여 곡하고 있다는 것을 안다.

— 서정주, 김상옥 시집 『墨을 갈다가』(창작과 비평사, 1980)

‘씌어딘’ 시인만이 ‘씌어딘’듯 시를 써내는 시인을 알아보는 모양이다. ‘귀신도 많이 참가하여 곡하고’ 있다는 미당의 평을 읽으면 문득 그런 생각을 갖게 된다. 초정은 또한 미당의 그런 찬사에 화답이라도 하듯 ‘미당은 그가 나라를 팔아먹는 잘못이 없는 한, 그는 그의 문학으로 모든 잘못을 용서받아도 좋다’고 말한 바 있다.

사실 ‘鬼神이 哭’할 만큼 잘 쓰는 이 두분 시인들이 서로 주고 받은 말은 우리들로 하여금 ‘씌어딘’이란 말을 다시금 생각하게도 한다. 그리고 우리는 그 귀신 곡하게 잘 쓰는 시인을 일컬어 <천부적> 시인이라고 말해야 되지 않을까 한다. 다시 말하면, 특별한 학력도 없이, 특별히 사사받은 일도 없이 태생적으로 신들린 듯 시를 잘 쓰는 시인을 그렇게 불러야 하지 않을까? 생각하는 것이다.

오직 입에 풀칠을 하기 위해선 몸으로 부딪혀 해보지 아니한 일이 별로 없다. 남을 속이고 도둑질 하는 일 이외에는. 좀 창피하지만, 아니 창피할 것도 없지만 사환에다 점원에다 견습공, 그리고 밤낮 어두컴컴하고 鉛毒이 자욱하던 시골 인쇄소의 문선공, 조판공을 겸한 인쇄공, 제본소의 제본공, 도장포의 도장장이, 표구사의 표구장이, 골동상 「亞字房」의 주인에다 중·고등학교 국어교사에까지 실로 다양하기 그지없다. 그리고 또 웃기는 일은 서화·골동을 감식하고, 부자도 못한다는 온갖가지 컬렉션을 흉내내고, 그리고 더욱 웃기는 일은 시인입네 시를 짓고, 화가입네 그림을 그리고, 書家입네 글씨를 쓰고, 또 게다가 도장을

이와 같은 초정의 회고의 글을 읽으면 그의 눈물겨운 젊은 시절이 아
른아른 떠오른다. 인쇄소의 문선공으로부터 중·고교 교사에 이르기까지
그리고 그후 어느 누구에게도 기댄 적 없이 오직 홀로 이루어 낸 그의
人生歷程, 시인으로서의 역정, 서예가, 화가로서의 역정, 그리고 그가 오
늘까지 이루어 낸 12권의 시집과 산문집에 빛나는 주옥같은 명편들, 일본
경도를 비롯한 서울, 부산, 대구, 전주 등 10여 회의 시·서·화전에서 빛
난 글씨와 그림들을 생각하면 실로 우리를 숙연하게 만든다.

그는 천부적 시인이요 예술가이다. 말하자면 남들이 그 많은 학력을 이
수하고도 못 이룬 예술 업적을 그는 이루었고 <삼절>이나 혹은 <사
절>이라 말해야 될 정도로 그의 예술세계는 광활하고 다양하다.

하지만, 그보다 더 중요한 것은 '백자가 이 선비 자체'라고 할 정도로
꼿꼿하고 깔끔하게 평생을 살아온 그의 선비다운 인격이다. 그리고 그의
인격처럼 맑고 찬 기운을 고스란히 담아내고 있는 文氣어린 그의 서화들
은 우리들을 감복하게 하는 요인이 되고 있다고 하겠다.

2. 白瓷, 그 개결한 넋을 지닌 선비

앞에서 초정을 <천부적> 시인이라거나 <삼절> 혹은 <사절>이라
고도 했다. <삼절>에 도자기 하나를 더하여 <사절>이라 한 것이지만,
특히 도자기 가운데서도 白瓷에 대한 애정과 관심은 그의 생애를 관통하
며 이어진다. 그리고 그것은 그가 서울 인사동에서 <亞字房>이라는 서

화·골동품점을 경영하며 더욱 인연이 깊어진 것이기도 하지만 그보다 앞서 그는 첫 시집『草笛』을 발간할 때부터 이미 백자에 대한 관심이 깊게 자리하고 있었다고 볼 수 있다. 백자는 그의 표현대로 '우리 민족의 혼이 깃든'것이기도 하거니와 마치 개결한 선비의 표상과도 같은 것이기 때문에 그 '순수하고 개결한 넋'을 찬양하고 아꼈을 것으로 믿는다. '詩는 언어로 빚은 陶磁라면, 도자는 흙으로 빚은 詩라 할 수 있다'(「시와 陶磁」, 1974. 4. 26. 경복궁 미술관 최순우 관장 초청 강연)는 그의 표현은 도자기(백자)에 대한 관심이 얼마나 깊었는가를 짐작할 수 있게 해준다.

　한편 시인 김상옥을 기억할 때 우리는 흔히 중·고등학교 국어교과서에 실린 「백자부」「봉선화」「다보탑」「옥적」「십일면 관음」 등을 생각하게 된다. 1920년 경남 통영에서 출생하여 1936년에는 조연현 등과 시문학 동인지『芽』에 참여하기도 했고, 1937년 무렵에는 윤이상 등과 함께 일경에 피검되어 세차례나 옥고를 치루기도 했으며, 1937년에는 김용호, 함윤수 등과 시문학 동인지『貘』에 참여하기도 했지만, 그가 정식으로 문단에 데뷔한 것은 1938년 문예지『文章』에 추천되면서 부터이다. 그리고 그가 대중에게 많이 알려지기 시작한 것은 1947년 출간된 첫 시집『草笛』에 실린 작품 「백자부」 등이 국정교과서에 실리면서부터라고 할 수 있다.

　　　　찬서리 눈보라에 절개 외려 푸르르고
　　　　바람이 절로 이는 소나무 굽은 가지
　　　　이제 막 백학 한쌍이 앉아 깃을 접는다.

　　　　드높은 부연 끝에 풍경소리 들리던 날
　　　　몹사리 기다리던 그린 임이 오셨을 제
　　　　꽃 아래 빚은 그 술을 여기 담아 오도다.

갸우숙 바위 틈에 불노초 돋아나고
채운 빗겨 날고 시냇물도 흐르는데
아직도 사슴 한 마리 숲을 뛰어 드는다.

불 속에 구워 내도 얼음같이 하얀 살결
티 하나 내려와도 그대로 흠이 진다
흙 속에 잃은 그 날은 이리 순박하도다.

— 「백자부」 전문

우선 이 연시조는, 제2연을 제외하면(교과서에 2연은 제외되었음) 회화성이 매우 강하게 나타나는 작품이고 마치 백자를 그린 동양화의 한폭을 연상시키는 듯한 작품이라 할 수 있다. 그런 의미에서 볼 때 교과서에서 제2연을 제외시킨 것은 어쩌면 적절한 배려였는지도 모른다.

다시 말하자면, 제1연과 제3연은 백자에 그려진 그림, 즉 '소나무 굽은 가지' 위에 '백학 한 쌍이 앉아 깃을' 접는 듯한 그림, 혹은 '바위'와 '불노초', 그리고 '채운'과 '시냇물' '사슴' 등의 그림을 묘사하고 있고, 제4연은 백자의 '얼음같이 하얀 살결'을 묘사하고 있다. 백자는 흙으로 빚어낸 것이면서도 흙의 속성을 잃어버리고 '티 하나 내려와도 그대로 흠이' 질만큼의 '하얀 살결'을 유지하고 있는 것이어서 그걸 찬탄하며 묘사하고 있는 것이다.

그러나 제2연 만은 백자를 그림으로 보여주는 것이 아니라, 옛 선인들이 '기다리던 임'이 오시면 '꽃 아래 빚은 그 술을' 담아다가 대접했던 사실을 상기시키고 있는 것이다. 그러므로 필자의 견해로는 제2연이 맨 끝에 배치됐어야 하지 않을까 하는 생각이다.

아무튼 이 시인은 이 때부터 '묘미를 얻은' 언어구사로 주목을 받기 시작했고 이후 오늘까지 매우 섬세하고 영롱한 언어를 구사함으로써 '귀신 곡하게' 잘 쓰는 시인으로 주목 받아왔다고 할 수 있다.

하지만 이보다 한참 뒤에 보여주고 있는 그의 시 「백자」는 이제 그 묘사의 차원을 훨씬 뛰어넘는다. 그리고 그러한 변화는 그가 인생의 고빗길을 한참 벗어난 뒤, 즉 '지난 철 가시구렁'을 '아득히 손채양하고'(「꽃의 自敍」) 돌아서 온 뒤의 변화라 할 수 있다.

> 雨氣를 / 머금은 달무리 / 市井은 까마득하다 // 맵씨든 / 어떤 品位든 / 아예 가까이 오지 말라 // 이 寂寞 / 범할 수 없어 / 꽃도 차마 못 꽂는다.
>
> — 「백자」 전문(시집 『향기 남은 가을』, 1989)

> 백자 백자여 / 하얀 질그릇이여 / 티없이 해맑은 / 당신은 어디에 있는가 / 어디도 있고 / 아무데도 스스로 없다 / 스스로 나타내지 않아도 존재하는 / 오직 하나 / 순수하고 개결한 넋이여.
>
> — 「백자」 전문(<민예사랑> 시·서·화전, 2000)

앞에서 얘기한 「백자부」는 첫 시집 『草笛』(1947)에 실린 작품이고 위의 「백자」 2편은 1989년에 펴낸 고희 기념 시집 『향기 남은 가을』과 2001년 서울 인사동 <민예사랑>에서 가진 시·서·화 전시회에 내놓은 작품들이다. 1947년의 그의 초기작과 최근의 작품 사이에는 많은 변화를 보게된다. 그것은 그의 표현처럼 시를 위해 '牛黃 든 소처럼 앓아' 온 뒤의 변화라 할 수 있으며 그의 초기작과 후기작에서 보여주고 있는 변화라 할 수 있다.

이 양자 사이에서 우선 느낄 수 있는 것은 전자(「백자부」)는 시적자아가 없이 대상(백자)의 그림만 있는 데 비해서 후자(「백자」2편)는 시적자아가 적극 개입되고 있는 것을 볼 수 있다. 말하자면 전자는 <백자>를 담담하게 묘사하고 있는 반면 후자는 바로 그 <백자>의 고결한 혼에 동참하고 있는 화자를 발견하게 해준다. '오직하나 / 순수하고 개결한 넋'을 발견하다거나 바로 그 '개결한 넋'이 빚어낸 그 자태를 일러 '맵씨든 / 어떤 品位든 / 아예 가까이 오지 말라'고 찬탄하기도 한다. 그러므로 전자는 <백자>의 회화성만이 짙게 나타나는 작품인데 비하여 후자는 그 <백자>의 찬란한 예술성과 그걸 빚어낸 고결한 예술혼을 동시에 발견하는 화자를 보게 된다. 따라서 '티없이 해맑은 / 당신'의 혼 속에 이미 화자는 동참하고 있다고 하겠다. 그리고 바로 그런 <백자>의 혼이야말로 정말 고결하게 한평생을 살아온 이 시인의 영혼과 닮아있는 것이라고 생각하게도 된다.

> 나는 시를 사랑한다. 그러나 一毫의 作爲도 없는 우리 古陶를 나의 詩로서 詩 못지않게 사랑한다. 나의 齒牙보다 먼저 이 빠진 항아리에 순금의 義齒를 만들어 끼워준 일이 한 두 번이 아니다. 나의 詩에도 혹시 磁器처럼 이 빠진 자욱이 눈에 띄면, 나는 몇날 몇밤을 자지 않고 推敲를 한다. 이런 나를 보고 어느 분(金東里)은 「그의 描辭는 영악하도록 완벽을 꾀하려 한다」고 꼬집으며 칭찬한 일이 있다.
>
> — 1995. 3. 10 경향신문 <나의 삶 나의 생각>

그의 삶은 정말 어떤 不義에도 타협하지 않고, '언필칭 文弱을 구실로 역사 앞에 외면한 사이비 群像'과도 다른 깨끗한 삶을 살았고 오직 시·서·화에만 심취하여 산 일생이었다.

실로 <백자>는 바로 이 시인이요 '이 선비 자체'임을 느끼게 한다. <백자>를 주제로 한 그의 시와 글씨가 어우러진 그림들에서는 시인의 '맑고 찬 기운'이 배어나오는 것이다.

이 시대에 태어난 한 인간으로서 되도록 바르게, 아름답게 살고 싶어
요. 백자는 그 표상이랄 수 있지요

— 초정이 자술한 말

그는 정말 백자를 닮은 시인이다. 일찍이 1940년대부터 백자가 지닌
멋을 빼어난 안목으로 감식하고 아껴왔던 그는 그 스스로가 백자와 같은
품격의 모습이 된 것이다. 일제시대 작곡가 윤이상 등과 함께 항일운동을
한 이후 그래서 세 차례나 옥살이를 한 이후 팔십평생을 세속의 어떤 명
리도 돌보지 않고 어떤 권력과도 문단의 어떤 소용돌이에도 그는 동참하
지 않았다. 그만큼 그의 삶은 <백자>를 닮은 '개결한 넋'을 지닌 삶이었
고 선비적 삶이었던 것이다.

3. 현대시조 산맥의 가장 높은 봉우리

최근 펴낸 초정의 시집 『느티나무의 말』 발문에서 시인 이원섭은 '佛
法의 큰 작용이 전개될 때에는 일정한 법칙에 매이지 않는다(大用現前,
不存軌則)는 말이 있거니와 이 시인은 이제 어떤 詩型이건 시이건 떡반
죽처럼 마음대로 주물러도 되는 大自在를 얻고 있음'이라고 하였다. 이
런 찬사는 과연 초정 이외에 누구에게 어울리는 말이겠는가?

사실 그가 내놓은 최근의 시·화선집 『향기 남은 가을』(尙書閣, 1989)
과, 초정 팔순기념 육필시집 『눈길 한번 닿으면』(만인사, 2000) 등을 보면
그의 수작들이 무더기로 발견된다. 어느 것이 수작이고 어느 것이 범작인
지 구별 할 수 없을 정도로 주옥같은 작품들이 우리의 눈을 뜨게 만든다.
이제 그의 시는 '떡반죽처럼 마음대로 주물러도' 주옥같은 작품이 되는

경지에 도달한 것이다. 그것도 자유시와 시조의 경계를 자유자재로 넘나들면서 이루어진다.

墨을 갈다가
문득 水沒된 무덤을 생각한다.
물 위에 꽃을 뿌리는 이의 마음을 생각한다.
꽃은 물에 떠서 흐르고
마음은 춧돌을 달고 물밑으로 가라앉는다.

墨을 갈다가
제삿날 놋그릇 같은 달빛을 생각한다.
그 숲속, 그 달빛 속 인기척을 생각한다.
엿듣지 마라 엿듣지 마라
용케도 살아남았으니
이제 들려줄 것은 벌레의 울음소리밖에 없다.

밤마다 밤이 이슥토록
墨을 갈다가
벼루에 흥건히 괴는 먹물
먹물은 갑자기 선지빛으로 변한다.
사람은 해치지도 않았는데
지울 수 없는 선지빛은 온 가슴을 번져난다.

―「墨을 갈다가」 전문

이 시인은 '鐵砂나 辰砂 무늬의 포도항아리'에서 '선지피가 번져나오는 것 같은 그런 아픔'을 읽어낸 적이 있다. 그리고 그 '아픔'은 다름 아닌 '수 백 년 전 어느 도공의 가슴에 멍들었던 아픔'임은 두 말할 나위도 없다. 다시 말하면, 그 옛날 도공이 도자기를 빚어내기 위하여서는 '선지피 얼룩진'(「葡萄印靈歌」) 생애를 살아야 했고, 시인은 그 도공이 만든 도자기에서 그것을 '사무치게 가슴으로' 느끼고 있었던 것이다.

위의 시 「墨을 갈다가」에서는 바로 그 도공의 '선지빛'을 다시 보여주고 있다. 그 옛날 도공의 '선지피 얼룩진' 생애가 이제 이 시인의 '선지빛 생애로 轉移된 것이다. 그러니까 위의 「墨을 갈다가」는 어찌보면 이 시인의 '선지빛'과도 같은 생애를 돌아보게 하는 시라고도 볼 수 있다.

앞에서 우리는 '잎에 풀칠을 하기 위해선 아니한 일'이 별로 없다는 이 시인의 고백을 읽은 바 있다. 바로 그 '아니한 일' 없다는 초정의 고백이야말로 그의 '선지빛' 생애를 읽어내기에 충분하지 않은가 생각된다. 더구나 그가 시·서·화와 생애를 함께 하기 위해서는 그리고 독학과 독습으로 타의 추종을 불허하는 예술품을 창조하기 위해서는 '선지빛'과도 같은 생애로 점철되지 않을 수 없었으리라.

위의 시는 자유시이다. 그가 시조시인 임에도 자유시와 시조를 넘나들었던 것을 우리 문단에서 모르는 이는 아마 드물 것이다. 그리고 그는 시조를 아예 <三章詩> <三行詩>라고도 했다. 1973년에 초호화판으로 낸 그의 시집 『三行詩 六十五篇』은 그걸 증언하고도 남는다.

참대처럼 靑靑하고 수런대던 날들이 내게서 다 가버린 것인가. 이미 귀밑에 내린 서리가 아직 남의 일만 같다. 진실로 詩를 찾는 눈길, 詩를 빚는 몸가짐이 얼마나 至難하며 또 얼마나 至福한지 내 비로소 어렴풋이 깨달아짐을 알겠다.

— 시집 『三行詩 六十五篇』의 自序

사실 그는 그의 표현대로 어찌보면 <至福>한 삶을 살았는지도 모른다. 시·서·화와 도자기 속에 묻혀 깨끗한 선비의 삶을 살았으니 말이다.

그러나 그는 최근 병마에 시달리고 있다.

여윈 숲 마른 가지 끝에 죽지 접는 작은 새처럼
물에 뜬 젖빛 구름 물살에 밀린 가랑잎처럼
겨울 해 종종 걸음도 창살에 지는 그림자처럼

—「近況」 전문(초정 팔순기념 육필시집
『눈길 한번 닿으면』, 만인사, 2000)

때마침 눈 높이로 뜬 한 떼의 고추잠자리
그중에 맴돌던 놈은 연밥 위에 앉아 쉬고
못 가본 저승길 보다 이승이 아득해 온다.

—「이승에서」 전문(초정 팔순기념 육필시집
『눈길 한번 닿으면』, 만인사, 2000)

뜨락에 梅花 등걸 팔꿈치 담장에 얹고
길 가던 行人들도 눈 여겨 보는 것을
한 솥에 살아온 너희는 언제 만나 보겠노.

—「無綠」 전문(김상옥 시화선집
『향기 남은 가을』, 상서각, 1989)

그는 이제 이원섭의 표현대로 '떡반죽처럼 마음대로' 주무르면 시가
된다. 그러나 그의 시에는 이제 '마른 나무 가지 끝에 / 죽지 접는 작은'
새가 보인다거나 '못 가본 저승길 보다 이승이 아득해' 오기도 하며, '팔
꿈치 담장에 얹고' '無綠'의 이승의 사람들을 '눈여겨'보기도 하는 화자
를 만나게 된다. 인생의 황혼에 이른 그에게 죽음의 그림자가 아른아른
보이는 것일까?

아무튼 그는 현대시조 산맥의 가장 높은 봉우리를 점유한 시인이다. 흔히 <가람산맥>이나 <노산산맥> 운운하지만 필자가 보기에는 가람이나 노산의 시조들엔 아직 근대성의 낡은 모자를 완전히 벗지 못하고 있는 모습을 보게 되는 것이 사실이다. 특히 대부분의 그들의 시조들이 直敍的이라는 점에서 근대성의 문제를 떠올리지 않을 수 없다고 하겠다.

잘 알고 있는 바와 같이 현대시(현대시조 포함)는 상징과 은유가 그 표현기법으로 도입되고 있는 데서부터 찾아야 되리라고 믿는다. 바로 그 점에서 초정의 시조는 현대시의 얼굴을 넉넉히 갖춘 현대시조 산맥의 가장 높은 봉우리를 이룩했다고 믿는다. 다시 말하면 가람에 의해서 문단에 추천됐지만 바로 그 가람의 문학을 넉넉히 극복하고 있는 勝於父의 주인공, 그가 다름아닌 초정 김상옥 선생인 것이다.

『미당 담론』에 대한 담론
— 고은의 「폐결핵」「봄밤의 말씀」과 함께

1.

『미당 담론』을 읽고 어쩐지 허전하고 쓸쓸하다. 필자와 직접 관련된 글은 아닌데도 한 시대를 지나가는 과객으로서, 대학에서 학생들을 가르치는 한 사람으로서, 우선 쓸쓸한 마음을 지울 수가 없다. 가뜩이나 '스승'이 없는 시대에 '스승'의 소멸을 부채질하는 것 같은 느낌이 그 첫 번째의 쓸쓸함이요, 고은씨 자신의 "육친적 발심"을 꼭 그렇게 반윤리적으로 끝장내야만 되는 것인지?에 대한 쓸쓸함이다.

군이 서고(書庫)에 넣어두었던 "君師父一體"라든가 "스승의 그림자는 밟지도 않는다"는 말을 끄집어내고 싶지도 않다. 이 땅의 단군의 자손들이 이즈음에는 갈 데까지 가는 세상이고, 오히려 '막가파'들이 판을 치는 세상이니, 『미당 담론』도 그런 부류의 하나로 치면 그만이긴 하지만, 그래도 어쩐지 허전하고 쓸쓸한 것은 사실이다.

이 땅의 마지막 양심이요 보루라 할 수 있는 선비(옛 문화대로 시인을 그렇게 부르고자 함)의 한 사람이, 돌아가신 스승의 뒤통수에 대고 돌을 던지는 그림은, 상상하기조차 힘들고 안타깝다. 고은씨의 표현대로라면 "워낭소리 나는 듯한 미당 깊은 눈길이 이따금 떠오르던" 스승이었고,

"불가결의 혈연"으로 인식하며 "둘 사이의 진한 피에 이심전심도" 많았다던 스승이었으며, 한 때 미당시를 논구한 글에서 시의 "정부"라고 칭송하기도 했고, "그 누구도 상상할 수 없게 아교질로 응결"되어 있었다던 스승, 그러한 스승을 돌아가신지 "사십구재 이후" 운운하며 영영 배반해 버리는 듯한 진술은, 정말 우리들을 허전하고 씁쓸하게 만든다. "그동안의 강의 끄트머리를" 떠나 스승이 차츰 "무효"로 되어갔다는 식의 진술은, 스승의 선택과 배반을 그렇게 함부로 해도 되는 것인가? 하는 생각을 갖게도 한다.

원래 배반이란 내부사정 잘 아는 자가 하는 법이다. 가령 6·25 공산치하에서 주인을 테러하여 죽인 사람은 다름 아닌 그 집의 머슴이었다. 이번 『미당 담론』의 문제의 핵심은, 이미 죽은? 분을 설죽었는가 싶어하며 확인 사살했다는 데에 있다.

이미 미당은 그의 광활한 문학 업적에도 불구하고 상당부분 죽어? 있었다. 그의 업적만큼 보다는 홀대 받았었다는 얘기다. 그에게 원죄처럼 따라다녔던 '친일시'와 '80년대의 실수'로 인하여, 이미 상당부분 홀대를 받고 저 세상으로 갔다. 그리고 제자였던 고은씨로부터도 1971년 이후 이미 사살(배반)을 당한 셈이었고, 따라서 이번 일은, 그 스승의 주검이 혹시라도 설죽었는가 싶어하며 그 뒤통수에 대고 확인사살을 단행한 셈이다. 부관참시(部棺斬屍)를 하자는 것인가. 이번의 확인사살 행위만을 보면, 아마 그가 사미승(沙彌僧) 시절 이후 부처님의 자비를 잘 못 배운 모양이다.

고은씨에게 묻고 싶다. 왜? 그러한 스승을 애시당초 선택 했는가? 그것도 청소년기를 벗어나서 이미 입산하여 사미승 시절을 거쳤고, 세상의 파고(波高)를 어느 정도 겪은 20대의 방황이 끝나가는 무렵에 왜? 그를 스승으로 선택했는가? 이미 그때는 마당의 '친일시' 행적이 있은 뒤의 일이요, 「자화상」과 함께 미당의 초기시에 '심취'한 뒤의 일이요, 4·19나 5·16 뒤, 그 자신의 표현대로라면 미당의 '보신책'을 두루 살핀 뒤 1970 년까지, 그가 스승으로 선택했고 '육친적'으로 받들었고 그 관계를 유지 했었다는 점이, 앞 뒤가 맞지 않는 것이다.

　어찌보면 이번 그의 『미당 담론』은 그 자신의 '스승 선택'의 실수를 자 인하는 꼴이 되고 있는 것 같다. 다음과 같은 그의 변명은 그러한 '선택' 의 실수를 잘 보여주고 있다.

> 미당을 만난 50년대 후반 나는 그의 초기시 몇 편 밖에 읽은적이 없
> 었다. 하지만 미당에 대한 육친적 발심과 함께 그의 시에 대한 심취는
> 그 누구보다도 더한 바 있었다. 김수영이 죽은 뒤 참여문학권 친구들이
> 와서 동참을 권유할 때도 나는 미당 다음은 몰라도 수영 다음은 싫다고
> 말하기까지 했던 것이다.(『창작과 비평』 307쪽)

　위의 글에서 '육친적 발심'이란 말이 유독 눈에 띈다. 이런 구절을 대 하면 "君師父一體"라는 말을 떠올리게 하는 대목이다. 감히 말하거니와 '스승'의 선택은 장고(長考)뒤에 해야 할 일이다. 한번 '스승'으로 선택하 면 그 스승을 일생동안 추앙하고 따랐던 우리 선대(先代)의 문화를 생각 해봐야 된다. 못난 스승도 스승은 스승이다. 율곡(栗谷)을 스승으로 선택 한 자는 그 율곡이 일생의 스승이요, 퇴계(退溪)를 스승으로 선택한 자는 일생동안 퇴계의 제자였다. '유항'(有恒)이란 말을 떠올릴 것도 없이, 선 비가 변덕을 부리는 건 금물이다. 설사 그것이 악연(惡緣)이라 할지라도 그 인연을 업장(業障)처럼 지니고 살았던 것이 우리 선대(先代)의 미풍 (美風)이었다.

　그런데, 그가 미당의 「자화상」이나 「귀촉도」등 일련의 초기시들을 "심 취"하여 읽은 뒤이고, 미당에 대한 "육친적 발심"이 있었고, "보신책"을

두루 살핀 뒤, 그리하여 '스승'으로 선택한 뒤의 배반은 사리에 맞지 않다. 더구나 그 '스승'이 살아계실 때가 아닌 돌아가신 뒤에 욕을 해대는 것은 비겁하기 짝이 없다.

고은씨 자신 생애의 변덕 또한 논리적 설명을 불가능하게 만들고 있다. 왜 입산(入山)을 결행했으면 승려로서의 생활로 일관하지 않았으며, 그 후 '친일시'를 쓴 미당을 왜? 스승으로 선택했으며, "미당 다음은 몰라도 수영 다음은 싫다"던 생각을 왜? 일관하지 않았으며, 1971년 "긴 벼랑 같은 결별"로 스승을 가슴 속에서 사살(배반)했으면 됐지, 왜? 그의 주검 뒤에 대고 확인 사살까지 결행하는 것인지? 논리적 설명이 불가능할 정도로 변덕을 부리고 있는 것 같다. 감히 말하거니와 '誠以貫之'라는 말이 있다는 것도 생각해봐야 될 일이다. 중(僧) 됐다가 환속했다가, 스승 삼았다가 스승 배반했다가, "수영 다음"은 아니라 했다가, 결국 '수영' 뒤의 비슷한 길을 걸었다가, 이 무슨 변덕인가?

고은씨에게 다시 말하거니와, 굳이 미당의 일제때 행적이나 작품들이 마음에 들지 않았다면, 미당이 살아계실 때 당당하게 말했어야 한다. 미당댁 마당에 멍석이라도 깔고 엎드려 진언(進言)했어야 마땅하다. 그리하여 스승으로 하여금 채만식(蔡萬植)이나 윤극영(尹克榮)처럼이라도 반성의 표시를 할 수 있도록 권유했어야 한다.

미당도 남자고 그도 또한 남자다. 서부극의 대결을 생각해보라. 남자끼리 당당하게 진언하고 권유했어야 할 일이지, 비겁하게 죽은 이의 뒷전에 대고 욕을 퍼붓는 건 남자답지 못하다.

미당 시대는 이제 끝났으니, 그를 밟고 튀어 보자는 것인가. 문학 비평적인 글과 직격탄을 날리는 것과는 다르다. 그것도 스승에게 직격탄을 날리는 것은 배은망덕한 일이다. 『미당 담론』은 그래서 사리에 맞지 않다.

인생은 다 살고 난 뒤라야 알 수 있다. 마라톤 선수가 완주한 뒤에 뒤

돌아 봐야지, 완주하기 전에는 어떤 탈이 날지 아무도 모른다. 그러므로 그렇듯 모질게 죽은 자를 욕하는 것이 아니다. 『미당 담론』으로 미당에게 돌을 던진 날은 공교롭게도 '스승의 날'을 전후한 시기였다.

2

"죄는 밉되 사람은 미워하지 말아야 한다"는 김대중 대통령의 논리가 유독 아름답게 들리던 때가 있었다. 그것이 그의 종교적 믿음에서 얻어진 확신인지? 아니면 어디서 차용한 논리인지? 혹은 김대중 대통령의 창조적인 말인지? 과문한 탓으로 알 길이 없으나, 그 말이 매우 감동적이고 확신에 찬 논리로 들렸던 것은 사실이다. 그리고 그런 논리를 설파한 김 대통령이 과거 그의 생애에서, 숱한 비운(悲運)의 터널을 겪은 분이기 때문에 더욱 그렇게 설득력이 있었던 것도 사실이다.

또한 그런 논리의 결과물로, 자신에게 총부리를 겨눴던 (80년대 군부 통치하에서 사형언도를 내렸던) 주인공들을 사면 복권시킨 미담(美談)?은 아직도 우리의 기억속에 남아 있다. 물론 동서화합의 측면도 있고 정치적 이해관계도 없지 않은 것 같으나, 결과론적으로 "죄는 밉되 사람은 미워하지"않는 그의 치적(治績)은 두고 두고 기억될 만한 일이라고 생각되는 것이다.

여기서 한가지 분명하게 짚고 넘어가지만, 필자는 미당의 '친일시'나 혹은 '80년대의 실수'를 두둔할 생각은 추호도 없다. 또한 그럴만한 입장도 아니다. 다만, '사람을 미워한' 흔적이 많이 보이는 『미당 담론』의 부당성을 지적하고 있을 뿐이며, 그것도 돌아가신 스승께 돌을 던진 제자에게 하는 말일 뿐이다.

예수가 간음한 여자를 끌어들이고 대중을 향하여 말했다. "너희 중에 죄 없는 자 있으면 저 여자를 돌로 쳐라"라고. 그러나 그 여자를 돌로 친 사람은 아무도 없었다.

다음과 같은 고은씨의 말은 사람을 미워한 흔적이 역력하다.

> 1980년 5월이 지나갔다. 이미 미당은 8할 이상 부정되었다. 1983년 내가 세상에 돌아왔을 때 어느 회합에서 그와 마주치게 되었다. 10년 가까이 만나지 않은 처지였다. "왜 안 오시는가, 꼭 와, 오란 말이여"라고 그가 말했다. 그때 내 입에서 누가 말릴 겨를도 없이 한마디 대꾸가 튀어나왔다. "선생님 세상 떠나시면 가겠습니다." 한동안 그는 내 하반신을 바라보다가 돌아섰다. 나도 돌아섰다. 그는 1915년 생이고 나는 1933년 생이었다.(『창작과 비평』 289쪽)

글쎄, 이러한 구절들을 어떻게 받아들여야 될는지? '선생님'이라는 호칭에 '님'이라는 존칭어미가 붙어있고, '떠나시면'에 '시'라는 존칭보조어간이 붙어 있기 망정이지, 어쩐지 이 구절은 '당신 죽으면 가겠다'는 식의 막가는 말로 받아들여진다.

도대체 문학적 이상이 무엇이고, 정치적 이데올로기라는 것이 무엇인가? 사람이 먼저이지 문학이 우선이라고는 결코 생각할 수 없다. 그리고 문학적 이상 실현에 있어서도 그 문학은 '인간의 溫氣'로 충만해 있을 때 가능한 것이다. 그래서 시인에게 윤리적이고 도덕적인 인간이기를 희망하는 소이도 바로 거기에 있다고 하겠다.

가령, 남북이산가족 찾기를 예로 들면 그 점은 자명해진다. 그 자신의 아버지가 북한 김정일 체제에 부역했다고 해서, 이산가족을 찾아 남한에 온 아버지를 '당신 죽으면 만나겠다'고 하겠는가? 그 자신의 문학적 아버지인 미당을 면전에서 '당신 죽으면 가겠다'는 말은 사람으로서는 가능한 말이 아니다. 설사 문학적으로 불만이 있고 정치적으로 문제가 있다손 치더래도 아버지는 끝까지 아버지여야 된다.

또한 필자는, 일제하의 질곡 속을 건넌 "눌리운 자"의 "以存策"(김우창의 표현)을 돌로 치듯이 극단적으로 몰아붙일 생각은 없는 사람이다. 그리고 일제의 터널을 건넌 우리 민족의 대부분이 약한 자의 면모로 살았었다는 점을 믿고 있는 사람이다. 가령, 요지음 솔솔 불거져 나오는 일제하에서의 우리 언론의 형태를 보라. 막강한 위력을 지닌 언론이 그렇게 약한 면모를 보였던 것을 보면, 하물며 원초적으로 약한 존재인 인간들이야 어떠했겠는가?

가까이는 6·25동란 때 공산치하에서 살았던 3개월간의 우리 민족의 "以存策"을 생각해 보라. 공산치하에서 살아남기 위하여 첫 번째의 부류는 '부역'을 했고, 두 번째의 부류는 '협조'를 했고, 세 번째의 부류는 '적응'을 했다고 믿는다. 그 어느 누가 공산치하에서 그 체제를 거부하고 저항했었는가? 이 모두가 굴곡 많았던 우리의 역사가 치유하기 어려운 죄(罪)를 만들었고, 아픈 벌(罰)을 만들었을 뿐이다. 일제시대, 창씨 개명하고 친일하고 협조하고 적응하고 살았던 할아버지의 후손들이, 과연 누가 누구에게 돌을 던질 수 있단 말인가? 따지고 보면 굴곡 많았던 역사 속에서 어느 누구도 자유로울 수 없을 것이라고 믿고 있다.

필자는 여러 해 전 광주 망월동 묘지를 다녀온 적이 있다.

모처럼
망월동 묘역에 가서
한 분씩 한 분씩
묘비에 안치된 사진과
수인사를 했네.

전에는 부끄러워
찾지도 못하다가
맘 먹고 찾아가서
사진들과 영혼들과
눈을 맞추었네.
눈을 맞추며 눈물을
씻으며 찾아봐도
낯 익은 얼굴은 한 분도
없었네.

신문에도 나고
얼굴도 꽤나 알려진
흔히 말하는
지식인은 보이지 않았네.
흔히 말하는
저항시인의 얼굴도
민주 투쟁의 정치인도
보이지 않고,

이름 없는 풀꽃만이
슬프게 웃고 있었네
다만 부끄러워
고개를 떨구고 돌아왔네.

— 필자의 「망월동 묘역에 풀꽃」 전문

　　어찌보면 지식인이란 교활한 존재일지도 모른다. 특히 시인의 경우(일부이긴 하지만) 자신에게 닥치는 생명위협의 순간에는 잠시 비껴 서있다가, 이름을 드날릴 순간이 오면 칩거하던 동굴에서 재빠르게 뛰쳐나와 얼굴을 내려는, 교활한 면모를 보이는 사람이 있으니 하는 말이다.

　그러한 현상을 일제시대는 젖혀두고라도, 6·25 공산치하이건 4·19 학생의거 현장이건 5·16뒤 유신치하이건, 상황은 비슷하게 나타난다. 물론 80년 광주의 경우도 예외는 아니다.

　6·25때 피난 갔던 문사들의 일화는 많이 남아있지만, 공산 치하에서 오직 민주이념으로 저항 했다는 문인의 일화는 들은 일이 없다. 4·19때 불길 속에 뛰어들어 산화한 학생은 있었지만, 그 불길의 현장에서 이슬로 사라진 시인의 이름을 들은 적은 없다. 5·16뒤에도 김지하의 「五賊」만이 기억에 있을 뿐, 생과 사의 갈림길에 맞닿아 있었던 문인은 기억에 없다. 80년 광주의 현장엔 보이지 않았던 문인들이 칼날이 지나간 뒤에 얼굴 내려 하던 문인은 소홀찮게 있었다. 사실, 따지고 보면 ≪내 탓이로소이다≫가 아니더라도 우리 모두가 죄인일 수도 있다.

　물론, 그때 그때마다 현장에 뛰어들었어야 했다는 말은 아니다. 사건의 현장에는 없었는데 마치 자신이 사건의 중심에 서 있기라도 한 듯이, 생색내려는 것을 문제 삼는 것이다.

　무당도 진짜 신들린 무당은 칼날 위를 걸을 수 있을 때, 그를 진짜 신들린 무당이라 부를 수 있다. 멍석이 깔려야만 굿을 하고 멍석이 깔리지 않으면 굿을 못하는 무당은 사이비 무당이다. 마찬가지로 사건의 현장에서 비껴 서 있다가, 어느 정도 저항할 만한, 생명의 위협을 받지 않을 만한 분위기가 조성 됐을 때, 저항시를 지껄여대는 모습은 뜻있는 이들을 슬프게 한다. 저항시를 쓰지 말라는 애기는 절대로 아니다. 저항시다운 저항시를 쓰려면, 민중의 앞장에서 등불이 되는 시를 써야 하고 칼날을 무릅쓰고 썼을 때, 그 의미가 두드러질 것이라는 말이다. 굿 뒤에 병풍 치는 격은 곤란하다는 애기다.

　미당의 '보신책'을 질타하던 고은씨가 형장의 이슬로 사라질 뻔 했다는 애기를 들은 일이 없다. 물론 80년 광주의 현장에 그가 앞장 서 있었다는 얘기를 들은 일도 없다. 김대중 사건에 연루되어 잠시 옥살이를 하고 나와 "1983년 내가 세상에 돌아왔을 때"라고 거드름을 피운 정도만 알고 있을 뿐이다. 그가 민주투쟁의 대열에 서 있었고 "민족 전체의 詩인 통일"을 말하며 통일지향적 입장에 있었던 것을 모르는 바는 아니지만, 그런 정도의 이력서로 스승을 밟고 튀어보려는 얄팍한 행보는, 눈을 뜨고 바라보는 대다수 국민들의 박수를 받을 수는 없다.

필자의 고향 마을에 불이 난 일이 있었다. 그런데 그 불이 난 집 안방에 갓난 아이가 있는 걸 뒤 늦게 알았다. 동네 사람들이 불길을 잡으려고 몰려왔지만, 갓난 아이 일로 갈피를 잡지 못하던 순간, 그 불길 속으로 뛰어들어가 갓난아이를 보듬고 나온 사람은 뜻 밖에도 미천하기 짝이 없는 평소 천덕꾸러기요 병신 취급당하던 머슴살이 하던 친구였다.

이 고향마을의 실화(實話)는, 80년 광주를 비롯한 일련의 굴곡 많은 우리의 역사적 순간들을 되돌아보게 해준다.

3

필자는 『미당 담론』을 접하면서 눈앞에 어른거리는 그림(사진) 하나가 있었다. 그것은 두 말할 것도 없이 김대중 대통령과 김정일 위원장 사이에 끼어 있던 한 시인의 그림이었다. 물론 그것은 통일지향적인 그의 문학적 행보와 동궤(同軌)의 행동이요 사진이랄 수 있지만, 그래도 어쩐지 동행한 여러 사람들을 젖히고 두 정치인 사이에 끼어 있던 모습은 바람직스럽게 비쳐지는 것은 아니었다.

왜? 한 사람의 시인이 거기 끼어 있어야 하는가? 시인은 본래 야인(野人)이요 자유인(自由人)으로 서 있을 때 아름다운 법이다. 특히 거기 끼어 있던 고은씨 스스로도 "왜 문학이 권력에 종속되는가. 왜 시와 시인이 시대에 대한 저항적 자아를 성립시키지 못하는가"(『창작과 비평』308쪽)라고 흥분하고 있는 것과는 앞 뒤가 맞지 않는다.

또한 그 자신의 말대로 "현실의 여러 과녁으로부터 저만치 소개되어 있기보다, 돌아쳐 맞서는 산짐승의 태세"도 좋은 말이다. '행동하는 지성'이라는 말도 있지만, 그러나 그 '행동'은 시인에게 있어 언어로서의 행동을 말하는 것이어야 한다. 시인이 정치 일선에 나서야 한다는 말은 결코 아니다. "돌아쳐 맞서는 산짐승의 태세"를 말한 분이, 유독 두 정치인 사이에서 축배를 들던 모습은 결코 어울리는 장면은 아니었다. 아마 모르긴 모르되 앞으로 세월이 흐르면 미당의 '원죄'처럼 그 사진은 그에게 따라다닐 지도 모른다.

그리고 한 발 더 나아가서는 그동안의 김정일의 행적에 대해서도 생각해 봐야 될 일이다. 만약 먼 훗날, 통일 조국의 역사가 바로 설 때에, 김정일의 행적이 비판을 받는다면, 그래서 거기 두 정치인 사이에 끼어 와인잔을 부딪치는 장면이 문제가 된다면 어찌하겠는가. 자기 자신의 행보는 언제 어디서나 정당화 되고, 그래서 정치적 행보도 정당화 되고, 스승인 미당의 정치적 실수만은 비판 받아야 한다는 논리는 가능하지 않다.

한편, 거기 세 분 중에서 김대중 대통령의 통일지향적 행보에 대해서는, 국민적 관심과 박수를 받은 일이므로 여기서 왈가왈부할 필요는 없다. 그리고 한 때 민주화 투쟁 과정에서 고행(苦行)을 같이 하기도 했던, 그의 투쟁?이나, "민족 전체의 詩인 통일"이라던 그의 통일지향적 신념을 비판할 생각은 추호도 없다.

그러나, 민주화 투쟁의 대열에 동참했던 일은 아름답고 정당했지만, 일단 대통령이 되고 권좌에 오른 뒤의 김대통령에 대한 무비판적 추종은, 또 다른 '용비어천가'나 '어용시인'이 탄생될 위험성을 안고 있다는 것을 지적하는 것이다 "자기 성찰 없이 권력의 품에서만 안주"했다고 미당을 꼬집은 분이, "권력의 품"에 들어가 나란히 비행기에 오르는 모습은 결코 바람직스러운 것만은 아니다.

그래서 시인은 영원히 '野人'이기를 희망하는 것이고, 나의 행동은 정의이고 남의 행동은 불의라는 말도 성립될 수 없다고 하겠다.

4

앞에서도 잠깐 말했지만,『미당 담론』의 진의(眞意)가 '이제 미당 시대는 끝났으니, 미당을 밟고 그 자신이 튀어보자'는 것인가? 다소 그 의도가 모호한 면이 없지는 않다. 그러나 만약 그런 의도에서 출발했다면, 그건 어림없는 얘기다. 미당에 대한 그간의 찬사들을 생각해보면 그건 자명해진다.

가령 "백년 만에 하나 나올까 말까한 인물"(김재홍)이라든가, "이 나라 시인 부족의 족장"(유종호), 혹은 "인류 역사상 모차르트 음악과 미당시가 가장 아름답다고 생각"(이남호) 한다는 찬사들을 생각해 보라. 그리고 고은씨 자신도 "명작은 많고 졸작은 많지 않다"고 말하지 않았던가.

진정으로 미당을 밟고 튀어볼 생각이 있다면, 시(작품)로서 승부를 걸어야 한다. 돌아가신 스승에게 돌을 던져 해결될 일이 아니요, 스승의 작품을 헐뜯는다고 해결될 일이 아니다.

『미당 담론』에서 고은씨는 미당의 초기시 「자화상」과 「귀촉도」를 문제 삼고 있다. 따라서 형평성을 고려해 고은씨의 초기시에 대해서도 대중앞에 물어야 한다.

잘 알려져 있다시피 「자화상」은 『화사집』의 첫 페이지에 실린 작품이고, 「귀촉도」는 『귀촉도』(제 2시집)의 표제시이지만, 「귀촉도」가 최금동 (崔琴童)의 시나리오 「哀戀頌」(1936년도 동아일보 시나리오 공모 당선 작)에 넣은 작품임을 고려하면, 시가 쓰여진 시기는 1936년 경이다. 그러 므로 두 작품 모두 미당의 초기시라 할 수 있다.

따라서 고은 씨의 초기시를 여기서 묻는 건 당연한 논리다.

> 누님이 와서 이마 맡에 앉고
> 외로운 파스·하이드라지드 瓶 속에
> 들어있는 情緖를 보고 있다.
> 뜨락의 木蓮이 쪼개어지고 있다.
> 한번의 긴 숨이 창 너머 하늘로 삭아가 버린다.
> 오늘, 슬픈 하루의 오후에도
> 늑골에서 두근거리는 神이
> 어딘가의 머나먼 곳으로 간다.
> 지금은 거울에 담겨진 祈禱와
> 소름조차 말라버린 얼굴
> 모든 것은 이렇게 두려웁고나
> 기침은 누님의 姦淫,
> 한 겨를의 실크빛 戀愛에도
> 나의 시달리는 홑이불의 일요일을
> 누님이 그렇게 보고 있다.
> 언제나 오는 것은 없고 떠나는 것 뿐
> 누님이 치마 끝을 매만지며
> 化粧 얼굴의 땀을 닦아내린다.

— 「肺結核」(1) 전문

이 작품은 『고은시전집』(민음사, 1993)의 첫 페이지에 실린 작품이고, 첫 시집 『彼岸感性』에도 실린 그의 초기시이다.

이 시는 우선 문패를 잘 못 달은 것 같다. 「肺結核」이라는 문패를 보고 집을 찾아들었더니, 주인(肺結核)은 잘 보이지 않고 그 집의 풍경(병원 풍경)만 보인다. 그리고 그 풍경이라는 것도 "파스·하이드라지드 瓶" 같은 소도구(폐병 치료약)들을 보여주는가 싶더니, 이내 감상자의 시선을 우롱해 버리고 "누님"에다가 그 포커스를 맞추고 있다.

가령 "기침은 누님의 姦淫"이라든가, "한 겨를의 실크빛 戀愛", 혹은 "누님이 치마끝을 매만지며 / 化粧 얼굴의 땀을 닦아" 내린다는 등의 연상작용은 '肺結核'과 무슨 상관성이 있는가? 하는 의문을 자아내게 만든다. 폐결핵 환자가 성욕(性慾)에는 강하다는 속설이 있는데, "누님"을 혹시라도 섹스의 대상으로 연상한 것은 아닌지? 그것은 천부당 만부당한 상상이지만, 만약 그렇다면 시인의 윤리성 문제로 비화할 수 있는 소지를 안고 있다.

이 시에는 군데군데 파편적으로 '번뜩이는 재주'가 보이는 구절이 있는 것도 사실이다. 그러나 그 '번뜩이는 재주'라는 것도 시의 유기체적 통일이 전제될 때 빛날 수 있다는 걸 이해해야 된다. 만약 한 편의 시가 유기체적 통일과 조화가 안되어 있을 때, 시의 피돌기라 할 수 있는 내재율 면에서 흠을 보일 수 밖에 없으며, 번뜩이는 절창구(絶唱句)도 그 빛을 상실하게 된다는 말이다.

이 작품 뿐 아니라 『고은시전집』 두 권중 제1권을 통독하던 필자는, 책을 내던져버린 적이 있다는 걸 솔직히 고백한다. 떠들썩한 그의 성가(聲價)에 비하여 너무도 읽을 만한 것이 없었기 때문이다. 예의 그 '번뜩이는 재주'로 보이는 파편적 절창구(絶唱句)가 있을 뿐, 대부분 거의 모두가 그의 이름값에 부응하지 못하고 있었고, 역시 그 유기체적 통일성에 문제가 있었다.

고은은 위의 「肺結核」을 제작하면서 이상(李箱)류의 쉬르리얼리즘 시를 떠올린 것 같은 느낌도 없지 않다. 따라서 이상(李箱)의 작품에 보이는 '파편적 감정'(조연현의 표현)을 이 작품에 원용하고 있는 것 같은데, 그런 면에서도 이 작품이 독자를 흡수하기에는 함량 미달인 것 같다. 말하자면, 이 상의 「오감도」등 일련의 작품에는, 그야말로 이상한 신비를 감추고 있는 듯, 독자를 끌어 당기는 마력적 흡인력이라도 있지만, 그의 작품에는 우선 그러한 마력적 흡인력이 없다. 오히려 "늑골에서 두근거리는 神"같은 구절을 보임으로써, 독자들을 시적 미로(迷路)에서 헤어나지 못하게 만들고 있다. 물론 쉬르리얼리즘 시에는 몽환적 세계도 있음을 잘 알고 있다. 그러나 그 '夢幻'과 '迷路'는 결코 같은 것이 아님을 이해해야 된다.

잘 아는 바와 같이 '늑골'은 흉곽을 구성하는 뼈이다. 신(神)의 음성(계시)은 영감(靈感)으로 받아들이는 것이고, 그 영감은 가슴이 아니라 머리에서이다. 설사 가슴이라 할지라도 심장에 무게가 실릴 때 그 언어는 가능한 것이지, '늑골'에 무게가 실리면 독자를 우롱하는 속임수에 다름 아니다.

시의 언어는 논리를 초월하는 논리라 해서 그것을 시적 논리라 한다. 시의 진술은 진술은 진술이되 논설의 진술과는 달라서 '의사진술'(擬似陳述)이라고도 한다. 그런데 미당의 '자화상'을 논하면서, "체질적인 자기합리화"라 말함으로써, 시가 마치 논설인 것처럼 착각하고 꼬집던 그가, 실상 그 자신의 시에서는 이러한 파편적 언어로서 독자를 우롱하고 있는 것인지 모를 일이다.

또한 그는 「자화상」을 논하면서 "'죄인' '천지'는 시의 진정성을 이끌어내는 탁월한 은유이지만, 그것은 강력한 수사(修辭)이지 깊은 자기성찰이나 '회개'의 아픔 같은 것에는 이르지 않는 추상으로 된다."고 꼬집고도 있다.

고은 씨에게 묻고 싶다. 자신의 작품의 어느 구절에 자기성찰이나 '회개'의 아픔 같은 것이 묻어 있는지 묻고싶은 것이다. 작품속에 꼭 '회개'가 있어야 하는 지도 의문이지만, 그의 작품 속 어디에도 '회개'는 보이지 않기 때문이다. 또한 "병든 수캐마냥 헐떡거리며"에 대해서도 "주관적 자기설명"이라고 꼬집고 있는데, 시는 자기를 설명하는 것이 아니라는 점도 이해하시기 바란다.

물론 시에는 시적 자아가 있어야 되고, 시적 자아가 노래하는 것이다. 설사 시적 자아가 없는 작품이라 할지라도 시는 결국 자기표현이요, 넓은 의미의 시인의 자화상을 시 속에 그려놓는 것이다. 그리고 그러한 자화상은, 모든 개인들의 '자아'와 관련될 수밖에 없으며, 그리하여 독자와의 영적 만남과 화해가 이루어지는 것이다. 그렇다고 시가 "사생활 언저리"만을 맴돌아야 한다는 말은 결코 아니다.

고은 씨는 또한 미당의 그 유명한 "팔할이 바람"을 문제 삼고 있다. 이 문제는 좀더 중대한 문제이므로 여기 인용해 보겠다.

"스물 세햇 동안 나를 키운 건 八割이 바람이다."라는 유명한 선언은 사실상 그것을 읽는 사람의 심금에 닿는 것에 앞서 시인 자신에게는 과장된 것이다. 왜냐하면 겨우 중앙고보, 고창고보를 다닌 뒤의 경성 '京城' 시대의 첫 걸음이 이십대 초에 해당되기 때문이다. 아마도 이 선언이 과장이 아니기 위해서는 생애 50세 내지 60세쯤 살고나서 뱉어내는 탄식이 요구될 것이다. 그런데도 기껏 이십대 초의 방황쯤으로 삶의 8할을 바람으로 돌리는 것은 언어자체가 가지는 허상으로서의 감동유발에 다름 아니다.

글쎄, 시가 '선언'이어야 되는 지는 고은식(式) 문법으로 치더래도, 위와 같은 구절을 대하면 실소(失笑)를 머금게 할 뿐만 아니라, '번뜩이는

재주'를 지녔다는 말 자체를 철회해야 될 정도로 아연실색(啞然失色)하
게 만든다. 미당 시의 어디에 '삶의 8할'을 '바람'이라 했는가. "스물 세
햇 동안"이라는 숫자개념이 분명히 못박혀 있는데, 왜 "50세 내지 60세
쯤" 살고라는 말이 나오는가. '방황'이라는 것도 20대의 문학청년적(보들
레르적) 정신적 혹은 육정적 방황을 말하는 것이지, 60대(老年)의 이른바
'떠돌이'의식을 말하는 것이 아니다.

　요컨대, 그는 "겨우 중앙고보·고창고보"쯤 다닌 새파란 애숭이가 "50
세 내지 60세쯤 살고 나서 뱉어내는 탄식"을 할 수 있느냐?는 애긴데, 바
로 이 대목이 실소를 머금게 하는 대목이다. '방황'이라는 것은 한 생애를
통하여 끝나지 않는 것이므로, 20대에는 20대적 방황이 있을 수 있고, 60
대에는 60대적 방황이 있을 수 있다. 그 '방황'의 굴곡이 크면 클수록 시
적자아를 만들어가는데 있어 좋은 보약이 될 수도 있고 독약이 될 수도
있다. 사람에 따라서는 예수적 방황을 할 수도 있고 공자적 방황을 할 수
도 있으며, 석가적 방황에 도달하는 사람도 있을 수 있다. 미당의 20대적
'방황'은 그의 문학에 '보약'이 되었음을 이미 그의 명작들을 통하여 검
증 받고 있는 것이다.

　고은씨는 또한 미당의 시 「귀촉도」를 문제 삼고 있다. "황당무계한 작
품"이라는 것이다. 이 「귀촉도」는 그동안 인구(人口)에 많이 회자되어 왔
고, 대학생들에게 '애송시 감상' 과제를 내면 흔히 그 '애송시' 반열에 오
르기도 하는 작품인데 "황당무계한 작품"이라는 것이다.

　시는 일단 발표되면 독자들의 것이다. 고은씨의 "황당무계" 발언에도
불구하고 미당의 「귀촉도」는 계속해서 인구에 회자되고 '애송시 감상문'
에도 오를 것이다.

　물론 '귀촉도'의 구조에 대해서는 필자의 저서 『서정주 예술언어』(국학
자료원. 2000)에 밝힌 바 있다. 이 작품이 미당의 친구였던 최금동(崔琴

童, 시나리오 작가)의 「哀戀頌」에 넣기 위해 제작된 시이고, 그래서 그 구조도 미시적으로 들여다보면, 시적 화자가 연(聯)마다 뒤바뀌는 상황이 연출되고 있다. 그러니까 고은씨의 「귀촉도」에 대한 폄훼 발언이 어느 면 일리는 있다고 생각된다.

그러나, 그의 폄훼 발언에 문제가 있다면 그것은, '스승'의 작품을 난도질하는 자세에 문제가 있는 것이다. '스승'의 작품이라 할지라도 평론가적 자세로 분석하고 평가할 수는 있다. 또 아무리 대가(大家)라 할지라도 명작이 있을 수 있고 태작(駄作)이 있을 수도 있다. 시인이 발표한 모든 작품이 명작이 되어야 한다는 것은 세계의 역사에도 없거니와 무리한 주문이다. 유독 미당의 초기 시 두 편만 거론하면서 폄훼하려는 태도는 사리에 맞지 않는 자세이다.

그러면 다시 형평성에 맞게, 고은 씨의 초기시(데뷔작) 한 편을 더 살펴보기로 하자.

봄밤임을 알아라.
여자의 음성은 들리지 않더라도
신앙이 없다 하더라도
봄밤임을 알아
저 多島海를 바라보라.

섬마다 등불은 키어 있으며
바다에는
결백한 불그림자가 머물고 있나니,
여자의 음성은 건너오지 않더라도

신앙이 없다 하여도
눈을 감고 서서

유혹에 이끌리듯
인기척을 하여라

봄의 젊은 사람아
봄의 젊은 사공아

多島海
이웃 섬들끼리 서로 밝으며
호수의 마음이 떠오르는 봄바다에
밤은 아주 길게 새이고
고요한 새벽은
모두 얇은 늦은 잠, 봄의 땀 냄새에 껌벅어리나니

여자의 음성은 없더라도
인기척을 보내다가 그 메아리라도 들어보아라.
조용한 물결에 가라앉는
등불을 바라보며
다수굿이 참아 보아라
젊은 사공이여

그렇다 한들 아직 이 밤은 검은 多島海.
적막한 이웃 섬들의 침묵을 대하여
봄 밤임을 알아라
젊은 사람들이어

— 고은의 「봄 밤의 말씀」 全文

이 작품보다 앞서 얘기한 「肺結核」에도 '누님'이 등장하는데, 이 작품
에도 우선 그 '여자'가 등장하고 있다. 이 시를 쓸 무렵(1959년 무렵)이면
그가 사미승(沙彌僧) 시절을 청산할 무렵으로 짐작되는데, '여자'가 자꾸

등장하는 것을 보면 아마 그가 수도(修道)를 잘 못했던 모양이다. 말하자면 (修道)를 잘 못한 사이비 중(僧)이었거나, '여자'에 대한 갈증을 거꾸로 초연한 척 했거나, 둘중의 하나로 짐작된다.

만약 수도가 잘 못된 중(僧)이었다면, 10년 가까운 사미승 시절(1952년 출가)이 허무한 세월이었다고 볼 수 있고, '여자'에 대한 갈증을 거꾸로 초연했다면, 시적자아의 진실성에 문제가 있다고 하겠다.

그러나 그보다 더 본질적으로 중요한 문제는, 이 시가 미당시 「귀촉도」처럼 '애송시' 반열에 오르지도 않았을 뿐만 아니라, 앞의 「肺結核」에서 보였던 '번뜩이는 재주'마저 없어보이는 태작(駄作)이라는 데에 있다.

무릇 시는 언어예술이기 때문에, 언어의 선택에 무리가 있어서는 안 된다. T.S엘리어트는 "思想을 장미의 향기로 표현하라."고 말하지 않았던가.

우선 이 시는 그 제목이 「봄 밤의 말씀」인데, 그 '말씀'의 주체가 시인(화자) 자신인지? 아니면 어떤 상징적 존재(절대자)인지? 알길이 묘연하다. 만약 그 화자가 시인 자신이라고 한다면, 아직 사미승 시절을 갓 넘긴 주제에 "젊은 사람들이여" 하고 권하는 어떤 선적(禪的) 계시적(啓示的) 발음이 건방기를 생각게 하고, 만약 그 화자가 상징적 존재(절대자)라고 한다면, "여자의 음성은 들리지 않더라도"하는 구절들이 속스러워 보인다.

하지만 이 시의 문제점은 그런데에만 있는 것이 아니다. 시적 언어에 너무 많은 문제를 안고 있다. 시가 아무리 논리를 초월할 수 있다지만, 적어도 그 언어가 공감대는 확보되어야 한다. 가령, 이 시의 "결백한 불그림자"라든가, "이웃 섬들끼리 서로 밝으며" "모두 얇은 늦은 잠" "봄의 땀냄새에 껌벅어리나니" 등의 구절들은, 아무리 고은식 문법이라지만, 도대체 이해할 수가 없다. 아마 이러한 구절들을 초등학생에게 물어봐도 그건 잘 못 표현된 언어라고 말할 것이다. 아무리 시적 언어라지만 언어의 난삽한 조작은 독자를 우롱하는 속임수에 불과하다. 그리고 이 작품의 문제점은 언어만이 아니다. 시의 유기체적 구조의 면에서는 더욱 더 결정적인 흠을 안고 있다.

도대체, 이 시는 누가 누구에게 메시지를 던지고 있는 것인지? 아리송하다. 어찌보면 시인(환자)자신에게 던지는 메시지 같기도 하고, 어찌 보면, '젊은 사람'이나 '젊은 사공'에게 던지는 메시지 같기도 하다. 그리고 그렇듯 아리송하게 만드는 것은 이 시가 구조적으로 문제가 있기 때문이다. 도대체 '봄밤' — '신앙' — '多島海' — '젊은 사공' 들이 무슨 유기적 관련성이 있는 가를 고은씨에게 묻고 싶다.

난해시와 난삽한 시는 전혀 다른 것이다. 요즈음 흔히 말하는 현대시의 난해성은, 이를테면 '프리즘'으로 비유될 수 있는 다면적이고 복합적인 사유기능 때문에 발생하는 것이다. 과거의 시가 '노래하는 시'였다면, 오늘의 시가 '생각하는 시'의 속성을 띠고 있는 것은 바로 그런 측면이다.

대개의 경우 흔히 말하는 난해시의 속성은, 우선 그 표현이 평이하고 까다롭지 않다. 인생과 사물에 대한 깊은 사색과 명상에서 터득되는 세계를 노래하기 때문에, 독자들을 사뭇 명상과 사색과 침잠의 세계로 안내하고 상상의 날개를 펼치도록 만들어준다. 대개의 경우 상징과 은유가 그 표현 미학을 이룬다.

거기에 비해서 난삽한 시의 속성은, 우선 그 표현이 까다롭고 파편적 언어를 통하여 재기(才氣)를 발휘하려 노력한다. 순간적 재치로 촉발되는 세계를 노래하기 때문에, 유머와 위트로 커버하려는 속성을 띠게 되고, 따라서 그것은 독자들을 우롱하는 속임수로 작용한다. 파편적으로 재기(才氣)가 빛날 수 있지만, 유기체적 통일성이 결여될 수밖에 없고, 내재율 면에서 흠을 보일 수밖에 없다.

전자(난해시)의 경우, 다소 시적 모호성은 있더라도 공감대가 확보될

개연성이 높다. 그러나 후자(난삽한 시)의 경우는 공감대가 확보되지 못하고 독자들을 헷갈리게 만들 수 있다.

앞에서 논의한 고은씨의 두 편의 시는, 아무래도 후자에 속하는 것 같다. 그리고 앞의 두 작품 뿐만 아니라『고은시전집』(1)에 보이고 있는 작품의 일반적 경향은 바로 그런 난삽한 시에 해당된다는 점도 지적해 둔다. 대개의 고은씨의 작품들이 독자들을 사뭇 시적 미로(迷路)에서 헤매게 만드는 것은 그 때문이다.『고은시전집』(1)에 나타난 것만으로 보면, 미당시를 실패작이라고 운운할 처지가 아니다.

'섬광적 재주'와 '천부적 영감'은 다르다. 미당시에 나타나는 시적 '천부성' 앞에서, 번뜩이는 '재주' 하나로 미당을 능가하기에는 대단히 미안하지만 역부족인 것 같다.

그리고 이번의『미당담론』은 생각하기에 따라서는 '섬광적 재주'가 '천부적 영감'에게 도전한 것으로 비쳐질 수도 있다. 왜냐하면 도전적 글을 쓴 사람의 문맥에선 어쩐지 미당시 산맥의 정상(頂上)을 탐낸 것 같은 느낌도 없지 않기 때문이다. 그래서 그 '정상'을 탈환해보려는 욕망을 "한 시대는 미당을 마감하고" 등에서 보여준다.

필자는 앞에서, '진정으로 미당을 밟고 튀어볼 생각이 있다면 시(작품)으로서 승부를 걸어야 한다'고 말한 바 있다. 초기시 두 편만 예로 들어 말한다면, 승부는 이미 끝난 게임이다.

미당의 시적 천부성 앞에 약간의 재주를 부리는 것만으로는 안된다. 미당도 그의 제자 고은을 말할 때 "고은이는 참 재조있지" 했다지만, 그 '재조'만으로 시와 대면할 일이 아니다. 시적 천부성을 업어야 된다.

김기림(金起林)이나 김광균(金光均)이 회화성의 '재조'를 부렸지만, 그리고 주지적 작풍(作風)으로 대들어 봤지만, 어디 그것이 가능한 일이던가. 두 말 할 필요도 없이 고은씨는 만해(萬海)나 미당(未堂)의 상징적 은

유적 어법을 배워야 한다. 그러므로, 시를 쓰는 일에 있어서만은, 미당이 고은씨의 '스승'이라는 점은 아직도 유효하다. 그리고 고은씨가 스승인 미당의 시와 인생을, 제아무리 폄훼하고 부관참시(部棺斬屍)를 한다해도, 미당시는 한국시의 '스승'으로 오래오래 우뚝 솟아 있을 것이라는 점도 분명하다고 하겠다.

『질마재神話』의 토속성과 설화성
— 백석시白石詩와의 대비적對比的 고찰

1

'사상(思想)을 장미의 향기로 표현하라'는 T.S.엘리어트의 말은 현대시의 기법에 대한 표현으로 널리 알려진 말이다. 이 말은 현대시의 표현기능에 대하여 매우 암시적인 효과를 거두고 있는 말로 보인다. 이 엘리어트의 말에서 물론 '사상(思想)'은 심적 형태(心的形態)인 이미지를 말하는 것이지만, 그 이미지를 '장미의 향기'로 표현하라는 말 속에 함유되어 있는 뜻은 시의 효과적인 표현에 대하여 시사해주는 바가 크다고 볼 수 있다.

그러나 우리가 '장미의 향기'라는 말이 시사해주는 바는 쉽게 짐작할 수 있다할지라도, 그 말이 함유하고 있는 만큼의 효과적인 표현의 성과를 거두기는 그렇게 쉬운 일만은 결코 아니다. 더구나 오늘날처럼 언어가 공해의 요소에 지나지 않는다고 말해도 지나친 과장이 아닐 정도로 언어의 해독(害毒)을 생각해야 되는 시대에는, 정말 오늘 우리의 삶에 신선한 충격을 줄 수 있는 시적 언어(詩的言語)의 절제와 조화야말로 지난(至難)한 일이라 아니할 수 없다.

다시 말하자면, "태초(太初)에 말씀이 있었느니라"의 그 '태초(太初)의 말씀'에서 느낄 수 있는 마법성, 그리고 그것이 주는 신통력과 생명력에 비길 때, 해일처럼 넘치는 오늘날의 언어는 너무나 무력한 것으로 전락하고 말았다고 아니할 수 없는 것이다.

우선 우리의 현실만 보더라도 냉전체제의 비극 속에 비법성(非法性)과 부조리가 판을 치고, 언어매체의 홍수 속에 목소리 큰 자의 언어만이 난무하고 있는 오늘의 현실은, 실로 언어를 통해서만 자아를 실현시킬 수 있는 시인에게 있어서는 정말 겸허한 자기성찰의 시간이 필요한 때라고 생각된다.

그리고 이러한 때, "시골사람이 쓰는 말 그대로"의 어법으로 우리 민족의 원형적 고향을 시작품(詩作品) 속에 재현시키려 노력했던 미당(未堂)의 『질마재신화(神話)』를 다시 살펴보는 일은 결코 무의미한 일만은 아닐 것 같다. 왜냐하면, 미당시(未堂詩)의 토속성(土俗性)과 설화성(說話性)을 통하여 우리의 넋의 시골을 다시 되새겨 바라볼 수 있고, 우리 민족 고유의 주체적 정서를 되새겨보는 거울로 삼을 수 있으며, 나아가서는 시적언어의 생명력을 다시금 생각해보는 계기가 될 수 있다고 믿기 때문이다. 아울러서 그것은 백석시(白石詩)와의 대비를 통해서 검토하는 것이 좀더 효과적으로 접근될 수 있으리라고 믿는다.

백석은 잘 알려져 있는 것과 같이, 일제시대 이른바 한국어 말살정책이 심화되던 때에, 민족주체의 정신을 확고히 지니고 '몸으로써의 행동이 아니라 언어로서의 길항'을 했던 시인이다. 그리고 그의 시에 나타나는 토속성과 설화성, 그리고 '방언주의'는 우리 현대문학사 속의 시인 가운데서 유독 미당과 견줄 만한 시인이 아닌가 생각된다.

따라서 본고는 미당과 백석의 시에 나타나는 토속성과 설화성을 대비해보려 하며, 그리고 바로 그러한 대비적 논의를 통하여 시적언어의 생명력을 다시금 생각해보는 계기로 삼으려 한다.

2

　우리의 시인 가운데 방언을 가장 많이 구사한 시인이 과연 누구인가?
에 대하여 논의하게 될 때, 우리는 우선 그동안 소월(素月)과 영랑(永郎)
을 떠올리는 것을 당연하게 받아들여 왔다. 그 경우 소월시(素月詩)에 나
타나는 토박한 북녘 사투리와, 영랑시(永郎詩)에 나타나는 나긋나긋한 남
녘 사투리의 예를 들어 말하기도 했었다.

　그러나 이제 그러한 견해나 논의는 수정돼야 마땅하리라고 생각된다.
미당과 백석의 시를 조금만 더 가까이 접해본 사람이라면, 바로 그 미당
과 백석의 방언구사에 이미 압도당하게 될 것이며, 따라서 과거 소월의
방언구사에 대한 인식이나 영랑의 방언구사에 대한 인식을 바로잡는 계
기가 되리라 믿는다. 특히 백석이 유일하게 남겨놓은 시집 『사슴』을 중심
으로 한 그의 시들과, 미당시 가운데서도 유독 방언의 구사가 많이 보이
는 『질마재신화』 등을 텍스트로 하여 살펴보면, 그 점이 더욱 극명하게
집힐 것이다. 그럼 여기서 이들 시인의 작품을 통하여 방언의 쓰임을 확
인해보기로 한다.

승냥이가 새끼를 치는 전에는 쇠메들 도적이 났다는 가즈랑고개
가즈랑 집은 고개 밑의
山넘어 마을서 도야지를 잃는 밤 즘생을 쫓는
깽제미 소리가 무서웁게 들려오는 집
닭개즘생을 못 놓는
멧도야지와 이웃 사촌을 지나는 집
…(중략)…
가즈랑집 할머니
내가 날 때 죽은 누이도 날 때
무명필에 이름을 써서 백지 달아서 구신간시렁의 당즈깨에 넣어 대

감님께 수영을 들였다는 가즈랑집 할머니
언제나 병을 앓을 때면
신장님 단련이라고 하는 가즈랑집 할머니
구신의 딸이라고 생각하면 슳버졌다.

— 백석(白石), 「가즈랑집」에서

'눈들 영감 마른 명태 자시듯'이란 말이 또 질마재 마을에 있는데요, 참 용해요. 그 딴딴히 마른 뼈다귀가 억센 명태를 어떻게 그렇게는 머리끝에서 꼬리끝까지 쬐끔도 안 남기고 목구멍 속으로 모조리 다 우물거려 넘기시는지, 우아랫니 하나도 없는 여든 살짜리 늙은 할아버지가 정말 참 용해요, 하루 몇 십리씩의 지게 소금장수인 이 집 손자가 꿈속의 어쩌다가의 떡처럼 한 마리씩 사다 주는 거니까 맛도 무척 좋을 테지만 그 사나운 뼈다귀들을 다 어떻게 속에다 따 담는지 그건 용해요
　이것도 아마 이 하늘 밑에서는 거의 없는 일일 테니 불가불 할수없이 神話의 일종이겠읍죠? 그래서 그런지 아닌게아니라 이 영감의 머리에는 꼭 귀신의 것 같은 낡고 낡은 탕건이 하나 얹히어 있었읍니다. 똥구녁께는 얼마나 많이 말라 째져 있었는지, 들여다보질 못해서 거까지는 모르지만…….

— 미당(未堂), 「눈들 영감의 마른 명태」

　위의 두 작품은 시집 『사슴』과 『질마재신화』에서 별 의도없이 뽑은 것이지만, 어떤 의미에서는 두 시집의 작품세계를 가장 특징적으로 나타내 주는 작품 같기도 하다.
　김기림(金起林)의 표현대로 '시인의 기억 속에 쭈그리고 있는 동화와 전설의 나라'라는 의미에서 말이다. 그리고 두 작품이 한결같이 '고향'을 소재로 하였으며, 타향에 살면서 고향 회귀의 정서를 보이고 있다는 점, 강한 회화성과 설화를 담은 내용으로 한국인의 원형적 고향의 면면들을

가시화해 주고 있다는 점, '시골 사람이 쓰는 말 그대로'의 어법과 토속어 비어들을 거침없이 사용했다는 점 등이 이들 시의 특징적인 면모들이라 할 수 있다. 특히 그 중에서도 방언의 구사는 남과 북의 그 어떤 시인에 게서도 찾아볼 수 없는 그들만의 고유한 영역과 대표성을 갖고 있다고 확 신한다. 그 대표성은 앞에서도 전제했듯이 김소월의 투박한 북방 사투리 와 김영랑의 나긋나긋한 남방 사투리의 수준을 뛰어넘는 그러한 것이다. 그리고 이들의 시는 그러한 방언을 통하여 우리 민족 전래의 넋의 시골을 뿌리째 뽑아서 잘 보여주고 있으며, 바로 그 점은 민족공동체의식을 심어 주는 요인이 되고 있다고 말할 수 있는 것이다. 그러면 여기서 이들 시의 방언 가운데 '가즈랑고개'와 '질마재'에 대하여 잠깐 생각해보기로 한다.

우선 '가즈랑고개'의 '가즈랑'은 우리들 남한사회의 방언 상식으로는 잘 모르는 말이어서 이동순(李東洵) 편, 『백석시전집(白石詩全集)』부록 에 수록돼 있는 낱말 풀이를 찾아보니, "가즈랑집: '가즈랑'은 고개 이름, '가즈랑집'은 할머니의 택호를 뜻함"이라고만 풀이돼 있었다. 그래서 필 자는 백석의 출생지와 혹시라도 관련이 있는가 하여 확인해 보니, 출생지 인 '평북 정주군 갈산면 익성동(平北 定洲郡 葛山面 益城洞)'의 '익성 (益城)'과 잘 어울린다는 것을 알게 되었다.

즉 한자인 '익성(益城)'은 '중첩(重疊)되어 있는 고개'를 뜻하는 것으로 생각되어, 그것이 '가도가도 고개'(갈수록 고개)→'가즈랑 고개'가 된 것 이 아닌가? 하고 생각해 보았다. 말하자면 겹겹이 둘러싸인 산중에 '익성 동(益城洞)'이 있을 것이라고 생각한 것이다.(※ 방언풀이에 무리가 있다 면 양해 바람) 그리고 '너와 함께 나와 함께'보다는 '너랑 나랑'이 주는 어감이 더욱 친근하게 다가오듯이, 이 '가즈랑'이 주는 어감도 '갈수록'보 다는 더욱 감칠맛이 난다는 생각이다.

다음으로 '질마재'는 미당의 출생지인 전북 고창군 부안면(全北 高敞

郡 富安面)에 있는 마을 '선운리(仙雲里)'의 속칭으로서, '길마'(수레를 끌 때 마소의 등에 안장같이 얹는 제구, '질마'는 구개음화가 안된 상태)와 같은 형국으로 된 고개, 즉 '길마'+'재'→'질마재'가 된 것이다. 그리고 사실 이 '질마재'라는 이름도 '가즈랑'이 주는 친근한 어감과 마찬가지로 매우 토속적이고도 정감이 넘치는 고향마을의 이름으로 다가오며, 그런 의미에서 우리네 고향의 설화를 담은 시집의 제목으로 알맞게 어필해오는 게 아닌가 생각된다.

아무튼 '가즈랑고개'는 어쩌면 산이 많은 우리 나라 북방의 고개를 대변해주는 이름인 듯하고, '질마재'는 어쩌면 들이 많은 우리 나라 남방의 돌출한 산어귀를 대변해주는 이름인 듯하다.

'가즈랑고개'와 '질마재' 사이, 북방언어와 남방언어 사이에는 숱한 방언들이 널려 있겠지만, 이들 두 시인의 시집에 산재(散在)한 방언, 토속어, 비어들을 다음에 열거함으로써 북방과 남방의 방언을 음미해보는 기회로 삼는다. 『사슴』의 토속어를 열거하면 다음과 같다.

가즈랑집, 쇠메, 즘생, 깽제미, 막써레기, 구신집, 구신간, 시렁, 당즈깨, 수영, 신장님단련, 아르데즘퍼리, 마타리, 쇠조지, 가지취, 고비, 회순, 물구지우림, 둥글레우림, 광살구, 당세, 집오래, 아배, 고무, 매감탕, 토방돌, 오리치, 반디젓, 안간, 송구떡, 차떡, 끼때, 숨굴막질, 아르간, 조아질, 쌈방이, 바리깨돌림, 호박떼기, 제비손이, 화디, 사기방등, 텅납새, 무이징게국, 고방, 질동이, 집난이, 송구떡, 임내, 말쿠지, 갓신창, 개니빠디, 너울쪽, 갓사둔, 몽둥발이, 노나리군, 날기멍석, 니차떡, 청밀, 조마구, 샅귀, 쇠든밤, 밝어먹고, 광대넘이, 천두, 쥔두기송편, 밤소, 팟소, 내빌날, 내빌눈, 앙궁, 곱새담, 버치, 대냥푼, 눈세기, 내빌물, 갑피기, 동말랭이, 시악이, 대님오리, 엄지, 매지, 새하러, 무감자, 돌덜구, 시라리타래, 높, 붕어곰, 팔모알상, 장고기, 울파주, 산국, 히근하니, 선장, 그느슥한, 섭구슬, 무연한, 하누바람, 자벌기, 이스라치, 수리취, 양지귀, 횃

대, 개방위, 금덤판, 섭빌, 머리오리, 싹기도, 츠고, 달궤, 소라방둥, 오금
덩이, 녀귀, 탱 나물매, 비난수, 벌개늪, 피성한, 눈숡, 이즉하니, 누굿이,
아즈내, 샛덤이, 말군, 삼굿, 햇츩방석, 갈부던, 뒝치, 디롱배기, 북덕불
등등.

  백석은 평안도 사투리로 소박한 시골 풍경을 많이 그리고 있었기 때문
에 '민속호벽(民俗好僻)'이라는 평을 받기도 했는데, 위에 열거한 방언을
통하여 느낄 수 있는 것도 바로 그 민속적인 것, 즉 토속미각(土俗味覺)을
상징하는 음식명을 비롯하여 시골 사람들의 생활과 얽힌 갖가지 물건들,
심지어는 민담(民談)이나 미신 야담(迷信 野談) 등과 관련된 지극히 향토
적이며 민속적인 데에 뿌리를 두고 있는 방언들이라는 것이 그 특색을 이
루고 있다. 그리고 이 시인이 그토록 민속적인 것에 고집스레 매달렸던 것
은 그의 치열한 시인의식에서 비롯된 것이라고 받아들이지 않을 수 없다.
잘 알다시피 1930년대는 일제의 질곡속에서도 외래적인 것이 판을 치고
있던 때여서, 시인이 그처럼 잃어져가는 우리것에 대한 향수에 집착을 했
던 점은, 성숙된 시인의식과 시대현실에 대한 시적대응이었다고 받아들이
지 않을 수 없는 것이다. 『질마재神話』의 토속어는 다음과 같다.

  누곤, 망둥이, 알발로, 뒤깐, 앗세, 밑둥거리, 대가리, 하도나, 눈들, 쬐
  금도, 여러직, 널찍한, 등때기, 퍽으나, 시방도, 땡삐, 몸써리, ~허고, 데
  불고, 오양깐, 꼬마둥이, 읅어먹는, 누렁지, 찌끄래기, 사람마닥, 이쿠는,
  쌍판, 요렇게, 홰딱, 괜스리, 씨월거려쌌능구만, 그리여, 차차로히, 하누
  님, 어쩡거리고, 덩그랗게, 보고싶기사, 분지러, 불칼, 쏘내기, 멀찌감치,
  숭내, 애기, 머윗잎, 하로낮, 파다거리다, 아닌갑네, 왜장치다, 아조, ~
  입지요, ―ㄹ 갑쇼, 시시껄렁한, 뺀보기, 하드래도, 까물거리다, 가뜬히,
  마당房, 낮바닥, 오구라져나자빠지다, 알묏집, 개피떡, 그뜩한, 번즈레
  한, 이뿌다, 소망, 실천, 쏘내기, 웅뎅이, ~거여, 시푼, 한물댁, 배때기,

옛비슥한, 사운거리다, 일어나시겨라우, 모롱에, 쬐그만큼, 고러초롬, 걸궁배미, 논배미, 고오고오, 앵기는대로, 눈아피, 즈이집, 뿌사리, 쑥버물이, 못가리, 끄니, 에우기도, 소눈깔, 똥구녁, 개구녁, 디려다보고는, 뭇헐레, 알탕갈탕, 막가지, 우아랫두리, ~랑게, 느이, 애솔나무, 알큰하게, 시악씨, 어따, 뜨시한, 다모토리, 오동지 할아버님, 또드락거리는 등등.

"『질마재신화』는 산문시(散文詩)로서 토속적(土俗的)이고 주술적(呪術的)이기까지 한 세계가 눈치를 살피지 않는 대담한 언어구사를 통하여 파헤쳐지고 있다."고 한 박재삼(朴在森)의 지적처럼, 기존의 시어 패턴을 '앗세' 작파해버리고 대담하게 속어 비어들을 구사하고 있는 특징을 보이고 있는 것이 미당시집(未堂詩集) 『질마재신화』의 일련의 시들이다.

위에 열거한 토속어(土俗語)들에서도 볼 수 있는 바와 같이, 전혀 시적의장(詩的 意匠)을 거치지 않은, 전라도 시골티 그대로의 육성적 언어가 미당의 시집 『질마재신화』에는 예사로 쓰여지고 있는 것이다. 그리고 그러한 원색적 육성(原色的 肉聲)은 '토속적이고 주술적'이기까지 한 이야기시(설화시(說話詩) : narrative poetry)의 분위기와 맞물려서 한층 더 효과를 거두고 있다고 할 수 있으며 한편으로는 그러한 그의 시세계도 오늘날의 시대현실과 비추어 볼 때 하나의 시적대응일 수 있다고 보여진다. 그것은 그의 시가 오늘날의 우리네 삶을 성찰할 수 있는 계기를 만들어준다는 면에서 그러하다. 그리고 또 한편으로는 그러한 시인의 토속어들이 우리를 묘한 친화력(親和力)으로 이끌어준다는 점도 부인할 수 없다.

그러한 고향 사투리는 옛날부터 이러한 친밀한 분위기를 아주 잘 만들어낸다. 그러므로 고향 사투리를 모르고 자라난 사람들에게는 삶에 있어서의 본질적인 그 무엇이 결핍되어 있다. 이 결핍은 다른 어떤 방식으로 보상하기 어렵다. 고향 사투리가 지닌 특수한 말소리의 억양은

어린 시절의 분위기를 다시 불러일으키키 때문에 생면부지의 낯선 사
람도 공감하게 만든다.[1]

　백석의 『사슴』과 미당의 『질마재신화』에서 보여주고 있는 토속어들은,
볼노프의 말대로 '삶에 있어서의 본질적인 그 무엇'을 채워주는 요소가
아닌가 생각된다. 그리고 그것은 가족으로부터 이웃, 이웃으로부터 민족
에 이르기까지, 그 어떤 친화력(親和力)과 공동체의식(共同體意識)으로
끈끈하게 이어줄 수도 있고, 조금 다른 표현으로는 동족의식(同族意識)
으로 이어줄 수도 있다고 믿는다.

3

　다음으로 두 시인에 있어 동일하게 집히는 요소는 설화나 신화, 혹은
민속 야담의 세계를 시에 수용하고 있다는 점이다. 이 경우 앞에서도 말
했듯이, 『질마재신화』에는 '신화(myth)'라는 말이 전제되어 있어서 쉽게
이해할 수 있지만, 시집 『사슴』의 경우도 「가즈랑집」, 「삼방」, 「여우난곬
족(族)」, 「나와 지랭이」, 「고방」 등에 수용되고 있는 설화적 요소들은, 그
것이 단순히 소재 차원에 머무르고 있다고는 할지라도 1930년대 모더니
즘 시의 유형과 결부시킬 때 특이한 일면이라고 지적하지 않을 수 없다.
백석의 시에 수용되고 있는 설화적 골격은 물론 未堂의 경우처럼 시적논
리가 강하게 나타난다거나 메시지(특히 교시성)나 주제와 밀착되어 있는
건 아니지만, 민속야담이 서술시의 형식을 빌어서 자연스럽게 스며들고
있다고 하겠다.

---

1) 볼노프(Bollnow), 『현대철학(現代哲學)의 전망』 167쪽.

　　백석의 전통지향성(傳統志向性)은 소월시의 설화채용, 만해시의 진
술적인 방법을 적극적으로 확대시킨 서술시의 전형성 확립 등으로 요
약할 수 있다. 특히 서술시는 서정주(徐廷柱)의 이야기시, 1960년대 이
후의 신동엽(申東曄), 신경림(申庚林)의 시와 연결되며, 김지하(金芝河)
의 담시(譚詩)에 의해서 계승되고 있다.[2]

　위의 인용문에도 지적되고 있는 바와 같이, 백석시의 설화 채용은 일단
은 전통지향성에서 비롯된 것이라고 보여진다. 특히 1930년대 모더니스
트들이 도시지향적인 소재를 회화화하려던 노력에 비하여, 토속미각(土俗
味覺)이나 민담 야담(民譚 野談)의 줄거리를 채용하여 향토적이며 민속
적인 세계에 그 뿌리를 박으려 했던 점은 우선 그러한 전통 지향성을 실
감케 한다.

　그리고 그같은 전통지향성은 그가 김소월(金素月)을 사숙(私淑)했었다
는 점에서 연결시켜 생각해보면, 소월의 「접동새」 등 일련의 시와 어떤
합일점을 만나게 해준다. 그러나, 여기서 특히 간과해서는 안될 점은 백
석의 전통지향성은 막연한 의미의 지향이 아니라 우리의 세계, 우리 민족
만의 공간을 되찾아 확인하려는 노력의 일환이었으며, 우리만의 공간으
로부터 민족의 동질성을 회복하고 민족공동체의식을 되찾으려는 노력 속
에 그의 지향점이 있었던 것이다. 다음 두 작품을 통하여 그러한 전통지
향성과 설화시로서의 차이점을 대비해 보기로 한다.

　낡은 질동이에는 갈 줄 모르는 늙은 집난이 같이 송구떡이 오래도록
남어있었다.

　오지항아리에는 삼촌이 밥보다 좋아하는 찹쌀탁주가 있어서

---

2) 이대규(李大揆), 「백석의 시세계」, 『한국언어문학』27집. 339쪽.

삼춘의 임내를 내어가며 나와 삼촌은 시큼털털한 술을 잘도 채어 먹
었다.

제사ㅅ 날이면 귀먹어리 할아버지가에서 왕밤을 밝고 싸리고치에 두
부산 적을 깨었다.

손자아이들이 파리 떼같이 모이면 곰의 발 같은 손을 언제나 내어 둘
렀다.

구석의 나무 말쿠지에 할아버지가 삼는 소신 같은 집신이 둑둑이 걸
리어도 있었다.

녯말이 사는 컴컴한 고방의 쌀독 뒤에서 나는 저녁끼 때에 불으는 소
리를 듣고도 못 들은척 하였다.

— 백석, 「고방」

신부(新婦)는 초록 저고리 다홍치마로 겨우 귀밑머리만 풀리운 채 신
랑하고 첫날밤을 아직 앉아 있었는데, 신랑(新郞)이 그만 우줌이 급해
져서 냉큼 일어나 달려가는 바람에 옷자락이 문 돌쩌귀에 걸렸읍니다.
그것을 신랑은 생각이 또 급해서 제 신부가 음탕해서 그 새를 못 참아
서 뒤에서 손으로 잡아다리는 거라고, 그렇게만 알곤 뒤도 안 돌아보고
나가 버렸습니다. 문 돌쩌귀에 걸린 옷자락이 찢어진 채로 오줌 누곤
못 쓰겠다며 달아나 버렸읍니다.

그리고 나서 사십년인가 오십년이 지나간 뒤에 뜻밖에 딴 볼일이 생
겨 이 신부네 집 옆을 지나가다가 그래도 궁금해서 신부방 문을 열고
들여다보니 신부는 귀밑머리만 풀린 첫날밤 모양 그대로 초록 저고리
다홍치마로 아직도 고스란히 앉아 있었읍니다. 안스러운 생각이 들어
그 어깨를 가서 어루만지니 그때서야 매운재가 되어 폭삭 내려앉아 버
렸읍니다. 초록 재와 다홍 재로 내려앉아 버렸읍니다.

— 미당, 「신부」

위의 두 작품은 한결같이 '방(房)'에서의 사건을 소재로 하고 있다. 백석시의 '고방(庫房)'은 세간이나 온갖 잡동사니를 보관하는 장소로 옛날 우리네 한옥(韓屋)에는 대개 갖추어져 있던 방이고, 미당시의 '신부'의 방도 '돌쩌귀'와 창호지를 바른 문살이 있는 전래의 우리네 시골 방이다. 그리고 두 작품의 화자는 잊혀져가는 과거에 사로잡혀 있다는 면에서 동궤(同軌)를 유지하고 있다.

그러나 한편으로는 「고방」에 나타나 있는 사건들은 리얼리티가 강하고, 「신부」에 나타나 있는 사건은 허구(fiction)의 내용이라는 점이 서로 다른 일면이다. 다시 말하면 전자는 과거 우리네 시골의 공간에서 흔히 볼 수 있었던 아련한 기억 속의 한 폭의 사실화이고, 후자는 우리네 과거 선인들의 사회에 어쩌면 있었을 것도 같은, 있었음직한 한 폭의 추상화라고나 할까. 전자를 동화적(童話的) 분위기라고 말한다면 후자를 전설적 분위기라고 할 수 있을 정도로 회화적 색채가 짙게 드러나는 점도 유사한 특징의 하나라 할 수 있다. 그리고 그러한 회화성의 측면에서만 지적하기로 한다면 이른바 모더니티를 유지하고 있다는 면에서도 동궤(同軌)에 있는 작품이라고 할 수 있다.

하지만 좀 시각을 달리하여 생각해 보면, 바로 이 두 작품의 '리얼리티'와 '픽션'사이에서 우리는 현격한 차이를 느끼게 된다. 그것은 다름 아니라 전자(前者)는 의도성이 적고 후자는 의도성이 강하게 깔려 있다는 점인데, 후자(後者)의 그 의도성은 메시지(특히 교시성) 전달 기능이 강한 데에 기인한 것이다. 말하자면 전자의 무작위성(無作爲性)은 과거회상적 회화성 차원에 머물러 있는 것이고, 후자의 작위성(作爲性)은 그것을 한 단계 뛰어 넘어 어떤 공리적(功利的) 기능(교시성)을 의식하고 의도적으로 제작하였다는 말이다. 미당의 「신부」에서는 여필종부(女必從夫)라는 남자 중심의 유교적 윤리관을 그 바탕에 깔고 있으면서도 한편으로는 영원한 기다림의 여인상(女人像)을 그 원형적 심상(原型的 心象)으로 제기해줌으로써 과거 우리의 의식 속에 면면히 이어져오는 변절하지 않는 사랑의 모랄을 보여주고 있다. 그리고 그것은 바로 오늘날과 같이 전통적 사랑의 모랄이 파괴되어가고 있는 현실 속에 하나의 교시적(敎示的) 기능으로 제기되고 있다고 말할 수 있기 때문에, 백석시의 회화성 차원에 머물러 있는 시세계와는 기본적으로 제작의도가 다르다고 할 수 있다.

한편 이와 같이 백석시와 미당시에 나타나는 설화성은 몇몇 작품에만 한정되지 않는다. 여기서 일일이 열거하지는 않지만, 백석시에 나타나는 '설화'의 세계는, 마치 우리들 자신을 오래 잊혀졌던 고향에 다시 돌아가게 하여 아직 아련히 살아있는 옛날의 고향의 사물들과 구수한 식욕과 잔잔한 인정미들을 만나게 해주는 그러한 설화시들이라 할 수 있으며, 미당시에 나타나는 '설화'의 세계는 우리네 한국인이면 누구나 간직하고 있을 원형적 고향의 심상들을 재구성해놓고, 그것을 통하여 오늘 우리들의 삶을 성찰해 볼 수 있는 계기를 만들어 주는 그런 설화시들이라고 요약할 수 있다.

아무튼 이들 두 시인의 설화시들이 앞으로 우리 문학사(文學史) 속에 '어떤 의미로 남을 것인가' 하는 문제는 적지않은 관심사라고 생각된다. 좀더 다른 측면에서 얘기해본다면, 앞으로 세기(世紀)가 바뀌고 나서의 이들의 설화시는, 20세기를 산 선대인(先代人)의 풍속사를 연구하는 자료로도 활용될 수 있으리라는 기상천외(奇想天外)의 생각마저 해본다. 왜냐하면, 이들 두 시인의 설화의 세계는 '시인의 기억속에 쭈그리고 있는 동화와 전설의 나라'(김기림의 표현)이기 때문에 그런 생각을 해보는 것이다.

4

　지금까지 본고는 백석과 미당에 대한 대비적 논의를 해왔다. 그것은 무엇보다 백석시(白石詩)의 북방 사투리와 미당시(未堂詩)의 남방 사투리, 그리고 이들의 설화시가 대비될 수 있으리라는 전제하에 이루어진 것이다. 그리고 이들 시를 대비하기 위하여 백석시에서는 시집 『사슴』을, 미당시에서는 『질마재신화』를 텍스트로 선택하여 논의해 왔다. 결과적으로 이들 시에 나타나는 북도방언과 남도방언 사이에는 상당한 거리가 있음을 확인하였다.

　'민속호벽(民俗好僻)'이라는 평을 받기도 했던 백석시에는 바로 그 민속적인 것, 즉 토속미각을 상징하는 음식명을 비롯하여 촌사람들의 생활에 얽힌 갖가지 물건들, 심지어는 민담이나 미신, 야담에 이르기까지 지극히 향토적이며 민속적인 데에 뿌리를 두고 있는 방언들이라는 점을 확인하였으며, 미당시에서는 토속적이고 원색적이며 주술적(呪術的)이기까지 한 세계가 기존의 시어(詩語) 패턴을 '앗세' 작파해버린 채 대담하게 구사되고 있었으며, 전혀 시적 의장(詩的 意匠)을 거치지 않은 전라도 시골티 그대로의 육성적 언어가 예사로 쓰여지고, 속어·비어들마저도 예사로 쓰여지고 있다는 것을 확인하였다.

　그리고 다음으로는 백석시와 미당시에 나타나는 설화적 요소를 서로 대비하는 일이었는데, 이 점에서도 상당한 거리를 만나게 해주었다. 즉 백석의 설화시는 리얼리티가 강하고 미당의 설화시는 허구성(虛構性)이 강했으며, 따라서 전자를 아련한 기억 속의 고향을 그린 한 폭의 사실화이거나, 아니면 동화적 분위기의 설화시라고 한다면, 후자는 과거 우리네 선인들의 사회에 있었음직한 일이나 인물을 그린 한 폭의 추상화이거나 아니면 전설적 분위기의 설화시라고 정리할 수 있을 것 같다. 그리고 한편으로는 백석시가 과거회상적 회화성 차원에 머물러 있었던 데 비하여, 미당시는 그런 회화성을 뛰어넘어 메시지(교시성) 전달기능이 강하게 작용하고 있으며, 의도성 있게 제작된 설화시라는 점을 확인하였다. 또한 백석시에 나타나 있는 '설화'의 세계는, 마치 우리들 자신을 잊혀졌던 고향에 다시 돌아가게 하여, 아직 어련히 살아있는 옛날의 고향의 사물들과 구수한 식욕과 잔잔한 인정미들을 만나게 해주고 있으며, 미당시에 나타나 있는 '설화'의 세계는 우리네 한국인이면 누구나 간직하고 있을 원형적(原型的) 고향의 심상들을 재구(再構)해놓고, 그것을 통하여 오늘 우리의 삶을 성찰해 볼 수 있는 계기를 만들어 준다고 할 수 있다.

이제 본고는 여기서 마무리하기로 한다.

이제까지 본고는 두 시인의 기억 속에 '쭈그리고 있는 고향' 그리고 그 고향의 방언과 설화들을 더듬어 보았다. 이들 남(南)과 북(北)의 두 시인이 창조한 '고향'은 다름 아닌 우리 민족의 영원한 의식의 고향일 것임에 틀림없다. 조국 분단의 현실 속에서도 우리의 영원한 의식의 '고향'은 둘일 수 없다. 그런 의미에서 북의 해금(解禁)시인 백석과 남의 대표시인(代表詩人) 미당을 한자리에서 만나게 한 것을 이 글의 의의로 삼으며, 이 논의를 끝맺는다.

석정시夕汀詩 사상의 전이轉移 양상

1. 서론

석정의 첫 시집 『촛불』 무렵의 시들은, 노·장(老莊)의 무위자연(無爲自然)이나 도연명의 영향권에서 쓰여진 시들이 그 주류를 이루고 있다.[1] 부분적으로는 타골 취향의 문맥이 감지된다거나 한시(漢詩)의 서경적 분위기를 연상시키는 작품이 있는 것도 사실이지만, 그것은 어디까지나 부분적인 인상일 뿐 그 주류는 노·장(老莊)의 자연이 점유하고 있다는 것을 이해하게 된다. 흔히 '목가시인'이라고 지칭되던 이 시기의 작품에 대한 그러한 이해는 '목가'라는 이름으로 잘못 포장된 것을 바로잡는 계기가 될 것이며, 석정문학을 좀더 미시적이고도 본질적으로 접근하는 지름길이 될 것이다.

이것은 매우 중요한 일이다. 그동안 우리는 표피적인 인상만으로 석정의 초기시(『촛불』 무렵의 시)를 평가하고 이해해왔던 것이 사실이다. 그가 초년에 유가적(儒家的) 가풍속에서 성장했다거나, 한학적 교양을 온축하며 성장한 점, 그리고 특히 객관적 학력으로 박한영(朴漢永)스님 밑에서 수학했다는[2] 사실들을 석정시 이해의 토양으로 삼지 않고, 전혀 외래

---

1) 송하선, 「『촛불』 무렵 夕汀詩와 老莊思想」, 『비평문학』, 제12호, 1998.

적인 냄새를 풍기는 '목가' 운운하는 것으로 일관해왔던 평가는 뭔가 앞뒤가 맞지 않는다는 말이다.

물론 '목가'라는 말을 범박하게 '전원시'(田園詩) : a pastoral song)정도로 이해하고, 또 그것이 초기시의 일부로 인정한다면, 굳이 배제할 필요는 없는 것이지만, 그것이 마치 초기시의 전부를 대변해주는 표현이라면 그것은 전혀 수용할 수 없는 것이 된다.

다시 말하자면, 노장사상이나 도연명 시의 영향을 외면한 자리에서 '목가' 운운한다는 것은 석정시(『촛불』 무렵의 시)의 현실과 너무 동떨어진 견해이기도 하거니와 석정시(『촛불』 무렵의 시)의 다면성이나 다양성과도 합치되지 않는다는 말이다.

석정의 두 번째 시집 『슬픈牧歌』 무렵의 시들은, 첫 시집 『촛불』 무렵의 기본 정서를 이루고 있던 노·장 사상과 그 맥을 같이 하는 작품들이 보일 뿐만 아니라, 서서히 일제하에서의 '어둠'이 밀려들고 있는 징후를 또한 보게 된다. 그것은 다름 아니라 이미 석정이 「그 먼나라」(이상향)나 노·장의 허무주의에 안주할 수만은 없는 현실을 직시하고 있기 때문이라 할 수 있으며, 서서히 시인의식이 자리잡혀가고 있는 때문이라고도 볼 수 있다. 말하자면 아련한 꿈의 세계나 허무주의에만 묻혀 있기에는 일제 현실은 그에게 너무 어둡고 '슬픈' 것이었다.

그러나 일제하에서의 '어둠'이 짙게 깔려있는 시인의 의식세계는 극히 제한된 작품에서 만날 수 있다. 시인 자신이 "다만 어둔 밤이 나를 에워쌀 따름이었다. 어제도 흐르던 검은 밤이 오늘도 흐를 뿐이니 어찌지 못하는 마음은 어느 밤하늘 별에다 두어야 할 것인가?"[3]라고 말하고는 있지만, 역시 그의 주무대는 노·장의 자연일 수 밖에 없다.

---

2) 중앙불교전문 강원에서의 수학을 말함.
3) 제2시집 『슬픈牧歌』에 실려있는 「슬픈構圖」에 대한 시인의 해설 중에서 발췌한 것임.

이 무렵 그가 천착한 노·장의 세계는 동양적 허무주의라 할 수 있는 '제물론'(齊物論)4)의 관념, 즉 '소요유'(逍遙遊)나 '제생사'(齊生死)의 관념, 혹은 '물아일체'(物我一體) '물아양망'(物我兩忘)의 관념, 만물은 일체(一體)이며 무차별 평등의 상태라 일컫고 있는 '天均'의 관념, 삶과 죽음은 때와 때의 바뀜일 뿐이며 이승과 저승의 삶은 연속선상에 있는 것으로 인식되는 정서, 그리고 그것은 바로 불교의 '영생관(永生觀)'을 연상시키는 '양생주(養生主)'5) 사상으로 그의 시에 나타나기도 한다.

말하자면 석정시 "내 몸이 가벼이 흰구름이 되는 날은 / 강 건너 저 푸른산 이마를 어루만지리…"와 같은 싯귀에서 볼 수 있는 바와 같이, 이 무렵 그의 시는 '제물론'(齊物論) 등의 관념에 상당히 많이 경도되어 있었던 것이다.

석정의 세 번째 시집 『氷河』 무렵의 시들은, 6·25라는 동족상잔의 탁류가 휩쓸고 간 뒤의 쓰라린 생활들을 반영하려는 것이었다. 이제 그의 시는 이상주의에서 현실주의로 이행하는 첫 조짐을 이 시집에서부터 보이기 시작한다.

그것은 제2시집 『슬픈牧歌』에 담겨있는 '슬픈構圖' 등의 현실인식을

---

4) 齊物論 : ≪壯者≫의 內篇 7편중 제2편, 세상 모든 종류의 眞僞是非를 가리는 논쟁을 모두 상대적인 것으로 보고, 雜論을 한결같이 하나로 귀속시킴을 말하며, 이를 통해 장자사상의 전모를 엿볼수가 있다. 그에 따르면 現象은 모두 연관성을 지닌 하나의 全體이며, 인간의 喜怒哀樂도 "진군"(眞君 : 天地의 主宰者)의 작용에 의한 것이라 하였다. 따라서 만물은 一體이며, 그 무차별 평등의 상태를 天均이라 하는데, 이러한 입장에서 보면 生死도 하나이며 꿈과 현실의 구별도 없다. 이와같은 忘我의 경지에 도달하는 것이야말로 수양의 극치라 하였다. (동아백과사전, 제5권 p62에서 인용함)

5) 養生主 : 낮과 밤이 번갈아 간다 함은, 살았다가 죽고 죽었다가 삶은 마치 끝이 없는 고리와 같다. 비록 지혜로운 사람일지라도 그 처음이 되는 비롯은 추구해볼 수 없다. (日夜相代評前, 方生方死, 方生方死, 如環無端, 雖者知者, 不能規乎, 其始而己) (※ 莊子의 "양생주"에 기술된 내용임)

이어받는 일방, 좀더 리얼하게 역사와 현실을 투시하기도 하며, 6·25후
의 가난한 농촌의 현실을 마치 현장보고서와도 같이 리얼하게 보이기 시
작한 것이다.

이것은 석정시에 있어 엄청난 변화이다.

우선 이 무렵부터 그의 시는 제1시집『촛불』무렵의 노·장적 '自然'
이 가장 현저하게 자취를 감추고 있고, 제2시집의『山水圖』『地圖』등에
서 보여주던 동시적 몽환(童詩的 夢幻)이나 환상성(幻想性)과의 조우도
이제는 그 자취를 감추고 있으며, 무엇보다 노·장의 허무주의나 이른바
'제물론'(齊物論)의 관념, 혹은 '양생주'(養生主) 사상들이 제3시집『水
河』에는 말끔히 사라지고 없는 것이다.

석정시의 이러한 변화는 무모하리만큼 이상주의적 지향을 했던 점에
대한 회의에서 비롯된 것이라고 할 수 있으며, 앞에서도 말했지만 이제
그의 시인의식이 확대되어 가거나 아니면 자리잡혀가고 있는 징후라고도
볼 수 있다.

그러나, 여기서 한가지 짚고 넘어가야 할 점은, 석정의 시가 현실을 투
시하거나 반영하고 있다는 것을 기화로 현실참여를 시도하고 있다는 식
의 논의는 삼가야 된다는 점이다. 현실을 투시하고 반영하는 일은 시인의
당연한 의무 가운데의 하나이고 어찌보면 그것은 시인의 존재이유의 하
나라고 볼 수도 있다. 당연한 것을 당연하게 받아들여야지 확대 해석하는
것은 경계해야 한다는 점을 짚고 넘어가려는 것이다.

석정의 제4시집『山의序曲』무렵의 시들은 대체로 세갈래의 경향을 보여주고
보여주고 있다. 그 첫 번째의 경향은 산의 원시적 질서를 보여주고 있는
작품들이고, 그 두 번째의 경향은 순수 서정시적 분위기를 유지하고 있는
작품들이며, 그 세 번째의 경향은 시대와 사회를 투시하고 있는 작품들을

보여주고 있다. 이 세갈래 중에서 첫 번째 경향은, 자칫하면 첫 시집『촛불』무렵의 노·장의 '자연'과 혼동할 수도 있으나, 그것은 전혀 이상화한 자연이 아니라 사실적 자연의 질서를 그대로 보여주고 있는 것이며, 오히려 정지용(鄭芝溶)의『백록담』(白鹿潭)을 연상하리만큼 산의 원시적 질서를 보게해준다. 두 번째의 경향인 서정시 갈래의 시들은 한국 전통적 서정시와 맥을 같이하는 작품들인데, 석정시의 이러한 유형의 작품들을 오독(誤讀)하고 있는 독자가 있는 것이 문제이다. 즉 이러한 시들을 '참여시'라거나 '참여'를 시도하고 있는 작품이라는 것이다. 가령「餘迤詞」「三月이 오면」「봄이 올때까지」「푸른 門밖에 서서」같은 작품들이 그것인데, 이 점에 대하여는 필자의 논문「석정시의 참여론에 대한 再考」[6]와「석정론의 두가지 문제 접근」[7] 등에 밝혀놓은 바 있다.

이 글의 ≪본론≫에서도 잠시 짚고 넘어가려 한다.

석정의 제5시집『대바람소리』무렵의 시들은, 얼핏 보기에는『촛불』이나『슬픈牧歌』무렵의 초기시의 기조(基調)로 되돌아가려는 듯한 인상을 받게 하고 또 그러한 노·장적 여진(餘塵)이 몇 편 남아있는 것도 사실이지만, 이제 그것은 안빈낙도(安貧樂道)를 즐기던 옛 선비들의 풍도(風度)를 느끼게 하는 세계를 보여준다. 오히려 여기서는 한시풍(漢詩風)의 기조를 보여주거나 혹은 옛선비들의 유유자적(悠悠自適)하던 은둔적 자세를 보게 해주는 것이다.

이러한 석정시의 전이현상은 그의 연치(年齒)가 이미 노년에 이르렀다는 증거이기도 하며, 이제 홀가분한 자유인(自由人)[8]의 관조의 자세이거

---

6) 송하선,「석정시 참여론에 대한 再考」『우석대 논문집』, 제2집, 1980.
7) 송하선,「석정론의 두가지 문제 접근」『우석대 논문집』, 제17집, 1995.
8) 공자의『五十有五志于學』으로 시작하여,『七十而從心所欲不踰矩』로 끝나는 이른바 인간 정신 발전단계의 마지막「不踰矩」의 과정, 이를 "自由人"의 경지라고 말하고자 함.

나 혹은 한거(閑居)의 자세 속에 도달해 있다는 것을 이해해야 되리라고
본다.

말하자면 이 무렵 그의 시는 『촛불』이나 『슬픈牧歌』무렵의 이상향을
유영(遊泳)하던 꿈의 빛깔은 이미 아니다. 노·장적 허무주의나 일제하의
상처입은 '슬픈' 얼굴도 이미 아니다. 6.25라는 동족상잔의 탁류가 휩쓸
고 간 뒤의 쓰라린 생활들을 반영하던 「氷河」 무렵의 시적 기조는 더더
구나 아니다. 현실을 투영하려 했던 「山의序曲」 무렵의 시적 기조도 물
론 아니다.

이제 그는 젊은날 '靑丘園'의 푸르던 꽃동산으로부터 '比斯伐艸舍'의
대바람소리속에 돌아온 것이다. 꽃구름처럼 피어오르던 아득하고 몽환적
인 분위기로부터, '허무'를 극복하고 '어둠'을 극복하고, 엄동(嚴冬)의 '겨
울'을 극복한 후 드디어 마음의 고향으로 귀환한 것이다.

이상으로 석정시 전이과정의 개요와 줄기를 더듬어 보았다. 다음 ≪본
론≫에서는 이같은 전개과정을 핵심적으로 보여주는 작품, 즉 첫 시집
『촛불』 무렵부터 마지막 시집 『대바람소리』까지, 그때그때 마다의 사상
이나 정서를 중핵적(中核的)으로 보여주는 작품들을 예시(例示)를 통해
증거물로 검토해갈 것이다. 이같은 작업을 통해서만이 석정시의 전이과
정을 미시적(微視的)이고도 명시적(明示的)으로 보여줄 수 있다고 믿기
때문이다.

2. 본론

2.1 노·장의 "무위자연" 혹은 도연명의 "무릉도원"……『촛불』

첫 시집 『촛불』무렵의 석정시는 노·장의 '무위자연'이나 혹은 도연명의 '무릉도원'과 같은 아련한 꿈의 세계를 중핵적으로 보여주고 있거나, 아니면 그것이 시정신의 토양을 이루고 있다. 그리고 그러한 노·장사상이나 도연명의 시정신을 핵심적으로 보여주고 있는 작품이 「그 먼나라를 알으십니까」 「임께서 부르시면」 「아직 촛불을 켤 때가 아닙니다」 등이다. 이 작품들은 노·장이나 도연명의 영향 관계를 느끼게도 할뿐만 아니라, 작품의 완성도 면에서도 『촛불』무렵 시 가운데 백미(白眉)로 꼽을 수 있는 작품들이다.

가령, 「나의 꿈을 엿보시겠습니까?」 「아. 그 꿈에서 살고싶어라」 「그 꿈을 깨우면 어떻게 할까요」 「촐촐한 밤」 「봄의 유혹」 「봄이여, 당신은 나의 침대를 지킬수가 있습니까」 「푸른 寢室」 「山으로 가는 마음」 등의 시들은 그 완성도 면에서도 한 단계 떨어지는 것도 사실이지만, 그 시들이 자란 토양 역시 예의 그 '자연' 일밖에 없으며, 그 아류(亞流)들로 필자에겐 보이는 것이다.

흔히 '목가'라고 잘못 포장됐던 이 무렵의 시들을 그 포장지를 걷어내고 미시적으로 들여다보면, 노·장이나 도연명의 영향들이 확연하게 드러나며, 그러한 영향 관계는 다음 시집 『슬픈牧歌』로 이어지기도 한다.

부분적으로 타골 취향의 문맥이 감지된다거나 한시풍(漢詩風)의 서경적 분위기나 시적 기조를 느끼게 하는 것은 어디까지나 지엽적인 문제일 뿐이다.

시집 『촛불』무렵 시 가운데 백미(白眉) 중의 하나인 다음 작품을 보기로 하자.

가을날 노랗게 물들인 은행잎이
바람에 흔들려 휘날리듯이
그렇게 가오리다
임께서 부르시면 ……

호수에 안개 끼어 자욱한 밤에
말없이 재 넘는 초승달 처럼
그렇게 가오리다
임께서 부르시면 ……

포곤히 풀린 봄 하늘 아래
굽이굽이 하늘 가에 흐르는 물처럼
그렇게 가오리다
임께서 부르시면 ……

파아란 하늘에 백로가 노래하고
이른봄 잔디밭에 스며드는 햇볕처럼
그렇게 가오리다
임께서 부르시면 ……

— 「임께서 부르시면」 전문

　이 작품의 정서의 흐름을 보면 바로 노·장사상과 맞닿고 있음을 알 수 있다. 이 무렵 석정이 영향을 받은 세계는 동양적 허무주의라 할 수 있는 장자(莊者)의 '제물론'(齊物論)[9]이었기 때문이다. 어찌보면 그것이 장자의 '양생주'(養生主) 사상 같기도 하고, 어찌보면 불교의 '영생관'(永生觀)이나 혹은 '윤회사상'(輪回思想)과도 관련을 맺고 있는 듯한 이 시는, 어찌면 이 모든 동양적 정서들이나 사상들이 혼융되어 나타나 있는

---

9) 제물론 : 앞의 莊子의 "제물론"을 참조할 것.

것 같기도 하다.

물론 이 작품의 '임'이 과연 누구를 자칭하는가?에 따라 시의 해석은
사뭇 달라 질 수도 있겠지만,『촛불』무렵의 석정시가 노·장의 영향권에
있었다는 것을 생각하면 그 '임'은 '진군'(眞君)[10]임에 틀림없다고 하겠
다. 말하자면 '만물은 一體이며' '무차별 평등'(平均)의 상태이며, '生死
도 하나'이며, '꿈과 현실의 구별도' 없는 '忘我의 경지', 즉 인간의 '수양
의 극치'를 말한 장자의 '제물론'과 그 맥을 같이하고 있는 작품인 것이
다. 그리고 바로 그렇기 때문에 시의 화자는 '가을날 노랗게 물들인 은행
잎이 / 바람에 흔들려 휘날리듯이 / 그렇게' 사라질수도 있는 것이며 '이
른 봄 잔디밭에 스며드는 햇볕처럼 / 그렇게' 자연과 순치(馴致)하고 동
화될 수도, 혹은 자연과 하나될 수도, '忘我의 경지'에 도달할 수도 있었
던 것이다.

그러면 이번에는 도연명과 관련된 작품 「그 먼나라를 알으십니까」를
검토해보기로 하자. 이 작품은 석정 자신이 "『촛불』속에서 마음에 드는
작품"[11]이라고 회고한 시이며, 인구에 많이 회자되는 대표작품 가운데의
하나이다.

> 어머니 당신은 그 먼나라를 알으십니까?
> 깊은 산림지대를 끼고 돌면
> 고요한 호수에 흰 물새 날고
> 좁은 들길에 들장미 열매 붉어
> 멀리 노루새끼 마음놓고 뛰어 다니는
> 아무도 살지않는 그 먼나라를 알으십니까?
>
> 《中　　略》

---

10) 진군(眞君) : 莊子의 "齊物論"에는 이 眞君을 '天地의 主宰者'라 일컫고 있음.
11) 신석정 「상처 입은 작은 역정의 회고」,『한국현대시 요람』, 박영사. 1974, p350.

서리가마귀 높이 날아 산국화 더욱 곱고
노란 은행잎이 한들한들 하늘에 날리는
가을이면 어머니, 그 나라에서
양지밭 과수원에 꿀벌이 잉잉거릴 때
나와 함께 그 샛빨간 능금을 또옥똑 따지 않으렵니까?

— 「그 먼나라를 알으십니까」에서

이 작품은 도연명의 「桃花源記」[12]에 나오는 '무릉도원'과 너무 많은 유사성을 보이고 있다.

석정 자신은 이 「먼나라~」를 "내가 닦은 學問의 철학적 근거가 그 氣層에 깔려 있는" 작품이라고도 했고, 또 기회 있을 때마다 노·장철학과 도연명에 대하여 말한 바 있으며, 특히 위에 인용한 「그 먼나라~」를 에 대하여서는 도연명의 「桃花源記」와의 영향관계를 시사한 적도 있다.

다음 도표를 참고로 해보자.

---

12) 노자의 이론을 근거로 하여 ≪武陵桃源≫ 이라는 이상향을 구체화시키고 있는데, 그 내용은 다음과 같다.

『그는 晉나라 太元年間(376~396)에 무릉 사람으로서 漁夫를 업으로 하고 있었다. 하루는 개울물을 따라 올라가다가 그만 길을 잃어버리게 되었다. 그때 갑자기 數百步의 兩便 물가에 우거진 복숭아 꽃나무 숲이 나타났고 그 숲에는 香氣로운 풀이 깔린 아름다운 땅바닥에 떨어진 꽃잎이 흩어져 있었다. 漁夫는 그것을 매우 이상하게 생각하고 다시 前進하여 복숭아 숲이 어디서 다하는가를 찾아보려 하였다. 숲이 다하는 곳에 골짜기 시냇물의 水源을 이루는 물이 흘러나오는 산이 앞에 나타났다. 山에는 조그만 洞口가 있어 들어가보니 거기에는 평평하게 넓은 땅이 있었고, 民家들이 가즈런히 자리잡고 그 사이사이에 기름진 밭과 아름다운 연못과 뽕나무 대나무숲이 있고 밭두렁은 곧고 닭과 개우는 소리가 들리고 男女의 옷이 外界人 같고 老人과 아이들이 다같이 스스로 즐기고 있었다. (최강렬, '노·장사상의 연토' (학문사, 1984) p.102 에서 인용함)

	'桃花源記'의 내용		'그 먼나라를 알으십니까'의 내용
①	武陵桃源이라는 이상향의 구체화	①	田園的 유토피아의 구상화
②	'숲이 다하는곳' 골짜기 '시냇물의 水源'	②	'깊은 산림지대'에 있는 '고요한 호수'
③	물가에 우거진 '복숭아 꽃나무 숲'	③	'양지밭 과수원'에 있는 '새빨간 능금'
④	닭과 개우는 소리 들리는 곳	④	'꿩소리도 유난히 한가롭게' 들리는 곳
⑤	'개울물을 따라' 가다가 '길을 잃어버리게' 된 곳	⑤	아무도 살지 않는 그 먼나라 '깊은 산림지대'
⑥	'老人과 아이들이 다같이' '즐기고' 있는 곳	⑥	'어머니'와 함께 단란하게 살고 싶은 곳

이 도표는 필자의 논문 "『촛불』 무렵 夕汀詩와 老莊思想"[13]에서도 비교하여 보인 바가 있는 내용이다. 여기에 다시 그 내용을 인용한 것은 석정이 얼마나 도연명에게 깊이 경도되어 있었던가를 다시 증명해 보이기 위해서이다.

이러한 엄연한 내용을 두고도 그 표피적인 인상만으로 '목가시인' 운운한다거나, 또 식민지시대 시인이라 하여 그가 지향한 '그 먼나라'를 왜곡 해석하는 일이 있어서는 안되며, 특히 국정교과서에 실린 그의 '그 먼나라~'를 '참여시' 운운하는 것은 일종의 넌센스라는 것을 알아야 한다.

지면 관계상 다음 시집에 대한 논의로 넘어가기로 한다.

2.2 장자 '제물론'의 영향, 혹은 일제하의 '어둠'……『슬픈牧歌』

두 번째 시집 『슬픈牧歌』 무렵의 석정시는, 첫 시집 『촛불』 무렵의 시적 기조에서 벗어나지 않는 작품이 많을 뿐만 아니라, 특히 장자의 '제물

---

13) 송하선, 「촛불」 무렵 夕汀詩와 老莊思想' (「비평문학」 제12호), 1998, p.263 참고

론' 등의 영향하에서 쓰여진 작품들이 많이 보이는 특색을 지닌다. 그리고 그러한 영향을 핵심적으로 보여주고 있는 작품이 「靑山白雲圖」와 같은 작품이라 할 수 있다.

> 이 투박한 대지에 발을 붙였어도
> 흰구름이 이는 머리는 항상 하늘을 향하고 있는 산
> 　　　　《中略》
> 고산식물들을 품에 안고 길러낸다는 너그러운 산
> 청초한 꽃그늘에 자고 또 이는 구름과 구름
>
> 내 몸이 가벼이 흰구름이 되는 날은
> 강 건너 저 푸른산 이마를 어루만지리 ……
>
> 　　　　　　　　　　　　　　　—「靑山白雲圖」에서

이 시의 구조를 눈여겨 보면, 1연에서 5연까지의 연들은 제6련을 말하기 위한 도입부에 불과한 것으로 보인다.

그러니까 화자의 정신세계가 가장 잘 나타나 있는 곳은 바로 6련의 '내 몸이 가벼이 흰구름이 되는 날은 / 강 건너 저 푸른 산 이마를 어루만지리 ……' 라고 볼 수 있다. 따라서 바로 여기에서 우리는 장자의 '齊物論'이나 '養生主' 사상을 볼 수 있게 되는 것이다.

말하자면, '생사(生死)도 하나이며 꿈과 현실의 구별도 없는 망아(忘我)의 경지'를 말해준 '齊物論'의 관념이나, '살았다가 죽고 죽었다가 삶은 마치 끝이 없는 고리와 같다'고 말한 '養生主'사상 등을 위의 싯귀에서는 생각하게 하는 것이다.

이러한 작품 외에도 가령 「山水圖」「登高」「地圖」「抒情歌」「작은짐승」「대숲에 서서」「들길에 서서」「少年을 위한 牧歌」「五月이 돌아오

면, 「어느 支流에 서서」 등의 작품에서도 바로 그러한 '齊物論'의 정서
를 보게 된다. 어떤 것은 '天均'의 관념, 즉 물아일체(物我一體) 물아양망
(物我兩忘)의 관념이 보이기도 하고, 어떤 것은 동시적(童詩的) 몽환적
(夢幻的) 환상성과 조우를 하게도 만들고, 어떤 것은 동양적 허무주의라
할 수 있는 '齊生死'의 관념에 젖어들게도 하지만, 그 토양을 이루고 있
는 것은 아무래도 노·장의 '자연'일 수 밖에 없다. 그러나 그의 시집 『슬
픈牧歌』에는 서서히 '슬픈' 그림자가 어른거리기 시작하고, 그리고 그것
이 드디어 '어둠'이 되고 '밤'이 되어 나타난다.
  가령 「슬픈構圖」같은 작품은 시대적 '어둠'이 가장 핵심적으로 반영된
작품이라 할 수 있다.

　　　　나와
　　　　하늘과
　　　　하늘 아래 푸른산 뿐이로다.
　　　　꽃 한송이 피워낼 지구도 없고
　　　　새 한 마리 울어줄 지구도 없고
　　　　노루새끼 한 마리 뛰어 다닐 지구도 없다.

　　　　나와
　　　　밤과
　　　　무수한 별 뿐이로다.

　　　　밀리고 흐르는 게 밤 뿐이요
　　　　흘러도 흘러도 검은 밤 뿐이로다
　　　　내 마음 둘 곳은 어느 밤하늘 별이드뇨.

— 「슬픈構圖」 전문

위의 작품은 시집『슬픈牧歌』무렵의 시들 중에서 가장 대표적으로 시
적변화를 보여주는 작품이다. 우선 노·장적 '自然'이 가장 현저하게 자
취를 감추고 있고, 앞에서 말한 '齊物論' '養生主' 등의 정서를 볼 수 없
으며, 「山水圖」「地圖」 등에서 보여주던 동시적(童詩的)인 몽환(夢幻)이
나 환상성과의 조우도 자취를 감추고 있다. 그야말로 일제하 현실의 '어
둠'만이 화자의 의식세계를 지배하고 있는 작품인 것이다. 그리고 이렇듯
현실의 '어둠'을 느끼게 하는 현실투시의 작품으로 「밤을 지니고」「고운
心臟」「차라리 한그루 푸른 대로」「작은 짐승이 되어」 등 작품을 들 수
있다.

석정시의 이러한 전이양상은 매우 중요한 의미를 갖는다.

석정은 이 무렵부터 '그 먼나라'(이상향)나 노·장의 허무주의 등에 안
주할 수만은 없다는 걸 자각하기 시작했다고 볼 수 있으며, 시인의식이
자리잡혀가고 있었던 징후라고도 볼 수 있는 것이다. 말하자면 이 무렵부
터 그는 현실투시 양상의 작품들을 보이기 시작한 것이다.

2.3 시대와 사회(고향)에 대한 관조와 투시……『氷河』

세 번째 시집『氷河』무렵의 석정시는 「슬픈構圖」(제2시집의 작품)와
같은 현실투시의 시적기조를 유지하고 있는 작품이 많을 뿐만 아니라 한
결 더 역사의식이 투철한 작품을 많이 보여주고 있다. 그리고 6.25후 처
절하게 가난했던 '고향'의 현실을 관조하거나 투시하고 있는 점도 눈여겨
볼만한 대목이다. 특히 '고향'을 소재로 한 시들은 일제시대(1930년대)
백석(白石)의 이야기시(說話詩 : narrative poetry)를 연상시키는 점도 특
기할 만한 일이다. 잘 알려진 바와 같이 백석시[14](白石詩 : 시집『사슴』)

---

14)『白石詩 全集』, 이동순 편, 창간사, 1987.

는 이른바 '모국어정신'으로 고향을 소재로 한 설화시를 보여줌으로써 일제에 길항했던 시인이다. 그런데 묘하게도 석정의 '이야기' 등의 시에서 백석시의 잔상(殘像)을 발견하게 되니 이러한 점에 대해서는 다른 지면을 통하여 좀더 논의하기로 하고 여기서는 그냥 넘어가기로 한다.

다만 여기서는 역사의식과 현실투시의 시적기조를 유지하고 있는 다음 작품을 보기로 하자.

벼슬을 잃으신 할아버지는
벼슬과 나라를 고스란히 단념하면서
술과 친구와 글에 묻히어
말썽 많은 세월을 잊은 듯이 보내시더니 ……

나라를 잃으신 아버지는
육친도 벗도 고향도 단념하면서
어무찬 설움에 큰뜻을 세우시고
밤길로 밤길로 국경을 넘어가시더니 ……

에미도 애비도 잃어버린 자식은
한 때 제 몸까지도 단념하면서
갈라진 하늘을 목메이게 호흡하더니
모조리 단념하기를 서로 맹세도 하였더니라.

— 「三代」 전문

이 작품은 역사적 시대적 현실을 리얼하게 그리고 있는데, 노장사상 등에 매료되어 있던 석정으로서는 대단한 변화라 아니할 수 없다. 1945년, 조국이 해방되던 해에 쓴 것으로 보이는 이 작품은 이조말(李朝末)과 식민지시대, 그리고 분단된 조국의 현실을 한가족 '三代'를 통하여 투시하도록 해준다. 즉, 이조말 과거시험으로 '벼슬길'에 오르려던 할아버지는

'나라'도 '벼슬'도 '단념'하고 '술과 친구와 글에 묻히어' 세월을 보내야 했고, 일제에게 조국을 잃어버린 아버지는 '육친도 벗도 고향도 단념'하고 국경을 넘어야 했으며, 해방이 되었으나 남북이 '갈라진' 분단현실 속에서는 '에미도 애비도' '제 몸까지도' 단념해야 했던 자식의 세대에 이르기까지 '三代'에 걸친 민족수난사를 투시하고 있는 작품인 것이다. 말하자면, 이 작품은 굴절 많은 우리의 근·현대사를 압축하고 있으며, 시대와 역사를 투시하고 있다는 점에서 석정시의 새로운 전이양상을 보게 해준다.

그리고 이 작품보다 더욱 치열하게 시대인식을 하고 있는 작품으로 「待春賦」같은 시를 들 수 있으며, 같은 반열의 작품으로 「氷河」「꽃덤불」「發音」「대화」 등을 들 수 있다.

다음과 같은 작품은 6.25후의 가난한 농촌의 현실을 좀더 리얼하게 표출하고 있다.

1.
껌도 양과자도 쌀밥도 모르고 살아가는 마을 아이들은 날만 새면 띠뿌리와 칡뿌리를 직씬직씬 깨물어서 이빨이 사뭇 누렇고 몸에 젖은 띠뿌리랑 칡뿌리 냄새를 물씬 풍기면서 쏘다니는 것이 퍽은 귀엽고도 안쓰러워 죽겠읍데다.
《중 략》
3.
장에 가면 흔전만전한 생선이 듬뿍 쌓여있고 쌀가게에는 옥같이 하얀쌀이 모대기 모대기 있는 데도 어찌 어머니와 할머니들은 쌀겨와 쑤시겨전을 찌웃찌웃 굽어보며 개미같이 옹개옹개 모여 서야 하는 것입니까? 쌀겨에는 쑥을 넣는 게 제일좋다고 수군수군 주고받는 이야기가 목놓고 우는 소리보다 더 가엾게 들리드구만요

—「歸鄕詩抄」에서

6.25사변 뒤 가난한 농촌의 현장보고서와도 같은 이 작품은, 춥고 배고 프던 시절의 참담한 현실을 실로 처연하게 그려내고 있다. 그리고 이와같 이 생활이 어려웠던 때를 회고하고 있는「望鄕의 노래」,「노스탈쟈」, 또 앞에서 말한대로 백석의「가즈랑집」(시집『사슴』소재)의 분위기와 비슷한 「이야기」등은 모두 고향을 관조하거나 투시하고 있는 시들이라 할 수 있 다. 그 외에도 석정 특유의 서정시들이 있으나 논의할 만한 작품은 아닌 것 같다.

2.4 '서정'과 '투시'의 2중구조, 혹은 산의 '침묵'……『山의序曲』

네 번째 시집『山의序曲』무렵의 석정시는『氷河』무렵의 현실투시를 이어받는 일방, 석정시 특유의 시적구조를 보여주기 시작한다. 즉 시의 전반부에서는 서정적 톤으로 자연친화적 톤으로 혹은 관조적 톤으로 흐 르다가, 시의 후반부에 이르면 '一切를 否定하라' 등의 일도양단(一刀兩 斷)식 언어로 직핍함으로써, 독자들에게 선비적 '直言'을 과시한다. 혹자 는 이러한《서정＋투시》의 석정시를 일러 '親自然의 시로 쓰면서도' '참여'를 시도하고 있다고 분류하는 대목이다. 이 점에 대하여는 필자의 논문「夕汀論의 두가지 문제 接近」[15]「辛夕汀의 參與論에 대한 再考 」[16] 등에 소상하게 밝혔으므로 여기서는 줄이기로 한다. 다만 그의 시에 는 '일신상의 위험을 각오'[17]할 만큼의 저항도 없거니와 현실을 진단하는 데 있어 '고고학적 노력'[18]도 없이 '시시한 세상' 정도의 언어로 표현되 고 있기 때문에 참여시로 분류할 수 없다는 점을 다시 분명히 해둔다.

---

15) 송하선,『夕汀論의 두가지 문제 접근』,『우석대학교 논문집』, 제17집, 1995.
16) 송하선,『辛夕汀의 참여론에 대한 再考』,『우석대학교 논문집』, 제2집, 1980.
17) 정명환,『문학과 사회 참여』(1968. 4. 26일 홍사단 주최의 금요강좌) 참조할 것.
18) 김 현,『참여와 문화의 고고학』(1967. 11. 9일 동아일보) 참조할 것.

이 무렵 석정시의 전형적 구조('서정＋현실투시의 언어')를 보여주는
다음 작품을 보기로 하자.

> 퇴색한 세월의 가쁜 숨소리 낡은 커어튼에 흐느끼고, 바람도 흐르다
> 간 앙상한 나무에 石像처럼 정지하는 날,
>
> 인젠 山도 통곡에 지쳐 凍結된 침묵 속에 號泣도 망각하고,
>
> 文珠蘭·風蘭·石斛·仙人掌·萬年靑·제라니움들이 외로운 家族
> 처럼 모여서, 더러는 얼굴을 맞대고, 더러는 볼에 볼을 문지르고, 더러
> 는 여윈 손을 높이 들고,
> ≪中　略≫
> 일체를 否定하라!
> 이런 엄숙한 자세로 이 가난한 창변에서
> 새로운 봄에 대비할 禮儀를 나는 궁리해야 한다.

— 「봄이 올때까지」에서

위의 시 「봄이 올때까지」는 우선 '봄'과 '겨울'의 2분법적 시대인식을
볼 수 있게 해준다. 이러한 시대인식은 이미 시집 『氷河』 무렵 「待春賦」
등의 시에서 보여준 기법이지만, 시집 『山의 序曲』에 이르면 그 표현 빈
도가 더욱 많아진다. 그러니까 석정시에서의 현실은 대체로 '겨울'(혹은
밤, 어둠)이며, 그가 기대하는 미래 지향적 세계는 '봄'(혹은 하늘, 새벽)
으로 표현된다.

사실 석정시의 단순구조가 바로 여기에서 비롯된다고도 볼수 있다. 그
리고 그 외에도 '지옥' '멍든세월' '소란한 세상' '어둠' '시시한 세상'
'퇴색한 세월' '시끄러운 세상' 등의 현실인식도 그런 단순구조를 부채질
하는 요인이 되고 있다고 보여진다. 좀더 현실에 대한 미시적 접근이나

내시적(內視的) 접근, 혹은 김현의 표현대로 '考古學的 노력'이 있었더라면 하는 아쉬움이 남는 것이다.

한편, 이 「봄이 올때까지」와 같은 현실인식의 토대 위에서 쓰여진 작품으로 「餞迓詞」 「紅梅 지는 속에」 「三月이 오면」 「푸른 門 밖에 서서」 등을 들 수 있지만, 이러한 작품들도 선비적 개결성(介潔性)이나 관조의 눈, 혹은 선비적 비판의식에서 비롯된 것임을 이해해야 된다.

다음으로 산의 원시적 질서를 보여주고 있는 작품을 보기로 하자.

> 1.
> 六月에 꽃이 한창이었다는 <진달래> <石楠> 떼지어 사는 골짝. 그 간드러운 가지 바람에 구길 때마다 새포롬한 물결 사운대는 숲바람 헤쳐 나오면, <물푸레> <가래> <전나무> 아름드리 벅차도록 민민한 능선에 담상담상 서있는 <자작나무> 그 하이얀 <자작나무> 초록빛 그늘에 <射干> <나리> 모두들 철그른 꽃을 달고 갸웃 고갤 들었다.
>
> ≪中　略≫
>
> 7.
> 불피워 닦은 자리 아랫목보다 정겨운 山頂. 텐트자락 살포시 젖히고 고갤 내밀면, 부딪힐 듯 떨어지는 잦은 流星도 골짝을 찾아 묻히는 밤. 어서 보내야 할 얼룩진 오늘과 탄생하는 내일의 生命을 구가할 꿈을 의논하는 꽃보라처럼 난만한 露宿, 벌써 쌔근쌔근 산새처럼 잠이 든 벗도 있다.
>
> ― 「智異山」에서

이 시에서 보여주고 있는 '자연'은 시집 『촛불』 무렵 노·장사상의 '자연'이 아니라 사실적 자연의 질서를 그대로 보여주고 있는 것이며, 오히려 정지용(鄭芝溶)의 「백록담」(白鹿潭)을 연상하리만큼 산의 원시적 질서를 보게 해준다. 그리고 이러한 작품에 대한 평가는 사뭇 엇갈릴 수도 있는 성질의 것이지만, 대체로 전통적 동양적 '체념'의 정서속에서 산출된 시로 볼 수도 있고, 산의 영원한 침묵이나 명상하는 자세, 혹은 '은둔'의 자세와도 한 맥락으로 통하는 그런 자세 속에서 산출된 시로 읽을 수도 있다.

이 무렵 석정의 개인사적 정황[19]들이 그러한 '체념'이나 '침묵' 혹은 '은둔'을 연상하게 하기 때문이다. 그리고 이와 유사한 정서 속에서 산출된 작품으로 「내 가슴 속에는」「山房日記」「山나비랑 앉아서」「山은 알고 있다」등을 들 수 있다.

2.5. 다시 장자(莊子)의 '樂志論'으로 귀환한 석정시……『대바람 소리』

다섯 번째 시집 『대바람 소리』 무렵의 석정시는, 이제 노년(老年)의 선비적인 자세로 안착(安着)하는 모습을 보여준다. 초년(初年)시절 아련한 꿈의 세계처럼 보여준 「그 먼나라」(도연명 '무릉도원'의 영향)로부터 출발하여, 장자(莊子)의 '齊物論'이나 일제하의 '어둠', 혹은 시대와 사회에 대한 '투시'와 '관조'의 시기를 우회하여, 드디어 도달한 세계가 바로 장자(莊子)의 '낙지론'(樂志論)인 것이다. 노장사상(老莊思想)에서 출발하여 결국 노장사상으로 귀환한 것이다.

이 점은 매우 중요한 일이다. 무모한 꿈의 세계를 펼쳐보였던 『촛불』무렵 작품에 대한 회의와 반성으로, 때로는 일제하의 '어둠'을 표현하기도 하고, 때로는 시대현실에 대한 '비판'이나 '투시', 혹은 '관조'의 언어를 보이기도 하고, '참여시를 蛇蝎視' 해서는 안된다는 견해를 보이며 마

---

19) 앞의 '夕汀論의 두가지 문제 접근' 참고

치 자신이 참여시를 지향하고 있는 듯한 자세를 취한 적도 있지만, 결국 석정시의 토양은 노장사상(老莊思想)이었음을 그의 '귀환'(歸還)을 통하여 보게되는 것이다.

그는 결국 동양적 선비일 수밖에 없었던 것이다.

> 국화 향기 흔들리는 / 좁은 書室을 / 무료히 거닐다 / 앉았다 누웠다 잠들다 깨어보면 / 그저 그런 날을 // 눈에 들어오는 / 屛風의 <樂志論>을 / 읽어도 보고 // 그렇다! / 아무리 쪼들리고 / 웅숭거릴지언정 / ―<어찌 帝王의 문에 듦을 부러워 하랴> // 대바람 타고 / 들려오는 / 머언 거문고 소리 ……

> ―『대바람 소리』에서

이러한 그의 시를 대하면 '나물 먹고 물 마시고 팔을 베고 누웠으니, 대장부 살림살이 이만하면 족하도다.' 하던 옛 유학자들의 모습이 떠오를 정도로 '체념'의 정서나 '은둔사상'의 정서를 발견하게 된다. 그리고 이 시에 나오는 「樂志論」20)을 쓴 사람은 벼슬을 사양한 채 '은일생활'(隱逸生活)을 즐긴 도가(道家)에 해당되는 사람이며, '어찌 帝王의 문에 듦을 부러워 하랴'는 구절은 바로 그 「樂志論」에 담긴 구절이다. 여기에 「낙지

---

20) 樂志論 : 後漢 仲長統 作

　〔原文〕: 使居有良田廣宅이 背山臨流여 溝池環戈하고 竹林周布하여 場圃築前하고 果園樹後라. 舟車足以代 步涉之難하고 使令足以息四體之役이라. 養親有兼 珍之膳하고 妻戈無若身之勞라. 良朋萃止則陳酒 肴以娛之하며 嘉時吉日則 烹羔豚以奉之라. 躕躇畦苑하며 遊戲平林하고 濯淸水하며 追凉風하고 釣游鯉하며 戈高鴻하고 風於無雩之下하여 詠歸高當之上이라. 安神閨房하여 思老氏之玄虛하고 呼吸精和하여 求至人之 彷佛이라. 與達者數子로 論道講書하여 俯仰二儀하고 錯綜人物하여 彈南風之雅操하고 發淸商之妙曲이라. 逍遙一世之上하고 脾戈天地之間하여 不受當時之責하고 永保性命之期라 如是則可以 凌霄漢하여 出宇宙之外矣라. 豈羨夫人帝王之門哉아?

론」전문을 인용해 보겠다.

　　거처하는 곳에 좋은 논밭과 넓은 집이 있고 산을 등지고 냇물이 곁에
흐르고 도랑과 연못이 둘러 있으며 대나무와 수목이 둘러져 있고 타작
마당과 채소밭이 집 앞에 있고 과수원이 집 뒤에 있다. 배와 수레가 걷
거나 물을 건너는 어려움을 대신하여 줄 수 있고, 심부름하는 이가 육
체를 부리는 일에서 쉴 수 있게 한다. 부모를 봉양함에는 진미(珍味)를
곁들인 음식을 드리고 아내와 아이들은 몸을 괴롭히는 수고도 없다. 좋
은 벗들이 모여 머무르면 술과 안주를 차려서 즐기며, 기쁠 때 길한 날
에는 염소와 돼지를 삶아 바친다. 밭이랑이나 동산을 거닐고 평평한 숲
에서 노닐며, 맑은 물에 몸을 씻고 시원한 바람을 좇으며, 헤엄치는 잉
어를 낚고 높이 나는 기러기를 주살로 잡는다. 기우제(祈雨祭)를 지내
는 제단(祭壇) 아래에서 바람을 쐬며 놀다가 훌륭한 집으로 읊조리며
돌아온다. 안방에서 정신을 평안히 하고 노자(老子)의 현묘(玄妙)하고
허무한 도(道)를 생각하며, 조화된 정기를 호흡하여 지인(至人)과 같아
지기를 구한다. 통달한 사람 몇 명과 도(道)를 논하고 책을 강론(講論)
하며, 하늘과 땅을 올려다보고 내려다보면 고금(古今)의 인물들을 한데
종합하여 평(評)한다. 「남풍(南風)」의 전아한 가락을 연주하고 「청상곡」
(淸商曲)의 미묘한 곡도 연주한다. 온 세상을 초월한 위에서 거닐며 놀
고 하늘과 땅 사이를 곁눈질하며, 당시(當時)의 책임을 맡지 않고 기약
된 목숨을 길이 보존한다. 이렇게 하면 하늘을 넘어서 우주 밖으로 나
갈 수가 있을 것이니, 어찌 제왕(帝王)의 문으로 들어가는 것을 부러워
하겠는가?

— 仲長統作, 「樂志論」

　　물론 여기 보인 「樂志論」 작자의 현실과 이 무렵 석정의 현실이 똑같
다는 얘기는 아니다. '어찌 帝王의 문에 듦을 부러워' 하지 않을 정도로
'은일'(隱逸)생활을 하고 있었던 점이 서로 비슷한 점이라 할 수 있을 뿐

이다. 그리고 「樂志論」의 '노자(老子)의 현묘(玄妙)하고 허무한 도(道)를 생각하며' 에 보이는 정서도 석정이 초기시 무렵에 심취했던 노장(老莊)의 허무주의적 사상과 맞물려 생각하게 하는 점이다. 또 다음 시를 보자.

시나대 숲에 / 바람이 머물러 / 촛불도 눈물짓는 기인긴 이 밤 // 나는 / 唐詩를 펴들고 / 아득한 아득한 잠을 부른다.

— 「秋夜長古調」에서

이 작품과 같이 석정시에 있어 중국 고전(古典)의 영향은 매우 큰 비중을 차지한다. 이러한 것은 그가 초년(初年)에 유가적 가풍(儒家的 家風)[21] 속에서 자랐다는 점, 그리고 그 시대에는 두보(杜甫)와 고문진보(古文眞寶) 등을 읽는 것은 보편화된 일반적 학문이었다는 점들이 석정시의 유가적(儒家的) 토양의 요인이 된 것이다. 그 외에도 「好鳥一聲」「山房日記」등의 시에서도 이와 유사한 정적(靜的) 은둔적(隱遁的)인 화자의 정서가 잘 드러나는 것을 보게된다. 말하자면 노장철학(老莊哲學)의 발전이 난세(亂世)의 철학으로 존재했던 것이고, 또 도연명이 ≪자연≫에 묻혀지내며 은둔사상(隱遁思想)으로 발전했던 점을 상기해볼 때, 석정의 개인사적 수난[22]이나 은일(隱逸)생활 (「樂志論」등의 정서)로의 귀환 등은 일맥상통하는 바가 있으며, 따라서 이 무렵 석정시의 노장적(老莊的) 귀의(歸依)는 그런 점에서 찾아야 되리라고 믿는다.

---

21) 석정의 祖父(辛濟烈)나 그의 父親(辛基溫)이 이룬 유교적 가풍을 말함. 특히 그의 父親은 舊韓末 性理學의 大家인 艮齊 田愚선생의 문하생이었음.
22) 辛錫祥, 『辛夕汀 評傳』「죽음보다 외로운 가슴을 위하여」, 東泉社, 1984 pp.25~31.

3. 결론

　이상과 같이 첫 시집 『촛불』에서부터 다섯 번째 시집 『대바람 소리』에 이르기까지, 석정시(夕汀詩)에 나타난 사상의 전이(轉移)양상을 더듬어 보았다. 지면관계상 좀더 밀도 있는 접근을 꾀하지 못한 것은 아쉬움으로 남으나, 석정시의 근간(根幹)을 이루고 있는 사상의 전이(轉移)양상은 대체로 검토되었다고 생각된다. 논의의 요체(要諦)들을 여기 정리해 보기로 한다.

　첫 시집 『촛불』 무렵의 시들은, 노장사상(老莊思想), 즉 장자의 『齊物論』이나 도연명의 「무릉도원」(武陵桃源) 등의 영향을 받으며 쓰여졌음을 확인하였다. 부분적으로 타골 취향의 문맥이 감지된다거나, 한시(漢詩)의 서경적(敍景的) 분위기를 연상시키는 작품을 보게 되지만, 그 주류는 노장(老莊)의 '자연'이 점유하고 있다는 걸 다시 확인한 것이다.

　흔히 '목가'(牧歌)라고 잘못 포장됐던 이 무렵의 시들을 미시적으로 들여다보면 노·장이나 도연명의 영향들이 확연하게 드러나며, 그러한 영향관계는 다음 시집 『슬픈牧歌』로 이어지기도 한다.

　두 번째 시집 『슬픈牧歌』 무렵의 시들은, 첫 시집 『촛불』 무렵의 정서(장자의 '齊物論'등)를 이어받는 한편, 일제하에서의 현실인식, 즉 '어둠'의 정서가 나타나기도 한다. 그 '어둠'은 가령 「슬픈構圖」 같은 작품에 시대적 어둠이 핵심적으로 나타난다. 그러나 주류(主流)는 어디까지나 노장(老莊)사상, 즉 어떤 것은 '天均'의 물아일체(物我一體) 물아양망(物我兩忘)의 관념, 어떤 것은 몽환적(夢幻的) 환상성, 어떤 것은 '齊生死'의 관념 속에 젖어있음을 확인하였다.

　세 번째 시집 『氷河』 무렵의 시들은, 제2시집의 『슬픈牧歌』와 같은 시적기조를 유지하고 있는 작품이 많을 뿐만 아니라, 한결 더 역사의식이 투철해진 시기임을 확인하였다. 그리고 6.25 이후 처절하게 가난했던 고향의 현실을 투시하는 작품들을 보여주기도 했다. 특히 '고향'을 소재로 한 작품 가운데에는 '모국어정신'으로 일제에 길항했던 재북시인 백석(白石)의 시를 연상시키는 작품을 확인한 것도 한 수확이라 할 수 있다.

네 번째 시집 『山의序曲』 무렵의 시들은, 제3시집 『氷河』 무렵 현실투시의 시적 기조를 이어받는 일방, 석정시 특유의 시적구조를 보이기 시작한다. 즉 시의 전반부에서는 서정적 자연친화적 관조적 톤으로 흐르다가, 시의 말미에서는 현실투시의 선비적 직언(直言)을 과시하는 그런 구조 말이다. 그리고 한편으로는 정지용(鄭芝溶)의 「백록담」(白鹿潭)을 연상시키는 산의 원시적 질서를 보게도 해준다. 이러한 작품은 '체념'이나 '침묵', 혹은 '은둔'의 자세를 읽게 해주는 것으로써, 6.25이후의 석정의 개인사적 정황과도 맞물려 탄생한 작품임을 확인하게 된다.

다섯 번째 시집 『대바람 소리』 무렵의 시들은, 이제 노년(老年)의 동양적 선비적인 자세로 안착(安着)하는 모습을 보여준다. 초년시절 보여준 '그 먼나라'(도연명의 '무릉도원')로부터, 그때 그때 마다의 필연적 과정을 우회하여 드디어 도달한 세계가 바로 장자의 '낙지론'(樂志論)의 세계인 것이다. 노장사상(老莊思想)에서 출발하여 결국 노장사상으로 귀환한 것이다. 노장철학이 난세(亂世)의 철학이었고, 도연명의 '자연'이 은둔사상으로 발전한 점을 생각해볼 때, 석정의 개인사적 수난(受難)이나 은일(隱逸)생활로의 귀환 등은 시사해주는 바가 매우 크다고 하겠다.

석정시집(夕汀詩集) 다섯권의 근간(根幹)을 이루고 있는 사상의 전이양상(轉移樣相)을 검토하고 난 뒤의 느낌은, 굴곡 많은 한사람의 인생 드라마를 본듯한 그런 느낌이다. 그리고 난세(亂世)에 어떻게 살아야 되는지를 보여준, 난세의 '스승'의 얼굴을 본듯한 그런 느낌도 지울수가 없다.

육체와 영혼이 합일된 사랑
— 허영자의 '바위' 기타

한 여인이
그 영혼을
송두리째 드린다 하면

한 여인이
그 살을
피를
내음을
송두리째 드린다 하면

아아
그대의 고독은 풀릴 것가

차갑고 어둡고 말 없는 얼굴
그대 마음을 풀 길 없는
크나큰 이 슬픔

울먹이며 떨며 머뭇대는
나의 사랑아!

— 「바위」 전문

허영자는 사랑의 시인이다. '두 눈엔 눈물 고여도 / 입술로 찬란히 / 웃을 줄 아는' 사랑의 시인이다.

사랑이 메말라만 가는 현대에 살면서, 그의 시를 통하여 그를 만나게 되면, 가슴 저리게 하는 묘한 흡인력으로 우리들에게 잠시 잃었던 시간의 눈을 뜨게 해주는 시인이 바로 허영자다.

뜨겁고 아픈 그의 사랑의 언어 속에 잠시나마 흔근히 젖어드는 순간, 불현듯 자기 자신이 그로부터 사랑을 받고 있는 듯한 묘한 착각속에 머물게 해주는 것이 그의 사랑의 시인 것이다.

그것은 무슨 이유일까.

자신이 그로부터 사랑을 받고 있는 듯한 착각 속에 젖어드는 것은 무슨 이유일까.

그것은 다름 아닌 그의 언어가 진실한 것이기 때문이다.

진실에서 우러나온 시, 겉옷을 걸치지 않고 속살로 말하는 시, 손으로 머리로 말하는 시가 아니라 온 몸으로 말하는 시이기 때문에, 우리들은 그의 시에서 위안을 받고 사랑을 받는 기쁨을 맛보게 되는 것이다.

자신이 그에게서 사랑받는 대상이 아니라 할지라도, 사랑의 불모지에서 사랑의 진실을 보는 기쁨, 아름다운 사랑을 보는 기쁨, 그것은 바로 다른 사람의 것이 아닌 자기 자신의 것이기 때문이다.

허영자의 시 —그의 시가 모두 다 사랑의 노래로 일관된 것은 물론 아니다. 그러나 여기서의 의도가 사랑의 노래만을 바라보려는 데 있고, 또 그의 노래가 사랑의 노래를 주류로 하고 있기 때문에 이 논의의 대상을 사랑의 노래로만 삼는 것이다.

그럼 다음에서부터 그의 사랑의 노래들을 살펴보기로 한다. 위에 인용한 그의 시 「바위」를 비롯한 일련의 사랑의 시들은 하나의 엽서이다. 그리운 이에게 띄우는, 그러나 보내지 않을 엽서이다.

'차갑고 어둡고 말 없는 얼굴' 앞에서 '크나큰 이 슬픔'을 안고 있는 이의 흐느낌. 그의 시는 모든 사랑의 말을 안으로 연소시켜버리는 데서부터 출발한다. 그 많은 사랑의 말을 모두 다 연소시켜버리고, 그래도 차마 남아 있는 몇 마디의 말, 더는 버릴 수가 없어서 '암청의 문신'을 새기듯

새겨 놓은 언어, 그리고 새기는 아픔을 동반하고 있는 언어, 그리고 그 '문신'을 그대로 띄워 보내는 언어 —그러나 보내지 않을 그의 시는 엽서이다.

> 저는 흡사 풍향계와 비슷합니다. 사랑하는 그분이 바람처럼 불어오면 저는 민감하게 움직입니다.
> 저는 악기입니다. 그분이 켜는 대로 노래를 부르는 악기입니다.
> 그분의 슬픔은 저의 슬픔이요, 그분의 아픔은 저의 아픔이며, 그분의 기쁨은 저의 기쁨입니다.
> 아침에 눈을 뜨면 제일 먼저 그분을 생각합니다.
> 저녁에 잠들기 전에 맨 나중으로 생각하는 이도 그분입니다. 그분은 내 삶의 곳곳에 깃들어 있으며, 눈 두는 곳 어디에나 그분의 그림자가 보입니다.
> 산이여 산이여, 그분을 사랑합니다. 이 말씀이 저의 최후의 소리이게 하소서.
>
> — 허영자 수필집 『한 송이 꽃도 당신 뜻으로』에서

이러한 그의 산문은 그 '엽서'를 풀어쓴 말에 불과하다. 물론 그의 산문이 폭넓은 그의 사랑을 잘 표현해 주고는 있지만, 결국은 그의 '사랑의 엽서'를 풀어쓴 말로 귀일(歸一)되고 만다.

대개의 경우 '사랑한다'는 말은 그 말이 발음되면서부터 실로 그 진가를 상실해버리는 것, 그리고 바로 그렇기 때문에 산에게 말할 수밖에 없는 것, '산이여 산이여, 그분을 사랑합니다.' 라고 말할 수밖에 없는 것, 아니다. 아니다. 그것은 산도 바다도 아닌 살 속에 새길 수밖에 없는 것, 그리하여 자신의 목숨이 다하는 날까지 살아 있는 말로 말할 수밖에 없는 것, 그것을 차마 '그대'에게 띄울 수 없어서 영영 보내지 않을 엽서, 그것

이 바로 그의 시다.

그러나 그 엽서의 수신인은 어디엔가 있다. 그 수신인은 언제나 하나이다. 수신인은 있지만 보내지 않는다. 다만 살 속에 새길 뿐.

그 이름을
살 속에 새긴다
암청의 문신

불가사의의 윤회를 거쳐
마침내
내 영혼이 고개 숙이는 밤이여
무거운 운명이여

절망의 눈비
회의의 미친 바람도
숨죽여 좌선하는 고요

'사랑합니다'

참으로 큰
슬픔일지라도
어리석은 꿈일지라도

살 속에
그 이름을 새기며
이 봄밤
눈 떠 새운다.

— 「친전」 전문

그의 시에서는 항시 두 사람의 주체를 만나게 된다.

그 하나의 주체는 본능의 허영자요, 또 하나의 주체는 이성이 번뜩이는 허영자다.

만약 이 두 주체 중 어느 하나, 가령 전자만이 그의 시에 나타날 경우, 매우 유치한 본능만이 난무하는 시가 될 것이요, 가령 후자만이 그의 시에 나타날 경우, 살아 움직이는 시가 되지 못할 것이다. 그러나 이 두 주체가 잘 조화를 이루고 있기 때문에 사무친 사랑의 어혈(瘀血)을 잘 풀어 나가고 있다고 할 수 있으며, 일련의 그의 사랑의 노래들이 성공을 거두고 있다고 할 수 있다.

말하자면 앞에 인용한 두 시 중 '살 속에 / 그 이름 새기며 / 이 봄밤 / 눈 떠 새운다.' 그리고, '한 여인이 / 그 살을 / 피를 / 내음을 / 송두리째 드린다 하면' 등에서만 보더라도, 원초적 본능에서 우러나온 시의 언어로 격하될 위험 부담을 안고 있으면서도, 묘하게도 일단 그의 시에 용해되어 나타난 모습은 오히려 격상되어 세련된 언어로 나타나고 있다. 이러한 것을 일러 서양적 본능과 동양적 이성(이러한 말이 가능하다면)이 잘 조화를 이룬 언어라고나 할까.

왜냐하면, 그의 언어는 살아서 움직이는 살(육체)을 대담하게 노출시켜 버린 언어, 그러나 그의 지성과 이성이 항시 그것을 감싸주고 있는 언어이기 때문이다. 그래서 그 대담하고 솔직한 본능을 서양적 본능이라 한 것이요, 그것을 감싸주고 있는 다듬어진 이성을 동양적 이성이라 해본 말이다.

필자의 좁은 식견으로는 동양의 어떤 시 속에도 살이 살아 있는 시는 없었던 듯하다. 의상 속에 감추어져버린 살이거나, 아니면 이미 그 살들은 죽어 있었다.

말하자면 영혼만이 그들의 시에는 있었고 육체는 없었던 것이다.

그러나 허영자의 시는 영과 육이 합일된 데서부터 비롯된다.

그만큼 그의 시는 그 자신에 진실하여 있고, 사랑의 모랄에 진실하여 있는 것이다.

> 고운 네 살결 위에
> 영혼 위에
> 이 신비한
> 사랑의 문양 찍고 싶다
>
> '이것은 내 것이다'
>
> 땅 속에 묻혀서도
> 썩지를 않을
> 저승에 가서도
> 지워지지 않을
>
> 영원한 표적을 해두고 싶다.
>
> — 「떡살」 전문

이 시는 앞에 인용된 「친전」과 비슷한 일면을 보이고 있는 시이다. 「친전」의 '사랑합니다'와 「떡살」의 '이것은 내 것이다'의 직설적이고 확실한 표현과 수법이 그 첫째의 비슷한 일면이요, 그 양자가 담고 있는 뭉클한 '확인'이 두 번째의 일면이다.

그러나 양자가 서로 다른 점이 있다면 그것은, 전자의 '확인'은 자기 자신에 대한 확인이요, 후자의 '확인'은 사랑하는 '너'에 대한 확인이다. 그러므로, '이 봄밤 / 눈 떠' 새우는 주체는 작자 자신이지만, '영원한 표적'을 해두려는 주체는 바로 '너'가 되는 것이다.

하지만, 다른 일면으로 생각해 보면 양자 모두 '살'에 '새기고', '표적'
을 해두는 일, 사랑을 영원한 것으로 확인하는 일, 그리고 예의 그 '살(육
체)'을 느끼게 하는 언어들이다.
다음과 같은 시행에서도 그 '살'을 우리는 보게 된다.

임이여
당신 앞에 선 나는

가슴에 입술에 온통 핏물이 돌아
다시금 살아 있는 여인이 됩니다.

— 「임에게」에서

시퍼렇게 이는 관능의 불길
검은 굴혈(窟血)에 은밀히
식힐 줄 알며……

— 「은호(銀狐)」에서

괴어오른 술국으로
떠는 신열로
나도 나도…… 손을 드는
끓는 용광로

— 「꽃밭 소묘」에서

육체를 넘어서는
육체
영혼을 넘어서는
영혼

저 무성한 지모(地毛) 속에
알몸을 던져
울구 싶었다

— 「잡초」 전문

눈 멀었던 관능의
아픔
그 선지피를 뱉아내는
참회의 뜨락입니다

— 「가을」에서

파시(波市)의 늙은 작부
살점을 흥정하는 거리에서도
썩지 않으리라 않으리라

— 「회춘」에서

어이하리까 꽃이 집니다
　물 불 가리지 말고 그냥 뛰어들 것을…… 그 몰약의 내음새에 영 영
취해 자빠질 것을……

— 「낙화」에서

이 세상 끝끝머리
그 어디메쯤서 흔들리고 있다 해도
장님처럼 나는 더듬어 갈 수 있으리니

밀랍의 살갗에 물결이 이는
내 촉각이 아는 비밀

잠들어라 잠들어라
비적(秘蹟)의 마법에 흘려드는
제 6감의 하늘

— 「그대」에서

그의 사랑의 시가 입고 있는 의상은 근본적으로 한복이다. 한복을 입은
세련된 여인이다.

정한(情恨)에만 아롱져 있는 육체를 휘감고 있는 고전적 한복이 아니
라, 살아 있는 육체를 율동감 있게 감싸고 있는 세련된 한복이다.

그의 한복은 면면히 이어오는 전통과 접맥은 되어 있으나, 그 전통을
그대로 답습한 것이 아니라, 새로운 디자인의 한복을 그의 몸에 맞게 지
어 입은 것이다. 그러므로 그의 한복에선 현대를 느끼게 된다.

다음과 같이 소재가 같은 두 시에서 '옛날'과 '오늘'의 감각의 차이를
우리는 보게 된다.

옥(玉)으로 직녀(織女) 얼레 그 뉘가 만드신고
가고는 아니 오는 견우(牽牛)님 야속코야
속 설어 허공 던지니 얼레 혼자 떴더라.

— 황진이의 「반달」 전문

인연을 질겨라
두렵기도 하여라

전생에 내가 빗던
참빗 얼레빗

이승까지 따라온
하늘 위에 조각달

내 마음이 헝클리나
지켜보고 있구나.

—「빗」 전문

위의 두 시는 그 소재가 똑같이 '반달'이다.

그러나 조선의 여인인 황진이는 자신이 곧 직녀가 된 마음으로 견우가 기다려도 오지 않으니, 얼레빗으로 머리를 곱게 단장할 필요도 없게 되어 '속 설어' 던져버린 것이 하늘에 떠 있다고 '반달'을 노래했고, 현대의 여인인 허영자는 '전생에 내가 빗던 / 참빗 얼레빗'이 하늘에 반달로 떠 '내 마음이 헝클리나 / 지켜보고' 있다고 노래하고 있다. 같은 소재이면서도 사뭇 다른 감각으로 '반달'을 노래하고 있음을 볼 수 있다.

다만 두 여인이 서로 비슷한 점이 있다면 그것은 '반달'을 '얼레빗'으로 받아들인 그 시적 재간이다. '옛날'과 '현대'의 감각의 차이는 있을지언정 그 재간에 있어서야 두 여인이 비슷하다고 할 수밖에 없다.

이러한 시들을 대하노라면, 언젠가 시조 시인 초정 김상옥이 허영자를 일컬어 '현대판 황진이'라 이르던 기억이 새로워진다. 초정의 그러한 명명도 황진이를 그가 답습하고 있다는 뜻이 아니라, 그의 뜨겁고 아픈 사랑의 언어와 그의 재간들을 높이 사서 새로운 현대의 황진이를 볼 수 있다는 데서 한 말이리라.

요람과 같이
내 마음 슬프게 피곤하게 하여주는 너지만
그러나 한밤을 나는

잠자리에서 울고 있었다고
너에게 말하지는 않으련다
너도 나를 위하여
밤잠이 오지 않았다고 말하지는 않겠지
이 극단적인 아름다움을
언제까지나 마음 속에다 참아두면 어떠리
세상 사람들의 사랑을 보아라
드디어 고백을 하고 나며는
말에는 거짓이 범하는 것을
너는 나를 고독하게 하누나
내가 놓을 수 없는 것은 아무래도 너만인 것 같은 것을
네 모습이 때로 보인다고 생각을 하면
어느 사이엔지 바람소리에 변하고 여향도 남김없이
아 아 가슴에 안은 모든 것은 흔적도 없이 사라지고 말았다
그러나 네 모습만이 언제나 마음 속에 남는다
한 번도 나는 네게 손을 대지 않았으니
나는 너를 굳세게 안을 수 있지 않겠는가.

— R.M. 릴케

사랑은 인생의 별
어둔 밤
고독한 영혼의 창문에서만 보는 거란다

사랑은 인생의 호곡(號哭)
어둔 밤
고독한 영혼의 창변에서만 보는 거란다.

— 김남조의 「얼굴」에서

여기 보인 두 시는, 우리에게 주는 감동은 서로 다르지만, 한결같이

'사랑' 앞에서 오뇌하는 모습을 볼 수 있다. 그것은, 그 오뇌하는 모습은 다름 아닌 사랑의 문턱 밖에 그들이 있기 때문이다.

이들 뿐 아니라 무릇 사랑의 노래를 부른 주체들은, 대체로 사랑의 문턱 밖에 슬프게 자리하고 있다.

'사랑이라는 말은 너무도 써서 더러워졌으므로 / 가슴 속에 차라리 감춰두고 있다 / 별을 향한 나방이의 소원 같은 이 사랑을 받아달라'고 호소한 셸리의 사랑도 실은 그 문턱 밖에 있으며, 독일의 시인 하이네의 사랑의 노래도, 헤세도 바이런도 그 경우는 다 마찬가지이다.

허영자의 사랑의 노래도 역시 예외는 아니다. 그의 시도 사랑의 문턱 밖에 있다. 바로 그렇기 때문에 더욱 진실할 수 있었다. 사랑의 문턱 밖에서 그 문턱 안으로 들어서고 싶은 노래, 그리하여 그 사랑에의 핏빛 대시로 얻어진 생채기와 응어리, 그리고 그 어혈의 노래들.

그러나 어쩌면 그 문턱 안으로 영원히 들어서지 못하는 자리에 그는 서 있다.

그리고 바로 그렇기 때문에 끝없는 방황이, 그에게는 있다.

고추의 매운맛을
가셔 버려라
젊은 풀기도
빼어 버려라

그래
핏속에 불끈대는
껄렁뱅이 왈짜를
영 잠재워라

그대 가슴 겨냥하던
눈초리 푸른 날빛
푸른 날빛 끄트머리
타오르던 불꽃을

이제는 풀어서
강물에나 흘려라

아니 아니
그 강변 모래 벌판에
모 깎인 돌멩이로
영영 뉘어라.

—「중년」전문

'푸른 날빛 끄트머리 / 타오르던 불꽃을 // 이제는 풀어서 / 강물에나 흘려라' 라고 그는 그녀의 불혹을 노래하고 있지만, 이 노래의 안섶을 눈여겨 들여다보면 아직도 끝나지 않은 방황, 끝없는 방황만이 속살로는 있을 뿐이다.

엄마는 아직도 서성이고 있다
스미야

해지는 다 저녁때
눈물나는 거며

별빛 아래 서면
울렁이는 가슴

꼿꼿하고 푸르른
참대나무를 본다마는

또한
물이 차오르듯이

가슴께로 어깨쯤으로
네 키는 자꾸 자란다마는

스미야 스미야
엄마는 아직도 서성이고 있다.

— 「무제」 전문

허영자, 그리고 육체와 영혼이 합일된 그의 사랑의 시를 우리는 대략 더듬어 보았다.

불혹의 나이에 접어들기까지의 그의 '사랑'을 우리는 본 것이다. 그러나 그에게는 아직도 창창한 내일이 있다.

그가 다시 지명(知命)의 연륜에 접어들었을 때, 그리고 다시 이순(耳順)의 연륜에 접어들었을 때, 그의 사랑은, 그의 사랑의 노래(詩)는 어떤 것일까.

그것은 다름 아닌 '내일'만이 알 수 있을 것이다.

자연과 현실, 그 관조의 세계
— 정병렬 시집 『등불 하나가 지나가네』

1.

정병렬(鄭炳烈)은 1961년 ≪전북일보≫ 신춘문예에 「엄동(嚴冬)의 계절(季節)」이란 작품으로 당선한 시인이다. 당시 심사위원은 김해강(金海剛) 선생과 신석정(辛夕汀) 선생이었는데, 석정선생의 문체로 보이는 <심사후기>를 다음에 인용해보기로 한다.

<전략>
「엄동(嚴冬)의 계절(季節)」을 당선 일석(一席)으로, 「기점(起點)에서」를 이석(二席)으로 결정하였는데, 합의를 본 이유를 적어 둔다.
「기점(起點)에서」는 내용이나 기교가 과히 나무랄 데 없을 뿐 아니라 연을 이어가는 '이미지'에 묘를 터득했으나 「엄동(嚴冬)의 계절(季節)」에 비해서 선이 가냘픈 것이 결이었다. 그에 반하여 「엄동(嚴冬)의 계절(季節)」은 대담하게 가슴을 뒤흔드는 게 좋다. 이 작자가 보여준 '아방가르드'는 4.19 이후의 소산이긴 하지만 그대로 아필 할 수 있는 솜씨여서 높이 사기로 했다.

— <1961. 1. 1. 일자 ≪전북일보≫>

그는 법대 출신이다. 재학 중 사법고시 준비에 한창이던 그가 건강상의 이유로 폐업(?)하고, 슬그머니 석정선생의 '시론(詩論)'을 청강하기도 하더니, 아예 당시의 국문과 학생들이 주도하던 <신영토(新領土) 동인(同人)>(석정 선생이 지어준 명칭)에 참여하기도 한다. 그러더니 드디어 앞에 보인 것과 같은 신춘문예 '당선'이라는 일을 내고 만 것이다.

당시 우리들(필자도 '동인'에 참여하고 있었음)은 한결같이 문학 지망생들이었으므로, 느닷없이 날아든 정병렬의 '당선'이 부럽기도 했거니와, 한편으로는 그 재기(才氣)에 놀라기도 했었다.

그런데 문제는 그런 그가 '당선' 이후 숨어버린 것이다. 사법고시를 폐업(?)했던 그가, 또다시 문학을 폐업(?)하고 '전북문단' 문인들의 명단에 오르지도 않았던 것이다. 말하자면 정병렬은 그 동안 시인활동을 전혀 하지 않았다.

젊은 시절 한 때는 '운장학원'에서 교편을 잡기도 했고, 1971년부터는 정식으로 영어교사 발령을 받아, 이후 줄곧 전라북도 중등학교에서 봉직하기도 했다. '운장학원'의 봉직에서부터 약 40년 동안 영어교사로만 지내왔기 때문에 문학(시)과는 영영 담을 쌓고 사는 친구로 여겨왔다.

그런데 40년이 지난 어느 날, 시고(詩稿)를 들고 내 연구실을 찾아온 것이다. 그의 '정년'(停年)을 이미 알고 있던 터라, 이제 좀 정말 한가하게 지내겠거니 생각하고 있었는데, 또 한 번 일을 벌이고 만 것이다.

그리고 그 뒤에 안 사실이지만, 이미 그는 1991년 무렵 ≪표현≫ 문학지와 ≪전북문단≫ 등에 10여 편의 작품을 발표한 일이 있다고 들었다. 아무튼 나이 불혹(不惑)을 넘어 첫 장가드는 것은 더러 봤지만, 이순(耳順)이 넘는 나이에 첫 시집을 내는 것은 별로 본 일이 없다. 『바람과 함께 사라지다』를 쓴 마가렛 미첼이, 단 한 편의 작품으로 자신의 무게를 거기 실었듯이, 교직 정년을 넘은 나이에 첫 시집을 터억 내밀어 놓고, 이 한

권의 시집으로 자신의 무게를 실어보려는 것일까. 술도 농익어야 제 맛이 들 듯이, 농익은 술(詩)을 독자에게 마시도록? 해보려는 것일까.

　사실 이러한 일은 '눈을 뜨고' 생각해보면 정말 다행스런 일인지도 모른다. 농익지도 않은 '땡감'들이 덜렁덜렁 시집을 내고, 정말 언어공해로 여겨질 정도로 혼전만전 시집들이 널려있는 판에, '40년'을 기다린 이 시집의 무게는 우선 돋보이는 일이라고 생각한다. 사실 덜 익은 '땡감'들에게 하고싶은 말이지만, 시라는 것이 어디 그렇게 혼전만전 있는 것은 아니다. 80평생 수도(修道)의 끝에 '산은 산이요, 물은 물이로다'라는 법어(法語) 한 구절 달랑 남기고 간 성철(性徹) 종정을 생각해 보라. 이 성철 종정의 한 구절이야말로 나는 법어이기 이전에 한 구절의 훌륭한 시구라고 평소 생각하고 있다. 거기 함축되고 내포된 내용들이 우리들로 하여금 잠시 명상의 시간을 제공해주고 상상의 공간을 제공해주기 때문이다.

　세상에 아무리 시가 혼전만전 해도 그래도 '시는 있다'는 증거물을 시인은 보여줘야 된다. 독자들은 정말 '귀신 곡하는' 소리를 듣고 싶은데, '귀신 곡하는' 소리는 고사하고 '공해'의 언어만 넘치는 현실은 안타까울 뿐이다. '땡감'에게 다시 말하지만, 아직도 골방에는 '눈을 뜨고' 지켜보는 지성들이 있다는 것을 잊지 말아야 한다. 실로 그 '눈뜸' 앞에 던져지는 시, 그야말로 파천황(破天荒)의 상상력을 기다리고 있는 '눈뜸'이 있다는 것을 명심해야 한다.

　원래 시인은 '무당'의 기능을 가진 자였다. 정말 영(靈)을 받은 무당은 우선 신통력이 있고, 마법적 눈을 가지고 있으며, 주술성의 언어를 지닌 사람이다. 마찬가지로 시인도 정말 신통력이 있는 언어, 마법적 시선으로 자연과 현실과 인간을 투시하는 눈, 음악적이고 생명력이 있는 주술성의 언어를 소유할 수 있는 자여야 되리라고 믿는다. 물론 이것은 우리 모두가 기대해 마지않는 시인상(像)을 향하여 하는 말이다. 하지만 이것이 어디 쉬운 일인가.

홈볼트(Humboldt)는 "언어는 자각과 자유를 가질 수 있는 존재만이 소유할 수 있다"고 말했다. 이 말처럼 시인은 '자각과 자유'를 가질 수 있어야 된다. 오늘날의 언어가 지저분한 소음에 지나지 않는 현대적 상황 속에서, 시인은 정말 참다운 언어의 소유자여야 되며, 그러한 생명력의 언어를 위하여 고뇌하는 존재여야 된다.

더구나 새 천년을 맞은 오늘, "미래에도 과연 문학이 가능할 것인가"하는 화두가 심심치 않게 나오는 시점에서는 더 말할 나위가 없다. 이러한 시점에 소월(素月)도 한참 못 되는 20년대식 감상적 가락으로 읊어댄다거나, 최소한 30년대 모던이즘 시인들의 주지적(主知的) 시작(詩作) 노력을 섭렵이라도 한 뒤에 읊어댔으면 좋겠는데, 전혀 그렇지 않은, 그런 흔적이 전혀 보이지 않는 시들이 넘치고 있는 데에 문제는 있다. 현대시라는 것이 무엇인가. 이미 현대의 시라는 물건은 과거의 것은 아니다. 과거로 돌아갈 수는 없다. 적어도 우리 한국의 현대시는 30년대 이상(李箱)의 '아방가르드'라는 다리를 건너서 쓰여져야 된다. 주지적(主知的) 작풍(作風)을 우선 모더니즘에서 배워야 된다는 말이다. 유치한 본성(本性)에 포커스를 맞추는 것이 아니라, 첨예한 지성에 그 포커스를 맞춰야 된다. 탈주정(主情)이란 말도 있지만, 어떻든 주지성(主知性)과 주정성(主情性)이 잘 배합되고 조화를 이룰 때에 현대시는 가능하리라고 믿고 있다.

하이덱거는 말하기를 "시인은 신(神)과 민족 간에 내어 던져진 존재자"라고 했다. 신의 대행자(代行者)라는 뜻이다. 시인은 신(神)의 계시(啓示)를 가장 먼저 듣는 자이고, 그 계시를 시로써 인간(독자)에게 전달하는 자라는 것이다. 따라서 시인은 영감(靈感 : inspiration)이 가장 빠른 자이고, 신의 음성(계시)을 가장 빠르게 듣는 자(者)이므로, 곧 그가 '무당'(시인)인 것이다.

진실로 영(靈)을 받은 무당은, 허약한 인간의 가슴을 쓸어 내려주듯이, 마찬가지로 시인도 허기(虛氣)진 인간의 가슴을 쓸어 내려줘야 한다. 인간은 근원적으로 정신의 시장끼(虛氣)를 지니고 있다. 그래서 인간이다. 육체적인 시장끼는 라면 한 봉지로 쉽게 치료될 수 있지만, 정신의 시장끼는 그렇게 쉽게 치유되는 것은 아니다. 바로 그 '정신의 시장끼'에 시인은 포커스를 맞춰야 한다. 너나없이 허덕거리고, 무엇엔가 쫓기는 듯한 현대인의 의식 속에 향기로운 보약(補藥)을 넣어줘야 된다. "사상(思想)을 장미의 향기로 표현하라"는 T·S 엘리어트의 말은 그런 의미에서 매우 시사적이라 할 수 있다.

아무튼, 과거 '노래하는 시'의 속성만으로는 안 된다. '생각하는 시'의 속성을 유지해야 된다. 따라서, '가슴으로 쓰는 시'이기보다는, '머리로 쓰는 시' 쪽에 무게를 둬야 한다. 그러나, 자칫 '머리로 쓰는 시' 쪽에다만 무게를 두면 시가 너무 차겁고 건조해질 가능성이 있으므로, 주정(主情)과 주지(主知)가 잘 만나야 된다는 말을 곁들이고 싶다.

L·웰렉이나, A·워렌도 시인을 말해 '씌어딘 자(者)', '인스피레이션을 받은 자(者)', '만들어내는 힘이 있는 광인(狂人)', '이미지를 창조해내는 마술사'라고 하지 않았던가. 이들이 말한 '씌어딘 자(者)'도 하이덱거의 말과 비슷한 내용을 담고 있다. 즉, '신들린 사람'(씌어딘 자)를 말한다. 흔히 우리의 속설에 '귀신 씌었다'는 말이 있지만, 바로 그 귀신 '씌어딘' 사람이 시인인 것이다. 다시 말하면, 신(神)의 말씀을 영감이 가장 빠른 시인이 먼저 듣고, 그것을 인간(民族)에게 전달하는, 신의 대행자(代行者)라는 뜻에서, 그들의 말은 서로 맞닿고 있다는 말이다.

그렇다면, 신의 언어는 어디서 들을 수 있는가? 그 대답은, "자연(自然)에서 들을 수 있다." 이다. 이 광대무변(廣大無邊)한 우주 자연은 신의 말씀을 듣는 장소이다.

한용운(韓龍雲)은 신의 말씀을 '고요히 떨어지는 오동잎'에서 들었고, '무서운 검은 구름의 터진 틈으로 언뜻언뜻 보이는 푸른 하늘'에서 그 신을 보았으며, '가늘게 흐르는 작은 시내'에서 신의 노래를 들었고, '연꽃 같은 발꿈치로 가이 없는 바다를 밟고, 옥 같은 손으로 끝없는 하늘을 만지'는 '저녁놀'을 통하여, 신(神)이 주는 노래(詩)를 발견했던 것이다.

각설하고, 정병렬은 나의 오랜 친구이다. '신영토(新領土)'에서 인연을 맺은 이래, 40여 년 동안 한결같이 돈독한 우정을 나누어 온 사이이다. 이 친구를 한마디로 말한다면 '살가운 사람'이라 말할 수 있다. 이 친구같이 '살가운' 여자가 이 세상 어디에 있다면, 장가 한 번 더 가보고 싶을 정도로 '살가운 사람'이다.

나는 이 친구의 시를 얘기하기 전에, 40년 동안 보아 온 그 마음 씀씀이, 그리고 그 여자 같은 수줍음과 순수성을 좋아한다. 하지만, 시(詩)라고 하는 것이 대중(독자)에게 던져지는 것이기 때문에, 친구로서의 그가 아닌, 시인으로서의 그의 작품을 이제부터 얘기해볼까 한다. 엄정성을 가지고 말이다.

2.

정병렬의 시고(詩稿)를 일별하면, 첫째로 자연 친화적인 시가 제일 많은 것 같고, 둘째로 현실 속에서의 자아를 투시하는 작품이 다음으로 많이 보이며, 셋째로 고향과 어머니에 대한 향수, 그리고 그 오오랜 그리움들이 보이고, 넷째로는 진정한 시가 무엇인가를 찾아 헤매는, 방황의 그림자들이 언뜻언뜻 눈에 뜨이기도 한다.

그 가운데에서 세 번째에 해당되는, 고향과 어머니에 대한 오오랜 그리움들이 맨 먼저 시선을 끌고 있다.

어스름 저녁 어디선가
징검다리 여울에 달 흐르듯
다듬이 소리.

환히 밝아오는 고향의 등잔불
능선마다 살아나는
어머니 어깨.

어릴 적 삼베바지 고운 때깔
내 허리띠 자국에 흐르는
다듬이 소리.

아득한 세상
스스로를 두들겨서
사랑 울겨내는 어머니 노래.

아 내 가슴 산천에 울려서
어스름 강 여울 따라
멀리 멀리 흐르는 다듬이 소리.

— 「다듬이 소리」 全文

　　이번 시집의 작품 중에서 수작(秀作)으로 보이는 이 시는, 우선 옛날의
향수에 젖게 하는 특성을 갖고 있지만, 그것은 바로 이 작품에 보이는 회
화적 이미지나 청각적 이미지에서 비롯되고 있는 것 같다. 그 중에서 청
각적 이미지는 시의 소재 자체가 '다듬이 소리'이기 때문에, 어쩌면 당연
하다고 하겠지만, 그 회화성에 있어서는, 옛 시골의 정취를 되살려 내는

데 좋은 기여를 하고 있는 것 같다. '어스름 저녁' '징검다리 여울' '고향의 등잔불' '어릴 적 삼베바지' 등의 시어들은, 잊혀진 기억의 저편에 쭈그리고 있는 고향의 얼굴을 잘 되살려내고 있는 것이다.

다시 말하자면, 그런 회화적인 시어들은 우선 한 폭의 수채화를 연상시키는 한편, 잊혀졌던 고향에의 향수를 자극하는 요인이 되고 있다는 말이다. 그리고 이와 같은 고향의 정취들을 대하면, 맨 먼저 떠오르는 작품이 정지용(鄭芝溶)의 「향수(鄕愁)」이다. 이 시에서도 '꿈엔들' 잊을 수 없는 고향의 얼굴, 즉 '실개천'이나 '얼룩백이 황소', '질화로'나 혹은 '짚 벼개', 그리고 특히 '아무렇지도 않고 어여쁠 것도 없는 / 사철 발벗은 아내'의 얼굴들이 두근거리며 다가온다.

정병렬의 「다듬이 소리」는, 그러나 정지용의 「향수(鄕愁)」와 질적으로 다르다. 정지용의 「향수(鄕愁)」가 일제하에서의 삭막한 갈증 때문에 '꿈엔들' 잊을 수 없는 고향을 되찾은 것이라고 한다면, 정병렬의 「다듬이 소리」는, 어머니에 대한 그리움과 응어리진 한(恨)이 고향으로 회한(悔恨)의 발걸음을 재촉했다고 할 수 있다.

「다듬이 소리」에 나타난 정병렬의 언어는 우선 아름답다. 그의 '살가운' 심성이 그런 아름다운 시어(詩語)를 직조(織造)했을 것이다. 결 고운 가락으로 다듬어진 시골티의 시어는, 우리에게 친근감을 주고 있다.

한편, 이와 같은 고향의 수채화가 갖는 의미는, 도시인에게 잠시 휴식의 공간으로 작용되고 있다는 점이다. 무엇엔가 쫓기는 듯한 일상, 지친 날개로 허덕거리는 도시인들을, 추억의 공간으로 이끌어다 놓음으로써, 잠시 지친 날개를 접고 향수의 고향 마을로 고요히 안기게 하는, 그런 작용 말이다.

그러나, 이런 유(類)의 작품을 지나치게 과거 회귀의 정서로 일관돼 있다고 말할 수도 있다. 그렇지만 다른 한편으로는 도시문명에 대한 간접적인 비평이 되고 있다고 말할 수도 있다. 가령, 김광섭(金珖燮)의 「城北洞 비둘기」라든가, 이수익(李秀翼)의 「방울소리」 같은 작품이, 도시문명에 대한 간접적인 비평이 되고 있는 좋은 예라 할 수 있다.

특히 「방울소리」는, '청계천 7가 골동품점'에서 우연히 사게 된 소(牛)의 '방울' 하나가 시의 소재가 된다. 소재가 될 뿐만 아니라, 바로 그 '방울'로 말미암아 시의 화자를 옛날의 시골로 사뭇 이끌고 가는 것이다. 도시처럼 오염되고 '경적소리' 나는 곳이 아니라, '옥분'이가 있는 그 순수의 공간, '사립문'에서 기다리고 섰을 '누나'와의 추억의 공간으로 이끌고 가는 것이다.

그러나 이들 시의 개성은 모두 다르다. 김광섭의 「성북동(城北洞) 비둘기」가 도시문명 때문에 파괴되는 자연을 투시하고 있는 작품이라 한다면, 이수익의 '방울소리'는, 인간소외의 도시로부터 옛 시골 정취를 꿈꾸게 하는 작품이라 할 수 있다. 정병렬의 「다듬이 소리」도 일단은 「방울소리」와 같은 맥락에서 읽을 수도 있으나, 어머니에 대한 그리움과 응어리진 한(恨)이 안으로 도사리고 있다는 점에서 다르다.

그리고, 이제 그가 고향회귀의 정서를 보인다거나, 혹은 어머니에 대한 그리움의 정서를 보이고 있다는 것은, 이미 그의 연치(年齒)가 이순(耳順)을 넘어섰다는 데에서 그 근거를 찾아야 한다. 이제 그는 순명(順命)의 몸짓을 보일 때가 된 것이다. 바로 그렇기 때문에 고향과 자연의 품속이 그리워진다고 하겠다. 「노을」「정경(情景)」「달밤」「옛 고향 마을」「어머니」 등의 작품도 그런 맥락에서 읽어야 될 작품이다.

3.

두 번째로 얘기할 그의 시 세계는, <자연>을 상징물로 하여 <자아(自我)>를 거기 투영(投影)시키고 있는 작품의 세계이다. 그런 면에서 우선 관심의 대상이 되는 작품이 「낙화」이다. 이 「낙화」는 이 시인의 근년(近年)의 정서를 대변해주는 가장 알맞은 작품으로 보이기 때문이다.

그러나, 이 「낙화」를 제대로 바라보기 위해서는, 40년 전으로 거슬러 올라가, 그의 신춘문예 당선작품 「엄동(嚴冬)의 계절(季節)」을 먼저 살펴볼 필요가 있을 것 같다. 왜냐하면, 그의 20대와 5, 60대의 작품을 동시에 살펴봄으로써, 그의 시정신 변화의 간격, 혹은 시정신(詩精神)의 수위(水位)를 비교 검토할 수 있기 때문이다.

정병렬은 그의 젊은 시절(20대) 작품 「엄동(嚴冬)의 계절(季節)」에서 다음과 같이 노래하고 있다.

<전략>
잠자는 기도가 이제는 차라리
폭력으로 거리를 질주하고
미수(未遂)의 의욕들이 죽음으로 시위하는 흉참한 내력 속에
내일을 방문하는 오솔길에
핏방울 뿌리는 오늘의 풍속이다.

차라리 역도(逆徒)의 악명으로 이름을 팔고 싶었다.
피의 산맥아래 태어난 목숨들
원색의 신화로 노리치는 혈관의 명령에 쫓아
오늘도 열심히 출연에 분망(奔忙)하면
욕된 행렬이 분장하고 나선 황량한 무대에선
성급한 정의의 아들은 노여움의 충일(充溢)로
또 빈사 상태다.

<중략>

아 아 지금은
서리찬 눈보라를 내일의 축제로만 핥아 마셔라.
안일에 투항하려는 비굴일랑 아예 숙청을 하라.
남은 한 점 피를 후 후 모닥불 태워라.
오늘은 운명처럼 태어나서
―투월(投越)이다.
―투월(投越)이다.
엄동의 계절 밀사(密使)처럼 살면서
우리는 피를 파는 순교자들이었구나.

— 1961. 1. 1 ≪전북일보≫ 신춘문예 당선작에서

이 작품에 보이는 정병렬은, 우선 고향의 '다듬이 소리'를 듣는, 이순
(耳順) 무렵의 그는 아예 아니다. 젊은 '피'의 분출만이 있는, 20대의 그
가 보일 뿐이다.

잘 알려진 바와 같이, 4.19 무렵은 젊은이들에게 '피'를 요구하던 시절
이었다. 4.19를 전후하여 쓰여졌을 것으로 보이는 이 작품은, 그의 20대
중반의 방황과 절망, 그리고 시대와 사회에 대한 거역의 몸짓이 잘 나타
나고 있다. 그의 표현대로, 젊은 피들이 '거리를 질주'하던 시대, '핏방울
뿌리'던 시대, '노여움'이 '충일(充溢)'하던 시대, 그리고 한 걸음 더 나아
가면 '역도(逆徒)의 악명'으로 살고싶던 시대, 그 젊은 거역의 몸짓을 보
여주고 있는 것이다.

그러나, 이 시를 '저항 시'로 거론하고 싶은 것은 전혀 아니다. 이 무렵
문학 지망생들은 이런 유(流)의 언어를 많이 뇌까리던 시절이었다. 서양
의 참여문학 이론에 감화된, 일종의 시적 유행(流行)이었다고 할 수 있다.

　"이 작가(作者)가 보여준 '아방가르드'는 4.19이후의 소산(所産)"이라고 석정 선생은 <심사후기>에서 말하고 있다. 아무튼, 이 「엄동(嚴冬)의 계절(季節)」에 보이는 화자의 모습은 20대적 반항의 몸짓을 보여주고 있는 것은 사실이다. 젊은 객기? 같은 것이라고나 할까. 하여간 아직 정리되지 않은 거칠거칠한 무엇이 그의 내부로부터 꿈틀대고 있었던 것은 사실인 것이다. 그러나, 그로부터 40년의 세월이 흐른 뒤의 그는, 이제 '낙화' 소리를 듣는다. 젊은 시절 가슴속에 끓어오르던 '피'의 분출은 이제는 볼 수 없고, 세월의 윤회와 자연의 이법(理法)에 따르는 순명(順命)의 몸짓을 보이고 있다. 하지만 그의 이순(耳順)이 그렇게 쉽게 찾아온 것은 물론 아니다. 20대의 방황과 절망, 30대의 안정, 그리고 40대의 달관과, 50대의 지명(知命)을 건너오는 동안, 눈과 비바람과 서리를 겪을 만큼 겪은 뒤에, 드디어 당도한 그의 이순(耳順)이다.

아무 것도 남기지 않으리.
돌아갈 때는
맨 몸으로 잠들 듯
몸을 맡기리.

햇볕이 향유처럼 흘러내리는 하늘 밑
연가처럼 피를 태운 마음
혼야(婚夜) 같은 내력으로
몇 날 몇 밤을 피어 흔들다가
한줄기 드리운 바람결에
문득, 밀리는 무게를 지고
하염없이 흩날리리.

일월과 술래잡기 한 마을
꽃노을 저편 초생달 눈매마저 덮고

기억은 바람결에 사루어
하얗게 돌아가는 깜깜한 늪지
아지랑이 잠들 듯 스러지리.

그림자마저 아늑히
검은 열기로 사위어 간 끝
한 점 불씨 잠자는 흙 바탕
그 품에 고이 입 맞추리.

— 「낙화」 全文

이 시는 「다듬이 소리」와 거의 같은 시기의 작품이라 할지라도, 그 시적 포즈가 서로 상반되는 면을 보이고 있다. 「다듬이 소리」가 <고향>으로 눈을 <되돌린> 시라면, 「낙화」는 화자의 시선이 <자아(自我)>를 투시하고 있다는 점에서 그렇다. 그러나, 한편으로 이 양자(兩者)가 결국 만날 수밖에 없는 곳이 <고향>과 <자연>이라는 점에서는 매한가지라 할 수 있다.

이 시의 '낙화'는 상징물로서의 '꽃'이다. 마치 서정주(徐廷柱)의 「국화옆에서」의 '국화'가 40대 중년여인을 상징하고 있듯이, 그리고 그 '국화'의 원숙미를 발견한 시인의 나이가 불혹(不惑)의 나이에 도달해 있었듯이, 이제 이 시인의 연치(年齒)는 '낙화'를 마음으로 받아들일 만큼의 나이에 도달한 것이다.

그러므로 이 「낙화」에서는 엄청난 시간의 변화를 보게된다. 그것은 20대에서 60대에 이르는 동안, 정신적 변전(變轉)을 거듭한 뒤에 얻은 변화이다. 말하자면, 20대 중반 「嚴冬의 季節」에서 보여주었던 '피'의 분출, 그리고 그로부터 40년이 지난 뒤의 「낙화」에서의 화자의 가슴속에 떨어지는 '낙화' 소리, 이 양자(兩者) 사이의 실로 엄청난 시간의 변화, 시정신의 변화를 보게 된다는 말이다.

이제 그는 '밀사(密使)처럼'이나, 혹은 '피를 파는 순교자(殉敎者)'로 살고 싶은 나이는 아니다. '하염없이' '바람결에' 흩날려 가고싶다거나, '아지랑이 잠들 듯' 스러지고 싶은 나이이다. 말하자면 <자연(自然)>으로 돌아가는 자신의 모습을 떠올리고 있는, 그러나 '아무 것도 남기지' 않고 아름답게 떨어지는 '낙화'를 화자는 상상한다.

정병렬의 이 작품을 대하면서 떠오르는 시는 "가야할 때가 언제인가를 / 알고 가는 이의 뒷모습은 / 얼마나 아름다운가."(李炯基의 「낙화」)가 연상된다. 이 작품에서도 아름다운 '낙화'를 보이고 있기 때문이다.

한편, 이 시는 신석정(辛夕汀)의 시 「임께서 부르시면」을 연상시키기도 한다. 석정은 이 시에서 "가을날 노랗게 물들인 은행잎이 / 바람에 흔들려 휘날리듯이" 그렇게 가리라고 노래하고 있다. 하지만 석정의 시가, 장자(莊子)의 「제물론(齊物論)」에 밑받침이 되어 얻어진 작품이라고 한다면, 정병렬의 「낙화」는 뿌리 없는 '덧없음'을 독자에게 보여주는 것이어서, 다소 관념적인 인상을 풍겨준다거나, 공소(空疎)한 느낌을 줄 수도 있는, 허점이 있다.

아무튼, 그의 이 무렵의 시에서는 「낙화」와 유사한 시적 정서를 도처에서 만나게 된다. 가령 「가을밤에」같은 작품은 그런 정서의 대표적 예가 될 것이다. 이러한 현상은 화자에 있어 어쩔 수 없는 귀결이다. 앞에서도 얘기된 것이지만, 이제 그는, 자연의 섭리에 따라 떨어지는 '낙화'를 예사롭게 보고 지나치지 않는다거나, 인생의 '가을'을 조망(眺望)하는 위치에 서있기 때문인 것이다.

가령, 「어느 꽃잎 이야기」같은 작품도, 인생을 조망하고 있는 자리에서 얻어질 수 있는 소산물(所産物)의 경우에 해당되는 작품이다. 이 작품에서도 자연(꽃) 속에 자신을 투영시키고 있다. 반대로 「꽃·1」같은 작품은 화자의 '애인'이 '꽃'이 되는 경우이다. 그리고, 이 작품(「꽃·1」)은 절묘한 상징성을 얻고 있는 작품이다. 소품(小品)이긴 하지만, 작자의 시적 재간이 매우 돋보이는 작품들이라 할 수 있다. 「나무·1」「나무·2」「등불 하나가 지나가네」「갈대」등도, 현실 속에서의 자아(自我)를 투시하고 있는 작품들이다.

4.

　한편, 정병렬의 시에는 자연친화(自然親和)의 정서를 보이고 있는 작품들이 유독 많은 특징을 보이고 있다. 이는 앞에서도 여러 차례 말했지만, 그의 연치가 이순(耳順)을 넘어섰다든가, 따라서 이제 '자유인(自由人)', 혹은 '자연인(自然人)'으로 돌아가고자 하는 것도 그 이유가 될 것이다. 이런 점에서 우선 눈을 끄는 작품이 「산을 향하여」이다.

　　　　오늘 하루 구름처럼 나서봅시다.
　　　　허세의 겁데기 훌훌 벗어버리고
　　　　말벗 지팡이 하나 챙겨들고
　　　　산비둘기 날아간 곳
　　　　개울 건너 무지개 발자국 따라
　　　　세상 끝 어딘지도 모를 곳에
　　　　오늘 하루 나를 놓아주고 싶습니다.
　　　　산토끼 앞세워
　　　　하늘 옷자락 부여잡고
　　　　산바람에 다 씻겨서 오늘 하루
　　　　당신 같은 신선이 되고 싶습니다.

　　　　　　　　　　　　　— 「산을 향하여」 全文

이 작품에서 화자는 '구름처럼' 나서본다고 진술하고 있다. 박목월(朴木月)도 그의 시 「나그네」에서 "구름에 달 가듯이 / 가는 나그네"라고 노래하고 있는 것과 같이, 이 '구름처럼'이 보여주는 시각적 이미지나 비유적인 표현도, 얽매임 없는 자유인으로 살고 싶은 정서를 반영하고 있다. '허세의 껍데기'를 '훌훌 벗어' 버린다거나, '말벗 지팡이' 하나 달랑 '챙겨' 든다는 것도, 바로 그 자유인(자연인)의 정서, 특히 욕심 없이 살고자 하는 정서를 보이고 있다.

특히, "개울 건너 무지개 발자국 따라"라든가, "하늘 옷자락 부여잡고" 같은 빼어난 구절들은, 이 작품의 무게를 더해주고 있다.

이 작품은 전체적으로 쉽게 읽힌다는 점에서, 자칫 소홀하게 넘길 수도 있는 작품이나, 전혀 그렇지 않은 수작(秀作)으로 볼 수 있다. 이 작품이 지닌 무게는, 자유인으로서의 그 어떤 '깨달음'을 지닌 그런 무게이다. 이제 그는 진정한 자유인, 혹은 자연인을 꿈꾸고 있다. 그의 '말벗'으로는 달랑 '지팡이' 하나 뿐인 것이다. 다만 이 시의 끝 행에 '신선'이 되고 싶다는, 구체적이고 명시적(明示的)인 표현이 이 시의 흠으로 작용하지 않을까 싶다.

한편, 이 시는 그가 「서시(序詩)」로 내세우고 있다는 점에서 또 다른 의미를 갖는다. 말하자면, 작자는 이 작품을 자신의 '시적 자세'를 대변해주는 작품으로 내세우고 있다고 볼 수 있는데, 그 점에서도 유효적절하게 작용하고 있는 것 같다. 이제 교직 정년(停年)을 한 그가, 시와 인생과 자연을 「산을 향하여」와 같은 자세로 대면하고 싶은 것이다.

박목월(朴木月)의 「나그네」가, 망국한(亡國恨)의 시름을 자연(自然)에 의탁한 것이라고 한다면, 정병렬의 「산을 향하여」는, 이 세상 모든 영리(榮利)와 오욕(汚辱)으로부터 떠나고자 산(自然)에 의탁하는 것이다. 바로 그런 자세로 시를 쓰고, 남은 여생(餘生)을 살고자 한다는 말이다.

앞에서도 말했지만, 이러한 것은 매우 중요한 변화를 보이는 대목이다. 이러한 정신의 수위(水位)는, 「다듬이 소리」나 「낙화」와도 다소 구분되는 시정신의 변화이다. 더구나 「엄동(嚴冬)의 계절(季節)」에서 보였던 그 '핏빛'과 비교한다면 더 말할 나위도 없다. 다만, 자연친화(自然親和)의 시가 경계해야 될 요소도 없지는 않다. 말하자면 지나친 초연(超然)이 현실 감각과 너무 동떨어지게 나타난다는 점에서 그렇다. 하지만, 그럼에도 불구하고, 이번 시집에는 「산을 향하여」의 정서와 맥을 같이 하는 작품을 도처에서 만난다. 가령, 「산때알」「밑바닥에 닿으려고」「진달래 앞에서」「어디든 푸른 곳으로」「우리 오늘밤은」「자, 가세나」「귀뚜라미」「난 기르기」「난·1·2·3」「산가 일기1·2·3·4」「산·1·2」「지리산」「모악산」 등 일련의 자연친화적 작품들은, 근년(近年)의 그의 정신세계를 잘 반영해주고 있다. 그중에서도 특히 「밑바닥에 닿으려고」 같은 작품은 시인의 시적 재간과 자연에 대한 관조(觀照)의 눈이 날카롭게 작용되고 있는 시라고 하겠다.

5

이제 마지막으로, 이 시인의 시를 향한 구도적(求道的) 자세를 살펴 보고자 한다.

나에게 시를 보여달라는 친구여
내 시첩에 써 둔 시가 몇 구절은 있지만
손바닥에 놓고 보여줄 수가 없네.
정히 나의 시를 음미하려거든
지금 가 보게나.

개울 건너 오솔길 따라 만나보게나.
저 거무틱틱한 바위
어쩌면 그대 뒤안길에도 있음직한 바위
일부러 다가가 만나보는
그 바위가 곧 나의 시일세.
투명하게 들여다보고
가슴으로 만져보고
귀 기울여 들어보게나.

바위는 아직 출간되지 않은
나의 시집일세.

― 「나의 시집은」 全文

이 시도 역시 평범하게 써 내려간 듯 하지만, 그러나 여기서 보여주고 있는 시에 대한 구도적(求道的) 무게는, 흔히 볼 수 있는 그런 것이 아니다. "시(詩)라는 것이 과연 무엇인가?"라든지, 혹은, 정말 '귀신 곡하게' "좋은 시는 과연 가능한가?" 등의 명제 앞에, 오랜 동안의 명상과 잠행(潛行) 끝에 비로소 얻은 경지, 혹은 그런 구도적 무게를 느끼게 하는 작품이라 할 수 있다. 다시 말하면, 시(詩) 그것을 위해서 오랜 동안 고뇌하고 절망한 뒤에 비로소 도달할 수 있는, 그리고 시(詩) 그것을 위해서 파천황(破天荒)의 상상을 해본 자가 아니고는 도달할 수 없는, 그런 무게와 경지를 지닌 작품이라 할 수 있는 것이다.

여기서 시인은 자신의 시를 '음미' 하려거든, '저 거무틱틱한 바위'에 '다가가' '만나' 보라고 권한다. 그 '바위'야말로 곧 자신의 '시'이므로, 그 시를 '투명하게 들여다 보고' '가슴으로 만져보고' '귀 기울여' 들어보라는 것이다.

따라서, 이 시는, '바위'가 주는 이미지 앞에 바짝 다가서야만 해명이
된다.

흔히 이 '바위'라는 비유는, 차갑고 굳은 의지의 표상으로 느끼게 하지
만, 차갑고 굳은 의지의 표상만이 아닌, 그 억년 함묵(緘默) 속에 정말
'귀 기울여' 봐야만, 해명이 된다는 말이다.

여기서 시인이 권하는 그 '바위'는, 우선 인고(忍苦)의 세월을 견딘 바
위이다. 억 년 동안 혹은 몇 억 광년(光年) 동안 비바람과 눈보라를 견뎌
온 바위, 말하자면 만고풍상(萬古風霜)을 겪어온 바위이며, 그 오랜 세월
동안 변전(變轉)의 역사와 사랑과 연민을 안으로 삭여온 바위이다.

따라서 시인은, 그러한 이미지를 주는 '바위'에다가 포커스를 맞추고
있다. 말하자면, 여기서 만고풍상과 변전의 역사, 그리고 사랑과 연민을
안으로 삭여온 그 자신의 인생의 무게를, 거기 실어보려는 것이다. 즉 이
'바위'야말로, 굴곡 많은 생애를 살아온 시인 자신의 자화상(自畵像)이며,
표상으로 여겨졌던 것이다. 자화상이며 표상일 뿐만이 아니라, 그것은 그
자신의 인생살이 내력을 담은 이력서요, 바로 그 자신의 자화상적(自畵像
的)인 시(詩)라고 여겨졌던 것이다. 그리고 그런 '바위'(詩)가 들려주는 노
래에 '귀 기울여' 보라고 '친구'에게 권하는 것이다. 여기서 그 자신의 시
(詩)(바위)에 '귀 기울여' 들어보라고 권하는 그 '친구'는, 그 자신의 그런
인생살이의 무게와 흔적들을 잘 느낄 수 있는 '친구', 혹은 또 그런 독자
(인생살이 친구)에게 권하고 있다고 하겠다.

이것이 이 작품에 담긴 정서의 개략이다.

유치환(柳致環)은 그의 시 「바위」에서, '내 죽으면 한 개 바위가 되리
라'고 했다. 그의 '바위'는 '아예 애련(哀憐)에 물들지' 않으려는 바위이
며, '희로에 움직이지' 않으려는 바위이며, '억년 비정(非情)의 함묵(緘
默)' 속에 있고 싶은 바위이다.

청마(靑馬)의 이 시에는 엄청난 역설이 존재한다. 말하자면 그의 '바위'에 보이는 화자야말로 비정(非情)의 화자가 아닌, '애련'에 물들어 괴로워하는 화자요, '희로'에도 너무 많이 움직이는 화자, 너무 다정(多情)하기 때문에 겪을 수밖에 없는 생의 괴로움, 그리고 그 괴로움으로부터 벗어나야 되겠다는 절박한 의식, 아니면 그 괴로움으로부터 벗어나지 못하는 발버둥이, 그 실은 안으로 깔려있다. 그러므로 그것은 역설이었던 것이다.

어쩌면, 정병렬의 '바위'도 그런 바위인지 모른다.

앞에서 본고는, 정병렬의 '살가운 친구'라고 했다. 이 '살가운'이라는 단어 속에는, '다정(多情)함'도 함축되어 있다. 그리고 그 '다정(多情)함'이 병이 되어서 정병렬은 속으로 울고있는 지도 모른다. '바위'처럼.

이순(耳順)이라는 말은 귀가 순해진다는 말이다. 말하자면 굴곡 많은 인간사를 있는 그대로 받아들일 수 있게 된 나이라는 뜻이다. 이순이 어디 그리 쉽게 이루어지는 나이인가. 더구나 우리 시대의 '이순(耳順)'은, 정말 굴곡 많은 역사를 살아왔고, 비바람과 서리를 겪어왔다.

내가 아는 정병렬의 생애에 그 무슨 경천동지(驚天動地)할 사건은 없었다 할지라도, 잔잔한 파도를 겪을 만큼 겪은 그의 '이순(耳順)'이다. 그러므로, 그 인고(忍苦)의 '바위'야말로 바로 그의 인생이요, 자화상이요, 시(詩)요, 그 시의 집합체인 그의 '시집' 인 것이다.

한편, 이번 그의 시집에는 앞에서 해설한 「나의 시집은」외에도, 진정한 시가 무엇인가를 찾아 헤매는, 구도(求道)의 그림자들이 많이 보인다. 가령, 「내가 기리는 시」「가을 과원(果園)을 지나며」「시어(詩魚) 낚기」등은 그 좋은 예가 될 것이다. 그리고 그렇듯, 바람직한 시를 찾아 헤매는 집념의 도정(道程)에서 얻어진, 「행복한 순간」「백자 항아리·3」등도 비록 소품(小品)이긴 하지만, 그냥 읽고 넘어가기에는 아까운, 그의 재치와 재기(才氣)가 넘치는 작품이라 할 수 있다.

문학의 길은 멀고 험난하다. 더구나, "미래에도 과연 문학이 가능할 것
인가"라는 화두가 심심치않게 나오는 시점에선 더욱 그렇다. 뒤늦게 그
'얼굴'을 보이는, 나의 친구 정병렬의 첫 시집이, 그래서 나의 일처럼 조
심스럽다. 그러나, 농익은 과일이 향그럽듯이, 농익은 나이에 내는 그의
시집은 많은 인생의 향기를 담고 있다. 마치 갈대처럼 머리칼을 흩날리며
황혼 무렵 공원을 걸어가는, 우수(憂愁) 어린 시인의 뒷모습을 보는 것과
같은, 그런 향그러움이다.

그러나, 정병렬은 이순이 넘은 나이에도 불구하고 아직 젊다. 그가 얼
마나 더 잘 익은 '과일'을 앞으로 생산해 낼 것인지, 그것은 아무도 모른
다. 다만, 내일(來日)만이 그것을 알 수 있을 것이다.

머리로 쓰는 시, 가슴으로 쓰는 시

— 이소애 시집 『침묵으로 하는 말』

1

　이소애李素愛 시인과 나와의 만남은 어찌보면 좀 희한하게 이루어졌다고 볼 수 있다.

　어느덧 5년 여의 세월이 흘렀던가, 1996년 겨울 어느날, 그날은 내가 근무하는 대학의 신입생 면접 날이어서, 한참 면접을 진행하고 있는 중이었는데, 학부모인 듯한 50대의 여인 한 분이 면접장으로 들어오는 것이었다.

　나는 그 여인을 학부모인 줄로만 알고 예의를 갖춰 맞기위해, (앉은 자리에서 반쯤 일어서며) "어찌 오셨는가요?" 하고 물었다. 그랬더니 그 여인은 미소를 띄우며 "면접 받으러 왔는데요" 하는 것이었다. 그래서 보니 여인의 가슴엔 예외없이 '수험표'가 붙어 있는 것이 아닌가.

　"아, 그래요오 — 그러면 앉으시지요."

　그 여인은 앉자마자

　"그런데 교수님, 저는 교수님을 오늘 처음 뵙는 게 아니예요"

　"아니, 어디서 나를 만나셨어요?"

　"선운사 수련원에서 있은 전북문협 여름 세미나에서 교수님 문학강연을 들었어요. 그때 교수님 강연에 감동을 받고, 시(문학)에 대해서 좀더 공부해야겠다는 생각이 들어서, 우석대학을 지망하게 됐어요."

그때 나는 마음 속으로 쾌재快哉를 불렀고 박수를 보내지 않을 수 없었다. 왜냐하면, 50대의 나이에 향학을 결심한 그의 용기에 놀라기도 했거니와, 이런 분이 입학할 경우, 나이 어린 동료(?) 학생들에게 미치는 잠재적 효과(학구열)가 클 것이라고 생각되었기 때문이었다.

그리고 한편으로는 그날의 첫 만남을 계기로, 이 분이 이미 이소애(본명 : 이영자)라는 필명으로 전북 문단에서 활동하고 있는 시인이라는 사실, 문예지 「한맥」(1994)에 이미 신인으로 작품(시)을 발표한 분이라는 사실, 세무사 사무실을 경영하며 그곳에서 직장인으로도 뛰고 있는, 그야말로 맹렬여성(?)이라는 사실을 알게도 되었다.

말하자면, 그는 주경야독의 학생인 셈이었다. 마침 이 시인이 진학한 학부가 국어국문학과 야간 학부였기 때문에 주경야독이 가능하기도 했던 것은 물론이다. 그리고 이후 그가 나이값으로 적당히 학창 생활을 했을 것이라고 지레 짐작하는 사람이 있다면 그건 큰 오산이다. 그는 정말 4년 동안, 20대의 젊은 동료(?) 학생들보다 오히려 더욱더 열정적으로 대학 생활을 했음을 나는 기억하고 있다. 이 시인이 졸업할 때, 과 수석을 차지했음은 물론, '이사장상'을 받은 일 등은 그걸 증언하고도 남는다고 하겠다.

한편, 한참 지난 뒤에 비로소 알게된 일이긴 하지만, 이 시인은 이미 여고 시절부터 「샘」(전주여상 교지)에 시를 발표하기도 했던 문학소녀였고, 그리고 그 당시 삼남일보, 전북대 신문 등에 그의 작품이 입선되기도 했으며, 1964년 경에는 신석정辛夕汀 선생님의 지도로, 전주시 공보관에서 '시화전'을 갖기도 했다는 사실들을 알게도 되었다.

다시 말하자면, 이 시인이 비록 오늘 이렇게, 어찌보면 뒤늦은 첫 시집을 펴내기는 하지만, 그의 문학적 지향의 역사는 결코 짧은 역정만은 아니라는 사실이다. 그러니까, 수십 년 동안 나름대로 온축하고 연마해 온 시심詩心을 이번에 첫 열매로 열어보이는 것이라고 말할 수 있다. 그리고 이렇듯 농익은 나이에 내는 그의 첫 시집은, 농익은 그의 나이에 걸맞는 농익은 어떤 내면세계(작품세계)를 엿보게 해주리라고도 믿는다.

여기서 한 가지 더 덧붙이고자 하는 것은, 이 시인은 학부 졸업 이후, 바로 이어서 우석대 대학원(국어국문학과)에 진학을 하였고, 앞에서 소개한 학부 때의 생활처럼 직장과 학업을 병행하고 있는 대학원생이라는 점, 현재 이 시인과 나와는 지도교수와 대학원생 사이로 다시 인연을 맺고 있다는 점 등도 밝혀둔다. 그리고 이 글을 쓰게 된 것도 바로 그런 인연 때문이라는 점도 얘기해둔다.

2

어떤 평론가는, 무릇 모든 시의 시적 세계를 '고백'의 시, '묘사'의 시, '발견'의 시 등 세 갈래로 단정 지어 설명하는 것을 읽은 적이 있다. 이러한 단정이 과연 적절한 것인가?의 진위眞僞에 대하여는 여러 가지의 논란이 있을 수도 있고, 또 20여 년 동안 '현대시론'을 강의해 온 필자로서는, 그렇듯 평면적이고 단선적인 표현에 대하여 그 전부를 수용하고 용납할 수는 없다고 하겠으나, 어느 일면 고개가 끄덕여지는 면이 없지는 않은 표현이어서, 우선 그걸 이 시집의 화두로 삼고 얘기 해보기로 한다.

먼저, 이 평론가가 말하고 있는 이른바 '고백'의 시는, 시인의 심정적 세계를 표현하는 서정시를 말하는 것 같고, 이른바 '묘사'의 시는, 자연(사물)과 인간을 리얼하게 스케치하는, 서경적 서사적인 시를 말하고 있는 것 같으며, 이른바 '발견'의 시는, 이성적 인식의 시, 즉, 시적 세계에

대한 이성적 사유와 명상을 통하여 얻어지는, 지적인식 그리고 새로운 눈
뜸의 세계를 표현하는 시를 말하고 있는 것 같다.

그리고 첫 번째의 '고백'의 시를 우리는 흔히 주정시主情詩라 말하기
도 하고, 두 번째의 '묘사'의 시를 우리는 흔히 서경시敍景詩, 서사시敍事
詩라고 말하기도 하며, 세 번째의 이른바 '발견'의 시를 우리는 흔히 주지
시主知詩라고 말하기도 한다. 또한 첫 번째의 경우를 우리는 흔히 '가슴
으로 쓰는 시'라 말하는 경우가 있고, 세 번째의 경우를 우리는 흔히 '머
리로 쓰는 시'라고 말하는 경우도 있다.

사실, 이 세 갈래의 '가슴으로 쓰는 시'와 '머리로 쓰는 시' 혹은 '묘사'
의 시들에는 각각 그나름의 장점과 단점이 있을 수 있고, 자칫하면 빠지
기 쉬운 함정도 당연히 있을 수 있다.

첫 번째 이른바 '고백'의 시(서정시)는, 우리 한국 시의 역사 속에서 전
통적으로 우세를 보여온 것이기는 하지만, 자칫하면 이성적 눈뜸이 없이
감상적 세계에 매몰되기 쉬운 함정을 안고 있고, 두 번째의 이른바 '묘사'
의 시(서경시·서사시)도 한시나 시조 그리고 현대시까지도 전통적인 우
세를 보여온 것이 사실이지만, 자칫하면 이런 류의 시에는 시적 자아가
없이 대상(자연, 사물)만 있는 시가 될 가능성이 있으며, 세 번째, 이른바
'발견'의 시(주지시)의 경우도 1930년대 모더니즘 시 이후 이를 탈환하고
극복하는 과정을 많이 겪어왔지만, 자칫하면 이런 류의 시가 범하기 쉬운
함정은, 향기 있는 예술성보다는, 그 작품 세계가 딱딱하고 건조해질 가
능성이 그 함정이라 할 수 있다.

물론, 이 세 갈래의 시적 세계가 모두 잘 어우러지고 유기체적 조화와
통일을 이루고 합일되고 변용되는, 그래서 기대해 마지않는 시가 될 수만
있다면 더 말할 나위도 없겠으나, 모든 시가 꼭 그렇지만은 않은 데에 문
제는 있는 것 같다.

　아무튼, 이소애 시인의 시 「침묵으로 하는 말」은 대체로 세 번째의 경우, 즉, '머리로 쓰는 시'의 반열에 해당되는 시인 것 같다.

　　씨앗처럼 말을
　　기름진 땅에 빠뜨린다면
　　포도알에 주렁주렁
　　열매 맺힐 거다

　　리트머스 종이에 말을
　　묻혔다 빼어보면
　　퍼렇게 일렁이는 바닷물
　　굳어버린 짜디짠 소금이 될 거다

　　어둠 속 웅덩이에 말을
　　남 몰래 숨겨 놓았더니
　　시커멓게 타다 만 숯덩이일 뿐

　　하지 않는 말
　　참고 사는 말
　　어쩔 수 없이 한으로 숨 막혀
　　화석으로 남는다.

— 「침묵으로 하는 말」 전문

　이번 시집의 표제로도 되어 있는 이 시는, 시인의 최근의 작품 경향을 대변해 줄 뿐만 아니라, '침묵'도 일종의 '말'이라는 인식이 전제되어 있는 시라고 할 수 있다. 다시 말하면 '침묵'도 일종의 '말'이라는 것을 암시해 주고 있는 시라는 말이다. 발음이 되어야만 말이 아니라 비록 발음은 되지 않았다 할지라도 숱하게 생략된 말이 그 '침묵' 속에 있다는 것이다.

　그러므로 이러한 시는 앞에서 말한 대로 '가슴으로 쓰는 시'이거나 '가슴'으로 받아들여야 할 시라기보다는, '머리로 쓰는 시' 이거나 '머리'로 받아들여야 할 시라고 할 수 있다. 감성적 무게보다는 이성적 무게가 보다 더 무겁게 실려 있는 시인 것이다. 그리고 이러한 시는, 우선 독자에게 두뇌(머리)의 인식작용을 강요한다. 감성적으로만 이런 류의 시를 받아들이려는 독자가 있다면, 그러한 독자는 아예 시인에게 배반 당해버린 것 같은, 혹은 우롱 당하고 있는 것 같은 생각을 갖게 될 것이다. 다시 말하자면 <곰곰이 따져 읽기>를 요구하는 시가 바로 '머리로 쓰는 시'라고 할 수 있으며, '노래하는 시'가 아닌 '생각하는 시'라고 할 수도 있을 것이다. 가령, 김소월의 '진달래꽃'을 시의 한 전형이나 표상으로 생각하고 있는 독자에게 이런 류의 주지적 인식의 시를 들이대면, 그 독자는 어리둥절하기 마련일 것이다. 현대시의 난해성을 거론하는 것도 바로 이런 류의 시에서 빚어지는 일이라 하겠다.

　그러나 이러한 특성을 지닌 시는, 1930년대 모더니즘 시가 거론된 이후, 시의 한 갈래로 엄연히 존재해 왔고, 또 한편으로는 그러한 주지적主知的 기능을 획득한 시여야만 현대시로서의 자격이 있는 것처럼 인식되어 온 것도 또한 사실이다.

　그리고 이러한 주지적 특성을 외면하고 시인 자신의 감성에만 기대어 시를 쓰려는 시인이 있다면, 그러한 시인은 자칫 20년대적 감상感傷에 매몰되기 쉽고, 앞에서 말한 예의 그 '고백' 류의 시로서만 머물거나, 현대시 기법의 중핵中核을 잘못 짚은 시가 되어버릴 가능성이 있는 것이다.

　그런 의미에서 이 시인의 「침묵으로 하는 말」은, 주지적 특성을 지닌 탁월한 작품이라고 말할 수는 없을지 몰라도, 그냥 관과해버려서는 안 될 그런 작품이라 할 수 있다.

　한편, 이 「침묵으로 하는 말」이 전혀 이성에다만 의존하고 있거나 이성
으로만 무장되어 있는 것만은 아니라는 점이다. 이 시에는 시인의 감성의
무게가 안으로 짙게 스며 있는 것도 또한 느껴지게 한다. 이 시에는, 말하
고자 하는 말이 많이 있어도 말하지 않는, 또는 말하지 못하는 고통과 한
恨이 안으로 점철되어 흐르고 있는 것이다. 한국적 여인의 말 못하는 인
고의 울혈의 가슴이랄까 한이랄까, 그 어떤 말하지 못한 무엇이 '시커멓
게 타다 만 숯덩어리'가 되어 남아 있는 것이다. 그리고 "하지 않은 말
/ 참고 사는 말 / 어쩔 수 없이 한으로 숨 막혀 / 화석"이 되어서 남아
있는 것이다.

　이 시에 보이고 있는 '이성'의 무게는 우선 차갑고 매몰차다. 그러나
'감성'의 무게는 독자들로 하여금 잠시 가슴을 쓰리고 아리게 한다. 그
만큼 동시대 한국 여성의 인고忍苦의 터널과 맞물려 있는 시라고 말할
수 있고, 또 그런 인고의 메시지를 담고 있는 시라고도 말할 수 있을 것
같다.

　다음과 같은 작품도 바로 그런 '이성'과 '감성'이 잘 조화를 이룬 작품
으로 보인다.

　　기다린다는 일도
　　기쁨인 것은
　　당신의 향기 때문이다

　　커피 한 잔의
　　작은 폭풍 안에
　　당신의 모습이 흔들릴 때

　　별빛은 쏟아지는

은밀한 밀어
찻잔으로 그리움은 밀려온다

연인의 입술 같은 한 모금의 전율
한 모금의 행복
기다린다는 일도 기쁨인 것은
당신의 향기 때문이리.

—「커피 한 잔」 전문

이 작품은 어찌보면 단순한 것 같고 쉽게 읽히고 4연으로 된 짧은 시이지만, 그리고 아담하게 짜여진 수틀 속의 소품小品을 보는 듯하지만, 그러나 여기서 보여주고 있는 정서의 아름다움이나 표현기법은 그리 쉽게 도달할 수 있는 것 만은 아니다.

앞에서 본고는 '이성'을 차갑다고 말한 바 있다. 그러나 그 '이성'은 차가우면서도 '절제'를 그 미덕으로 한다. 이 '절제'야말로 현대시의 기법에 있어 절대 필요불가결한 요소라고 말할 수 있다. 이 '절제'의 미덕이 없는 시는 자칫하면 감상感傷의 나락奈落으로, 감정의 함정 속으로 빠져들 위험성을 안고 있기 때문이다.

바꾸어 말하면 현대시는, 이른바 감정의 '군살빼기'가 필요하다는 얘기다. 특히 여류시인들이 범하기 쉬운 현대시 기법의 어리석음은, 바로 그런 '군살빼기'가 부족한 데서 찾을 수 있는 경우가 많다. 자칫 범하기 쉬운 감정의 남발이나 자기 넋두리나 혹은 여인적 너스레들이 현대시에서는 잘라내야 될 가지들이다. 현대시는 이성적 '절제'의 미덕, 바로 그 전지(剪枝)가 필요한 것이다. 전지가 잘된 정원의 나무들이 아름답게 보이듯이, 군살빼기가 잘된 여인네들이 산뜻한 아름다움을 보여주듯이, 현대시는 이른바 그 '전지'나 '절제'의 미덕이 절대적으로 요구되는 것이라 하겠다.

이소애 시인의 「커피 한 잔」은 그런 의미에서 감정의 절제가 잘 되어 있는 시인 것 같다. 이 시는 우선 그 '군살'이 없이 깔끔하게 잘 다듬어져 있는 시라고 말할 수 있다.

한국적 여인네들의 전래적 '기다림'의 정서는, 흔히 이별과 상실 속에서 얻어지는 것이고, 그것이 때로는 슬픔의 정서로 혹은 상실의 비애로 혹은 상처받은 영혼으로 점철되고 표현되어 왔다고 볼 수 있는데, 이 시인의 '기다림'의 정서는, 그런 슬픔이나 상실의 비애 같은 감정을 넉넉히 뛰어넘은, 달관의 자리에 닿아 있는 것이다.

말하자면 이 시의 화자는, 슬픔이나 상실의 연못 속에 빠져서 버둥대는 자가 아니라, 그 연못을 헤엄쳐 나온 자, 그리하여 그 버둥대던 인간의 삶을 달관의 눈으로 따뜻하게 바라보고 있는 자, 아니다 아니다, 이별이나 상실 같은 인간의 굴절된 삶마저도 긍정적인 눈으로, 따뜻한 온기溫氣로 바라볼 수 있는 화자, 바로 그런 정서 속에서 얻어진 시이기 때문에 '당신'이 '향기'로울 수 있는 것이다. 그리고 여기서 표현되고 있는 그 '향기'는 풋내나는 인생의 봄날의 향기가 아님은 물론이다. 그 '향기'야말로 인생의 가을로부터 겨울로 이행되는 과정에서 얻어질 수 있는 물빛의 향기, 만고풍상을 겪을 만큼 겪고 난 이의 평화로움, 갈대꽃처럼 공원길을 산책하는 이의 멋과 여유의 뒷모습, 바로 거기서 느껴지는 은은한 향기로움인 것이다. 그리고 그 '기다림'의 주인공인 화자가, 그의 앞에 솔잎차나 녹차가 아닌 다갈색 커피잔을 배치해 놓고 있는 것도, 바로 그런 은은한 향기와 무관하지 않다고 하겠다.

그러면 이 시의 '당신'은 과연 누구인가? 그것은 아무도 모른다고 할 수 있다. 화자의 연인일 수도 있고, 화자의 친구일 수도 있고, 그리고 그가 다름 아닌 그의 남편일 수도 있다.

이 시의 분위기로 보아 그 '당신'은 바로 남편일 개연성이 높지만, 꼭 그렇지만은 않은 데에 이 시의 묘미는 있다.

시의 정도正道나 미덕美德은, 원래 표현하고자 하는 말을 직설적으로 모두 다 말하는 것이 아니다. 은유나 상징으로 말하고 나머지는 독자의 상상력에 맡기는 것이 시의 정도요 미덕이라 할 수 있다. 이 시의 '당신'도 바로 그런 시의 미덕을 유지하고 있는 것이라고 하겠다. '당신'이라는 이름의 대상을 아른아른한 베일 속에 남겨둔 그러한 미덕 말이다.

3.

시집 『침묵으로 하는 말』 속에 담긴 시들을 일별하면, 제1부에는 앞에서 말한 예의 그 '이성'과 '감성'이 잘 조화를 이룬 작품들이 주조를 이루고 있고, 제2부는 <상사화> Ⅰ·Ⅱ 등 주로 꽃이나 식물 혹은 나무들을 노래한 시들이 담겨져 있으며, 제3부에는 <마이산>, <한라산> 등 산에 대한 시들과 아울러 <나이아가라 폭포>, <에펠탑> 등의 여행시들이 주류를 이루고 있고, 제4부에는 <신앙심>, <기도> 등 주로 종교인으로서의 고백과 신심들을 노래한 시가 주류를 이루고 있는 것 같다.

1부에서 4부까지의 작품들을 통독한 필자에게는, 아무래도 제1부에 담겨진 작품들에서 이 시인의 시적 재간과 노력들이 빛나고 있음을 보게 된다. 제1부의 시들이 최근작이기도 할 뿐만 아니라, 이 시인이 대학 생활 동안 나름대로 온축한 문학적 교양과, 이순耳順을 향해 걸어가고 있는 그의 연치年齒 속에서의 마음공부가 자양분이 되어 나타난 결과물로 보이기 때문이다. 그리고 또 한편으로는 그가 '머리로 쓰는 시'와 '가슴으로 쓰는 시'에 대한 이해를 한 뒤의 산물이 바로 제1부에 담긴 시들인 것 같기도 하기 때문이다.

앞에서 본고는 이 시인의 '이성' 즉, '머리로 쓰는 시'를 화두로 삼아 주로 얘기해 온 셈이지만, 이제 여기서는 이 시인의 '감성'이 탁월하게 빛나는 시 즉, '가슴으로 쓰는 시'에 대한 얘기를 해볼까 한다.

다음과 같은 작품은 그의 '감성'과 시적 재간이 잘 조화를 이룬 작품으로 보인다.

흰 옥양목 버선을 손질해 놓고
풀 먹인 이불 홑청 속에
맺힌 한도 한 오락씩 포개어 놓으며
다듬잇돌은 차디찬 어두움을 깨고
별똥별 하나를 마루에 앉히네

이슥하도록 밤은
어머니의 다듬이소리로
이마의 주름살을
한 오락씩 만지고 있네

빈 쌀독에는 설움들이 가득 차고
밀린 방세 때문인지
문풍지의 아우성도 요란스러우나
어머니의 하얀 손은
차가운 달빛에도 온기로 흐르고 있네

이슥하도록 밤은
어머니의 다듬이소리로
가슴 속에 응어리로
한 오락씩 매만져지고 있네.

— 「다듬이질」 전문

좀 엉뚱한 얘기일지 모르지만, 우리 백제땅에서 태어난 여인네들의 영혼 속에는, 기다림의 인고忍苦의 정서, 혹은 한恨의 정서가 맥맥히 흐르고 있는게 아닌가 생각된다. 백제 역사의 신산스런 흐름 속에서 그 자료나 기록들이 모두 다 사라졌기 때문에, 백제 때의 유일한 설화로는 《도미전》만이 남아 있고, 유일한 속요로는 《정읍사》만이 남아 있지만, 이들 설화나 속요의 내용 속에는 영원한 '기다림'의 정절의 여인상들이 아른아른 기억 속에서 잠들지 않고 있는 것이다. 그리고 그 잠들지 않는 혼이 오늘날의 백제땅의 여인들 가슴 속에도 살아 있지 않을까 한다.

사실 비교가 되는 얘기일지는 모르지만, 신라 여인들이 모델이 된 설화나 시가(향가) 속에서는, 그러한 인고의 여인상이나 한의 정서가 흐르고 있는 것을 거의 찾을 수가 없다. 오히려 신라 여인들의 설화나 시가 속에서는, 가령 자유연애 사상을 볼 수 있게 해준다거나(수로부인 등의 설화), 계층을 초월한 사랑을 볼 수 있게 하는 설화(선덕 여왕과 지귀의 사랑), 혹은 음탕스런 남녀 정사의 장면까지를 연상시키는 시가(처용가)들이 보이는 게 사실인 것이다.

이러한 현상이 우연일지 혹은 굴곡 많은 역사 속에서의 필연일지는 모르겠으나, 우리 백제땅 여인들의 올곧은 정절, 올곧은 기다림, 그리고 그 기다림 속에서의 인고의 한을 우리는 아른아른 기억하고 있는 것이다.

앞에 보인 이 시인의 시 「다듬이질」의 소재가 된 '어머니'도 바로 그런 백제땅 여인의 후예로서의 기다림의 한이나 정절의 여인상, 그리고 온갖 신산辛酸스런 일들을 짭짤하게 겪은 주인공임이 분명한 것이다.

잘 알고 있는 바와 같이, 우리들 예전의 어머니는, 가난과 노동, 시누이와 고부간의 갈등, 바람 잘 날 없는 자녀들과 남편의 치다꺼리, 온갖 밭일과 논일, 길쌈과 바느질, 그리고 그런 일상 속에서의 기다림의 한과 인고의 나날을 지새운 삶이었다. 오늘날의 어머니들처럼 머리에 노랑물이나

들이고 팔랑팔랑 드나들며, 비대해진 몸집의 살빼기를 염려하는 어머니가 아니요, 춤추기와 에어로빅을 하는 어머니도 아니었다. 그저 날만 새면 부엌일과 자디잔 집안일과 안팎의 대소사의 일들 속에서 부대끼며 사는 일생이요, 가슴 속에 '응어리'를 안고 사는 어머니였던 것이다.

말하자면, 이소애의 시 「다듬이질」은 그런 예전의 어머니 상像을 다시 회고하게 해주는 시요, 또 한편으로는 그런 어머니 상을 회화적(그림)으로 보여주고 있는 시라고 할 수 있다. 이 시에서의 '어머니'는 '밤이 이슥하도록', '다듬이질'을 하는 어머니요, '흰 옥양목 버선'을 '손질'하는 어머니, '불덩이 같은 가슴앓이' 속에 살던 어머니요, '가슴 속에 응어리'를 안고 살던 어머니인 것이다.

이 시인이 그런 '어머니'를 회고하는 그림으로 하필이면 '다듬이질'을 택한 것은, 아련하게 꿈결처럼 들려오는 '다듬이소리'야말로 옛날의 어머니를 추억하는데 가장 알맞은 소재라고 생각했기 때문일 것이다. 시인은 어머니의 '다듬이소리'를 꿈결처럼 들으면서, 어머니에 대한 그리움이 모두다 한이요 슬픔이요 눈물로 뒤범벅이 되고, 그리고 그런 한과 눈물이 이 시를 올과 날로 직조하게 만들었을 것이다.

이소애 시인의 시 「다듬이질」은 그 감성이 매우 탁월하다고 할 수 있다. 앞에서 말한 바와 같이 이 시는 '머리'로 쓴 시라기 보다는, '가슴'의 무게가 짙게 배어 있는 시, 그리고 그만큼 서정성(주정성)이 짙게 나타나는 '가슴으로 쓰는 시'의 반열에 넣을 수 있는 작품이라고 말할 수 있다.

다음과 같은 작품도 일단 '가슴으로 쓰는 시'의 반열에 넣고 생각할 수 있는 작품이다.

　　　　오디를 따먹은 딸자식의
　　　　쌔까맣게 웃는 주둥일 보고

여자는 사내마냥 억세면 안 되는 거라며
보리밥을 고추장에 비벼주시던
참기름 내음 고소한 어머니의 그 손

역마살이 끼면 팔자가 사납다며
깊고 깊은 시름은 살강에 얹어 놓으시고
아궁이 불을 부지깽이로 지피시며
매운 눈물 치마폭에 접어 훔치시던
부드러운 어머니의 그 손

소금으로 간을 저린
고등어를 구우시다가도
선 머슴애처럼 놀다가 돌에 치어
상처난 무릎에 약을 발라주시던
비릿한 냄새 가시지 않던 어머니의 그 손

아, 그리워라
오늘은 그 손
억새풀처럼 질긴 손이지만
송편을 만들던 추석날의
보름달보다 더 고와 보이던 그 손

이순을 바라보는 오늘은
더더욱 그리워라
그립고도 그리워라.

— 「어머니의 손」 전문

　　위의 시 「어머니의 손」은 우선 누에의 입에서 실이 뽑아져 나오듯, 어머니에 대한 간절한 그리움이 직서적으로 노래된 시이다. 지나치게 직서적으로 표현된 것이 흠이기는 하지만, '어머니'에 대한 간절한 그리움이 잘 나타나 있는 시인 것만은 틀림없다고 하겠다.

이러한 시를 읽는 독자에게는, 앞에서 얘기한 '곰곰이 따져 읽기'가 필요치 않다. 현대시의 난해성이니 뭐니 하는 얘기조차도 필요치 않다. 그냥 직서적으로 노래된 그대로 읽으면서 느끼면 그만이다. 따라서 이러한 시는, 가령 앞의 (2)에서 검토한 '머리로 쓰는 시'나, 혹은 '생각하는 시'의 반열에 넣을 필요가 없다고도 하겠다.

마치 앞에서 얘기한 「다듬이질」의 자매편인 것처럼, '어머니'에 대한 간절한 그리움과 회고와 추억, 한국인의 '가슴'을 가진 사람이라면 누구나 '가슴'으로 느낄 수 있는, 한국적 어머니의 상像을 회화적으로 그려내고 있는 그러한 작품인 것이다.

이 시인이 '어머니'에 대한 회고의 그 많은 기억들 중에서도 하필이면 '어머니의 손'이 소재가 된 것은, 일평생 동안 끝나지 않았던 '어머니의 노동'과 무관하지 않다. 무관하지 않을 뿐만 아니라, 일평생 동안 끝나지 않았던, 아니 끝날 수 없었던 '어머니'의 절망과 한과 눈물이, 갈등과 고독과 슬픔들이, 인고忍苦와 기다림의 나날들이 이 '손'을 통하여서만 점철되어 흘렀던 것이다. 손으로 눈물을 닦았고, 손으로 그 숱한 노동을 해냈으며, 손으로 시부모를 봉양했고, 손으로 자식들과 남편, 그리고 일가권속들을 거느리고 보살폈던 것이다. 이러한 '어머니의 손'이야말로 위대한 손이요 따뜻한 손이요 진정으로 사랑이 무엇인가를 가르쳐 주는 교훈적 손이었던 것이다.

그러므로 '어머니의 손'은 이 시에 나타난 것처럼 '참기름 내음 고소한' 손이요, '매운 눈물 치마폭에 접어 훔치시던' 손이요, '상처난 무릎에 약을 발라주시던' 손, 때로는 매서운 회초리가 되고 때로는 아픈 상처를 치료하는 약이 되어주고, 그러나 때로는 '보름달보다 더 고와 보이던' 그 손이, 아슴아슴한 꿈결처럼 그리움처럼 몽환적으로 자꾸만 화자의 눈앞을 스치는 것이었으리라.

이상으로 우리는, '머리로 쓰는 시'와 '가슴으로 쓰는 시', 그리고 이소애 시인의 몇몇 시편들과 관련된 정서들을 대충대충 얘기해왔다.

이 외에도 '이성'과 '감성'들이 교차되며 나타나는 작품으로 「바늘꽂이」, 「베개」, 「유리창」, 「치매증」, 「자화상」 등 잔잔한 감동을 불러다주는 시편들이 보인다. 그리고 제2부의 「상사화」 I · Ⅱ 등 꽃에 관한 시편들, 제3부의 「마이산」, 「한라산」 등 산의 이미지를 시화한 작품, 혹은 세계 여행을 통하여 얻은 시편들, 제4부의 일련의 종교적 기도와 고백과 신심들이 표현된 작품들이 있으나, 이러한 일련의 작품들에 대하여는 독자들의 감상력에 미루기도 한다.

이소애 시인의 작품에서는 닳고 닳은 도시 여성의 냄새가 나지 않는다. 이순을 바라보는 그의 나이에도 불구하고 아직 시골티의 시적 처녀성을 간직하고 있는 것이다. 그의 시는 모던한 감각이나 유행을 타는 시가 아니라, 기교를 부리지 않는 시적 진실과 순수의 토양 속에 뿌리박고 있는 시라는 뜻이다.

무릇 모든 시는, 그 시를 쓴 이의 넓은 의미의 자화상이라 했던가. 그의 시가 아직도 때묻지 않은 순수성을 유지하고 있다는 것은, 그만큼 이 시인의 인생의 역사가 참되고 순수하게 이루어져 왔기 때문이라 할 수 있다.

마늘씨처럼 맵고 쓰라린 감동을 주는 시는 비록 아니라 할지라도, 그의 시는 전통적 한국 여성의 섬세한 정서와, 따뜻하고 긍정적인 시선과 토양 위에 뿌리를 내리고 있는 시라고 말할 수 있다.

이 시인이 앞으로 어떤 시의 꽃을 피울 것인지는 아무도 모른다. 첫 발을 내딛은 그의 시의 뜨락에, 앞으로 더욱더 아름답고 탐스런 꽃이 피어나기를 기대해 마지않는다.

❂ 2부 ❂
서정주 대표작 해설

自畵像

애비는 종이었다. 밤이 깊어도 오지 않았다.
파뿌리같이 늙은 할머니와 대추꽃이 한주 서 있을 뿐이었다.
어매는 달을 두고 풋살구가 꼭하나만 먹고 싶다 하였으나…흙으
로 바람벽한 호롱불 밑에
손톱이 까만 에미의 아들
甲午年이라든가 바다에 나가서는 돌아오지 않는다 하는 外할아
버지의 숯많은 머리털과
그 커다란 눈이 나는 닮었다 한다.

스물세햇 동안 나를 키운건 八割이 바람이다.
세상은 가도가도 부끄럽기만 하드라
어떤 이는 내 눈에서 罪人을 읽고 가고
어떤 이는 내 입에서 天痴를 읽고 가나
나는 아무것도 뉘우치진 않을란다.

찬란히 티워오는 어느 아침에도
이마 위에 얹힌 詩의 이슬에는
몇방울의 피가 언제나 섞여 있어
볓이거나 그늘이거나 혓바닥 늘어트린
병든 수캐마냥 헐떡거리며 나는 왔다.

此一篇昭和十二年丁丑歲仲秋作. 作者時年二十三也.

작품 해설　미당 자신은 이 시 「自畵像」을 시인 자신의 전기적 사실
과 관련이 없는 것처럼 부인하고 있으나 시가 일단 발표되면 독자의 것임

을 상기할 때 그러한 작자의 부인에도 불구하고 이 시에서는 우리는 놀라운 솔직성을 발견하게 된다. 하지만 그 솔직성이 白鐵 교수가『詩文學思潮史』에서 '나면서부터 特殊한 血族'의 사람이라고 한 말을 시인하는 것은 결코 아니다.

이 시의 '애비는 종이었다'는 발상을 낳게 한 동기는, 그의 부친(徐光漢)이 조부가 망친 가산을 일으키려 당시 10만 석 부자인 김기중(金祺中)(故 仁村 金性洙 선생의 先君子되는 분) 댁에서 서생(書生) 겸 농감(農監)을 지낸 일이 있는데 그것이 이 시인에겐 항시 마음에 걸려 있었기 때문이었다. 시인은 '특히 동복 영감(김기중을 그렇게 부름)의 소실의 아들(김재수)은 부친보다 10살 아래인데, 부친에게 반말'을 하는 것 등이 늘 마음에 걸렸다고 한다. 이러한 시인 자신의 술회 내용을 참고로 해 보면, 이 시행의 발상 동기는 자명해진다. 즉, '書生 겸 農監'을 했던 사실이 발상 동기를 준 것으로 볼 수 있으며, 특히 그의 초기의 시작 태도는 '直情言語'나 '純裸의 美의 形成'을 노렸었다는 점을 감안할 때 더욱 그 동기는 확실해진다.

그리고 '甲午年이라든가 바다에 나가서는 돌아오지 않는다'하는 외할아버지도 그의 전기적 사실과 관련을 맺고 있으며, 그가 훨씬 뒤 이순의 나이에 발간한 시집『질마재 神話』의 외할먼네 마당에 올라온 '海溢'과도 한 맥락으로 관련을 맺고 있다.

또한 이 시의 '八割이 바람이다'는 시행에 접하면 다시 한 번 그의 놀라온 솔직성을 확인시켜 준다. 말하자면 그가 젊었던 진실로 젊었던 문학 청년적 육정적 방황, '병든 수캐마냥 헐떡거리며' 왔던 방황의 모습을 그의 전기적 사실(미당의 傳記「天地有情」을 참조할 것)에서 확인시켜 주고 있기 때문에 더욱 더 시적 리얼리티를 여기서 찾게 해 주는 것이다.

그러나 이 시에서 보여 준 그러한 솔직성이 어디에서 배태된 것인가?를 우리는 생각할 필요가 있다. (일반 사람들은 보통 자기를 미화시키거나 아

니면 솔직한 자신의 모습을 은폐시키는 것이 상례이다.) 말하자면 진실한
자아(自畵像)를 적나라하게 열어 놓음으로써, 純裸의 美의 形成을 노리고
있다고 우리는 생각해야 된다는 말이다. 이 작품이 가치가 있다면, 우리들
인간이 지닌 20대의 방황의 특성이나, 시인 자신의 솔직한 자아가 진실하
게 표출되고 있다는 점에서 그 가치를 찾아야 하리라고 본다.

花 蛇

사향 박하의 뒤안길이다.
아름다운 배암…
얼마나 커다란 슬픔으로 태어났기에, 저리도 징그러운 몸둥아리
냐

꽃대님 같다.
너의 할아버지가 이브를 꼬여내던 달변의 혓바닥이
소리 잃은 채 낼름거리는 붉은 아가리로
푸른 하늘이다. …물어뜯어라. 원통히 물어뜯어.

달아나거라. 저놈의 대가리!

돌 팔매를 쏘면서, 쏘면서, 사향 방초ㅅ 길
저놈의 뒤를 따르는 것은
우리 할아버지의 안해가 이브라서 그러는 게 아니라
석유 먹은 듯… 석유 먹은 듯… 가쁜 숨결이야

바늘에 꼬여 두를까부다. 꽃대님보다도 아름다운 빛…

크레오파트라의 피먹은 양 붉게 타오르는 고은 입술이다…스며
라! 배암.

우리 순네는 스믈난 색시, 고양이같이 고은 입술…스며라! 배암.

이 시는 '배암'과 '순네'의 관계를 해명하면 이해가 가능해

지리라고 생각된다.

'배암'은 성서에서 말해주고 있는 바와 같이 원죄(原罪)의식을 느끼게 해 주는 동물이다. 그것을 이 시에서는 '이브를 꼬여내던 달변의 혓바닥'으로 표현하고 있다. 그리고 원죄의식을 느끼게 해주는 동물이기 때문에 그 '몸뚱아리'는 '징그러운' 것이 되며, 저주스러운 '저놈의 대가리'가 된다. 그러나, 그렇듯 저주스럽고 징그러운 것이면서도 한편으로는 묘하게도 유혹적인 아름다움, 즉 '꽃대님보다도 아름다운 빛'과 '크레오파트라의 피 먹은 양 붉게 타오르는 / 고운 입술'을 지닌 아름다움의 대상이다. 말하자면 '배암'은 '저주'와 '유혹'이 교차되는 감정을 가지게 하는 동물인 것이다. 그러므로, 그 저주의 마음이 '돌팔매를 쏘면서 쏘면서 사향사 길 저놈의 뒤를' 따르기도 하지만, 또 한편으로는 그 유혹적인 아름다움 앞에서 '우리 할아버지의 아내가 이브라서 그러는게 아니라 / 石油 먹은 듯…… 石油 먹은 듯…… 가쁜 숨결'의 시의 화자의 마음을 엿보게도 해 준다.

그런데, 문제는 그 죄의식을 느끼게 하는 대상인 '배암'의 '고운 입술'과 시의 화자의 젊은 날 기억의 어느 강한 부분을 차지하고 있는 '우리 순네'의 고양이 같은 고운 입술을 동일시하고 있다는 사실이다. 바꾸어 말하면 유혹적인 아름다움의 뱀의 고운 입술을 통하여 젊은 날의 관능의 대상이었던 '우리 순네'의 입술을 연상하고 있는 것이다. 따라서, 이 시에서의 '배암'은 관능적 상징의 대상으로 등장하고 있음을 알 수 있게 되며, 그러한 중심 상징으로서의 '배암'이 암시하고 있는 바에 따라 이 시인의 정감을 받아들여야 된다. '石油 먹은 듯…… 石油 먹은 듯…… 가쁜 숨결'의 정감 말이다.

그리고 우리가 여기서 한 가지 더 생각해야 될 점은, 성희(性戲)를 할 때에 느끼는 묘한 죄의식이다. 그것이 젊은 날의 가슴 두근거리는 성희에서는 더욱 그러한 죄의식을 느끼게 된다. 바로 이점이다. '관능'과 '죄의식'이 엇갈리고 있는 자리에 이 시는 서 있다고 할 수 있다.

문둥이

해와 하늘 빛이
문둥이는 서러워

보리밭에 달 뜨면
애기 하나 먹고
꽃처럼 붉은 울음을 밤새 울었다

작품 해설　　이 시는 작자가 정말 천형(天刑)의 병(문둥병)에 걸려 쓴 작품이 아니라는 것을 먼저 이해해야 된다. 현대인은 누구나 정신의 병을 앓고 있기 때문에, 그걸 시인은 문둥병에 걸린 상태로 파악하고 있음을 유의해야 된다. 그리고 그러한 극한상황을 통하여서만 오히려 건강한 삶을 희구하는 몸부림을 보여줄 수 있다고 시인은 생각한 것이다.

『詩人部落』 창간호(1936년 11월호)에 실린 이 작품은 「화사(花蛇)」 등과 함께 이 시인의 초기시 세계를 잘 보여주고 있다. 그의 초기시를 두고 흔히 ‘生命派’라고 이름붙였던 것과 같이, 이 무렵 시인은 열띤 원색적 육성이나 관능, 그리고 인간의 원초적 문제를 많이 보여주고 있었다. 사실 우리 현대시사에서 이 시인과 같이 좀더 근원적인 문제, 혹은 근원적인 체험까지를 보여준 시인은 과거에 없었다고 할 수 있다. 그런 의미에서 이 무렵의 그의 시를 평가하고 감상해야 하리라고 믿는다.

물론, 이 작품은 문둥이가 영아(嬰兒)의 살을 먹는다는 속설에 그 기반을 두고 있는 작품이다. 말하자면 문둥이는 인육(人肉)을 먹고라도 싱싱한 삶을 살고 싶은 존재이고, ‘해와 하늘 빛’을 서러워하는 존재이며, ‘꽃처럼 붉은 우름’을 ‘밤새’ 우는 존재일 수밖에 없음을 보여주고 있다.

그러면 왜 이처럼 작자는 ‘문둥이’를 통하여 인간존재의 문제를 강하게 보여주려 한 것인가? 그것은 다름아니라, '原罪의 형벌'(조연현의 표현)을 받고 있는 '문둥이'의 모습은, 바로 우리들 인간의 모습을 환치(換置)시킨 것이기 때문이다.

대 낮

따서 먹으면 자는 듯이 죽는다는
붉은 꽃밭사이 길이 있어

핫슈 먹은 듯 취해 나자빠진
능구렝이같은 등어릿길로,
님은 다라나며 나를 부르고…

강한 향기로 흐르는 코피
두손에 받으며 나는 쫓느니

밤처럼 고요한 끓는 대낮에
우리 둘이는 왼몸이 달어…

* 핫슈 — 아편의 일종

작품 해설　시인 자신의 문학적 편력을 기술한 <天地有情>에 의하면, 이 「대낮」은 해인사(海印寺)에서 쓴 것으로 돼 있다. 그러나 그러한 절간의 분위기와는 달리 이 무렵 그가 쓴 시의 내용에는 인간의 원죄의식이나 원색적 육정(肉情), 그리고 언어기교를 도외시한 직정적(直情的) 언어들을 많이 보여주고 있다.

특히 시인의 표현대로 '古代 그리스的 肉體性' '보들레르의 밑바닥 參加' 등의 말은 이 무렵의 그의 시세계에 대한 강한 시사를 던져주고 있는 말이라고 할 수 있다.

이 작품도 앞의 「花蛇」와 거의 같은 무렵(『詩人部落』 창간호, 1936년

11월호)에 쓰인 것으로서, 그러한 '肉體的 호흡'이나 '直情的 言語'를 어렵지 않게 감지할 수 있는 작품이다. 말하자면, 이 무렵 이러한 경향의 시들은, 그 당시로서는 새로운 시적 지향이랄까, 아니면 새로운 시적질서를 찾아보려는 방황이랄까, 아무튼 '밤처럼 고요한 끓는 대낮에 / 우리 둘이는 왼몸이 달어…'와 같은 그의 표현은 과거 우리시의 관행에선 찾아볼 수 없는 '直情的 言語'였다고 할 수 있다.

　바꾸어 말하면, 이러한 시적 표현은 인간의 원초적이고 원색적인 모습을 그대로 표현한 것이며, 바로 그것은 아담과 이브의 윤리 그대로를 여과 없이 표현한 것이라고 할 수 있다.

壁

덧없이 바라보던 壁에 지치어
불과 時計를 나란히 죽이고

어제도 내일도 오늘도 아닌
여기도 저기도 거기도 아닌

꺼져드는 어둠속 반딧불처럼 까물거려
靜止한 ＜나＞의
＜나＞의 서름은 벙어리처럼….

이제 진달래꽃 벼랑 햇빛에 붉게 타오르는 봄날이 오면
壁차고 나가 목매어 울리라! 벙어리처럼,
오― 壁아.

　이 작품은 1936년 東亞日報 新春文藝에 당선작으로 뽑힌 작품이다. 시인 자신의 말에 의하면 이 작품은 新春文藝에 응모하기 위해서가 아니라 그냥 독자투고 작품으로 보낸 것이었다고 한다. 그런데 뜻밖에도 신춘문예 응모작으로 처리되어 당선의 영예를 얻은 작품이라는 것이다. 어떻든 東亞日報가 이 작품을 당선작으로 뽑은 것은 매우 잘한 일이었다고 생각된다. 왜냐하면 이 작품에 나타나 있는 시인의 시대의식도 그러하거니와 작품의 질로 보아도 당연한 것으로 받아들여지기 때문이다.

　한편 이 작품은 시적 정서의 면에서나 표현기법의 면에서 「花蛇」「문둥이」「대낮」 등과는 사뭇 다른 면모를 보여주고 있다. 말하자면 '육정적 호흡'이나 '원색적 육성' 혹은 '직정적 언어'를 이 작품에선 찾아 볼 수 없다

는 말이다. 시가 사뭇 내면화되어 있다거나 시인의 진한 시대의식을 맛보
게 해준다는 면에서는 「花蛇集」 무렵의 시들과 동떨어져 있다. 이 점은
시인의 시적 편력에 있어 매우 중요한 일이다. 솔직히 말해서 「화사집」 무
렵의 어떤 시들은 시인의식이 덜 숙성된 것 같은 면모도 보이는데, 이 작
품은 그런 면모를 의연히 떨쳐버리고 있으며, '壁 차고 나가 목매어 울리
라! 벙어리처럼'과 같은 시행에 이르면 암울한 시대의 의식세계가 엄숙하
게 다가온다.

정말 막힌 '壁에 지치어' 있었던 시대, 어디 의탁하거나 뚫고 나갈 빛이
보이지 않던 식민지 시대의 지식인의 의식이 절절하게 느껴지는 것이다.

엽 서

―東里에게

머리를 상고로 깎고 나니
어느 시인과도 낯이 다르다.
꽝꽝한 이빨로 웃어보니 하늘이 좋다.
손톱이 龜甲처럼 두터워가는 것이 기쁘구나.

소쩍새같은 계집의 이애기는, 벗아
인제 죽거든 저승에서나 하자.
모가지가 가느다란 李太白이 처럼
우리는 어째서 兩班이어야 했더냐.

포올·베르레느의 달밤이라도
복동이와 같이 나는 새끼를 꼰다.
巴蜀의 울음소리가 그래도 들리거든
부끄러운 귀를 깎아버리마

작품 해설　　1936년, 시인 자신의 하숙집에 『詩人部落』의 간판을 내걸고는 咸亨洙, 金東里, 金相瑗, 吳章煥 등과 더불어 동인지 『詩人部落』을 펴내게 된다. 그의 작품 「葉書」는 이 무렵부터 깊어진 金東里와의 교우관계를 느끼게 해주는 작품이라고 할 수 있다. '소쩍새같은 계집의 이애기는, 벗아 / 인제 죽거든 저승에서나 하자.'와 같은 구절을 통하여 그들의 돈독한 교우관계를 확인할 수 있게 해준다.

　　얼마나 많은 시간 그들의 청춘의 대화 속에 '계집의 이애기'가 있길래, '巴蜀의 울음소리가 그래도 들리거든 / 부끄러운 귀를 깎아버리마'라고 했을까. 여기서 물론 '巴蜀의 울음소리'는 저승에 간, 혹은 저승처럼 멀리 있는 '계집'의 울음소리를 말하며, 그것은 바로 시인의 다른 작품 「歸蜀途」에도 보이는 '巴蜀 三萬里'의 '巴蜀'과도 궤를 같이하고 있다.

말하자면 이 시는 그의 시 「대낮」이나 「正午의 언덕에서」 「입맞춤」 등에 보이는 '肉情的 호흡'을 어느정도 극복하고 있는 자리에 서 있다고 볼 수 있는 작품이다. 아니다. '즘생스런 우슴은 달드라 달드라'(입맞춤)하던 청춘의 몸부림, 그것으로부터 탈출하려는 노력이 엿보이는 작품이라고 말해야 좀더 정확한 표현일런지도 모른다.

한편, 이 시의 '우리는 어째서 兩班이어야 했드냐'는 구절은, 시인의 다른 작품 「自畵像」의 '애비는 종이었다'는 구절과 자칫 상치되는 것으로 읽을 수 있다.

그러나, 시인의 족보를 참고해 보면 未堂은, 成均館大提學을 지낸 徐居正의 후예로서 '兩班'의 가계에서 태어났음이 분명하다. 그러므로 '우리는 어째서 兩班이어야 했드냐'는 구절은 그러한 그의 가계에서 비롯된 구절이라고 하겠다.

오히려 '애비는 종이었다'는 구절을 너무 직서적으로 받아들여서 '애비=종' 즉 未堂의 부친을 하인배(下人輩) 계통의 혈족인 것처럼 해석한 백철(白鐵)의 오류(그의 저서 『新文學思想史』)를 여기서 다시 지적해 둔다.

정오의 언덕에서

향기로운 산우에 노루와 적은 사슴같이 있을지어다. ─雅歌

보지마라 너 눈물어린 눈으로는…
소란한 홍소의 正午 天心에
다붙은 내 입술의 피묻은 입맞춤과
무한 욕망의 그윽한 이 전율을…

아─어찌 참을 것이냐!
슬픈이는 모두 巴蜀으로 갔어도,
윙윙거리는 불벌의 떼를
꿀과 함께 나는 가슴으로 먹었노라.

새악시야 나는 아름답구나

내 살결은 수피의 검은 빛
황금 태양을 머리에 달고

몰약 사향의 훈훈한 이 꽃자리
내 숫사슴의 춤추며 뛰어 가자

웃음 웃는 짐승, 짐승 속으로

* 地歸는 濟州南端의 一小島. 神人高乙那의 孫一族이 살어 麥作
  에 從事한다.
　　丁丑年 榴夏, 廷柱가 偶然 地歸에 流謫하야 心身의 傷痕을
  말리우며 써놓은 것이 卽 이하 네 片의 詩作이다.

 이 작품에서도 우리는 일차적으로 강한 육정적 호흡을 느끼게 된다. 그러나 좀더 유심히 살펴보면 이 시인만이 갖고 있는 시적 우주, 그리고 견고하게 거느리고 있는 표현상의 특이성을 또한 발견하게 된다. 말하자면 작품 속에 살아서 꿈틀대는 화자, 그리고 시인의 표현대로라면 '윙윙거리는 불벌' 그대로의 언어를 만나게 되는 것이다. 한편, 이같은 표현을 일컬어 흔히 문단에서는 '인생파'(生命派)라 이름했고 시문학사적 의미를 찾으려 했던 것인데, 사실 이와 유사한 시의 관행을 우리 시사에서는 일찍이 찾아볼 수 없었다.

어제까지의 시적 전통으로 보면 생경하게 느껴질 수도 있고 무잡하게 느껴질 수도 있는 이러한 작품을 우리는 어떻게 이해해야 할 것인가? 여기서 조금만 더 애정어린 눈으로 이 시를 바라보면, 그것들은 다름아닌 옷을 벗고 나온 알몸의 말, 즉 아담의 윤리 그대로의 언어임을 알 수 있다. 그의 표현대로 "'사람' 그것 속"에 직핍하고자 했던 언어인 것이다. 그리고 그것은 이 시인의 인간적 진실(육정적 진실), 어쩌면 근원적인 진실을 오히려 대담하게 표현하고 있고, 그의 연치(年齒)와 함께 젊어 있는 표현이라 말할 수 있는 그러한 언어이다. 다시 말하면, 시의 화자는 '피묻은 입맞춤'을 할 수 있을 만큼의 젊음, '숫사슴의 춤'을 추며 뛰어갈 만큼의 젊음에 진실해 있기 때문에, 그리고 그만큼의 진실을 전혀 옷을 입히지 않은 살결 그대로의 언어로 빚어내고 있기 때문에, 오히려 우리의 살 속에 젖어들고 당연하게도 느껴지는 그러한 언어로 받아들여야 한다.

정말 이때 시인의 젊은 야생적(野生的) 고삐는 어느 한 곳에 정착해 있지를 않고, '숫사슴의 춤'을 추며 황야를 질주하려는 의지로 가득해 있었던 것이다. 그리고 그것은 생의 본질 속에 육박하고자 하는 시인의식에서 비롯된 것이었고, 우리들 인간의 생명력을 원색적으로 발현시키려는 강한 의지에서 비롯된 산물이었다고 이해해야 된다.

입맞춤

가시내두 가시내두 가시내두 가시내두
콩밭 속으로만 자꾸 달아나고
울타리는 마구 자빠트려 놓고
오라고 오라고 오라고만 그러면

사랑 사랑의 석류꽃 나무 나무
하늬바람이랑 별이 모두 우습네요
풋풋한 산 노루떼 언덕마다 한 마리씩
개고리는 개고리와 머구리는 머구리와

굽이 강물은 선천으로 흘러 나려…

땅에 긴 긴 입맞춤은 오오 몸서리친
쑥잎을 지근지근 이빨이 히허옇게
짐승스런 웃음은 달더라 달더라 울음같이
달더라.

작품 해설　　　이 작품도 역시 그의 초기시의 색채가 강하게 나타나는 작품이다. 즉, 육정적 호흡이 강하게 느껴지는 그러한 작품인 것이다. 앞의 「정오의 언덕에서」 해설에서 이러한 시의 표현을 옷을 벗고 나온 알몸의 말, 즉 아담의 윤리 그대로의 언어라고 말한 바 있다.

　　이 작품도 역시 시인의 인간적 진실, 혹은 육정적 진실이 여과없이 나타나고 있다. 앞에서도 말했지만 이러한 시적 표현은 우리 시사에 없었으며, 이러한 표현을 일러 '人生派'(生命派)라 이름했던 이유가 됐던 것이다. '긴 긴 입맞춤은 오오 몸서리친' 이라든지, '짐승스런 웃음은 달더라'

라고 표현된 '직정적 언어'들은 과거 우리의 시적 관행에선 실로 찾아볼 수 없는 원색적 표현이었다.

　사실 과거 우리의 시인들은 젊은 나이에 일찌감치 정신연령이 늙어 버렸거나, 젊은 나이에 미리부터 달관한 듯한 자세로 유유자적하던 시인들을 많이 보아왔다. 그러나 이 무렵의 미당은 그야말로 젊음의 시인이었고, '짐승스런 웃음'을 쫓아 황야를 질주하는 야생마(野生馬)였다고 할 수 있다. 그만큼 그의 이 무렵의 노래(詩)는 양반적 풍모를 벗어버린 위치에서 시작된다. 일체의 고정윤리를 작파해버린 알몸으로 솔직하고도 대담하게 표현하고 있으며, 바로 그러한 관능적 근원적 생명성의 언어를 통하여 우리는 아담의 윤리를 발견하게 되고, 또 한편으로는 그러한 표현상의 특질에서 시문학사적 의의를 찾으려 했다는 것을 이해해야 된다.

水帶洞詩

흰 무명옷 갈아입고 난 마음
싸늘한 돌담에 기대어 서면
사뭇 숫스러워지는 생각, 고구려에 사는 듯
아스럼 눈감았던 내 넋의 시골
별 생겨나듯 돌아오는 사투리.

등잔불 벌서 키어 지는데…
오랫동안 나는 잘못 살았구나.
샤알·보오드레-르처럼 설ㅅ고 괴로운 서울 여자를
아조 아조 인제는 잊어버려

仙王山 그늘 水帶洞 十四번지
長水江 뻘밭에 소금 구어먹던
증조할아버지적 흙으로 지은 집
어매는 남보단 조개를 잘 줍고
아버지는 등짐 서룬 말 졌느니

여기는 바로 十年전 옛날
초록 저고리 입었던 금女, 꽃각시 비녀하야 웃던 三月의
금女, 나와 둘이 있든 곳.

머잖아 봄은 다시 오리니
금女 동생을 나는 얻으리
눈썹이 검은 금女 동생,
얻어선 새로 水帶洞 살리.

작품 해설 시집 「花蛇」에 수록된 시들은 자세히 들여다보면, 그 낱낱의 시들에 '바람'(방황)이 스며 있다고 말할 수 있다. 그리고 그 '바람' 가운데에는 '병든 수캐마냥 헐떡거리며' 치달리던 바람이거나, '石油 먹은 듯…… 石油 먹은 듯…… 가뿐 숨결'의 바람도 있고 (시 「自畵像」), '땀 흘려 땀 흘려' '아편 먹은 듯' 취하던 바람이거나(시 「대낮」), '즘생스런 우슴'을 웃으며 '윙윙그리는 불벌'로 달려들던 바람도 있다.

또 다른 '바람'으로는 '괴로운 서울 女子를 / 아조 아조 인제는' 잊어버리고 '눈섭이 검은 금녀 동생'을 얻어서 '수대동'(水帶洞)에 살고자 하는 바람도 있다.

물론 이러한 '바람'은 「花蛇」 무렵 뿐만 아니라 그 후에도 끝내 멈추지를 않는 것이었으며, 본질적으로 그것은 멈출 수 없는 것이기도 하다. 그리고 어쩌면 이 시인의 시적 생애 전체를 그 '바람'이 지배하고 있다고 해도 과언은 아닐 것이다.

다만, 한가지 분명한 것은 그 '바람'의 수위(水位)가 일정한 높이가 아니라는 점이다. 그 '바람'의 수위가 형이하적(形而下的)인 것도 있고 형이상적(形而上的) 세계를 유영(遊泳)하는 바람도 있는 것이다.

대체로 강렬한 육욕(肉慾)을 솔직하게 노래했던 시들이 전자라면, 이 「水帶洞詩」 같은 작품은 후자에 속한다고 할 수 있다.

이 시인에게 있어 이러한 변화의 현상은 보들레르적 방황이나 육정적 방황에 대한 회의로부터 비롯된 것이라 할 수 있다. 즉 본능과 도덕과의 갈등, 혹은 내면적 자아와 현실적 자아의 끊임없는 충돌에서 비롯된 것이라고 말할 수 있는 것이다. 아무튼 이 시의 화자는 이제 '사뭇 숫스러워지는 생각'으로 '넓의 시골'에 돌아가고자 한다. 그만큼 야생적(野生的) 고삐를 이제는 다스리고 '눈섭이 검은 금녀 동생'을 얻어서 '水帶洞'에 정착하고자 하는 것이다.

復 活

내 너를 찾어왔다…수나. 너 참 내앞에 많이 있구나 내가 혼자서 종로를 걸어가면 사방에서 네가 웃고 오는구나. 새벽닭이 울때마닥 보고싶었다… 내 부르는 소리 귓가에 들리드냐. 수나. 이것이 몇 만 시간만이냐. 그날 꽃상여 산넘어서 간 다음 내 눈동자 속에는 빈 하늘만 남더니, 매만저 볼 머릿카락 하나 머릿카락 하나 없더니, 비만 자꾸 오고… 촉불 밖에 부엉이 우는 돌문을 열고가면 강물은 또 몇 천 린지. 한번 가선 소식 없던 그 어려운 주소에서 너 무슨 무지개 로 내려왔느냐. 종로 네거리에 뿌우여니 흩어져서, 뭐라고 조잘대며 햇빛에 오는 애들. 그 중에서 열아홉 살쯤 스무 살쯤 되는 애들. 그 들의 눈망울속에, 핏대에, 가슴 속에 들어앉아 수나! 수나! 수나! 너 인제 모두다 내앞에 오는구나.

작품 해설 시집 「花蛇」 무렵의 육정적 방황의 노래는 곧 이어서 정신적 성장의 언어로 나타나게 된다. 즉, 시적 시선을 현실 살이의 이승으로부터 죽음 저편의 저승으로까지 확대시키고 있는 것을 보게 해주는데, 바로 그런 변화의 한 모델로 꼽을 수 있는 작품이 「復活」이다. 말하자면 이 시는, 지금까지의 순나(純裸)의 미의 형성을 노렸던 작품들이나 육정적 방황의 노래들에서는 전혀 그 유례를 볼 수 없었던 또 다른 일면을 보여주고 있다. '한번 가선 소식 없던 그 어려운 住所'로부터 '鐘路 네거리에' 부활한 '叟娜'를 통하여, 이 시인이 뒷날 많이 보이고 있는 '輪廻'사상의 전조(前兆)를 보이고 있는 것이다. 색(色)이 곧 공(空)이고, 공이 곧 색이며 '生者必滅, 去者必反'의 불교적 진리를 이 작품에서 보이기 시작한다.

즉, 그가 젊은 어느 때 잃어버린 여인, 슬프고 괴롭고 우울한 사람 '叟娜'를 상실한 고독으로부터 정신적으로 수습하고 상승시킬 수 있는 진리,

영원히 죽지 않는 만물의 순환원리를 터득하게 되었으며, 그것을 작품으로 보이고 있는 것이 곧 「復活」이라고 할 수 있다.

그러므로 이 「復活」은 그의 작품 변모의 매우 중요한 의미를 띠고 있는 작품으로 볼 수 있으며, 이같은 「復活」에서의 변화의 전조(前兆)는 뒷날 이 시인의 무한한 시적 가능성을 예감하게 해주는 그런 작품이라고 볼 수 있다.

한편, 이 작품의 정서를 대략 정리해보면 이렇다. 시의 화자는 젊은 날 지극히 사랑하던 '수나(曳娜)'를 잃었다. 무슨 연유에서인지는 몰라도 꽃다운 청춘에 '꽃喪輿'에 실려서 저승으로 간 것이다. 그러나, 시의 화자는 죽은 '曳娜'에 대한 애모의 정이 식기는커녕 오히려 지극하게 그립기만 하다.

그런데 어느 날, 종로 네거리에 나갔더니 이미 저승에 간 '曳娜'가 살아서 온다. 그것도 한 사람이 아니라 '뿌우여니 흩어져서' 무수히 오는 것이다. 너무도 지극히 사랑하고 너무도 지극히 그리워하고 있기 때문에 종로 네거리에 흩어져 오는 '열 아홉 살쯤 스무 살쯤 되는 애들'이 모두 다 '曳娜'로 보인 것이다. 이 시의 화자는 비단 종로 네거리뿐 만이 아니라, 그 어느 골목 어귀에서라도 문득문득 '曳娜'를 많이 만났을 것이다. 「復活」한 '曳娜'를.

歸蜀途

눈물 아롱아롱
피리 불고 가신 님의 밟으신 길은
진달래 꽃비 오는 서역 삼만리.
흰옷깃 여며 여며 가옵신 님의
다시 오진 못하는 파촉 삼만리.

신이나 삼아줄 걸 슬픈 사연의
올올이 아로새긴 육날 메투리.
은장도 푸른 날로 이냥 베어서
부질없는 이 머리털 엮어 드릴 걸.

초롱에 불빛, 지친 밤 하늘
구비 구비 은핫물 목이 젖은 새.
차마 아니 솟는 가락 눈이 감겨서
제 피에 취한 새가 귀촉도 운다.
그대 하늘 끝 호올로 가신 님아.

* 육날 메투리는, 신중에서는 으뜸이고 메투리중에서도 가장 아름다
운 조선의 신발이였느니라. 귀촉도는, 행용 우리들이 두견이라고도
하고 솟작새라고도 하고 접동새라고도 하고 子規라고도 하는 새가,
귀촉도…귀촉도… 그런 발음으로서 우는 것이라고 지하에 들어간
우리들의 조상의 때부터 들어온 데서 생긴 말씀이니라.

이 시는 미당(未堂)의 제2시집 표제시이다. 제2시집을 대

표하는 표제시로서 『歸蜀途』라는 제목을 선택한 것은 매우 뜻깊은 일이었다. 왜냐하면, 제1시집 『花蛇集』에서 보였던 정서적 불안정이나 산문적 호흡이 이 시집에서는 정서적인 안정과 형식의 정비 등이 두드러지게 나타나기 때문이다. 「歸蜀途」라는 제목이 벌써 동양적인 귀의(歸依)를 시사해 주고 있는 바와 같이, 동양적 정서 속에서 산출된 시들이 담겨져 있기 때문인 것이다.

이 시는 왕위를 잃고 유찬(流竄)의 길에 올랐다가 죽어서 귀촉도(접동새, 소쩍새, 子規, 두견새)가 된 망제(望帝)의 전설에 기초를 두고 있다. 그러나, 망제의 전설에서 제재(題材)를 취해 왔을 뿐 이 시의 화자는 망제(望帝)가 아니라 '청상 과부'이다. 그러므로, 망제의 혼이 화해서 '귀촉도'가 된 것이 아니라, 이 시에서는 청상과부의 망부한(亡夫恨)의 혼이 화해서 '귀촉도'가 된 것이다.

바꾸어 말하면 '귀촉도＝청상 과부의 혼'이라는 논리가 성립되기 때문에 이 시의 첫째 연과 둘째 연은 망부한(亡夫恨)을 안고 죽은 청상 과부의 혼의 독백으로 나타나게 된다. 그리하여 '피리 불고 가신 임'은 이 시의 화자의 '임'이 아니라 바로 청상 과부의 '임'이라 할 수 있다. 그 '임'은 귀환 불능점인 '巴蜀'으로 가버린 것이다.

한용운의 '님'이 불교적 윤회 사상에 뿌리박은 '다시 만날 것을' 믿는 '님'인데 비하여, 이 시의 과부의 '임'은 '다시 오진 못하는' 영원한 연모의 '임'이어서, 김소월의 「진달래꽃」에 보이는 '죽어도 아니 눈물' 흘리며 마음속에 영원히 간직하는 '임'과 궤(軌)를 같이 한다고 할 수 있다. 그러므로, '임'이 없는 과부에겐 윤기나는 치렁치렁한 머리털도 이내 '부질없는' 것이 되며 '이냥 베어서' '엮어나 드릴 걸'의 아쉬움으로 나타나게 된다.

그러나, 셋째 연으로 옮겨지며 독자를 갑자기 당혹스럽게 하여 준다. 왜냐하면, 그 당혹은 첫째, 둘째 연의 이른바 '과부의 독백'이 셋째 연으로 이어지지 않는 데서 온다. 하지만 좀더 자세히 관찰하여 보면 그것은 곧

이 시의 화자의 진술임을 알게 될 것이다. 이 시가 최금동의 시나리오에
넣은 작품임을 고려해 볼 때, 그러한 관점을 더욱 확실하게 해 준다.

거북이에게

거북이여 느릿 느릿 물살을 저어
숨 고르게 조용히 갈고 가거라.
머언 데서 속삭이는 귀속말처럼
물이랑에 내리는 봄의 꽃잎을,
발톱으로 헤치며 갔다 오너라.

오늘도 가슴 속엔 불이 일어서
내사 얼굴이 모두 타도다.
기우는 햇살일래 기울어 지며
나 어린 한 마리의 풀벌레 같이
말 없는 四肢만이 떨리는도다.

거북이여.
구름 아래 푸르른 목을 내둘러,
장고를 처줄게 둥둥거리는
설장고를 처줄게, 거북이여.

먼 山에 보랏빛 은은히 어리이는
나와 나의 형제의 해질 무렵엔
그대 쇠 먹은 목청이라도
두터운 갑옷 아래 흐르는 피의
오래인 오래인 소리 한마디만 외어라.

작품 해설　　이 작품은 우선 7.5조가 주조(主調)를 이루고 있는 것을 볼
수 있다. 그러나 여기서 주목할 것은 그러한 7.5조 등의 글자나 헤아려 보

자는 데에 있지 않고 '숨고르게 조용히 갈고' 가는 거북이의 걸음걸이에도 눈을 줄 만큼 여유로와진 이 시인의 시적 전환이 더욱 흥미롭다.

'해와 하늘 빛이 문둥이는 서러워 / 보리밭에 달뜨면 애기 하나 먹고 / 꽃처럼 붉은 울음을' 울던 원죄의식이나 '웃음 웃는 짐승 속으로' '石油 먹은 듯' '아편 먹은 듯' 뛰어들던 『花蛇集』 무렵의 피의 분출은 이제는 좀 가라앉고, '오늘도 가슴속엔 불이 일어서'와 같은 내면의 소리를 듣게 해준다는 점이 흥미로운 것이다.

하지만, 『花蛇集』 무렵의 가열된 상태에서 표출되었던 시적 격렬성이 겉으로 분출되지 않을 뿐, 아직도 화자의 가슴 속엔 뜨거운 한(恨)이 남아 있다. '甲옷 속'에 있는 절실한 것을 '한마디만 외여라'는 표현에서 보여 주는 것처럼 안으로 연소시키는 호흡을 볼 수도 있는 것이다. 이러한 연소 작용은 미당 20대의 '질주'와 비길 때 단순한 것이 아니다. 그것은 어떻게 보면 내면적이고 사색적인 정신주의적 조짐으로 보일 수도 있으나, 또 다른 일면으로는 미당의 시인의식이 점차로 성숙되어가는 징후로도 볼 수 있다.

특히 「거북이에게」라는 작품이 1942년 6월에 발표된 것이라는 점에서 볼 때, 그의 시인의식이 '기우는 햇살'을 본다거나 '말없는 四肢만이 떨리는' 자세를 보게 해주고 있으며, 발톱으로 헤치며 갈 만큼 미래지향적인 자세도 엿볼 수 있게 해주고 있다. 이제 '느릿느릿'하기는 하지만 그의 시선은 땅에 누워있는 '배암같은 계집'이 아니라, '구름 아래' '머언 데'를 지향하고 있었던 것이다.

이 시가 어둡고 답답하기만 하던 1942년에 발표된 작품이라는 점에서 '머언 데'를 지향했던 시인의식이 어느 일면 수긍되기도 한다.

密 語

순이야. 영이야. 또 돌아간 남아.

굳이 잠긴 재빛의 문을 열고 나와서
하늘가에 머무른 꽃봉오릴 보아라

한없는 누에실의 올과 날로 짜느린
채일을 두른 듯, 아늑한 하늘가에
빰 부비며 열려 있는 꽃봉오릴 보아라.

순이야. 영이야. 또 돌아간 남아.

저,
가슴같이 따뜻한 삼월의 하늘가에
인제 바로 숨 쉬는 꽃봉오릴 보아라.

작품 해설　　이 시가 발표된 1947년 3월이라는 점에서 조국이 해방됐다거나 소생하는 계절과 관련을 맺고 있음을 볼 수 있다. '겨울'이라는 그 절망의 계절을 밀어내고 '굳이 잠긴 잿빛의 문을 열고 나와서 / 하늘가에 머무른 꽃봉오릴' 바라보는 환희로 가득하다. 저승으로 '돌아간 남'이까지 모두모두 불러내어서, '얼음' 풀린 '삼월의 하늘가에' 이제야말로 '바로 숨 쉬는' 꽃봉오리를 바라보는 환희 속에 젖어 있음을 보게 된다.

식민지시대의 그 회색빛 어둠과 절망, 그 '겨울'은 계절의 순환원리에 의하여 이제는 물러나고, 고난을 겪었던 시대로부터 밝은 시대로 전환되던 순간, 그 엄청난 감동을 혼자서는 다 어쩌지 못하여 저승으로 돌아간

사람들까지도 불러내게 된다. 그리고 이제 그것은 자신의 기쁨과 감동만이 아닌 한국인, 온 세상 사람이 공유(共有)할 수 있는 기쁨이요 감동이기 때문에, 이제 자신만의 노래가 아니라 나와 이웃이 함께 나누는 노래로 확대 승화시키고 있는 것이다.

그러므로 이 시의 '순이' '영이' '돌아간 남' 이들은 어떤 특정인을 지칭하는 이름이 아니라 우리 민족의 살붙이 모두를 지칭하는 것이며, 바로 그렇듯 화자의 가슴이 따뜻해져 있기 때문에 온 세상이 모두 따뜻하게 보이는 것이어서 '가슴같이 따뜻한 삼월'이 된다 하겠다.

그리고 이 시에서 한가지 주의깊게 살펴야 할 점은, 표현상의 특질이라 할 수 있다.

여기 쓰인 언어들은 『花蛇集』 무렵의 그 직정언어(直情言語)가 아니라 이제 상징성과 은유적인 표현들로서, 또 다른 시의 세계로 확대시켜 나가고 있음을 볼 수 있다.

꽃

가신이들의 헐떡이던 숨결로
곱게 곱게 씻기운 꽃이 피었다.

흐트러진 머리털 그냥 그대로
그 몸짓 그 음성 그냥 그대로
옛사람의 노래는 여기 있어라.

오— 그 기름 묻은 머리빡 낱낱이 더워
땀 흘리고 간 옛 사람들의
노랫소리는 하늘 위에 있어라.

쉬어 가자 벗이여 쉬어서 가자
여기 새로 핀 크낙한 꽃 그늘에
벗이여 우리도 쉬어서 가자.

만나는 샘물마다 목을 추기며
이끼 긴 바윗돌에 턱을 고이고
자칫하면 다시 못 볼 하늘을 보자.

작품 해설　　시 「꽃」에서는 무엇보다도 우선 시적 은유가 두드러지게 나타나는 것을 느끼게 된다. 그리고 그 메타포는 혼과 교섭하는 데서 비롯되고 있다.

그러므로 이 시에서의 '꽃'은 직서적 의미로서의 꽃이 아니라 시인의 표현대로라면 '無形化된 넋의 세계'에서만이 피워낼 수 있는 그러한 꽃이다.

그것은 어쩌면 현존(現存)하는 꽃일 수도 있지만, 어쩌면 현존하지 않는 꽃일 수도 있다. 그러므로 그 꽃은 '가신이들의' '흐트러진 머리털 그냥 그대로 / 그 몸짓 그 음성 그냥 그대로' 어디엔가는 그 흔적이 남아 있을 수도 있지만 이 시인의 영혼의 공간에만 피어있는 그런 꽃일 수도 있는 것이다.

그리고 또 한편으로 생각해보면 해방의 공간 그 자체가 인고(忍苦)의 세월 뒤에 현란하게 개화(開花)한 한송이의 '크낙한 꽃'일지도 모른다.

아마 그것이 더욱 이 시에 대한 가까운 해답이 될 것이다. 앞에서 해설한 「密語」 등의 내용과 연계시켜 생각해보면 이 무렵 이 시인의 의식 속에 자리잡고 있는 것을 짐작할 수 있을 것이며, '굳이 잠긴 잿빛의 문을 열고' 나온 꽃봉오리라는 시행(詩行)과도 연계시켜 생각할 수 있는 그런 「꽃」임을 이해해야 된다.

牽牛의 노래

우리들의 사랑을 위하여서는
이별이, 이별이 있어야 하네.

높았다, 낮았다, 출렁이는 물살과
물살 몰아 갔다오는 바람만이 있어야 하네.

오— 우리들의 그리움을 위하여서는
푸른 은하물이 있어야 하네.

돌아서는 갈 수 없는 오롯한 이 자리에
불타는 홀몸만이 있어야 하네!

직녀여, 여기 번쩍이는 모래 밭에
돋아나는 풀싹을 나는 세이고……

허이연 허이연 구름 속에서
그대는 베틀에 북을 놀리게.

눈섭같은 반달이 중천에 걸리는
칠월 칠석이 돌아오기까지는,

검은 암소를 나는 먹이고
직녀여, 그대는 비단을 짜세.

　　이 작품은 우선 동양적 사유(思惟)와 관련을 맺고 있는 작품이라 할 수 있다. 즉, 「牽牛의 노래」는 동양의 전설로 내려오는 견우와 직녀의 설화에서 소재를 얻어온 것이다. 그러나 소재를 얻어왔을 뿐 시의 화자는 '견우'가 아니라 작자 자신인 것처럼 진술되고 있음을 유의해야 한다. 말하자면, '견우'와 '직녀'의 설화에 가탁(假託)하여 작자 자신의 심정을 노래하고 있다는 말이다.

따라서, 애틋한 이별을 체험한 화자(작자)임에도 불구하고 '불타는 홀몸'의 자세로 기다리는 여유를 보여주고 있는 주체는 바로 화자 자신인 셈이다.

이 시인의 이러한 수법의 작품은 제2시집 『歸蜀途』이후에도 더러 나온다. 가령, 제3시집 『서정주시선』에 들어있는 「추천사(鞦韆詞)」 같은 작품도 '춘향'의 말에 가탁하여 진술되고 있음을 볼 수 있다.

아무튼, 이 작품에 나타나는 기다림의 '여유'는, 『花蛇集』 무렵의 격정에 비하여 너무나 많이 변모한 것이라는 생각을 하게 된다. 『花蛇集』 무렵의 보들레르적(서양적) 방황에 비하여 이 시인이 결국은 동양인일 수밖에 없었구나! 하는 생각도 하게 되며, 『花蛇集』 무렵 서양적 야성적 방황을 보여주던 그가 시인의식이 성숙되면서 부터는 어쩔 수 없이 귀환할 수밖에 없었던 곳이 바로 그 동양이라는 생각도 하게 되는 것이다.

木 花

누님
눈물 겨웁습니다.

이, 우물 물같이 고이는 푸름 속에
다소곳이 젖어있는 붉고 흰 목화 꽃은,
누님
누님이 피우셨지요?

퉁기면 울릴 듯한 가을의 푸르름엔
바윗돌도 모두 바스라져 내리는데……

저, 마약과 같은 봄을 지내어서
저, 무지한 여름을 지내어서
질경이 풀 지슴길을 오르 내리며
허리 구부리고 피우셨지요?

작품 해설　　　이 시인은 「木花」 등의 시를 쓸 무렵 한국인의 근원적인
고향과 한국여성 고유의 아름다움을 생각하기 시작한 것으로 보인다. 이
시인의 다음 시집 『徐廷柱詩選』에 들어있는 「국화 옆에서」도 한국여성
고유의 아름다움이나 인고(忍苦)의 세월 뒤에 얻은 중년 여인의 원숙미를
상징적으로 표현하고 있지만, 이 「木花」에서도 우리 한국 여인 본래의 순
연한 모습과 인고의 여인상을 떠올리게 하고 있다.

　그것은 '저, 痲藥과 같은 봄을 지내어서 / 저, 無知한 여름을 지내어서'
이 시인이 도달한 정신적 세계이다. 말하자면 저 『花蛇集』 무렵의 '마약'

과도 같은 육정적 방황의 시간을 지나서, 어쩌면 그 시절 아직 시인의식이 눈뜨지 않은 '無知'한 야생적 질주를 지나서 도달한 세계인지도 모른다. 그는 결국 서구적 육정적 방황으로부터 동양인으로 한국인으로 돌아올 수 밖에 없었다. 그리고 그가 돌아온 그곳에 '눈물'겹고 한스럽고 쓰라린 아름다움으로 '木花'가 피어 있었던 것이다.

한편, 이 「木花」에 나타나 있는 '그림'(회화성)은 너무나 아름답게 구조되어 있는 것을 볼 수 있다. 즉, '눈물'겹고 한스럽고 쓰라린 아름다움의 여인인 '누님'을, '질경이풀 지슴길' 오르내리던 그 '누님'을, 한국의 가을 하늘과 함께 배치시켜 놓고 있음을 본다. '우물물 같이 고이는 푸름'이거나 '퉁기면 울릴 듯한 가을의 푸르름'의 하늘 아래 인고(忍苦)의 한국여인의 질긴 아름다움을 배치시켜 놓고 있는 것이다. '누님'이 '허리 구부리고' 피워놓은 '다소곳이 젖어있는 붉고 흰 木花' 꽃이야말로 바로 우리의 '누님'의 모습이요, 옛 우리 한국여인의 고유의 모습인 것이다.

行進曲

잔치는 끝낫더라. 마지막 앉아서 국밥들을 마시고
빠알간 불 사루고,
재를 남기고,

포장을 걷으면 저무는 하늘
일어서서 주인에게 인사를 하자.

결국은 조금식 취해가지고
우리 모두다 돌아가는 사람들.

목아지여
목아지여
목아지여
목아지여

멀리 서 있는 바닷물에선
亂打하여 떨어지는 나의 종소리.

작품 해설　　　이 시인의 '直情的 언어'는 어느 시인에게서보다도 리얼리스틱하게 나타난다. 『花蛇集』 무렵의 작품에서 더욱 그러했지만, 이 「行進曲」에서도 치열하게 나타나고 있다. 그것은 이 시인이 얼마나 자기 감정에 충실한 태도를 견지하고 있었는가를 말해주는 요소이기도 한 것이다. 이 작품은 일제하의 절망과 함께 새로운 도전으로 가득히 넘치는 시인의 사유의 세계가 잘 펼쳐지고 있는 작품이라고 우선 말할 수 있다.

　한편, 조연현(趙演鉉)은 『花蛇集』 무렵의 미당시를 일컬어 '原罪의 刑

罰’이라 표현한 적이 있다. 즉, 그는 미당의 젊은 날의 육정적 방황과 갈등을 아담과 이브로부터 물려받은 ‘原罪의 刑罰’로 파악하고 있었던 것이다. 시사하는 바가 매우 많은 견해였다고 생각된다.

이러한 견해에 의하면, 이 시에서의 ‘잔치’란 몸서리치는 형벌의 잔치, 즉 『花蛇集』 무렵의 육정적 방황을 말하는 것이 된다. 그러므로 이제는 그 몸서리치는 형벌의 잔치(육정적 방황)를 끝내고 어디엔가 ‘돌아’가야 하는데, 그 돌아가야 할 ‘行進’의 방향은 ‘모가지만 남은 自己’를 발견하는데 있다는 논리로 조연현은 말했던 듯 하다.

그러면 여기서 조연현이 말한 ‘모가지만 남은 自己’란 무엇을 말하는 것인가? 그것은 두말할 필요도 없이 「行進曲」 이후부터의 미당의 작품세계는 이제 ‘육체’가 아니라 ‘정신’(목아지) 쪽으로 확대되어야만 한다는 것을 시사해주는 말이었던 것이다.

아무튼, 「귀촉도」 이후의 미당의 작품세계는 육체적인 것이 아니라, 사뭇 정신적인 사유(思惟)의 세계로 열려 있다고 할 수 있다. 이제 미당이 그의 앞에 ‘亂打하며 떨어지는’ 종소리를 따라서, 그 사유의 공간을 어느 만큼 확대시켜 나갈 것인지 자못 궁금하기도 한 것이다.

푸르른 날

눈이 부시게 푸르른 날은
그리운 사람을 그리워 하자

저기 저기 저, 가을 꽃자리
초록이 지쳐 단풍 드는데

눈이 내리면 어이 하리야
봄이 또 오면   어이 하리야

내가 죽고서 네가 산다면?
네가 죽고서 내가 산다면?

눈이 부시게 푸르른 날은
그리운 사람을 그리워 하자

작품 해설　이 시는 「국화 옆에서」(제3시집 『서정주시선』)와 함께 가곡(歌曲)으로 불려지기도 한 작품이다. 특히 이 '푸르른 날'이 가요(歌謠)로도 불려져서 대중에 어필할 수 있었던 것은, 시가 직설화법으로 돼 있다거나 간절한 호소력을 지닌 싯귀 때문이 아닌가 생각된다. '내가 죽고서 네가 산다면! / 네가 죽고서 내가 산다면?'과 같은 직설적이고도 격렬한 언어들이 대중에 어필할 수 있었던 비밀이 아닌가 생각되는 것이다.

그러나, 이 시가 직설적이고 직정적이긴 하지만, 『花蛇集』 무렵의 그 육정적(肉情的)인 언어와는 판이하게 다른 그러한 것이다. 이제 이 시에는 안개처럼 피어오르는 '그리움'이 있다거나, 그 젊은 '꽃자리'에 '초록이 지쳐 단풍 드는’ 것을 바라볼 만큼의 연륜이 휘감기고 있다. 말하자면 이제 야생적 ‘질주’가 아니라 동양적 ‘諦念’의 정서가 그의 연륜에도 아련히 감기고 있는 현상을 볼 수 있게 해준다. 대상을 멀리 놓아둔 채로 그리움의 한(恨)속에 젖어 있는 정서 말이다. 즉,『花蛇集』무렵의 ‘우리 순네는 스물 난 색시, 고양이같이 고운 입술……스며라! 배암’ 등에서 볼 수 있었던 것과 같은 ‘관능’이 어른거리는 싯귀가 아니라, ‘눈이 부시게 푸르른 날은 / 그리운 사람을 그리워’하는 정서, 이제 육체가 아니라 ‘정신’ 쪽으로 그 무게중심이 기울고 있다고 하겠다.

石窟庵觀世音의 노래

그리움으로 여기 섰노라
호수와 같은 그리움으로,

이 싸늘한 돌과 돌 사이
얼크러지는 칙넌출 밑에
푸른 숨결은 내것이로다.

세월이 아조 나를 못쓰는 띠끌로서
허공에, 허공에, 돌리기까지는
부풀어오르는 가슴 속의 파도와
이 사랑은 내것이로다.

오고 가는 바람 속에 지새는 나달이여.
땅속에 파묻힌 찬란한 서라벌,
땅속에 파묻힌 꽃같은 남녀들이여.

오— 생겨 났으면, 생겨 났으면,
나보다도 더 나를 사랑하는 이
천년을, 천년을, 사랑하는 이
새로 햇볕에 생겨 났으면

새로 햇볕에 생겨 나와서
어둠속에 날 가게 했으면,

사랑한다고… 사랑한다고……
이 한마디 말 임께 아뢰고, 나도,

인제는 바다에 돌아갔으면!

허나 나는 여기 섰노라.
앉아 계시는 석가의 곁에
허리에 쬐그만 香囊을 차고

이 싸늘한 바위속에서
날이 날마다 들이쉬고 내쉬이는
푸른 숨결은
아, 아직도 내 것이로다.

작품 해설　　이 작품도 『花蛇集』 무렵 서구적 방황을 보이던 그가 이제 동양적인 것에로 회귀한 증거로 삼을 수 있는 작품이다. 「歸蜀途」를 비롯하여 「牽牛의 노래」 「木花」 「石窟庵觀世音의 노래」 등이 특히 그런 반열에 속하는 작품이라 할 수 있다. 즉, 「귀촉도」는 왕위를 잃고 유배의 길에 올랐던 망제(望帝)의 전설에서 차용하여 쓴 시이고, 「牽牛의 노래」는 동양의 전설로 내려오는 견우와 직녀의 이야기에서 소재를 얻어온 것이고, 「木花」는 동양적이고도 한국적인 정서속에서 얻어온 것이며, 「石窟庵觀世音의 노래」는 불교와 관련된 사유속에서 얻어진 산물인 것이다. 특히 이 「石窟庵觀世音의 노래」는 이 시인이 뒷날 「新羅抄」 「冬天」 등의 시집에서 많이 보이고 있는 불교적 사유(특히 인연설, 윤회설 등)의 전조(前兆)라 할 수 있는 작품으로서, 정신적인 방황 즉, 귀의처(歸依處)를 지향하는 몸짓이 나타나고 있다. 그 몸짓은 '앉아 계시는 석가의 곁에 / 허리에 쬐그만 향낭을 차고' '싸늘한 바윗 속'에 잠시 머무는 몸짓으로 나타나지만, 시의 전편에 흐르는 정서는 아직 정리되지 않은 '숨결'을 느끼게 하고 있다.

아무튼 이 시에서도 『花蛇集』 무렵의 그 '육체'는 볼 수 없고 '湖水와 같은 그리움'의 '정신' 속에 있는 화자를 만나게 된다.

누님의 집

바다 넘어 구만리
산 넘어서 구만리
등불 들고 내려 가면,
우물 물이 있느니라.

먹탕 같은 우물 물
千길을 내려 가면
굴딱지 같은,
도적놈의 기와집이 서 있느니라.

대문 열고 中門 열고
돌문을 열고
바람되어 문틈으로 스며들어 가머는
그리운 우리 누님 게 있느니라.

도적놈은 어디 가고
우리 누님 홀로 되어
거울 앞에 흰옷 입고 앉았느니라.

작품 해설　이 시는 우선 전설적인 분위기를 느끼게 하고 있다. 이 시에 나타난 '누님의 집'은 현실세계에 있는 집이 아니라 저승에나 있을 법한 상상의 공간이다. 옛 우리 할머니가 명주실을 감으면서 들려주실 법한 옛 이야기속의 공간처럼 느껴지게 한다.

　그러나, 이 시에 나타나는 정서를 좀더 밀착해 따라가 보면, '거울 앞에 흰 옷 입고' 앉아 있는 '누님'에 그 초점이 맞춰지게 된다. 그리고 그 '누님'은 이 시인의 다른 작품에 나타나는 '누님'과 오버 랩(Overlap)되는 것을 느끼게 될 것이다.

가령 「국화옆에서」에 나타나는 '누님'의 이미지나, 「木花」에 나타나는 '누님'의 이미지, 그리고 더 멀리는 시집 『질마재 神話』에 나타나는 「新婦」의 이미지들이 모두 인고(忍苦)의 여인상이거나 한(恨)의 여인상인 점과 비슷하다고 할 수 있다. 특히 '거울 앞에 흰 옷 입고' 앉아 있는 청상과부가 된 '누님'의 이미지는 「新婦」에 나타나는 기다림의 한(恨)의 여인상과 유사하다.

이 시인의 작품에 나타나는 '누님'은 대개 가해자가 아니라 피해자로서의 모습이다. 그러므로 그 '누님'은 언제나 한(恨)의 주인공이며 인고(忍苦)의 주인공이 될 수밖에 없다.

이 작품에 나타나는 '누님'도 바로 그 한(恨)의 주인공, 연민의 정을 갖게 할 수밖에 없는, 아프나 그러나 질긴 전통적 한국의 여인상이라 할 수 있다.

菊花옆에서

한송이의 국화꽃을 피우기 위해
봄부터 소쩍새는
그렇게 울었나보다.

한송이의 국화꽃을 피우기 위해
천둥은 먹구름 속에서
또 그렇게 울었나보다

그립고 아쉬움에 가슴 조이던
머언 먼 젊음의 뒤안길에서
인제는 돌아와 거울앞에 선
내 누님같이 생긴 꽃이여

노오란 네 꽃잎이 피려고
간밤엔 무서리가 저리 내리고
내게는 잠도 오지 않았나보다

작품 해설 이 작품은 시인이 40대 무렵에 펴낸 시집 『서정주시선』에 담겨 있는 시이다. 이 40대라는 나이는 인생을 겪을 만큼 겪은 나이여서, 지위와 학력의 차이에도 관계없이 한 관조의 거울이 마련되는 나이인 것 같다. 공자(孔子)는 이 나이를 '불혹(不惑)'이라 했다. 이 공자의 말이 뜻하는 것도, 햇볕과 바람이 익혀준 자연적 연치(年齒)로서의 40의 나이는 많은 자각을 가져다 주고, 마음 공부를 가져다 주는 나이여서, 이 나이까지 체득한 힘이 온화한 눈을 만들어 주고, 원만한 눈을 만들어 가지는 나이인 데서 한 말이 아닌가 생각된다. 이 「국화 옆에서」는 바로 그런 나이에 산출된 작품이다.

민족적으로 개인적으로 짭짤하게 겪을 만한 것을 겪은, 그리하여 인생과 사물을 젊은 날의 그것과는 다른 눈으로 바라 볼 수 있는 나이에 이르렀기 때문에, 봄의 화사한 어느 꽃보다도 여러 가지 어려운 기상 조건을 이겨 내고 피어난 가을날의 국화에서 또 다른 어떤 아름다움을 발견하고 노래한 작품인 것이다.

바꾸어 말하면 '인고의 세월 뒤에 피어난 꽃'인 국화의 아름다움을 발견한 것은, 그러한 인고의 세월을 겪고 난 시인의 눈이기 때문에 가능한 것이었다는 말이다. 그러므로 그 '국화'는 '머언 먼 젊음의 뒤안길에서' 더디고 아픈 생명의 고통을 참고 견디며 '인제는 돌아와 거울 앞에 선 / 내 누님 같이 생긴 꽃'으로 상징되고 있는 것이다. 말하자면 이 시는 한 인간의 성숙을 노래하고 있다. 그리고 이 '국화'는 상징으로서의 국화이다. 40대 중년 여인의 완숙한 아름다움을 이 국화꽃을 통하여 상징해 주고 있는 것이다. 그러므로 젊은 날의 고뇌로운 방황을 통하여서도 발견하지 못하던 '국화'의 아름다움을 탕아(蕩兒)의 귀향을 통하여 발견하고 있다.

그러나, 이 시가 넓은 독자층에 애송되고 있는 비밀은, 그러한 중년 여인의 외롭고도 아름다운 모습을 '국화'로 표상한 데 있는 것이 아니라, 그 국화가 탄생하기까지의 이 우주의 섭리와 자연의 순환, 그리고 그 많은 기상의 변화들이 이룬 하나의 총체(總體)로서의 '국화'를 노래하는 데에 있다.

말하자면 중년 여인의 아름다움이 아니라, 그 아름다움을 이루기까지의 과정을 노래한 데에 애송되는 비밀은 있는 것이다.

다시 말하면, 한 아름다움의 탄생의 어려움, 한 가지 성숙의 어려움, 그리하여 그만큼 어렵게 탄생하고 성숙한 것에 대한 신비로움과 생명의 존엄성을 노래하고 있는 데에 애송의 비밀이 있다는 말이다.

무등을 보며

가난이야 한낱 남루에 지나지 않는다
저 눈부신 햇빛속에 갈매빛의 등성이를 드러내고 서있는
여름 산같은
우리들의 타고난 살결 타고난 마음씨까지야 다 가릴수 있으랴.

청산이 그 무릎아래 지란을 기르듯
우리는 우리 새끼들을 기를 수밖엔 없다.
목숨이 가다 가다 농울쳐 휘여드는
오후의 때가 오거든
내외들이여 그대들도
더러는 앉고
더러는 차라리 그 곁에 누워라.

지어미는 지애비를 물끄럼히 우러러 보고
지애비는 지어미의 이마라도 짚어라.

어느 가시덤불 쑥굴헝에 뇌일지라도
우리는 늘 옥돌같이 호젓이 묻혔다고 생각할 일이요
청태라도 자욱이 끼일 일인 것이다.

* 무등 ― 호남 광주의 名山.

 이 시에서 보면 한 생활인으로서, 한 인생의 항해자로서
겪을 만한 것을 다 겪은, 그리하여 그 체험이 밑거름이 되어 얻은 한 달관
을 볼 수 있다. 그것은 광주 무등산과의 교감에서 얻은 달관이다. 여기서

는『화사집』무렵의 열정이나 「귀촉도」 무렵의 안정을 넘어서서 불혹의
나이에 접어 든 그의 초연한 자세를 볼 수 있는 것이다. 「귀촉도」 무렵의
안정은 한 대처자자(帶妻子者)로서의 한 기항지를 마련한 자로서의 안정
이었다고 한다면, 이 무렵의 초연은 만고 풍상을 다 겪은 자로서 그 바람
과 물결을 다 겪고 난 뒤, 다른 가난한 인인(隣人)들에게 들려주는 노래,
그 노래를 부르는 만큼의 초연한 입장에서 쓰여진 시로 받아들여진다. 그
리고, 바로 그렇기 때문에 이 작품은 가난한 이웃들에게 더 친근감을 주고
대중들에게 애독되는 비밀이 거기 있지 않은가 생각된다.

'청산이 그 무릎 아래 지란을 기르듯 / 우리는 우리 새끼들을 기를 수밖
엔 없다'고 한 것은, 청산이 유구하게 생성의 원리를 지니듯, 그와 똑같이
인간도 생성의 원리를 순종할 수밖엔 없다는 그런 깨달음을 매우 담담하
게 보이고 있으며, 그러한 담담한 깨달음의 천의 무봉의 언어들이 독자를
더욱 흡수시키는 요인이 되고 있는 것이 아닌가 생각된다.

이 작품뿐 아니라, 이 무렵의 일련의 작품들이 더 많은 공감을 불러 일
으켰고, 따라서 대중의 독자층이 더 많이 확보되었다고 생각해 볼 때 수긍
되는 일면이 있는 것이다.

"아닌 게 아니라 40이 넘은 어버이의 정이란 그 인생의 한 전기를 이루
는 것인가 보다"고 한 이 시인의 술회를 참조해 보면 더욱 그런 수긍을
가지게 해 준다.

鶴

천년 맺힌 시름을
출렁이는 물살도 없이
고운 강물이 흐르듯
학이 나른다.

천년을 보던 눈이
천년 파다거리던 날개가
또한번 천애에 맞부딪노나

산덩어리 같아야 할 분노가
초목도 울려야할 서름이
저리도 조용히 흐르는구나

보라, 옥빛, 꼭두서니
보라, 옥빛, 꼭두서니
누이의 수틀을 보듯
세상은 보자

누이의 어깨 너머
누이의 수틀 속의 꽃밭을 보듯
세상을 보자

울음은 해일
아니면 크나큰 제사와 같이

춤이야 어느땐들 골라 못추랴

멍멍히 잦은 목을 제 쭉지에 묻을 바에야
춤이야 어느 술참땐들 골라 못추랴

긴 머리 자진머리 일렁이는 구름속을
저, 울음으로도 춤으로도 참음으로도 다하지 못한 것이
어루만지듯 어루만지듯
저승곁을 나른다

작품 해설　이 시에서도 우리는 인생의 파도를 겪을 만큼 겪은 자로서의 노래를 생생하게 들을 수 있다. 인생의 한 항해자로서 겪을 만한 것을 겪은, 볼 만한 것을 본 한 사람의 넉넉한 자세를 우리는 이 시에서도 볼 수 있는 것이다. 즉, '누이의 수틀 속의 꽃밭을 보듯' 세상을 보는 그러한 자세, 그것은 추위와 무더위의 수많은 인고의 세월을 읽은 뒤에 얻은 자세이다.

주지하시다시피 '학'은 흔히 우리 민족의 상징적인 새로 비유되어 왔다. 흰 옷을 입고 목을 길게 늘이어 먼 그리움으로 서 있는, '울음으로도 춤으로도 참음으로도' 다 풀지 못하여, '어루만지듯 어루만지듯' 날아보는 모습에서, 우리 민족의 한(限)의 세월을 잘 읽을 수 있다.

따라서, 이 시에서도 그러한 민족적 한(限)의 상징적 모습으로 '학'을 끌어 들이고 있다고 할 수 있는데, 그것이 마침 시인 자신의 비극적 편력에서 온 한(限)과 결부되어 나타나고 있다. 말하자면, 민족적 한의 상징적 모습인 '학'의 분노와 슬픔, 즉 '산덩어리 같아야 할 분노'와 '초목도 울려야 할 설움'은 바로 시인 자신의 분노와 슬픔도 되는 것이어서, 그 분노와 슬픔을 오랜 세월 동안 짭짤하게 겪은 인생의 경륜으로 잘 삭히우고, 정신적으로 수습 상습 상습기켜 '저리도 조용히 흐르는' 초연과 달관과 체념을 시의 화자는 보이는 있는 것이다.

　그리고 그렇듯 달관과 체념을 지닌 자에겐 눈앞에 전개되는 세계가 제대로 이해되는 것이며, 아름다움도 터득되는 것이며, '누이의 수틀속의 꽃밭을 보듯' 세상을 보는 만큼의 여유와 달관이 이 시에는 많이 보이고 있다. 그리고 그러한 인생의 여유와 달관이, 이 시인이 난시(亂時)의 죽음이나 한(限)등에서 벗어날 수 있었던 요소가 된 것으로 우리는 받아들여야 한다.

상리과원

　꽃밭은 그 향기만으로 볼진대 한강수나 낙동강 상류와도같은 융류한 흐름이다. 그러나 그 낱낱의 얼굴들로 볼진대 우리 조카 딸년들이나 그 조카딸년들의 친구들의 웃음판과도 같은 굉장히 즐거운 웃음판이다.

　세상에 이렇게도 타고난 기쁨을 찬란히 터트리는 몸뚱아리들이 또 어디 있는가. 더구나 서양에서 건너온 배나무의 어떤 것들은 머리나 가슴팩이 뿐만이 아니라 배와 허리와 다리 발굼치에까지도 이뿐 꽃숭어리들을 달었다. 맵새, 참새, 때까치, 꾀꼬리, 꾀꼬리새깨들이 조석으로 이 많은 기쁨을 대신 읊조리고, 수십만마리의 꿀벌들이 왼종일 북치고 소구치고 마짓굿 울리는 소리를 하고, 그래도 모자라는 놈은 더러 그속에 묻혀 자기도 하는 것은 참으로 당연한 일이다.

　우리가 이것들을 사랑하려면 어떻게 했으면 좋겠는가. 묻혀서 누어있는 못물과같이 저 아래 저것들을 비춰고 누워서, 때로 가냘프게도 떨어저내리는 저 어린것들의 꽃잎사귀들을 우리 몸위에 받어라도 볼 것인가. 아니면 머언 산들과 나란히 마주 서서, 이것들의 아침의 유두분면과, 한낮의 춤과, 황혼의 어둠속에 이것들이 잦아들어 돌아오는 — 아스라한 침잠이나 지킬 것인가.

　하여간 이 하나도 서러울 것이 없는 것들 옆에서, 또 이것들을 서러워 하는 미물하나도 없는 곳에서, 우리는 서뿔리 우리 어린 것들에게 설움같은 걸 가르치지 말 일이다. 저것들을 축복하는 때까치의 어느 것, 비비새의 어느 것, 벌 나비의 어느 것, 또는 저것들의 꽃봉오리와 꽃숭어리의 어느 것에 대체 우리가 행용 나즉히 서로 주고 받는 슬픔이란 것이 깃들이어 있단 말인가.

　이것들의 초밤에의 완전귀소가 끝난 뒤, 어둠이 우리와 우리 어린 것들과 산과 냇물을 까마득히 덮을 때가 되거던, 우리는 차라리

우리 어린것들에게 제일 가까운 곳의 별을 가르켜 보일 일이요, 제
일 오래인 종소리를 들릴 일이다.

 이 시인의 전기(傳記)를 참고로 해 보면 이 시는 6·25라
는 뼈저린 비극을 겪고 난 뒤에 쓰여진 작품임을 알 수 있다. 그러나, 일
차적으로 그런 비극성을 전혀 찾을 수 없는 데에서 이 시인의 초극한 자
세를 볼 수 있다. 그러면 그러한 초극의 자세는 어디에서 온 것인가? 그
것은 산전 수전 다 짭짤하게 겪은 불혹(不惑)의 나이에서 연유한 것으로
볼 수 있다.

그리고, 죽음 직전에 임박했던 자가 생에 대한 애착과 갈구가 더욱 뼈
저릴 수 있듯이, 6·25라는 그러한 수난의 세월 속에서 겪은 삶과 죽음의
고빗길을 더듬어 온 이 시인에게 있어, 과원에 흐드러져 피어 있는 '굉장
히 즐거운 웃음판'은 생의 열락을 보는 순간이 되었을 것으로 믿어진다.
그것은 삶에 대한 이 시인의 긍정적인 자세를 입증해 주는 요소라고도 볼
수 있다. 그러한 '긍정'은 이미 「화사집」 무렵의 그 거센 숨결이나, 「귀촉
도」 무렵의 안정을 지나서, 또 앞에서도 말했듯이 6·25라는 비극을 겪고
나서 얻은 긍정이다.

이제 그의 나이는 한 거울을 얻은 것이다. 그 거울은 체득으로 얻은 거
울이다. 그것은 관조의 거울이다. 그 거울에 비쳐 오는 인간사는 담담할
뿐인 것이다. 그 담담한 거울 속에 비쳐 오는 이 시는, 한 폭의 그림을 보
는 듯한 느낌을 우리에게 준다. 그것은 이 시가 다분히 회화적임을 말하여
주는 것이 된다.

그러나, 그 회화는 김광균의 「추일서정」 등에서 볼 수 있는 그런 감각
적인 회화가 아니라, 생명력을 수반한 회화라고 볼 수 있다. 그리고 그러
한 회화를 구어체의 산문시로 성공시키고 있는 수작이라 할 수 있다. 여기
서 산문시라 함은 근본적으로는 자유시이지만, 산문적인 문장(幽長調)의

긴 호흡의 시를 뜻하는 것임을 밝혀둔다.

한편, 이 시는 '대가시적 좌표'(고은의 표현)를 획득한 작품이라고 할 수 있다. 마치 과원의 꽃처럼 만발한 이 시의 광활하고 아름다운 묘사를 기점으로 하여 미당시는 이후 천상적(天上的)이고 미래적인, 혹은 영원의 시간 속으로 상상의 공간을 확대시켜주는 시적 세계를 펼치고 있기 때문이다.

추천사
── 春香의 말 壹

향단아 그넷줄을 밀어라
머언 바다로
배를 내어 밀 듯이,
향단아

이 다소곳이 흔들리는 수양버들 나무와
벼갯모에 뇌이듯한 풀꽃뎀이로부터,
자잘한 나비새끼 꾀꼬리들로부터
아조 내어밀 듯이, 향단아

산호도 섬도 없는 저 하늘로
나를 밀어 올려다오.
채색한 구름같이 나를 밀어 올려다오
이 울렁이는 가슴을 밀어 올려다오!

西으로 가는 달 같이는
나는 아무래도 갈 수가 없다.

바람이 파도를 밀어 올리듯이
그렇게 나를 밀어 올려다오
향단아.

작품 해설　　이 시는 우리의 고대 소설 『춘향전』의 주인공 '춘향'이 그
네를 타는 장면에 그 기초를 두고 있다. 그러나, 거기에 기초를 두고 춘향

의 말에 가탁(假託)시키고 있을 뿐, 이 작품이 근본적으로 나타내 보이고 있는 것은, 어쩌면 비극적일 수밖에 없는 인간의 운명을 통찰하고 있는데서 비롯된 작품으로 보아야 한다.

즉, 여기서 '그네'는 상징의 그네이다. '그네'를 통하여 더는 어쩔 수 없는 인간의 꿈과 욕망의 한계를 보여주고 있다. '춘향'은 우선 '산호도 섬도 없는 저 하늘로' '채색한 구름같이' 올라가 보고 싶다. 무한한 동경과 모험심의 작용으로 '울렁이는 가슴을' 어쩌지 못하며 꿈의 나래를 펼쳐 보이고 있다. 지상의 현실적인 고뇌로부터 후련하게 아주 떠나서 또 다른 어떤 세계로 지향하고 싶은 의지를 보이고 있는 것이다. 그러나, 그 또 다른 어떤 세계로 지향하고 싶은 의지는, 바로 운명적 한계를 자각하게 됨으로써 내적인 갈등을 빚게 된다. 그러한 갈등은, 지상의 현실적인 질서 속에 있는 '춘향'이, 또 다른 동경의 세계 곧 천상(天上)의 질서 속으로 뛰어들 수 없는 한계를 자각한 데서 오는 갈등이다. 그리하여 '西으로 가는 달 같이는' '아무래도' 갈 수가 없다는 표현으로 나타나고 있는 것이다.

'달같이' 갈 수만 있다면 가겠지만, '아무래도' 갈 수 없는 운명적 한계와 만나기 때문에, '바람이 파도를 밀어 올리듯이' 영원히 되풀이되는 지상적 현실에 머물 수밖에 없으며, 이 반복 운동이야말로 이 시인이 통찰한 인간의 비극적 운명인 것이다.

말하자면, '그네'라는 물리적인 것은 동원되었지만, 바로 그 '그네'는 인간의 현세적 운명을 상징하는 그네이며, 현세적 운명 속에서 이상적 운명 속으로 미는 장중한 밀음, '머언 바다로 배를 내어 밀 듯이' 밀어 보지만, 그것은 곧 도달할 수 없는 지향임을 알게 된다는 것이 이 시의 내용을 이루고 있다.

춘향 유문
— 春香의 말 參

안녕히 계세요
도련님

지난 오월 단옷날, 처음 만나던 날
우리 둘이서 그늘 밑에 서 있던
그 무성하고 푸르던 나무같이
늘 안녕히 계세요

저승이 어딘지는 똑똑히 모르지만
춘향의 사랑보다 오히려 더 먼
딴 나라는 아마 아닐 것입니다.

천길 땅밑을 검은 물로 흐르거나
도솔천의 하늘을 구름으로 날더라도
그건 결국 도련님 곁 아니예요?

더구나 그 구름이 소나기되어 퍼부을 때
춘향은 틀림없이 거기 있을 거예요!

* 도솔천— 불교의 욕계육천의 제사천.

  이 시는 우리의 고전 속의 '춘향'의 영원한 사랑을 보인 작품이다. '춘향'은 잘 아는 바와 같이 정절의 여인상이다. 사랑의 모랄을 저버리고 사랑 앞에서 변덕을 잘 부리는 현대의 여인들에게 귀감이 될 만한 그러한 여인이 바로 '춘향'이다.

시가 민중의 스승일 수 있다는 점을 고려해 넣는다면, 저승에 가서까지도 '임'을 사랑하고 따르는 '영원한 사랑'의 샘플을 이 시가 보여줌으로써, 넓은 의미의 '교훈'을 오늘의 시공(時空)속에 던져주고 있다고 볼 수 있다.

춘향의 그러한 영원의 사랑은 제3연에 잘 나타나 있다. 즉 '천길 땅 밑을 검은 물로 흐르거나/ 도솔천의 하늘을 구름으로 날더라도/ 그건 결국 도련님 곁'이라는 걸 보임으로써, '지옥'이나 '천국' 그 어디에서라도 '도련님' 곁에서 떠나지 않으려는 굳은 사랑의 의지를 표현해 주고 있다. 이러한 사랑의 의지는 불교의 윤회 사상에 그 기반을 두고 있음도 또한 이해해야 된다.

그리고 이 시는 옥중(獄中)에 있는 춘향이가 이도령에게 마지막 남긴 유문(遺文)처럼 쓰여진 시로써, 시의 화자는 작자가 아니라 바로 춘향이다. 그러므로 고전 속의 내용을 패러디하여 쓰여진 시라는 점도 아울러 이해해야 된다. 즉 이 시의 화자가 우리의 고전 속의 정절의 여인 춘향의 마음으로 돌아가서 쓴 시라는 점을 이해해야 된다는 말이다.

우리의 고전을 현대의 작품으로 재현하여 보인 예는 더러 있는 일이다. 이 시도 춘향전의 여주인공 춘향이 이몽룡을 기다리다가, 변학도의 수청을 거부한 죄로 옥살이를 하며 죽음을 각오한 뒤 썼을 법한 '遺文'이다.

그러나, 이 시가 지니는 가치는 그렇듯 고전을 재현한 데 있는게 아니라, 사랑의 모랄이 자꾸만 무너지는 현대인들에게 이승과 저승을 초월할 만큼의 영원한 춘향의 사랑을 보여줌으로써, 사랑의 모랄을 제기해 주고 있다는 점에서 그 의미를 이해해야 되지 않는가 싶다.

내리는 눈발 속에서는

괜, 찬, 타, ……
괜, 찬, 타, ……
괜, 찬, 타, ……
괜, 찬, 타, ……
수부룩히 내려오는 눈발 속에서는
까투리 매추래기 새끼들도 깃들이어 오는 소리, ……
괜찬타, ……괜찬타, ……괜찬타, ……괜찬타, ……
포근히 내려오는 눈발속에서는
낯이 붉은 처녀아이들도 깃들이어 오는 소리, ……

울고
웃고
수구리고
새파라니 일어서
큰놈에겐 큰 눈물 자죽, 작은놈에겐 작은 웃음 흔적,
큰이야기 작은 이야기들이 오보록이 도란거리며 안기어 오는 소
리. ……

괜찬타, ……
괜찬타, ……
괜찬타, ……
괜찬타, ……

끊임없이 내리는 눈발 속에서는
산도 산도 청산도 안기어 드는 소리. ……

 이 시의 화자는, 한(限)의 강물 속에 빠져 있는 자의 모습이 아니라 이미 그것으로부터 헤어나 온 자로서의 모습을 보여준다. 다시 말하면 이 시의 화자는 이미 삶 그것을 관조하는 자로서의 포즈를 보여주고 있는 것이다. 즉, 한 시대의 비극, 혹은 그 자신의 비극의 강물 속에 빠져 버둥대는 위치에 그가 서 있는 게 아니라, 그 비극의 강물을 헤어나와서 이제는 그것을 담담히 바라보는 자리에 서 있으며, 또 한편으로는 그런 비극적 상황이야말로 어쩔 수 없이 받아들일 수밖에 없는 숙명이라는 점도 이해하게 된 시기의 작품이라 할 수 있다.

그러므로, 이 시의 화자에 있어서는 '큰 눈물자죽' '작은 웃음 흔적' 이러한 것들은 모두다 인간의 조건 속에 업고(業苦)속에 있을 수 있고 치를 수밖에 없는 당연한 것으로 파악될 뿐이며, 그리고 바로 그렇기 때문에 '괜찬타, ……괜찬타, ……괜찬타, ……'가 되는 것이다.

아니 오히려 '괜찬'을 뿐만이 아니라, 그러한 '눈발 속'에 존재하는 '까추리 매추라기 새끼들'이나 '낯이 붉은 처녀 아이들', 그리고 특히 산 가운데에서도 '청산'들과 같은 나이 어린 우주내적(宇宙內的) 존재들이 '새파라니 얼어서'일망정 그 운명적 현실을 거역할 수는 없으며, '오보록이 도란거리며' 생의 환희 속에 존재할 수밖에 없다. 그리고 그것이 바로 우리들 인간의 참다운 삶의 모습이라는 것을 이 작품은 시사해주고 있다.

한편, 조금 다른 측면에서 생각해보면 이 작품의 화자는 이제 그 비극의 주인공으로서가 아니라, 그것을 관찰하며 해설하는 나레이터의 입장에 서 있다는 사실이다. 다시 말하면, 인생살이 그것에 대한 달관자(達觀者)의 눈으로 '인생살이란 바로 그런 것이니라'라는, 그 나름의 통찰력과 교시성이 발휘되고 있음을 보게 되는 것이다. 그리고 바로 그렇기 때문에 이 작품은, 작품 그 자체의 성패의 면에서보다는 이 무렵 시인의 정신기반을 보여주는 작품으로서의 가치를 지니고 있다고 볼 수 있다.

無 題

오늘 제일 기쁜 것은 고목나무에 푸르므레 봄빛이 드는거와, 걸어가는 발부리에 풀잎 사귀들이 희한하게도 돋아나오는 일이다. 또 두어 살쯤 되는 어린것들이 서투른 말을 배우고 익히는 것과, 성화의 애기들과 같은 그런 눈으로 우리들을 빤히 쳐다보는 일이다. 무심코 우리들을 쳐다보는 일이다.

작품 해설 이 시는 우선 건강하고 밝고 그리고 무엇보다 삶에 대한 긍정적인 자세가 두드러지게 나타나는 작품이다. 6·25라는 뼈져린 비극을 겪고 난 뒤의 작품임에도 불구하고 그런 비극성을 전혀 찾을 수 없다는 점에 우리는 주목해야 한다. 아니 오히려 비극성은 고사하고 평화롭기만 한 한 폭의 회화를 보는 것 같은 분위기를 연출해주고 있다.

이렇듯 밝고 긍정적인 세계를 그려낼 수 있었던 것은, 그가 이미 만고 풍상을 짭짤하게 겪었기 때문에, 이제는 자연과 사물을 담담히 관조의 눈으로 바라볼 수 있게도 되었고, 생에 대한 긍정적인 자세를 갖게도 된 것이다.

죽음 직전에 임박한 자가 생에 대한 애착과 갈구가 더욱 간절할 수 있듯이, 6·25라는 수난의 세월과 그 세월 속에서 겪은 삶과 죽음의 고빗길을 더듬어 온 시인에게 있어서, '고목나무에 푸르므레 봄빛이 드는'것은 살아있음을 확인하는 순간이 되고 그 기쁨을 맛보는 순간이 되었을 것이다. 다시 말하면, 살아 움직이는 생명들을 바라볼 수 있는 그 자체만으로도, 그 자신이 아직 용케도 잘 견디며 살아 있다는 기쁨을 만끽할 수 있었던 것이며, 그 때 거기 눈에 띄는 살아있는 존재의 그 무엇이든 살아있다는 그 점이 바로 아름다움이며 더없는 축복으로 생각되었을 것이라는 말이다.

그러므로, '걸어가는 발부리에 풀잎사귀들이 희한하게도 돋아 나오는'
일이나 '두어살 쯤 되는 어린 것들이 서투른 말을 배우고 익히는' 모습들
은, 그가 아직 살아 있고, 또 살아있는 생명들을 확인하는 순간이며 열락
의 순간일 수 있는 것이다.

나의 詩

어느 해 봄이던가, 머언 옛날입니다.

나는 어느 친척의 부인을 모시고 성안 동백꽃나무 그늘에 와 있었읍니다.

부인은 그 호화로운 꽃들을 피운 하늘의 부분이 어딘가를 아시기나 하는 듯이 앉어 계시고, 나는 풀밭 위에 홍건한 낙화가 안쓰러워 줏어모아서는 부인의 펼쳐든 치마폭에 갖다놓았습니다.

쉬임 없이 그 짓을 되 풀이 하였습니다.

그뒤 나는 年年히 서정시를 썼읍니다만 그것은 모두가 그때 그 꽃들을 주어다가 드리던 ─ 그 마음과 별로 다름이 없었읍니다.

그러나 인제 웬일인지 나는 이것을 받어줄 이가 땅위엔 아무도 없음을 봅니다.

내가 주어모은 꽃들은 제절로 내 손에서 땅우에 떨어져 구을르고 또 그런 마음으로 밖에는 나는 내 시를 쓸수가 없읍니다.

작품 해설 이 무렵까지의 미당시 가운데서 이 시는 두가지 면에서 특이성을 지적할 수 있다.

그 하나는 산문적 시행에 경어체로 서술되고 있는 점이요, 둘째로는 이제까지의 시와는 달리 전기적 사실과 전혀 관련을 맺고 있지 않다는 점이다.

「화사집」 무렵으로부터 「귀촉도」 무렵을 지나오는 동안에 그의 시들은 대개 전기적 사실이나 혹은 그 연치(年齒)와 관련을 맺고 있었고, 경어체로 서술된 시는 없었던 것이다.

이 시는 화자 자신의 서정시를 헌납할 대상, 즉 서정시를 '받어줄 이'가 없음을 허전해하는 시라고 할 수 있다. '부인의 펼쳐든 치마폭'에 '그 호화로운 꽃들을' 헌납하던 그 마음, 그 정성을 쏟을 대상이 없음을 허전해하는 것이다.

사실 이 작품은 어찌보면 인간주의가 소멸되어 가고 있는 현실을 아쉬워하고 있는 시라고 볼 수도 있다. 말하자면 그것은 '사람, 그것 속에 直逼하고자' (≪詩人部落≫ 발간사)했던 그의 시세계가 제대로 수용되고 있지 않은 현실에 대한 아쉬움일지도 모른다.

아무튼 이 시의 화자는 그 자신의 시작업에 대한 회한과 반성의 시간을 갖고 있는 게 사실이다. 그리고 그러한 회한과 반성은 그가 대가 시인으로 발돋움하게 되는 원동력이었다고 말할 수도 있다.

光化門

북악과 삼각이 형과 그 누이처럼 서 있는 것을 보고 가다가
형의 어깨 뒤에 얼굴을 들고 있는 누이처럼 서 있는 것을 보고
가다가
어느새인지 광화문 앞에 다다랐다.

광화문은
차라리 한 채의 소슬한 종교.
조선 사람은 흔히 그 머리로부터 왼 몸에 사무쳐 오는 빛을
마침내 버선코에서까지도 떠받들어야할 마련이지만,
왼 하늘에 넘쳐흐르는 푸른 광명을
광화문— 저같이 으젓이 그 날개쭉지 위에 싣고 있는 자도 드물
라.

상하양층의 지붕 위에
그득히 그득히 고이는 하늘.
윗층엣 것은 드디어 치—ㄹ 치—ㄹ 넘쳐라도 흐르지만,
지붕과 지붕 사이에는 신방같은 다락이 있어
아래층에 것은 그리로 왼통 넘나들 마련이다.

옥같이 고으신 이
그 다락에 하늘 모아
사시라 함이렸다.

고개 숙여 성 옆을 더듬어가면
시정의 노랫소리도 오히려 태고 같고

문득 치켜든 머리위에선

파르르 쭉지 치는 내 마음의 메아리. ……

작품 해설　　이 시의 표현에 두드러지는 것은 우선 '광화문'이나 혹은
'북악산' '삼각산' 등에 인격을 부여하고 있다는 점이다. 그것은 가령 같은
무렵(1954~1955년 무렵)에 쓰인 「무등을 보며」 같은 작품에 보이는 인격
의 부여와 비슷한 일면이라 할 수 있다. 그리고 이러한 표현의 묘(妙)를
얻고 있는 것도 또한 그 삶의 연조와 관련이 있다고 할 수 있다.

　그동안 만고풍상을 겪어온 시인에게 있어서는 이제 살아 있는 자연이
나, 혹은 '소슬한 종교'처럼 '왼 하늘에 넘쳐 흐르는' 푸른 빛들은 새로운
미감(美感)으로 다가오는 것이며, 오누이처럼 친화력으로 사무쳐 오기도
하는 것이다. 말하자면 우주자연이나 삼라만상이 모두다 단란을 이루는
가족처럼 화자에게는 비쳐지는 것이며, 특히 우리의 선인들이 만들어 놓
은 '광화문'의 기와지붕, 그 '버선코'의 선(線)의 아름다움까지도 친화력으
로 발견할 줄을 아는 정신의 경지에 이른 것이라고 할 수 있다.

　'상하양층의 지붕위에 / 그득히 그득히 고이는 하늘', — 이와 같은 아
름다움의 발견은 그가 바로 조선 사람이며, 한국인이기 때문에 발견할 수
있는 아름다움이며, 특히 ≪한국의 하늘≫을 그 '버선코'와도 같은 기와지
붕의 선(線)의 아름다움과 함께 배치시켜 놓고 있다는 점에 그의 심미안
(審美眼)을 또한 느끼게 된다고 하겠다. 그리고 '광화문'이라는 이름이 말
해주듯, ≪광명한 빛≫을 지향하던 우리 조상들의 슬기를 발견하고 있다
는 점과, 평화를 사랑하는 민족으로서의 그 푸른 빛과 지붕의 곡선미를 아
울러 발견하고 있다는 점이 두드러진다고 할 수 있다.

冬 天

내 마음 속 우리님의 고은 눈섭을
즈문밤의 꿈으로 맑게 씻어서
하늘에다 옴기어 심어 놨더니
동지 섣달 나르는 매서운 새가
그걸 알고 시늉하며 비끼어 가네

작품 해설　　이 시는 미당의 제5시집 『冬天』의 표제가 된 작품이다. 전연(全聯)으로 된 5행 26어절의 단시(短詩)이지만, 이 시가 보여주는 상상의 공간은 독자들에게 아름다운 유영(遊泳)의 시간을 제공해 준다.

　얼핏 보기에 이 작품은 동요 같기도 하고 연가풍(戀歌風)의 노랫말 같기도 하지만, 미당시가 이룰 수 있는 완성된 형태의 최상의 언어미학을 창출해내고 있는 작품이라고 할 수 있다.

　이 시의 개요를 굳이 말해본다면 시의 화자는 임의 '눈썹'을 하늘에 심어 놓는다. 그 눈썹을 '매서운 새'가 알기라도 한다는 듯이 비껴 날아간다는 것이 이 시의 개요라고 할 수 있다. 말하자면 이 시에서의 '눈썹'은 하나의 상징물이다. 미당의 초기시에서부터 후기시까지 등장하는 이 '눈썹'은 영원히 다가서지 못하는, 그리하여 동경의 대상으로만 있는 이상적인 어떤 대상을 상징한다. 그러므로 '매서운 새'마저도 '그걸 알고'(화자의 그런 마음을 알기라도 한다는 듯이) '비끼어' 간다는 것이다.

　인간의 숙명적 한계상황을 얘기해 준다고나 할까. 미당 자신의 '비끼어' 사는 삶을 말해 준다고나 할까. 아무튼 영원의 미소로 거기(하늘) 존재하고 있는 연모(戀慕)의 대상을 한 평생 동안 그리워하고는 있으나, 영영 다가서지 못하는 자리에 시의 화자는 서 있다. 따라서 '매서운 새'는 화자의 그런 마음을 대신(시늉)해주는 지상적(地上的) 존재로서 분신(分身)에 불과하다.

이 시의 '눈썹'은 시인의 젊은 어느 날 만난 신비의 대상인 여성에 그 근원을 두고 있기는 하지만, 화자가 보여주고 있는 그 덧없는 동경과 구도(求道)는 우리들 인간의 숙명적 한계상황을 회화화(繪畵化)해주고 있는 것 같기만 하다. 근본적으로 이 작품은 서정시이지만, 다른 일면으로는 서경시로서 한 폭의 동양화를 연상시켜 주기도 한다. 그 동양화는 고도의 상징적 언어비술에 의하여 이룩된 동양화이다. 그리고 궁극적으로는 이 시가 불교의 인연사상에 그 기반을 두고 있다는 점도 잊지 말아야 한다.

한편, 시의 화자가 '하늘에다 옮기어'놓은 '님'은 실제로 존재하는 님이 아니다. 화자의 영혼 속에서 갈구(渴求 = 求道)하는 그 극한점에 자리잡은 님이며, '즈믄 밤의 꿈'속에서 동경하여 마지않는 '님'인 것이다. 그 '님'은 이보다 앞서 『鞦韆詞』(徐廷柱詩選)라는 작품에서 보인 '西으로 가는 달 같이는 / 나는 아무래도 갈 수가 없다'에서의 그 '西으로 가는 달'과 궤를 같이하는 '님'이다. 왜냐하면 동경하여 마지않는 꿈(이상)의 세계로 날아오르고 싶은 의지를 펼쳐 보이지만, 곧 바로 '아무래도' 갈 수 없는 숙명적 한계상황을 자각하고 있다는 점에서 그러하다. 말하자면, 여기서도 '西으로 가는 달'이라는 말이 암시해주는 것과 같이, 그 '님'은 어쩌면 서방정토(西方淨土)의 세계에나 존재하는 님일 수도 있으며, 바로 그렇기 때문에 '즈믄 밤의 꿈으로 맑게' 도(道)를 닦아도 그 '님'의 세계에 도달할 수는 없는 것이다. 그리고 바로 그 점이 화자로서는 구도(求道)의 한계상황인 것이다.

그런데 문제는 이제 '매서운 새'의 존재이다. 이 '매서운 새'야말로 화자의 그런 숙명적 구도의 한계상황을 알기라도 한다는 듯이 '그걸 알고 시늉하며' 비끼어 간다고 노래하고 있다. 이 '매서운 새'가 '그걸'알까? 알 턱이 없으려니와 또한 알 필요도 그에게는 없다. 다만, 하늘로 하늘로 치솟아 오르는 '새' 한 마리가 정말 우연의 기회에 시인의 영혼의 렌즈에 찍혔을 뿐이다. 미당의 표현처럼 '새 그것과의 사실의 상봉'을 했을 뿐인 것이다. 그때 거기에는 만월(滿月)이 뚜렷이 걸리어 있었고, 치솟아 오르던 한 마리 '새'의 그림자는 거기 오버랩 됐으며, 한 폭의 동양화가 이루어진 것이다.

그러면 이제 '매서운 새'의 존재를 얘기할 차례다. 이 '매서운 새'야말로 이 시의 화자와는 무관한 존재이며, 실로 우연히 얻은 상징물에 불과하다.

마치 ≪鞦韆詞≫에서의 '그네'가 상징물로서의 '그네'일 뿐이며, 시인의 영혼속에서 그리고자 하는 그림(회화)속의 소도구(小道具)에 불과한 것처럼, 이 '매서운 새'도 또한 '冬天'이라는 그림 속의 한 장치물에 불과한 것이다. 다만, 굳이 의미를 찾는다면 그 '매서운 새'도 또한 하늘로 하늘로 치솟아 오르려다가 숙명적 한계상황에 따라 되돌아오고 마는 존재, 다름 아닌 지상적(地上的) 존재라는 사실이 무엇보다 중요한 것이다. 바꾸어 말하면, 그 '매서운 새'야 말로 시의 화자와 함께 지상적 그리움과 동경, 그리고 숙명적 한계상황을 공유(公有)하고 있는 존재라는 말이다.

그러므로, 하늘로 하늘로 날아오르던 '새' 한 마리가 ≪만월(滿月)≫과 함께 시인의 렌즈에 오버랩 되는 순간, 실로 '매서운'시인의 눈에는 시인 자신의 숙명적 한계상황과의 유사성을 발견하게 됐을 것이며, 바로 그렇기 때문에 그 '새'는 다름 아닌 시인 자신의 자화상(自畵像)으로 인식되었던 것이다.

따라서, 그 '새'야말로 숙명적 한계상황을 극복하며 날아오르려는 실로 '매서운 새'일 수 있으며, 시인 자신의 분신(分身)과도 같이 '시능하며' 비끼어 갈 수도 있는 것이다.

그러나, 한편으로 다시 생각해 보면, 그 '매서운 새'의 현실이야말로 이 시인의 자화상적 현실일 뿐만이 아니라, 우리들 모든 인간의 현실일 수 있다는 점을 생각하게 되며, 또 한편으로는 시인의 영혼의 렌즈에 오버랩된 그 회화를 통하여 숙명적 한계상황을 도출해 낸 이 시인의 상상력이야말로, 정말 ≪破天荒의 想像들≫이라고 표현될 수 있을 것 같다.

연꽃 만나가 가는 바람같이

섭섭하게,
그러나
아조 섭섭치는 말고
좀 섭섭한 듯만 하게,

이별이게,
그러나
아주 영 이별은 말고
어디 내생에서라도
다시 만나기로 하는 이별이게,

연꽃
만나러 가는
바람 아니라
만나고 가는 바람 같이…

엊그제
만나고 가는 바람 아니라
한 두 철 전
만나고 가는 바람 같이…

작품 해설　　　이 시는 시인의 언어 예술이 이룰 수 있는 대표작으로 볼 수 있는 시이다.

　　그 이유를 두 가지 면에서 찾아보면, 먼저 이 시는 사상면으로 불교의 윤회 사상에 그 기반을 두고 있는 작품이다. 이 시인의 첫 번째 시집 『花

蛇集』 무렵의 「復活」이란 작품의 고찰에서 '輪廻의 前兆'를 보이고 있다고 한 바 있거니와, 이 시에서 보면 그러한 윤회사상을 더욱 확연하게 나타내 보이고 있다. 즉 현세(이승)에서 내세(저승)까지의 거리를 동질의 관념으로 표현하여 다만 '좀 섭섭한 듯만 하게'나 '다시 만나기로 하는 이별이게' 정도로 처리되고 있다. 그것은 세속적 관념으로는 도저히 상상할 수 없는 관념이다. 십여 년 전 월남의 티치 쾅 툭이라는 중(禪僧)의 분신하는 모습에서 보았듯이, 현세에서 내세로 건너가는 일을 마치 이웃집을 가듯 하던 모습을 이 시에서는 상기시켜 준다. 그것은 부처의 경지에 이르는 지혜를 말해 준 반야바라밀다심경(般若波羅蜜多心經)의 '色卽是空, 空卽是色, 色不異空, 空不異色'의 진리에 바탕을 두고 있는 관념으로 보인다. 이 시는 그런 관념을 통하여, 죽음의 공포로부터 초극할 수 있는 마음 공부를 시키려는 데에 그 기초를 두고 있다. 그런 사상 면에서 첫 번째의 의의를 둔다.

두 번째의 의의는, 이 시의 시적 정서와 언어 미학의 면에서 찾을 수 있다.

박재삼(朴在森)이 未堂의 시 「無題」를 논구(論究)한 글에서 '허두의 典範'을 말한 일이 있는데, 그보다는 이 시의 허두 '섭섭하게'가 보여주는 정서나 언어 감각의 시원한 맛을 필자는 일찍이 본 일이 없다. 그리고, 그 다음 행과 둘째 연에 쓰인 '그러나'라는 접속어도 앞 뒤 관계를 잇는 조사의 묘를 얻고 있어서, 적재 적소에 매우 알맞게 쓰이고 있는 것으로 보이며, '연꽃 만나고 가는 바람'의 '만나고 가는'이란 말이 주는 정서나 언어 감각도 이 시인만의 언어 비술(秘術)에 의하여 표현될 수 있는 매우 참신한 맛을 주고 있다고 생각된다. 그것은 시상(詩想)의 전개를 위한 조사(措辭)를 시인의 독특한 언어 감각으로 잘 처리했고, 구성의 묘를 터득한 데서 온 것이라고 볼 수 있다.

그러나 이 시가 더욱 언어 감각을 새롭게 해주는 것은 각운의 처리이다. 첫째 연(起)과 둘째 연(承)에서는 '하게' '하게' '이게' '이게'로, 셋째 연

(轉)과 넷째 연(結)에서는 '같이' '같이'로 각각 처리되고 있으며, 그것들은 각각 부사어의 구실을 한결같이 하는데 또 한결같이 서술어가 생략되고 있다. 바로 이 점이다. 서술어가 생략되고는 있지만, 시의 의미 차원에서는 어느 하나도 결(缺)하고 있지 않은 점에 이 시인만의 언어 비술을 재삼 맛보게 되는 것이다.

그리고, 이 시에서 하나 더 지적할 수 있는 요소는 매우 잘 짜여졌다고 볼 수 있는 구성을 들 수 있다. 사분법(起, 承, 轉, 結) 구성의 한 전범(典範)으로 보이는 고려 속요 「가시리」에 버금갈 만한 구성으로 필자에겐 보인다. 즉, 첫째 연의 한 마디의 군더더기 수식이 없이 '섭섭하게'라는 부사어로 허두를 이루어 선뜻 들어선 기구(起句)에서 출발하여, 둘째 연에서 다시 '이별에게'라는 부사어로 시작하여 '이별에게'라는 부사어로 끝난 점층적인 부연(承), 그리고 다음은, 불가의 상징적인 꽃(연꽃)을 '만나러 가는' 바람(자신)을 둘째 연과는 전혀 상(想)을 바꾸어 표현하고 있고(轉), 끝으로는 셋째 연의 정서를 이어받아 여유롭게 이승을 떠나는 모습을 상기시켜 주고 있는 전연(全聯)의 마무리(結句)에 이르기까지, 매우 간결하면서도 흠잡을 데 없는 구성을 하고 있는 것을 볼 수 있다.

이러한 구성과 언어 미학은 이 시의 주제인 '죽음의 공포로부터의 초극'을 표현하는 데 매우 알맞은 도움을 주고 있는 것 같다.

그리하여 이 작품은 그의 많은 수작들 중에서도 한 압권으로 필자에겐 보인다. "시는 언어의 등가물"이라는 T.S 엘리어트의 말을 상기할 때, 이 작품의 정서와 언어 감각이 그러한 생각을 더욱 뚜렷이 해 주고 있다.

추 석

대추 물 드리는 햇볕에
눈 맞추어
두었던 눈섭.

고향 떠나올 때
가슴에 끄리고 왔던 눈섭.

열두 자루 비수 밑에
숨기어져
살던 눈섭.

비수들 다 녹 슬어
시궁창에
버리던 날,

삼시 새끼 굶는 날에
역력하던
너의 눈섭.

안심찮아
먼 산 바위
박아 넣어 두었더니

달아 달아 밝은 달아
추석이라
밝은 달아

너 어느 골방에서
한잠도 안자고 앉았다가
그 눈섭 꺼내 들고
기왓장 넘어 오는고.

　시인은 그의 자서전 ≪天地有情≫에서, 상밥집의 딸 '하얗
게 소복한 계집애'나 혹은 고향 마을 '모시밭 사잇길로 물동이를 이고' 지
나가던 계집애의 '그 길던 눈썹'을 못 잊어 회고하고 있다. '평생을 살아오
면서 아직도 달관하지 못한 것은 남녀의 연정'이라며 '지금도 설레기 일쑤
이고 아흔이 넘어도 아마 그럴 것'이라는 노년(老年)의 수줍은 고백처럼,
시인의 가슴속에 '아직도 신비한 것'으로 남아있는 '그 계집애의 영상'이
이 '추석'이라는 작품의 모티브가 되고 있는 듯하다.

　한편, 이 「추석」의 발표 당시 (現代文學, 제148호) 제목은 '달밤'이었
다. 발표 당시에는 '달밤'의 7연이 '달아 달아 밝은 달아 / 추석이라 / 밝은
달아'가 아닌, '달아 달아 밝은 달아 / 30년만에 밝은 달아'였다. 미당의
'서정주문학전집'에는 발표 당시의 것이 개작(改作) 개제(改題)되어 나온
것이다. 분명히 말하자면 필자는 개작 이전의 것을 선호한다. 이 작품이
시인의 젊은 어느 날의 '그 계집애의 영상'과 무관하지 않은 작품이라고
볼 때, 그것은 유독 '30년 만에 / 밝은 달'일 수 있기 때문이다. 달(月)은
날마다 뜨고 또 지는 것이긴 하지만, 그리고 평소에는 그저 그렇게 무관심
하게 지나쳤던 달이지만, 특히 어느 날 우연의 시간에 앞집 '기왓장 넘어'
오는 달과의 결정적인 해후를 하는 순간, 바로 거기에는 '그 계집애의 영
상'이 크로즈업 될 수도 있는 것이며, 뿐만 아니라 윤회로서의 만남, 형이
상적 승화의 황홀한 재회(再會)를 실현하는 순간이 될 수도 있는 것이다.
그리고 그 '30년만에'의 '30년'이라는 개념도 그것이 꼭 '30'이라는 숫자

대로의 개념이 아니라, 시인 자신의 생애에 있어서의 '반평생'의 개념이
며, 그만큼 독자성을 지닌 개념이기도 한 것이다. 말하자면, 시인의 젊은
어느날 '멀찍이 지나쳤을 뿐인' '그 계집애의 영상'이 '반평생'이 지나간
어느 추억의 순간에 되살아났다고 볼 수 있는 것이며, 그것도 '기왓장 넘
어'오는 달을 통하여 재현된 것이다. 그러므로 그 ≪해후≫의 순간이 하
필이면 '추석'이라는 인위적인 명절날의 시간이어서는 부족하며, 진실로
이 시의 화자에 있어서는 어느날의 우연의 시간, 바로 그 '달밤'이야말로
반평생동안 '가슴에 끄리고' 온 ≪눈썹≫과의 황홀한 재회가 가능했던 시
간인 것이다.

내가 돌이 되면

내가
돌이 되면

돌은
연꽃이 되고

연꽃은
호수가 되고

내가
호수가 되면

호수는
연꽃이 되고

연꽃은
돌이 되고

작품 해설　　　이 작품과 같은 기상천외(奇想天外)의 언어의 유희(?)를 대하게 되면, 우선 독자들은 어리둥절하기도 하거니와 이 시인에게 아예 배반 당해버린 것 같은 실소(失笑)를 머금게 한다. 그러나 잠시 어리둥절 했던 마음을 추스르고 이 시인이 받은 인스피레이션을 따라가 보면, 실로 거기에는 엄청난 '마법적'(魔法的) 이미지가 안개처럼 자욱히 흐르고 있음을 느끼게 된다.

　그것은 무엇인가? 구두점 하나 쉼표 하나 없이 이루어 놓은 언어의 유희(?)속에 안개처럼 자욱히 흐르는 ‘魔法的’ 시의 세계는 과연 무엇인가?
그것은 다름아닌 윤회로서의 영원의 시간의 흐름이다.

일찍이 공초 오상순(空超 吳相淳)은 ‘흐름 위에 / 보금자리 친 / 오—
흐름 위에 / 보금자리 친 / 나의 魂……’(시「放浪의 마음」) 이라고 노래함
으로써, 영원의 시간 소에서의 자신의 존재를 바라본 바 있었는데, 여기
이 작품에서는 그와 반대로 시인의 ‘마법적’ 시선이 영원의 시간을 꿰뚫어
보고 있었던 것이다.

시인 자신의 말을 빌리면, 이 작품은 경주(慶州) 보문 관광단지의 어떤
연꽃 좌대(座臺)가 있는 석등(石燈)을 바라보고 있다가 착상된 작품이라
고 한다. 말하자면 시인은 아름답게 석조(石造)된 하나의 ‘연꽃’을 바라보
면서, ‘내’가 죽어서 흙이 되고, 그 흙이 굳고 굳어서 ‘돌’이 될 때까지의
영원의 시간의 흐름, 그리고 또 그 시간은 흐르고 흘러 어느 뛰어난 석공
(石工)의 솜씨를 만나게 되고 그 솜씨에 의하여 드디어 ‘연꽃’으로 피어
나게 되고, 또 그 시간은 흐르고 흘러서 ‘연꽃’은 다시 ‘호수’가 되고 그
리고는 ‘호수’에 의하여 생성된 ‘내’가 다시 ‘호수’가 되는 시간의 흐름,
그리하여 그 ‘호수’는 다시 ‘연꽃’을 피워내는 시간의 흐름, 그리고 ‘연꽃’
은 다시 ‘돌’이 되는 시간의 흐름과 그 반복 되풀이의 순환원리, 그리고
그 ≪永遠≫을 그는 바라보고 있었던 것이다.

사실, 시(詩)라고 하는 것이 이쯤되면 이미 그것은 언어의 ‘마법’이거나
아니면 ‘呪文’, 혹은 그것도 아니라면 ‘푸른 하늘 은하수 / 하얀 쪽배엔 /
계수나무 한 나무 / 토끼 한 마리’ 와도 같은, 어쩌면 무모하기 짝이 없는
동요(童謠)가 되어 버린다고나 할까?

그러나, 그 동요는 어린이를 위한 동요가 아니라 어른을 위한 동요, ≪영
원≫을 꿰뚫어 보는 오달(悟達)한 자의 동요요, ‘破天荒의 想像들’ 에서만
이 빚어질 수 있는 그러한 동요인 것이다.

無의 意味

이것은 꽃나무를 잊어버린 일이다.

그 제각앞의 꽃나무는 꽃이 진 뒤에도 둥치만은 남어
그 우에 꽃이 있던 터전을 가지고 있더니
인제는 아조 고갈해 문드러져 버렸는지
혹은 누가 가져갔는지,
아조 뿌리채 잊어버린 일이다.

어떻게 헐가.
이 꽃나무는 시방 어데 가서 있는가
그리고 그 씨들은 또 누구 누구가 받어다가 심었는가.
그래 어디 어디 몇집에서 피어 있는가?

지난번 비오는 날에도
나는 그 씨들 간 데를 물어 떠나려 했으나 뒤로 미루고 말았다.
낱낱이 그 씨들 간 데를 하나도 빼지 않고 물어 가려던 것을 미루
고 말았다.

그러기에 이것은 또 미루는 일이다.

그 꽃씨들이 간 곳을 사람들은 또 낱낱이 다 외고나 있을까?
아마 다 잊어버렸을는지도 모른다.

그렇다면 이것은 외고 있지도 못하는 일.

이것은 이렇게 꽃나무를 잊어버린 일이다.

　　　다음과 같은 김구용의 지적은 이 작품 이해에 도움이 될 것 같다.
'서양의 무(無)는 유(有)에 대한 무이다. 그것은 생(生)과 사(死)와 같다. 그러나 동양의 무(無)는 존재이전에서 시작되어 존재이후에도 멸(滅)하지 않는 (先天地卽無期始, 後天地卽無期終) 영원성의 현실이며 미지(未知)의 존재인 것이다. 그러기에 동양의 무를 절대무(絶對無)라고도 한다. 서선생(徐先生)은 이러한 진리를 생명을, 구극(究極)을 「無의 意味」란 제목으로 작품화하여 우리에게 계시하고 있다. 이러한 중묘(衆妙)한 오리(奧理)를 가장 평범한 말로 이루어 놓은 그 오달(悟達)과 천재를 존경한다. 이 작품은 암만 읽어도 싫증나지 않으며 읽으면 읽을수록 많은 계시를 받을 수 있는 까닭에 애송하는 바이다.'

그러나 필자는, 이 작품을 다른 작품들과 동렬(同列)에 넣어 얘기하고 싶지는 않다. 왜냐하면 다소 진부하다고 할 수 있는 관념적 표현이나, 혹은 「無의 意味」 그것을 해명하는 일에 너무 집착한 나머지 다소 지나치게 서술형으로 처리된 그 문체들이 여타의 작품들보다는 그 질이 떨어진다는 생각을 금할 길이 없기 때문이다.

그러나, 김구용(金丘庸)의 지적처럼, 「東洋의 無」에 대한 오리(奧理)를 시적으로 해명해 보려는 그 노력만은 긍정적 측면에서 받아들이지 않을 수 없다.

이보다 앞서 「新羅抄」에서도 그는, 신라인들의 정신세계를 시적으로 해명해 보려는 노력을 누구보다도 치열하게 전개한 바 있거니와, 뒤에 해설하게 될 「질마재 神話」「떠돌이의 詩」「鶴이 울고 간 날들의 詩」 등에서도 우리 한국인의 정신세계를 해명해 보려는 노력이 줄기차게 계속되고 있음을 보게 된다.

그러므로 이 작품은 그 형식적 차원의 문제로서보다는 그 내용(思想)적 차원의 문제로서 살펴야 되리라고 믿으며, 또 그런 의미에서 이 작품의 의의를 찾아야 되리라고 믿는다.

禪雲寺 洞口

선운사 고랑으로
선운사 동백꽃을 보러 갔더니
동백꽃은 아직 일러 피지 않았고
막걸릿집 여자의 육자백이 가락에
작년 것만 오히려 남았읍디다.
그것도 목이 쉬여 남았읍디다.

작품 해설　이 시는 《禪雲寺 洞口》에 있는 시비(詩碑)에 새겨진 작품이다. 6행으로 된 소품(小品)이지만, 시적 재간이나 천부성(天賦性)의 면에선 오히려 무릎을 치게 하는 작품이라 할 수 있다.

이 시의 모티브가 된 일화(逸話)가 있는데 그걸 간략히 소개해 보기로 한다. 미당의 자술(自述)에 의하면, 자신이 어느 해 《禪雲寺》에 갔을 때, 어떤 주막에서 주광(酒狂)이 난 상태에서 발견한 '이쁜' 주모(酒母)가 한 사람 있었다 한다. 그런데 해가 바뀌고 6.25의 참화가 휩쓸고 간 뒤에 그 주막에 가보니, 그 주막(酒幕)은 불에 타서 잿더미만 남아 있고, 주모(酒母)도 간 곳 없고, 마침 그 잿더미 위에 나비 한 마리만 날아다니며 반기더라는 것이다.

시인은 바로 그 나비 한 마리에 눈의 초점을 박은 것이다.

평소 불교의 인연설(因緣說)에 익숙해 온 시인에게는 그 《나비》의 반김을 예사롭게 보아 넘기지 않았던 것이다. 그리하여 이 시는 제작된 것으로 보인다.

사실, 선운사(禪雲寺)의 동백꽃은 너무 유명하게 알려져 있다. 그러나 이 시에서의 《동백꽃》은 또다른 꽃의 이름으로 다가온다. 그 《꽃》은 '목이 쉬어' 아직도 한(恨)어린 모습으로 남아 있다. '작년 것만' '육자백이 가락'속에 남아서 아직도 시인의 마음을 흔드는 것이다.

그러므로 그 ≪꽃≫과의 만남은, 실제의 만남이 아니라 영적(靈的) 만남이며, 상상의 공간에 환영(幻影)으로 피어오른 ≪꽃≫과의 극적 해후(邂逅)인 것이다.

내 영원은

내 영원은
물 빛
라일락의
빛과 향의 길이로라.

가다 가단
후미진 굴형이 있어
소학교 때 내 여선생님의
키만큼한 굴형이 있어,
이뿐 여선생님의 키만큼한 굴형이 있어,

내려 가선 혼자 호젓이 앉아
이마에 솟은 땀도 들이는
물 빛
라일락의
빛과 향의 길이로라
내 영원은.

작품 해설　　　이 시인에게 있어 소학교 때(당시 13세, 소학교 3학년 때)의 일본인 여선생('요시노')은, 어찌 보면 '永遠'한 그리움의 대상인 듯하다. 시인의 자서전 『天地有情』에도 기술되어 있을 뿐만 아니라, 기회 있을 때마다 그 여선생은 간절한 그리움의 대상으로 등장한다. 특히 최근에 낸 미당의 시집 『80소년 떠돌이의 시』(미당 서정주, 제15시집)에는 「첫사랑의 시」라는 제목으로 그 '이뿐 여선생님'이 등장하고 있다. 말하자면 그 '이뿐 여선생님'이야말로 '永遠'한 그리움의 이름이다.

이 시에서도 역시 그 '女先生님'은 추억의 공간에 나타나게 된다. 추억의 공간은 '후미진 굴형'과 함께 나타나지만, 그 '후미진 굴형'이 너무 개인사적(個人史的)인 것이라서, 무엇을 상징하는 것인지? 혹은 실제에 근거하고 있는 장소(굴형＝골)를 말함인지? 알 길이 없다. 알 길이 없을 뿐만 아니라 알려고 할 필요조차도 없다. 왜냐하면, 시가 일단 발표되면 이미 그것은 독자의 것이기 때문에 '느낌'을 따라가면 그만이다.

다만, 그 '후미진 굴형'이야말로 '永遠'한 기억의 공간이라는 것만은 확실하다. 바로 그 곳이야말로 '물빛 / 라일락의 / 빛과 香의 길'로 통하는 곳이며, 시인의 의식 속에서 '永遠'히 지워지지 않는 공간이기 때문이다.

바꾸어 말하면, 그 '후미진 굴형'은 '내려가선 혼자 호젓이 앉아 / 이마에 솟은 땀도 들이는' 장소이다. 그만큼 그 곳은 기억의 가장 서늘한 부분을 차지하고 있는 장소이며, 화자에게 있어 '永遠'히 기억하고 싶은 장소인 것이다.

마흔다섯

마흔 다섯은
귀신이 와 서는 것이
보이는 나이.

참 대 밭 같이
참 대 밭 같이

겨울 마늘 밭
풍기며,
처녀 귀신들이
돌아 와 서는 것이
보이는 나이.

귀신을 기를 만큼 지긋치는 못해도
처녀 귀신 허고
상면은 되는 나이.

작품 해설　　미당시의 많은 작품이 그러하듯, 이 시도 시인의 연치(年齒)와 관련을 맺고 있다. 40의 나이를 공자(孔子)는 '불혹'(不惑)이라 했다. '불혹'이라는 말은 유혹받지(동요되지) 않는다는 뜻이다. 유혹받지 않는다는 것은, 이미 달관(達觀)의 경지에 이르러서 인생살이에 대한 견해가 확고하다는 뜻도 된다. 말하자면 40이라는 나이에 이르면 '自然'이 가르쳐 준 마음공부가 잘 되어서, 이미 오달(悟達)한 한 경지에 도달한다는 것이다.

　이 시도 그러한 연치(年齒)의 과정을 참고로 할 때 재미있는 시사를 받을 수 있는 작품이라 할 수 있다. 미당이 이제 드디어 '처녀 귀신 허고 / 相面은 되는 나이'에 도달한 것이다. 오달(悟達)한 자의 눈이기 때문에 '相面'을 할 수 있었다고나 할까?

이것은 미당에게 있어 굉장한 변화라 할 수 있다.

미당 20대의 이른바 그 보들레르적 방황, 그리고 그 '그리스的 육체성의 重視' '아편 먹은 듯' '배암 같은 계집'을 따라 '왼 몸'이 닳아 오르던 그 시절, '짐승스런 웃음'을 따라가서 '피묻은 입맞춤'을 하던 '육정적 방황'의 20대에 비하면 실로 엄청난 변화라 아니할 수 없다.

이제 그는 「花蛇集」 무렵(20대), 「歸蜀途」 무렵(30대), 「徐廷柱詩選」 무렵(40대)을 지나서, 50(知天命)의 나이를 바라보는 건널목 '마흔 다섯'에 이른 것이다. 그리고 '마흔 다섯'은 이제 '귀신이 와 서는 것이 / 보이는 나이'인 것이다.

원래 '귀신'은, 한(恨) 어린 귀신만 나타나는 법이다. 상대적으로 한(恨)이 맺히지 않는 귀신은 다 하늘나라로 가고, 살(육체)의 일이건 사랑의 일이건 한(恨)이 맺힌 귀신만 '欲界第二天'쯤에 살아남아서 문득문득 나타나는 법이다.

아마 이 시의 화자가 '相面'하는 그 '처녀귀신'도 무슨 한(恨)인지는 모르지만, 아직 완전히 승천하지 못하고 이승의 주변을 맴도는 그런 귀신이 아닐까?

선덕여왕의 말씀

짐의 무덤은 푸른 영 위의 욕계 제이천.
피 예 있으니, 피 예 있으니, 어쩔 수 없이
구름 엉기고, 비 터잡는 데 — 그런 하늘 속.

피 예 있으니, 피 예 있으니,
너무들 인색치 말고
있는 사람은 병약자한테 자량도 더러 노느고
홀어미 홀아비들도 더러 찾아 위로코,
첨성대 위엔 첨성대 위엔 그중 실한 사내를 노라.

살(肉體)의 일로써 살의 일로써 미친 사내에게는
살 닿는 것 중 그중 빛나는 황금 팔찌를 그 가슴 위에,
그래도 그 어지러운 불이 다 스러지지 않거든
다스리는 노래는 바다 넘어서 하늘 끝까지.

하지만 사랑이거든
그것이 참말로 사랑이거든
서라벌 천년의 지혜가 가꾼 국법보다도 국법의 불보다도
늘 항상 더 타고 있거라.

짐의 무덤은 푸른 영 위의 욕계 제이천.
피 예 있으니, 피 예 있으니, 어쩔 수 없이
구름 엉기고, 비 터잡는 데 — 그런 하늘 속.

내 못 떠난다.

* 선덕여왕은 지귀라는 자의 여왕에 대한 짝사랑을 위로해, 그 누워
  자는 데 가까이 가, 가슴에 그의 팔찌를 벗어놓은 일이 있다.

　　　이 작품도 「老人獻花歌」처럼 삼국유사의 설화에 그 기반
을 두고 있는 작품이다. 설화의 내용은, 선덕여왕이 지귀(志鬼)라는 자의
자신에 대한 짝사랑을 위로하기 위해 그가 누워 잠든 가슴 위에 자신의
팔찌를 벗어 놓았다는 내용이다. 이 내용도 '志鬼'라는 자의 지존(至尊)의
임금(善德女王)에 대한 강한 사랑의 모습을 보게 해준다. 말하자면 이 '志
鬼'라는 자도 관직(官職)을 전혀 의식하지 않은, 혹은 죽음을 초월한 짝사
랑의 주인공이다. 또 그러한 '志鬼'의 사랑을 국법(國法)으로 다스리지 않
고 받아들인 선덕여왕의 슬기(불교적 슬기)에서도 국법보다도 더 큰 '사랑'
의 의미를 느끼게 해준다.

　　이 시는 삼국유사의 설화를 바탕으로 하여 '欲界 第二天'에서 선덕여
왕이 말하는 단편(斷片)인 것처럼 쓰여진 시이다. 따라서 이 시의 화자는
선덕여왕이며 '欲界 第二天'은 불경에서 말하는 '忉利天'을 말한다. '忉
利天'은 선덕여왕이 붕할 때 '忉利天 속에 장사 지내달라'고 유언한 데서
근거를 얻은 것이다.

　　결국 이 내용은 선덕여왕이 '志鬼'의 짝사랑을 받아들였다는 것인데,
바로 그 점은 여왕의 불교적 슬기에 기인한 것이며, 따라서 '志鬼'의 사랑
도 계층을 초월한 것이라고 볼 수 있다. 다시 말하면, 신라의 국법으로 따
지면 천부당 만부당한 그러한 사랑, ― 그러나 선덕여왕의 슬기로 '빛나는
황금팔찌'를 범부의 가슴 위에 놓아두고, '그래도 그 어지러운 불'이 꺼지
지 않는다면 '다스리는 노래는 바다 넘어서 하늘 끝까지' 이르기를 바라
는, 그러한 사랑을 보여주고 있다. 그러니까 미당은 이 시를 통하여 '國法
보다도' 더 큰 '사랑'을 선덕여왕을 통하여 표현하고 싶었던 것이다. 그리
고 그 '사랑'은, 현실적인 성애(性愛)('살(肉體)의 일')를 넘어서서 영혼

('하늘 끝')으로까지 이어지는 완전무결한 사랑을 보여주고도 있다. 그러므로 '欲界 第二天' 쯤에 아직도 선덕여왕은 위치하여 '피, 예 있으니, 피, 예 있으니'라고 말하며, 그 '사랑' 때문에 '내 못 떠난다'고 노래하고 있는 것이다.

결국 이 작품도 앞의 「老人獻花歌」처럼, 선덕여왕의 슬기(사랑)를 전달하고자 하는 데서 벗어나지 못하고 있는 것 같다.

老人獻花歌

『붉은 바위ㅅ 가에
잡은 손의 암소 놓고,
나를 아니 부끄리시면
꽃을 꺾어 드리리다』

이것은 어떤 신라의 늙은이가
젊은 여인네한테 건네인 수작이다.

『붉은 바위ㅅ 가에
잡은 손의 암소 놓고,
나를 아니 부끄리시면
꽃을 꺾어 드리리다』

햇빛이 포근한 날 — 그러니까 봄날,
진달래꽃 고운 낭떠러지 아래서

그의 암소를 데리고 서 있던 머리 흰 늙은이가
문득 그의 앞을 지나는 어떤 남의 안사람 보고
한바탕 건네인 수작이다.

자기의 흰 수염도 나이도
다아 잊어버렸던 것일까?

물론
다아 잊어버렸었다.

남의 아내인 것도 무엇도
다아 잊어버렸던 것일까?

물론
다아 잊어버렸었다.

꽃이 꽃을 보고 웃듯이 하는
그런 마음씨 밖엔, 아무것도 가진 것이 없었었다.

기마의 남편과 동행자 틈에
여인네도 말을 타고 있었다.

『아이그머니나 꽃도 좋아라
그것 나 조끔만 가져 봤으면』

꽃에게론 듯 사람에게론 듯
또 공중에게론 듯

말 위에 갸우뚱 여인네의 하는 말을
남편은 숙맥인 양 듣기만 하고,
동행자들은 또 그냥 귓전으로 흘려 보내고,

오히려 남의 집 할아비가 지나다가 귀동령하고
도맡아서 건네는 수작이었다.

『붉은 바위ㅅ 가에
잡은 손의 암소 놓고,
나ㄹ 아니 부끄리시면

꽃을 꺾어 드리리다』

꽃은 벼랑 위에 있거늘,
그 높이마저 그만 잊어버렸던 것일까?
물론
여간한 높낮이도
다아 잊어버렸었다.

한없이
맑은
공기가
요샛말로 하면 — 그 공기가
그들의 입과 귀와 눈을 적시면서
그들의 말씀과 수작들을 적시면서
한없이 친한 것이 되어가는 것을
알고 또 느낄 수 있을 따름이었다.

작품 해설   이 시는 삼국유사(三國遺事)의 설화에 근거를 둔 작품이다. 삼국유사 기록에 의하면, 아무도 올라가 꺾을 수 없는 벼랑의 철쭉꽃을 마침 암소를 끌고 곁으로 지나가던 노인이 꺾어서 가사(歌詞)까지 지어 바쳤다는 내용이다.

그리고 미당은 그 노인(老人)의 마음을 '自己 흰수염도 나이도' '남의 아내인 것도 무엇도' 벼랑의 '높이마저'도 다 잊어버릴 수 있었다고 받아들이고 있다. 과연 그 초인적인 힘, 자신의 위험을 무릅쓰고 벼랑의 철쭉꽃을 꺾어다 바칠 수 있었던 용기(힘)는 과연 어디에서 솟아나온 것인가? 그것은 다름아닌 사랑의 힘이 아니었을까 싶다. 그러면 그 사랑은 또 무슨 이유때문인가? 그것은 삼국유사의 기록에도 보이는 바와 같이, 수로부인

(水路夫人)은 그 용모가 매우 아름다워서 산이나 큰 연못을 지날 때마다 여러 차례 신물(神物)(龍이나 혹은 龜＝海神)에게 붙들려 갈 만큼의 미인인 데서 연유한다.

이 「獻花歌」의 노인도 자신이 유일하게 소유한 것, 즉 '암소'를 놓아버리고라도(破戒하고라도, ※ 필자의 『미당연구』참조할 것) 꽃을 꺾어 바치겠다는 것은 실로 대단한 정열이 아닐 수 없다. 그것은 그 사랑의 대상(水路夫人)이 어쩌면 소유불가능(강릉태수 純貞公의 아내)한 위치에 있기 때문이며, 거기엔 분명 짝사랑의 비애가 서려 있는 것이다. 말하자면 그는 자기가 소유한 것(암소)을 포기할 정도로 이미 약자의 위치에 있으며, 바로 그렇기 때문에 우리는 여기서 처절한 사랑의 비애를 볼 수 있는 것이다. 그 비애의 마음은 수로부인이 '남의 아내인 것도 무엇도' 이미 망각해버린 정도의 뜨거운 것이다. 그런 정열이 이 「獻花歌」엔 스며 있다고 할 수 있다. 그리고 그러한 「헌화가」의 정서를 다시 현대인의 의식 속에 스며들도록 시화(詩化)한 것이 미당의 「老人獻花歌」라 할 수 있다.

新 婦

　신부는 초록 저고리 다홍치마로 겨우 귀밑머리만 풀리운 채 신랑하고 첫날밤을 아직 앉아 있었는데, 신랑이 그만 오줌이 급해져서 냉큼 일어나 달려가는 바람에 옷자락이 문 돌쩌귀에 걸렸습니다. 그것을 신랑은 생각이 또 급해서 제 신부가 음탕해서 그새를 못 참아서 뒤에서 손으로 잡아다리는 거라고, 그렇게만 알곤 뒤도 안 돌아보고 나가 버렸습니다. 문 돌쩌귀에 걸린 옷자락이 찢어진 채로 오줌 누곤 못 쓰겠다며 달아나 버렸습니다.

　그러고 나서 사십년인가 오십년이 지나간 뒤에 뜻밖에 딴 볼일이 생겨 이 신부네 집 옆을 지나가다가 그래도 잠시 궁금해서 신부방 문을 열고 들여다보니 신부는 귀밑머리만 풀린 첫날밤 모양 그대로 초록 저고리 다홍치마로 아직도 고스란히 앉아 있었습니다. 안스러운 생각이 들어 그 어깨를 가서 어루만지니 그때서야 매운재가 되어 폭삭 내려앉아 버렸습니다. 초록 재와 다홍 재로 내려앉아 버렸습니다.

작품 해설　　이 시는 우리 나라 전통적 여인의 기다림의 한(恨)을 원형적 심상으로 제기하고 있는 시이다.

　이 시의 소재는, 시인 자신이 젊었을 때 만주 국자가(局子街)에 가서 생활한 일이 있는데, 거기서 그의 친구(당시 간도성 간부)의 부친으로부터 들은 이야기라고 하니, 그것이 꼭 질마재 마을(未堂의 고향마을)의 이야기가 아니라, 한국의 모든 고향에 있을 수 있는 설화(說話)라는 걸 알 수 있다. 그리고 그러한 한국적 고향의 설화를 시인의 시적 재간에 의하여 산문시로 형상화시킨 작품이다.

　이 시에서 보이고 있는 '기다림의 恨' 속에 있었던 여인상은, 옛날 우리

나라의 유교적 도덕관에 얽매어 살던 사회에서 많이 볼 수 있었다. 즉, 여
필종부(女必從夫)의 의식은 여자만의 어떤 희생과 굴종을 강요당했었다.
'결혼' 했다는 이유 하나만으로 부부간의 애정은 나눌 겨를도 없이 남편은
객지로 떠났거나 아니면 제2, 제3의 여인을 얻어 살고 있는데도 언젠가는
남편이 돌아올 날만을 기다리며 공방(空房)을 지키고 있었던 한(恨)어린
여인, 바로 그러한 여인이 우리 선인들 중에는 많이 있었다.

이 시는 바로 그러한 '기다림의 恨이 어린 여인의 일생', 말하자면 '초
록 재와 다홍 재로' '폭삭 내려앉아' 버릴 때까지의 유교적 도덕관에 얽매
인 한 여성의 인고의 세월을 읽을 수 있는 시이다.

그리고, 한국적인 고향의 설화를, 한국적 고향의 정서가 어린 소박한 고
향의 말 즉, '다홍치마' '돌쩌귀' '오줌 누곤' '안스러운' 등으로 표현되고
있어서, 더욱 고향맛을 느끼게 하는 그런 시라고 할 수 있다.

그리고 이 시의 '초록 저고리 다홍치마'는 한국의 전래적인 신부의 의
상이다. 그러한 의상을 입은 갓 시집 온 신부가 '四十年인가 五十年'의
기다림의 세월을 보냈다는 표현인데, 여기서 우리는 '四十'이나 '五十'의
숫자 개념으로 받아들여서는 안될 듯하며, 그것은 '한 여자의 일생'의 개
념으로 받아들여야 마땅할 것 같다.

아무튼 이 시는 시인의 제6시집 『질마재 神話』에 담겨 있는 설화시(說
話詩 : narrative poetry)로서만이 아니라, 먼 훗날 한국인의 풍속사(風俗
史)를 연구하는 데에도 좋은 사료(史料)가 되리라 믿는다.

해 일

바닷물이 넘쳐서 개울을 타고 올라와서 삼대 울타리 틈으로 새어 옥수수밭 속을 지나서 마당에 홍건히 고이는 날이 우리 외할머니네 집에는 있었습니다. 이런 날 나는 망둥이 새우 새끼를 거기서 찾노라고 이빨 속까지 너무나 기쁜 종달새 새끼 소리가 다 되어 알발로 낄낄거리며 쫓아다녔읍니다만, 항시 누에가 실을 뽑듯이 나만 보면 옛날이야기만 무진장 하시던 외할머니는, 이때에는 웬일인지 한 마디도 말을 않고 벌써 많이 늙은 얼굴이 엷은 노을빛처럼 불그레해져 바다쪽만 멍하니 넘어다보고 서 있었습니다.

그때에는 왜 그러시는지 나는 아직 미처 몰랐읍니다만, 그분이 돌아가신 인제는 그 이유를 간신히 알긴 알 것 같습니다. 우리 외할아버지는 배를 타고 먼 바다로 고기잡이 다니시던 어부로, 내가 생겨나기 전 어느 해 겨울의 모진 바람에 어느 바다에선지 휘말려 빠져 버리곤 영영 돌아오지 못한 채로 있는 것이라 하니, 아마 외할머니는 그 남편의 바닷물이 자기집 마당에 몰려 들어오는 것을 보고 그렇게 말도 못하고 얼굴만 붉어져 있었던 것이겠지요.

 이 시도 인고(忍苦)의 세월을 살아야 했던 한국의 여성상 (女性像)을 원형적 이미지로 제기해주고 있는 작품이다. 그런 면에서 앞의 「新婦」와 시창작의 모티프가 같다고 할 수 있으나, 서로 다른 면을 지적한다면, 「신부」는 다만 '기다림'의 한(恨)을 지닌 여인상으로 표상 되어 있는데 반하여 「海溢」의 경우는 분리와 회귀, 즉 헤어짐(이별)과 만남의 순환 원리가 적용되고 있다는 점이 서로 다르다고 할 수 있다.

다시 말하면, 이미 어부(漁夫)로서 바다에 나가 죽은 '남편'이, 미당의 시창조적 재간에 의하여 '해일'(回歸＝만남)되어 오고 있는 것으로 서술되고 있는데, 그것은 바로 N. 프라이가 말한 바 있는 회귀의 특징을 갖는 순환원리(＝佛敎의 輪廻說)와 서로 통하는 것이라 할 수 있다.

즉, '늙은 얼굴이 엷은 노을 빛처럼 붉으레해져 바다쪽만 멍하니 넘어다보고' 있는 모습, 그 모습을 통해서는 '헤어짐'(이별)의 한(恨)에 어려 있는 입상(立像)을 볼 수 있게 해주지만, '남편의 바닷물이 자기집 마당에 몰려 들어오는 것을 보고 그렇게 말도 못하고 얼굴만 붉어져 있었던' 모습, 그 모습을 통해서는 '만남'(回歸＝海溢)의 그윽한 기쁨이 서려 있는 입상(立像)으로 승화되고 있다.

그러나, 그 '만남'의 모습은 작자의 시 창조적 능력에 의하여 훨씬 승화된 위치에 올려놓고 있다는 것도 이해해야 된다. 말하자면 '얼굴만 붉어져 있었던' 화자의 외할머니의 모습은, 실제적인 할머니의 모습을 뛰어넘어서, 이미 순환원리를 깨닫고 있는 할머니의 입상(立像)으로 승화시켜 놓고 있다는 말이다. 그리고 그것은 작자의 천부적 시창조적 역량과 감각에 의하여 이룩될 수 있는 면이라 할 수 있다.

上歌手의 소리

질마재 上歌手의 노랫소리는 답답하면 열두 발 상무를 젓고, 따분하면 어깨에 고깔 쓴 중을 세우고, 또 喪輿면 喪輿머리에 뙤약볕 같은 놋쇠 요령 흔들며, 이승과 저승을 뻗쳤습니다

그렇지만, 그 소리를 안 하는 어느 아침에 보니까 上歌手는 뒤깐 똥오줌 항아리에서 똥오줌 거름을 옮겨 내고 있었는데요. 왜, 거, 있지 않아, 하늘의 별과 달도 언제나 잘 비치는 우리네 똥오줌 항아리, 비가 오나 눈이 오나 지붕도 앗세 작파해 버린 우리네 그 참 재미있는 똥오줌 항아리, 거길 明鏡으로 해 망건 밑에 염발질을 열심히 하고 서 있었습니다. 망건 밑으로 흘러내린 머리털들을 망건 속으로 보기좋게 밀어 넣어 올리는 쇠뿔 염발질을 점잔하게 하고 있어요.

明鏡도 이만큼은 특별나고 기름져서 이승 저승에 두루 무성하던 그 노랫소리는 나온 것 아닐까요?

작품 해설　　이 작품도 화자의 옛날의 이웃(上歌手)을 소재로 하여 설화시(說話詩)로 쓰여지고 있으며, 옛날 우리 시골의 어느 곳에서나 흔히 볼 수 있는 '노랫소리'의 주인공을 작품의 모델로 하고 있다. 그러므로 이 시의 화자는 나레이터의 입장에 서서 3인칭 객관자적 서술을 하고 있는 것이다.

이 시는 문명의 손길이 아직 닿지 않은 때의 본능적 미의식(美意識)의 소유자(上歌手)를 그려내고 있다. 시인은 이 '上歌手'를 통하여 한국적 예인(藝人)의 원형(原型)을 발견하고 있는 것이다.

그리고 그 예인(藝人)에 대한 원초적인 모습을 그려내고 있기 때문에 시작품에 쓰인 언어들도 원초적 정서를 불러일으키는 옛 시골의 토속어들

이 많이 쓰여지고 있는 걸 볼 수 있다. 가령, '뒤깐' '똥오줌항아리' '앗세 작파해버린' '쇠뿔 염발질' 등 많은 토속어들이, 기억 속에서 사라져 가는 원색적 고향을 다시 상기시켜 주고 있다.

미당 자신도 '최근에는 詩集 『질마재 神話』와 같은 土俗的인 작품도' 자주 쓴다고 말하고 있고, '내 고향에는 그런 이야기들이 여기저기 많이 굴러' 다닌다고 말하고 있는 걸로 보아도 그 '土俗性'을 다시금 느끼게 하고 있다.

그리고, 다른 한편으로 생각해 보면 미당 자신이 '상실된 과거'(N. 프라이의 표현)에 그토록 관심을 기울이는 것은, 그가 바로 회갑의 나이 '耳順'에 이르른 때문이라 할 수 있다. '수구초심'(首邱初心 : 여우가 죽을 때 그 머리를 고향언덕을 향해 돌린다는 뜻)이란 말도 있지만, 바로 그 '耳順'의 나이에 이르렀기 때문에 고향의 자연이나 그 옛날의 고향의 이웃(上歌手 등)들에게 향하는 마음이 지극했으리라고 믿는다.

신 발

　　나보고 명절날 신으라고 아버지가 사다 주신 내 신발을 나는 먼 바다로 흘러내리는 개울물에서 장난하고 놀다가 그만 떠내려보내 버리고 말았습니다. 아마 내 이 신발은 벌써 邊山 콧등 밑의 개 안을 벗어나서 이 세상의 온갖 바닷가를 내 대신 굽이치며 놀아다니고 있을 것입니다.

　　아버지는 이어서 그것 대신의 신발을 또 한 켤레 사다가 신겨 주시긴 했읍니다만, 그러나 이것은 어디까지나 대용품일 뿐, 그 대용품을 신고 명절을 맞이해야 했었습니다.

　　그래, 내가 스스로 내 신발을 사 신게 된 뒤에도 예순이 다 된 지금까지 나는 아직 대용품으로 신발을 사 신는 습관을 고치지 못한 그대로 있습니다.

작품 해설　　이 작품에서도 '상실된 과거'에 대한 강한 그리움을 보게 된다.

　　이 작품에 보이는 '명절날 신으라고 아버지가 사다주신' 신발에 대한 강한 인상은, 이 작품의 화자가 '예순이 다 된 지금까지' 지워지지 않고 있다.

　　그것은 화자가 어릴 적 '명절날' 받았던 신발에 대한 깊은 감동 때문에, 그때의 신발은 한 원형(原型)으로 작용하고 있는데서 기인한 것으로 볼 수 있으며, 훗날 '예순'이 다 된 지금까지도 그때와 같은 깊은 감동을 받을 수 없는 것이다. 그리고 바로 그렇기 때문에 '상실된 과거'의 그 '신발'은 더욱 아련한 그리움으로 다가오는 것이다.

　　한편, 여기서는 비록 '신발'을 상실한 것으로 형상화시키고 있지만, '신발'이 아닌 다른 어떤 사물이거나 혹은 인간관계(특히 '사랑'의 인연)속의

‘상실’이라 할지라도 시적 의미는 변하지 않을 듯하다.

왜냐하면, 우리들 인간의 가슴 속에 원형적 심상이 강하게 자리잡고 나면, 그것 밖의 모든 것은 모두 ‘代用品’일 것이기 때문이며, 한편으로 우리들 인간은 어쩌면 그 ‘상실된 과거’에 사로잡혀서 사는 존재인지도 모를 일이기 때문이다.

그런 의미에서 볼 때 이 작품(‘신발’)은 상징성이 강한 작품이라고 말할 수도 있겠다.

눈들 영감의 마른 명태

<눈들 영감 마른 명태 자시듯> 이란 말이 또 질마재 마을에 있는데요. 참, 용해요. 그 딴딴히 마른 뼈다귀가 억센 명태를 어떻게 그렇게는 머리끝에서 꼬리끝까지 쬐끔도 안 남기고 목구멍 속으로 모조리 다 우물거려 넘기시는지, 우아랫니 하나도 없는 여든 살짜리 늙은 할아버지가 정말 참 용해요. 하루 몇십 리씩의 지게 소금장수인 이 집 손자가 꿈속의 어쩌다가의 떡처럼 한 마리씩 사다 주는 거니까 맛도 무척 좋을 테지만 그 사나운 뼈다귀들을 다 어떻게 속에다 따 담는지 그건 용해요.

이것도 아마 이 하늘 밑에서는 거의 없는 일일 테니 불가불 할수 없이 신화의 일종이겠읍죠? 그래서 그런지 아닌게 아니라 이 영감의 머리에는 꼭 귀신의 것 같은 낡고 낡은 탕건이 하나 얹히어 있었습니다. 똥구녁께는 얼마나 많이 말라 째져 있었는지, 들여다보질 못해서 거까지는 모르지만……

작품 해설   미당시에 있어서의 토속어(土俗語)의 구사는, 우리의 그 어떤 시인에게서도 찾아볼 수 없는 고유한 영역과 대표성을 갖고 있다고 확신한다. 그 대표성은 가령 김소월(金素月)의 투박한 북방 사투리나 혹은 김영랑(金永郞)의 나긋나긋한 남방사투리의 수준을 뛰어넘는 그러한 것이다. 그리고 그의 토속어는 우리 민족 전래의 넋의 시골을 뿌리째 뽑아서 잘 보여주고 있으며, 바로 그 점은 민족의 공동체의식을 심어주는 요소가 될 수 있으리라고도 생각된다.

이 「눈들 영감의 마른 명태」는 미당시의 그런 특징들을 고루 갖추고 있다. 그리고 그의 토속어들은 우리들을 묘한 친화력(親和力)으로 이끌어주고 있다. 가령 '눈들 영감' '쬐끔도' '우물거려' '똥구녁께는' '째져' '거까

지는’ 등에서 보여주는 그 원색적 언어감각, 혹은 도시문명적 현대적 언어
관습과는 ‘앗세’ 작파해버린 그러한 언어, 말하자면 여기에는 의상을 잠잖
게 갖추었거나 넥타이를 맨 언어가 아니라, 아예 알몸으로 ‘똥구녁’까지
다 보여버린 속어(俗語) 비어(卑語)들이 거침새없이 쓰여지고 있는 걸 보
게 된다.

  그런데, 바로 그러한 언어들이 우리에게 거부감을 주기는커녕 오히려
친화력으로 어필해온다는 점을 우리는 또한 주의깊게 살펴야 하리라고 믿
는다. 미당시의 그러한 토속어들은 볼노프의 말대로 ‘삶에 있어서의 본질
적인 그 무엇’을 채워주는 요소가 아닌가 생각되기 때문이다.

來蘇寺 大雄殿 丹靑

　내소사 대웅보전 단청은 사람의 힘으로도 새의 힘으로도 호랑이의 힘으로도 칠하다가 칠하다가 아무래도 힘이 모자라 다 못칠하고 그대로 남겨놓은 것이다.

　내벽 서쪽의 맨 위쯤 앉아 참선하고 있는 선사, 선사 옆 아무것도 칠하지 못하고 너무나 휑하니 비어둔 미완성의 공백을 가 보아라. 그것이 바로 그것이다.

　이 대웅보전을 지어 놓고 마지막으로 단청사를 찾고 있을 때, 어떤 해어스럼제 성명도 모르는 한 나그네가 西로부터 와서 이 단청을 맡아 겉을 다 칠하고 보전 안으로 들어갔는데, 문고리를 안으로 단단히 걸어 잠그며 말했었다.

　『내가 다 칠해 끝내고 나올 때까지는 누구도 절대로 들여다 보지 마라.』

　그런데 일에 폐는 속에서나 절간에서나 언제나 방정맞은 사람이 끼치는 것이라, 어느 방정맞은 중 하나가 그만 못 참아 어느때 슬그머니 다가가서 뚫어진 창구멍 사이로 그 속을 들여다보고 말았다.

　나그네는 안 보이고 이쁜 새 한 마리가 천정을 파닥거리고 날아다니면서 부리에 문 붓으로 제몸에서 나는 물감을 묻혀 곱게 곱게 단청해 나가고 있었는데, 들여다보는 사람 기척에

　『아앙!』

　소리치며 떨어져 내려 마루 바닥에 납작 사지를 뻗고 늘어지는 걸 보니, 그건 커어다란 한 마리 불호랑이었다.

　『大虎 스님! 大虎 스님! 어서 일어나시겨라우!』

　중들은 이곳 사투리로 그 호랑이를 동문 대우를 해서 불러댔지만 영 그만이어서, 할 수 없이 그럼 내생에나 소생하라고 이절 이름을 내소사라고 했다.

　그러고는 그 단청하다가 미처 다 못한 그 빈 공백을 향해 벌써

여러 백년의 아침과 저녁마다 절하고 또 절하고 내려오고만 있는
것이다.

작품 해설　　우리의 문학작품에는 유·불·선(儒·佛·仙) 삼교 사상
(三敎思想)이 뿌리박혀 있는데, 이 작품은 불교사상이 지배하고 있다는
것을 어렵지 않게 이해할 수 있다. 말하자면 불교의 윤회설(輪回說)이 이
작품의 골격을 이루고 있으며, 그것은 '來生에나 蘇生하라고 이 절 이름
은 來蘇寺라고' 했다는 부분에 잘 나타나 있다.

그러나 이 작품에는 그러한 불교적 사상 말고도 또 다른 교시적 기능이
작품 제작의 동기가 되고 있음을 알 수 있다. 즉, 이 작품에서 '불 호랑이'
로 상징된 종교적 과업의 수행자가, 바로 그 종교적 수행의 한 과업으로서
'丹靑'을 하고 있었는데, 뜻밖에 '방정맞은 중 하나'의 경거 망동으로 인
하여 그 '丹靑'이 실패로 돌아갔다는 내용에 주목해야 된다. 여기에 담겨
있는 교훈적 의미는 '조심할 것을 조심하고 경거망동을 삼가야 한다'는 내
용을 담고 있는 것이다.

일반 사회에서의 일도 물론 그렇지만, 더구나 종교적 과업의 수행에 있
어서야 더 말할 나위 없다고 하겠다.

어찌보면 이 시는 마치 '來蘇寺'라는 절 이름의 유래를 밝혀주고 있는
설화로 보일 수도 있겠으나, 불교적 수행의 교훈을 담고 있다는 점 만은
부인할 수 없다고 하겠다.

소X한 놈

왼 마을에서도 品行方正키로 으뜸가는 총각놈이었는데, 머리 숱
도 제일 짙고, 두 개 앞이빨도 사람 좋게 큼직하고, 씨름도 할라면
이사 언제나 상씨름밖에는 못하던 아주 썩 좋은 놈이었는데, 거짓
말도 에누리도 영 할 줄 모르는 숫하디 숫한 놈이었는데, <소X한
놈>이라는 소문이 나더니만 밤 사이 어디론지 사라져 버렸다. 저
의 집 그 암소의 두 뿔 사이에 봄 진달래 꽃다발을 매어 달고 다니
더니, 어느 밤 무슨 어둠발엔지 그 암소하고 둘이서 그만 영영 사라
져 버렸다. 「四更이면 우리 소 눈깔엔 참 이뿐 눈물이 고인다.」누구
보고 언젠가 그러더라나. 아마 틀림없는 聖人 녀석이었을 거야. 그
발자취에서도 소똥 향내쯤 살풋이 나는 틀림없는 틀림없는 聖人 녀
석이었을거야.

작품 해설　　　이 작품도 불교사상과 접맥되어 있음을 어렵지 않게 알 수
있게 한다. 이 시는 결국 동물(소)과의 성교(性交)를 한 총각에 대한 설화
라고 할 수 있는데, 그 총각이 동물인 소와 성교를 하고, 또 '그 암소의
두뿔 사이에 봄 진달래 꽃다발을 매어달고' 다녔다고 한 내용은, 동물(소)
에 대한 인간과의 동등한 애정관을 그 바탕에 깔고 있다고 할 수 있다.
　그것은 바로 불교사상에서 기인한 것이며, '일체중생실유불성'(一切衆
生悉有佛性)이라 말하는 불교의 평등사상을 받아들이고 있는 관념으로
보인다. 말하자면 동물도 넓은 의미에서 우주적 삶의 동반자일 수 있으며,
'佛性'을 지니고 있는 삶의 공동체라고 범박하게 말할 수 있을 것이다. 그
렇기 때문에 '四更이면 우리 소 눈깔엔 참 이쁜 눈물이' 고이는 것을 보게
될 만큼, 그 '총각'은 《동물(소)과의 사랑》이 가능할 수 있었던 것이다.
　그리고 동물(소)과의 진실한 애정을 나누며 살았던 '영영 사라져' 버린

그 ≪총각≫이야말로 불교적 진리를 실천하며 살았던 '聖人 녀석'이라고
말할 수 있는 것이다.

  결국 이 시도 설화시로서 시의 화자는 역시 나레이터의 입장에 있는 시
라고 하겠다.

雨中有題

신라의 어느 사내 진땀 흘리며
계집과 수풀에서 그 짓 하고 있다가
떨어지는 홍시에 마음이 쏠려
또그르르 그만 그리로 굴러가버리듯
나도 이젠 고로초롬만 살았으면 싶어라.

쏘내기속 청솔 방울
약으로 보고 있다가
어쩌면 고로초롬은 될법도 해라.

작품 해설　　신라시대 원효(元曉)의 정신세계에서 얻은 듯이 보이는 이 시는, 바로 그 불교적 슬기를 얻어서 '고로초롬만' 살고 싶다고 노래하고 있다. 시집 『떠돌이의 詩』의 서시(序詩)인 것처럼 시집의 부표지(副表紙)에 수록된 것이어서 견해에 따라서는 이 시집의 정신세계를 반영해주는 작품이라고도 볼 수 있겠다.

그러면 과연 이 시인이 '고로초롬만' 살았으면 싶은 정신의 경지는 어떤 것인가?

그것은 첫째로 '그 짓'을 하는 일에 대한 의미부여와 '홍시'에 마음이 쏠리는 일에 대한 의미부여를 동일선상(同一線上)에 놓고 있다는 점에서 시정신의 요체를 찾아야 할 것 같다. 말하자면 성욕(性慾→'그 짓')과 식욕(食慾→'홍시')이 이 시에서는 대등하게 파악되고 있으며, 이러한 정신의 근거는 불가(佛家)에서 말하는 ≪布施≫의 관념과 어떤 관련성이 있는 것으로 생각된다.

그리고 또 하나의 정신의 요체는, 어느 한 가지 일('그 짓')에만 ≪집착≫하지 않고 또 다른 일('홍시')에도 마음을 쉽게 옮길 수 있다는 데에 있을 것 같다. 이러한 것은 ≪집착을 버리자≫는 석가의 가르침이나 혹은 ≪空思想≫ 등의 정신적 산물이 아닌가 생각된다.

아무튼, 이러한 정신의 경지는 범상인(凡常人)으로서는 상상하기 어려운 정신의 세계인 것만은 틀림이 없다. 그러한 정신의 경지가 해탈의 경지이든, 공사상(空思想)에 깊이 젖어있는 자의 초연의 행위이든, 평범한 우리들 독자에겐 하나의 경이로운 경지임엔 틀림이 없는 것이다. 그리고 또 어떤 의미에서 시의 해석이나 감상을 그렇듯 불교적 이해로 고착시킬 수만은 없을른지도 모른다. 다만, 미당시의 경우, 시적 논리가 언제나 강하게 나타나기 때문에, 그 시적 논리를 따라가보는 것 뿐이다.

하지만, 단 한가지 분명한 것은, 이 시가 불교적 논리에 기반을 두고 있다는 점만은 부인하지 못할 것 같다. 따라서 이 시의 화자는 그러한 불교적 깨달음을 얻고 '고로초롬만' 살고 싶기도 한 것이며, '쏘내기 속 청솔방울 / 약으로 보고 있다가' 마음공부 수월하게 잘 되면 '어찌면 그로초롬은' 될 법하다고 자위하기도 한다.

한편, 조금 다른 의미로는 '性의 열중, 또는 삶의 몰입으로부터 깨어난다는 것은, 단순히 거기에서 벗어난다는 것이 아니라, 보다 넓은 의미에서의 삶의 과정을 완성하는 일이기도 하다. 그러니까 산다는 것은 하나의 미몽(迷夢)이며 이 미몽에서 깨어남으로써 사람은 진실에 이르며, 또 그렇게 하여 삶이 완성된다는 생각'이 이 '雨中有題'의 정신 속에는 들어 있는 것 같다.

曲

곧장 가자하면 갈수 없는 벼랑 길도
굽어서 돌아가기면 갈 수 있는 이치를
겨울 굽은 난초잎에서 새삼스레 배우는 날
무력이여 무력이여 안으로 굽기만 하는
내 왼갖 무력이여
하기는 이 이무기 힘도 대견키사 하여라.

작품 해설　　그 고결한 기품이 ≪君子≫와 같다는 뜻에서 '四君子' 가운데 하나인 ≪蘭≫, 한 낱 풀이긴 하지만 사철 푸르고 그 생명력이 매우 끈질기어서 예로부터 선비들의 사랑을 받아온 ≪蘭≫, 그 검(劍)같이 뾰족하나 거기 알맞게 구부러진 그 곡선의 꺾이지 않는 힘을 일러서 ≪曲卽全≫이라 했던가.

　≪曲卽全≫, 적당히 굽을 줄 아는 풍류의 선비, 한국적 절개와 끈기에도 분명히 한 인간이 사는 방법은 있는 것 같다.

　이 시는 바로 그 ≪曲卽全≫의 지혜를 말해주고 있는 것이어서 우선 교시성이 강한 작품이라고 할 수 있다. 그러나 여기서 한 가지 간과해서는 안될 점이 있다면 그것은, 이 시의 화자가 '無力이여 無力이여'라고 그 자신을 질타하고 있다는 점이다. 그리고 그 질타는 마지막 연 '이무기'(용이 되려다 어떤 저주에 의해 못 되고 물속에 산다는 전설적인 큰 구렁이)의 나약한 힘과 무관하지 않다.

　한편, 그 '이무기'는 이 시인의 초기시집 '花蛇'에 나오는 일련의 ≪뱀≫과도 전혀 무관한 것만은 아니다. 그러나 그 ≪뱀≫은 강렬한 육정적 호흡의 뱀이 아니라, 이제 파란곡절을 많이 겪은 지칠 만큼 지친 ≪저주 받은 뱀≫ (구렁이)이라는 사실이다. 그렇기 때문에 '안으로 굽기만 하는 / 내

온갖 無力'을 질타하고 있는 것이다.

하지만, 그 늙고 저주받은 ≪뱀≫의 힘, 즉 '이무기의 힘' 마저도 '대견'하다고 자위하고 있다.

그러나, 좀더 화자의 마음의 안섶으로 들여다보면, '無力'하나마 꺾이지 않는 그 힘, ≪曲卽全≫의 슬기를 '대견'하다고 말하고는 있지만, 이 다난한 현실 속에서의 대응논리가 허약한 그 자신에 대한 질타가, 그 안섶으로 깔려 있는 것도 또한 사실이다.

또 그러나, 한편으로 생각해보면, 바로 ≪曲卽全≫의 대응자세야 말로 이 다난한 현실에서의 도피가 아니라, 현실 대응의 한 방법이라는 점을 우리는 또한 간과해서는 안 되리라 믿는다.

福받을 處女

활 등 굽은 험한 산 콧배기를
산골의 급류 맵씨있게 감돌아 나리듯
난세를 사는 처녀들 복이 있나니.

추석 달 밝은 밤도 더없이 슬기로워서
어느 골목 건달의 손에도 그 머리의 댕기
잡히지 않고
재치있게 피할줄 아는 처녀들은 복이 있나니.

밖에 나서서는 남녘의 대수풀 사운거리듯,
방에 들어선 난초만양 점잖게 앉는
치운 겨울의 처녀 더 복이 있나니.

작품 해설　이 시인은 그의 ≪永生主義≫를 '現實에서 쓰러지지 않고, 다음 世代를 넉넉히 기르면서, 영원에서 가장 끈질기게 안 滅亡하고 사는 것'이라고 개진하고 있다.

　이와같은 미당의 '끈질기게 안 멸망하고 사는' 완곡의 철학에 대하여 김우창(金禹昌)은 '일종의 以存集'이라고 설명하며 '굽음의 以存集은 절대권력의 세계에서 눌리운 자들이 살아남을 수 있기 위하여 가져야 했던 현실주의'라고 말한다. 그리고 그러한 ≪以存策≫을 가장 잘 나타내고 있는 작품으로 '福받을 處女'를 들고 있다.

　이 시는 우선 ≪약한 자의 살아남은 방법≫을 교시적으로 표현해주고 있는 작품이라 할 수 있다. 시인은 그 ≪약한자≫를 연약한 '處女'로 설정해놓고 있지만, 그 '處女'는 직서적인 의미의 처녀가 아니라 '절대권력의

세계에서 눌리운 자'라는 것을 암시 받게 해준다. 그러므로 그 '처녀'는
'難世'를 '맵씨있게' 대처하기도 하고, '골목 건달'에게서도 '재치있게' 피
할 줄도 알며, '치운겨울' 날에도 '蘭草만양' 자기를 다스릴 줄 아는 그런
처녀이다. 이 '처녀'에게 가해(加害)를 줄 수 있는 외부적 조건은 '험한 산'
이나 '어느 골목'이나 '치운 겨울' 등으로 나타나기도 하지만, 이러한 외부
적 조건들은 피해자(처녀)에 대한 가해자(加害者)의 의미를 띄게 되거나,
또한 자연스럽게 ≪절대권력≫을 유추하게도 한다.

그리고 이러한 시적 의미는, 군사 문화 시절 우리 민중들이 ≪눌리운
자≫의 의식속에 살아왔다는 점에서 설득력을 지니고도 있다. 말하자면,
'적당히 굽을 줄 아는' 현실 대응의 논리나 '끈질기게 안 滅亡하고 사는'
≪以存의 방책≫들은, 시인 자신으로 보면 현실에서 쓰러지지 않고 살아
남는 재간이기도 하겠지만, 좀 더 의미를 확대하여 생각해 보면, 그것은
시인 자신만의 현실이 아니라 모든 민중이 겪어야 했던 현실이었기 때문
에 이 시가 설득력을 배가시켜준다는 말이다.

다시 말하면, 시인 자신의 통찰력으로 시대상황을 탐색한 결과, 바로 그
러한 현실적 대응만이 고난 극복의 길이라고 믿었을 것이며, '單生中心'
으로만 생각할 것이 아닌 ≪永生≫의 한 방책이라고 생각했다는 말이다.

한 시인의 이러한 대응논리(적극 저항이나 혹은 현실참여가 아닌 논리)
에 대하여 '핀잔'만은 해서는 안되리라 믿으며, 또 그럴 필요도 없다고 믿
는다. 다원주의(多元主義)시대에 이러한 미당의 ≪以存策≫이나 ≪曲卽
全≫의 대응 자세도 하나의 가치나 논리로 인정해 버리면 그만이기 때문
이다.

❖ 3 부 ❖

신석정 대표작 해설

그 먼 나라를 알으십니까

어머니
당신은 그 먼 나라를 알으십니까?

깊은 삼림 지대를 끼고 돌면
고요한 호수에 흰 물새 날고
좁은 들길에 야장미 열매 붉어
멀리 노루 새끼 마음 놓고 뛰어다니는
아무도 살지 않는 그 먼 나라를 알으십니까?

그 나라에 가실 때에는 부디 잊지 마서요
나와 같이 그 나라에 가서 비둘기를 키웁시다

어머니
당신은 그 먼 나라를 알으십니까?

산비탈 넌지시 타고 내려오면
양지밭에 흰 염소 한가히 풀 뜯고
길 솟는 옥수수 밭에 해는 저물어 저물어
먼 바다 물소리 구슬피 들려오는
아무도 살지 않는 그 먼 나라를 알으십니까?

어머니 부디 잊지 마서요
그 때 우리는 어린 양을 몰고 돌아옵시다.

어머니
당신은 그 먼 나라를 알으십니까?

오월 하늘에 비둘기 멀리 날고
오늘처럼 출촐히 비가 내리면
꿩소리도 유난히 한가롭게 들리리다
서리가마귀 높이 날아 산국화 더욱 곱고
노란 은행잎이 한들한들 푸른 하늘에 날리는
가을이면 어머니! 그 나라에서

양지밭 과수원에 꿀벌이 잉잉거릴 때
나와 함께 고 새빨간 능금을 또옥똑 따지 않으렵니까?

 이 작품에 대하여 석정은 『이것은 대표작이라느니 보다 내가 닦은 학문의 철학적 근거가 그 기층에 깔려 있는 작업으로 '촛불'속에서 마음에 드는 작품이요 힘들인 것이어서 골라 보았다.』고 말한 바 있다. 그리고 시인 자신이 그와 같이 술회할 정도로 이 시는 그의 초기작품 중에서 중요한 작품이라 할 수 있다.

또한 이 작품이 이상향으로서의 자연동경을 그 주제로 하고 있는 점이나, 1930년대 당시 모더니즘 시가 도시적 취향에 젖어 있었던 데 비해 전원적이고 명상적이라는 점, 그리고 '새로운 유토피아를 꿈꾸는' 작품이라는 점들에는 별로 이의를 제기할 사람이 없으리라 믿는다. 또 그 당시 김기림의 표현대로 '현대문명에 대한 간접적인 비평'이라고 한 평가도 우리는 그대로 수용할 수 있다.

그러나, 여기서 우리는 '내가 닦은 학문의 철학적 근거가 그 기층에 깔려'있다는 석정의 표현을 좀 더 음미해 볼 필요가 있을 것 같다.

여기서 '철학적 근거'라는 것은 무엇을 말함인가? 그것은 두 말할 필요도 없이 노장철학과 도연명의 시정신일 수밖에 없다. 석정은 기회 있을 때마다 노장철학과 도연명의 영향에 대하여 말한 바 있고, 특히 이 작품에 대해서는 도연명의 "도화원기"와의 영향관계를 시사한 적도 있다.

한편, 도연명은 그 유명한 "도화원기"에서 노자(老子)의 이론을 근거로 하여 "무릉도원"이라는 이상향을 구체화시키고 있음을 보게 되는데, 그걸 여기 인용해 보면 다음과 같다.

그는 晉나라 太元年聞(376~396)에 무릉 사람으로서 漁夫를 業으로 하고 있었다. 하루는 개울물을 따라 올라가다가 그만 길을 잃어버리게 되었다. 그때, 갑자기 數百步의 兩便 물가에 우거진 복숭아 꽃나무 숲이 나타났고 그 숲에는 香氣로운 풀이 깔린 아름다운 땅바닥에 떨어진 꽃잎이 흩어져 있었다. 漁夫는 그것을 매우 이상하게 생각하고 다시 前進하여 복숭아 숲이 어디서 다하는 가를 찾아보려 하였다. 숲이 다하는 곳에 골짜기 시냇물의 水源을 이루는 물이 흘러나오는 산이 앞에 나타났다. 山에는 조그만 洞口가 있어 들어가보니 거기에는 평평하게 넓은 땅이 있었고, 民家들이 가즈런히 자리 잡고 그 사이사이에 기름진 밭과 아름다운 연못과 뽕나무 대나무 숲이 있고 밭두렁은 곧고 닭과 개 우는 소리가 들리고 男女의 옷이 外界人 같고 老人과 아이들이 다같이 스스로 즐기고 있었다.

— 「桃花源記」에서

위의 「도화원기」를 읽어가노라면 이상하리만큼 석정시 「그 먼나라를 알으십니까」와 그 내용이 닮았다는 것을 느끼게 된다. 따라서 그 유사성을 확연하게 이해하기 위하여 「도화원기」와 「그 먼나라……」를 다음에 도표화 해 보기로 한다.

	‘桃花源記’의 내용		‘그 먼 나라를 알으십니까?’의 내용
①	武陵桃源이라는 이상향의 구체화	①	田園的 유토피아의 구상화
②	‘숲이 다하는 곳’ 골짜기 ‘시냇물의 水源’	②	‘깊은 산림지대’에 있는 ‘고요한 호수’
③	물가에 우거진 ‘복숭아 꽃나무 숲’	③	‘양지밭 과수원’에 있는 ‘샛빨간 능금’
④	닭과 개우는 소리 들리는 곳	④	‘꿩소리도 유난히 한가롭게’ 들리는 곳
⑤	‘개울물을 따라’ 가다가 ‘길을 잃어 버리게’ 된 곳	⑤	아무도 살지 않는 그 먼나라 ‘깊은 산림지대’
⑥	‘老人과 아이들이 다같이’ ‘즐기고’ 있는 곳	⑥	‘어머니’와 함께 단란하게 살고싶은 곳

위의 비교표를 살펴본 독자들은 희한한 미소를 머금게 될 것이다. ①~
⑥항에 보이는 바와 같이, 각각 그 표현은 약간씩 다르다고 할 수 있지만,
그것들이 주는 이미지는 매우 비슷하다는 것을 어느 누구라도 인정할 것
이기 때문이다.

그리고 바로 그 점(‘무릉도원’과의 관련성)에 대하여 석정 자신이 솔직
하게 밝혔어도 무방했으리라고 생각되지만, 그러나 석정은 구체적으로 언
급한 적이 없고『노장철학을 바닥으로 하고 도연명과 타고르와 졸로에게
서 받은 영향이 적지 않았다.』고 그의『文學的 自敍傳』에서 술회하고 있
는 정도이다.

	도 연 명		신 석 정
①	도연명이 어린날의 ‘猛志’에 따라서 이름을 떨치려 한 일	①	석정이 수물 네 살 되던 봄 靑雲의 뜻을 품고 朴漢永스님의 門을 두드린 일
②	도연명이 ‘막히면 할 수 없이’ 물러나 運命隨順의 논리에 따라 농사를 지으며 노장철학에 심취한 일	②	석정이 어머니의 부음을 받고 어쩔 수 없이 귀향하여 농사를 짓고 노장사상과 도연명에 심취한 일
③	도연명의 ‘도화원기’의 ‘도화원’의 ‘원’ ‘무릉도원’의 ‘원’	③	석정이 귀향하여 첫 번째 마련한 집 이름 ‘靑丘園’(청구원)의 ‘원’

하지만, 필자가 다시 관심을 가지게 되는 것은, 위의 도표에 나타난 사항만이 아니라 초기시를 쓸 무렵의 석정의 여러 정황들이 도연명의 어떤 정황들과 유사하게 나타난다는 점을 인식하게 된 것이다. 다시 다음을 참고해 보기로 한다.

이러한 일련의 내용을 참고하고 나면 우선 우리는 세가지 면에서 시사를 받게 된다. 그 첫째는 이 시인이 도연명의 정신세계에서 많은 영향을 받았다는 점이고, 그 두 번째는 이러한 석정의 초기시를 일컬어 '목가시인' 운운할 수 있겠는가? 하는 점이며, 그 세 번째는, 그가 식민지시대 시인이라고 하여(※『촛불』 무렵) 그가 지향한 '그먼나라'를 왜곡 해석해서는 절대로 안되겠다는 사실이다.

아무튼 이 「그 먼 나라를 알으십니까?」는 도연명의 도화원기에 나타나는 무릉도원의 내용과 그 유사성이 많은 작품인 것만은 틀림이 없다. 그만큼 이 시인은 시집 『촛불』을 쓸 무렵 노장사상이나 도연명의 영향을 많이 받았다고 할 수 있다.

이것은 매우 중요한 일이다.

그동안 우리는 표피적인 인상만으로 석정의 초기시(『촛불』무렵)를 평가하고 이해해 왔던 것이 사실이다. 그가 초년에 유가적 가풍 속에서 성장했다거나, 한학적 교양을 온축하며 성장한 점, 그리고 특히 객관적 학력으로 박한영 스님 밑에서 수학(중앙불교전문강원)했다는 사실들을 석정시 이해의 토양으로 삼지 않고, 전혀 외래적인 냄새를 풍기는 '목가' 운운하는 평가는 뭔가 앞뒤가 맞지 않는 것이다.

물론 '목가'라는 말을 범박하게 '자연 속에서 살고자 하는 시' 정도로 이해하고, 초기시의 특정 작품을 결부시킨다면 굳이 배제할 필요는 없다고 하겠지만, 노장사상이나 도연명과의 영향관계가 확연한 작품들을 두고 '목가' 운운하는 것은 삼가야 되겠다는 말이다.

한편, 이 시에 쓰인 '어머니'라는 호칭에 대해 잠깐 애기하기로 한다. 이 '어머니'라는 호칭은 형식상의 리듬을 위한 배치이지, 시의 내용과는 특별한 관련성이 없는 배치라는 점을 이해해야 된다. 말하자면 이 작품에서 '어머니'를 빼버려도 시의 의미망에 결정적인 손상을 입히지는 않는다.

다시 말하자면 한용운의 『님의 침묵』의 '님'은 상징적 내포적 의미의 '님'이며, 그 내용상 없어서는 안될 '님'이지만, 이 시의 '어머니'는 실생활에서 부르는 '어머니' 그대로의 외연적 의미의 이름이며, 시의 의미망에 필요불가결한 '어머니'는 아니라는 말이다. 그것은 마치 김소월 시 '엄마야 누나야'에서 한 가족이 단란하게 살고 싶음을 보여주고 있는 것처럼, 이 시에서도 '어머니'와 함께 '그 먼나라'(이상향)에서 단란하게 살고자 하는 것이다.

그리고 이러한 이상향은 인간이면 누구나 한번쯤 동경해 볼 수 있는 세계이고, 그 동경의 세계를 '무릉도원'에서 영향받아 시화한 것이지, 굳이 시대(일제시대)와 결부시킬 필요는 없다고 하겠다.

아직 촛불을 켤 때가 아닙니다

저 재를 넘어가는 저녁 해의 엷은 광선들이 섭섭해합니다
어머니, 아직 촛불을 켜지 말으서요
그리고 나의 작은 명상의 새새끼들이
지금도 저 푸른 하늘에서 날고 있지 않습니까?
이윽고 하늘이 능금처럼 붉어질 때
그 새새끼들은 어둠과 함께 돌아온다 합니다
언덕에서는 우리의 어린 양들이 낡은 녹색 침대에 누워서
남은 햇볕을 즐기느라고 돌아오지 않고
조용한 호수 위에는 인제야 저녁 안개가 자욱히 내려오기 시작하
였습니다
그러나 어머니, 아직 촛불을 켤 때가 아닙니다
늙은 산의 고요히 명상하는 얼굴이 멀어 가지 않고
머언 숲에서는 밤이 끌고 오는 그 검은 치맛자락이
발길에 스치는 발자국 소리도 들려오지 않습니다
멀리 있는 기인 뚝을 거쳐서 들려오는 물결소리도 차츰차츰 멀어
갑니다
그것은 늦은 가을부터 우리 전원을 방문하는 까마귀들이
바람을 데리고 멀리 가 버린 까닭이겠읍니다
시방 어머니의 등에서는 어머니의 콧노래 섞인
자장가를 듣고 싶어하는 애기의 잠덧이 있읍니다
어머니 아직 촛불을 켜지 말으서요
인제야 저 숲 너머 하늘에 작은 별이 하나 나오지 않았습니까?

시의 해설에 있어 궤변은 금물이다. 해설자는 우선 인간(독

자)의 보편적인 정서에 기여해야 하고, 시인이 창조한 세계를 보편타당성
이 있고 객관성 있게 해설해야 한다.

　이 시를 시대의식(일제시대 의식)과 억지로 결부시켜 해설하려는 시도
는 바로 그 궤변에 해당된다. 그리고 그 궤변에 대해서는 더 이상 말하고
싶지도 않다.

　이 작품도 「그 먼 나라를 알으십니까?」처럼 기본적으로 노·장과 관련
을 맺고 있는 작품이다. 아니 오히려 「그 먼나라……」보다 한 발 더 노·
장에 근접되고 있는 작품이라 할 수 있다. 「그 먼나라……」가 노·장의 영
향을 받은, 시인 도연명의 '무릉도원'과 관련을 맺고 있다면, 이 시는 바로
그 노·장의 '자연'에 바짝 다가서 있는 작품이라 할 수 있다.

　따라서 이 시에 보이는 '재를 넘어가는 저녁해'나, '푸른 하늘'을 날고
있는 '새새끼들', '능금처럼' 붉어지는 하늘이나 '녹색침대'에 누워있는
'어린양', 그리고 '저녁안개'가 자욱이 내려오는 '호수'나 '검은 치맛자락'
처럼 보이는 '머언 숲', 혹은 '전원을 방문하는 까마귀들'이나 '저 숲너머'
하늘의 '작은 별' …… 등등의 회화적 이미지들은, 바로 그 "무위자연"현
상에 다름 아니다.

　그리고 이러한 "자연"을 파괴할 수 있는 인위적 사물은 다름 아닌 '촛
불'이다. 이 '촛불'이야말로 "자연"을 파괴하고 밀어내려는 유일한 사물인
것이다. 그러므로 "자연"을 파괴하는 '촛불'은 켜지 말아야 되고, 또 '켤
때'가 아닌 것이다. 그리고 이것이 물 흐르듯 자연스런 이 시의 시적 논리
요 시적 상황인 것이다.

　다시 바꿔 말하면, 이 시의 화자는 물아일체 물아양망의 "소요유"의
경지(장자의 "제물론")에 있고싶고 살고싶은 것이다. 이 '소요유'의 경지
를 침해하려는, 침해할까 두려운 사물은 당연히 '촛불'이다. 그러므로 그
"소요유"의 상황을 파괴하는 '촛불'은 제거돼야 하고 켜지말아야 된다고
하겠다.

　한편, 이 시에 보이는 청각적 이미지들, 가령 '발길에 스치는 발자욱소

리’ 라든가, 혹은 ‘기인 뚝을 거쳐서 들려오던 물결소리’, 그리고 ‘어머니의 콧노래 섞인 자장가’ 등도 또한 물아일체의 관념 속에 있는 바로 그 ‘自然’이라는 것을 이해해야 된다.

말하자면 <청산>(자연)도 자연이고, 그 <청산>속에 있는 <나>(인간)도 자연이다. <내>가 <청산>속에 있고, <청산>이 <내>속에 있다. <나>는 <청산>에 살고싶고, <청산>을 파괴하는 그 어떤 인위적 사물도 <나>는 용납하고 싶지 않은 것이다.

“촛불” 무렵 이 시인의 정서 속에는 바로 이러한 물아일체의 정서가 많이 작용되고 있었다고 할 수 있다. 그의 자연적 연치에 비해서 때 이른 초연이었다고나 할까. 그리고 그 초연은 장자의 “제물론”에 심취해 있었기 때문이었다고나 할까.

가령, 이 무렵 석정의 다른 시 ‘내 몸이 가벼이 흰구름이 되는 날은 / 강 건너 저 푸른산 이마를 어루만지리……’(‘靑山白雲圖’)와 같은 싯귀에서 볼 수 있는 바와 같이, 이 무렵 그의 시는 “제물론” 등의 관념에 상당히 많이 경도되어 있었던 것이다.

<※ “제물론” 등의 용어에 대해서는 뒤의 해설에 설명되어 있음>

임께서 부르시면

가을날 노랗게 물들인 은행잎이
바람에 흔들려 휘날리듯이
그렇게 가오리다
임께서 부르시면……

호수에 안개 끼어 자욱한 밤에
말없이 재 넘는 초승달처럼
그렇게 가오리다
임께서 부르시면……

포근히 풀린 봄 하늘 아래
굽이굽이 하늘 가에 흐르는 물처럼
그렇게 가오리다
임께서 부르시면……

파아란 하늘에 백로가 노래하고
이른 봄 잔디밭에 스며드는 햇볕처럼
그렇게 가오리다
임께서 부르시면……

작품 해설　　이 작품도 노장사상의 영향권에서 쓰여진 작품임을 바로 느끼게 할 뿐만아니라, 작품의 완성도 면에서도 「그 먼나라를 알으십니까」「아직 촛불을 켤 때가 아닙니다」 등의 작품에 결코 뒤지지 않는 수준작이라 할 수 있다. 아니 오히려 비유법(직유법)이나 도치법, 혹은 4연으로 된 짜임새 있는 구성 등 그 시적 세련미에 있어서는, 한 발 더 앞서 있는 작품으로 보인다. 따라서 앞의 두 작품과 함께 시집『촛불』무렵 작품 가운데 백미로 꼽을 수 있는 작품이라 할 수 있겠다.

이 작품도 역시 그 정서의 흐름은 노장사상이라 할 수 있고, 그 가운데서도 동양적 허무주의라 할 수 있는 장자의 "제물론"과 관련을 맺고 있는 작품이다.

그러나 한편으로 다시 생각해보면, 장자의 "양생주" 사상과 관련이 있는 것 같기도 하고, 또 어찌보면 불교의 영생관이나 혹은 윤회사상과도 관련을 맺고 있는 듯한 작품 같기도 하다. 또 어찌보면 이 모든 동양적 정서들이나 사상들이 혼융되어 쓰여진 작품으로 보이는 것도 사실이다.

그리고 바로 그러한 면은, 이 시인이 유학 가문에서 태어났고 초년에 노장사상에 심취해 있었으며, 한편 박한영 스님 밑에서 한 때 공부했던 사실들을 생각해보면 바로 이해가 되리라 믿는다.

한편 이 작품의 '임'이 과연 누구를 지칭하는가?에 따라 이 작품의 해석은 사뭇 달라질 수도 있는 그런 작품이다.

하지만『촛불』무렵의 석정시가 노·장의 영향권에 있었다는 것을 생각하면, 그 '임'은『진군』(眞君 : 天地의 主宰者)임에 틀림없다고 하겠다. 말하자면 '만물은 일체'이며 '무차별 평등'(平均)의 상태이며, '생사도 하나'이며 '꿈과 현실의 구별도' 없는 '망아의 경지', 즉, 인간의 수양의 극치를 말한 장자의 "제물론"과 그 맥을 같이하고 있는 작품이라 할 수 있는 것이다.

그리고 바로 그렇기 때문에, '임'께서 부르신다면 시의 화자는 '가을날 노랗게 물들인 은행잎이 / 바람에 흔들려 휘날리듯이 / 그렇게' 사라질 수도 있는 것이며, '이른봄 잔디밭에 스며드는 햇볕처럼 / 그렇게 자연과 순치하고 동화될 수도 있고, 혹은 자연과 합일될 수도 있으며, '망아의 경지'에 도달할 수도 있었던 것이다.

다시 말하자면 천지의 주재자인 '임'께서 부르신다면, '흐르는 물처럼' '스며드는 햇볕처럼' 갈 수밖에 없으며, 시의 화자가 어찌 자연의 순리나

이법을 거스를 수 있다고 하겠는가? 그리고 바로 이러한 정서는 장자의 "제물론"에서 영향받은 정서라고 할 수 있다는 말이다.

한편 이 작품이 1931년『東光』8월호에 발표된 작품이고, 시인의 나이 24세 때의 작품이라는 걸 참고로 하더라도, 이 작품이 "제물론"의 영향을 받은 작품임을 바로 알 수 있다. 즉, 이 작품에 보이고 있는 정서는 인간의 자연적 연치로 따지면 60대 무렵에나 보일 수 있는 정서라 할 수 있다. 그럼에도 불구하고 시인이 20대에 이런 정서를 보이고 있다는 것은, "제물론"의 영향이 아니고는 이해되기 어렵다고 하겠다. 20대의 그에게 있어 장자의 "제물론"은 그만큼 강렬하게 작용했다고 말할 수 있는 것이다.

푸른 寢室

일림아
촛불을 꺼라
소박한 정원에 강물처럼 흐르는 푸른 달빛을 어서 우리 침실로
맞어 와야지………

유리창 하나도 없는 단조한 나의 방………
침실아---
그러나 푸른 달빛이 풍요히 흘러오면
너는 갑자기 바다가 될수도 있겠지………

일림아
어서 촛불을 끄렴
고양이 새끼처럼 삽짝 삽짝 저 산을 넘어온
달빛은 오직이나 우리 침실이 그리웠겠늬?

작은 시계의 작은 바늘이 좁은 영토를 순례하는
오직 안타까운 나의 침실이여
푸른 달빛이 해안처럼 흘러 넘치면
너는 작은 배가 되여야 한다

일림아
문을 열어제치고 들창도 추켜 올려라
너와 내가 턱을 고이고 은행나무를 바라보는 동안
너와 내가 사랑하는 난초는 푸른 달빛을 조용히 호흡하겠지
………

여봐
침실의 부두에는 푸른 달빛이 물결치며
빛나는 여행담을 소근거리지 않늬?

일림아
너와 나는 푸른 침실의 작은 배를 잡아타고
또
어디로 출발을 약속하여야겠느냐?

작품 해설　이 작품도 예외없이 그 노·장의 '自然'에 바짝 다가서 있는 작품이다. 앞에서 해설한 「아직 촛불을 켤 때가 아닙니다」라는 작품과 그 궤를 같이 하고 있다. 따라서, 이 시의 해설도 앞의 「아직은 촛불을 ……」처럼, 일제 시대의 의식과 연결시키려는 그 어떤 시도(궤변)도 있어서는 안되는, 그 어떤 시도도 용납될 수 없는 작품이라 하겠다.

이 시에 보이고 있는 '촛불'도 '自然'을 파괴하는 인위적인 사물일 뿐이다. 그러므로 그 인위적 사물인 '촛불'보다는, 자연 그대로의 '달빛'만이 '단조한 나의 방'에 '강물처럼' 넘쳐 흘러야 된다. 그래서 시의 화자는 '일림'(一林 : 시인의 장녀)이에게 그 '촛불'을 끄라는 것이다. 이 '촛불'이야말로 푸른 '달빛'을 맞아들이는 데 있어 장애물이기 때문이다.

또한 그 '촛불'을 끈 다음에는 '푸른 달빛이 풍요히 흘러' 들어올 것이고, '달빛'이 흘러 넘치면 '단조한' 화자의 방은, 자연스레 '바다'가 될 것이기 때문인 것이다. '바다'가 될 뿐만이 아니라, 화자의 '단조한' 방은 어느덧, 푸른 달빛이 '강물처럼' 흘러넘치는 바다 위의 '작은 배'가 되기 때문에, 그리고 또 '작은 배'를 타고 '빛나는 여행담'을 소곤거리며 일림이와 함께 '어디로 출발을' 해야 하기 때문에, 그 장애물이 될 수밖에 없는 '촛불'은 당연히 제거해야만 되는 것이다.

다시 말하자면 이 시의 화자 뜻대로 '촛불'을 제거하기만 한다면, 이미 그의 '유리창 하나도 없는 단조한' 방은, 갑자기 '바다'(자연)가 되며, 그 '바다'야 말로 화자가 '소요유'를 즐길 수 있는 장소가 되기 때문에, 당연히 '소요유'에 장애가 되는 '촛불'은 제거되야 한다는 말이다.

'단조한 나의 방'이 갑자기 '바다'가 될 수도 있고, 그리고 그 '바다'에서 '작은 배'를 타고 '빛나는 여행담'을 즐기며 항해를 할 수도 있는데, 그 '단조한' 방에 갇혀 있을 이유가 어디 있겠는가.

다만, 이 시의 마지막에 보이는 대로 화자가 '어디로 출발을' 하고자 그 꿈을 키우고 있는 것인지, 그것은 아무도 모른다고 말할 수밖에 없다. 이 시를 쓸 무렵의 작자는 아직 젊은 나이이고, 미래지향적 의지로 가득해 있을 나이이기 때문에 그런 측면에서 이해하면 그만이다.

한번 더 얘기해 두지만, 장자의 '소요유'를 이해하지 못하고 이 시를 해설하려는 무리수(※ 일제시대 의식과 관련시키려는 해설)를 범하지는 말아야 한다. 그러한 억지를 부리는 일은 스스로 무지를 폭로하는 일이 될 것이기 때문이다.

化石이 되고 싶어

하늘이 저렇게 옥같이 푸른 날엔
멀리 흰 비둘기 그림자 찾고 싶다

느린 구름 무엇을 노려보듯 가지 않고
먼 강물은 소리없이 혼자 가네

뽑아 올린 듯 밋밋한 산봉우리 곡선이 또렷하고
명랑한 날이라 낮달이 더욱 희고나

석양에 빛나는 까마귀 날개같이 검은 바위에
이런 날엔 먼 강을 바라보고 앉은 대로 화석이 되고 싶어……

작품 해설 이 작품도 언뜻 보기에는 과거 한시에 많이 보이는 서경적 분위기를 느끼게 해준다. 특히 1연에서 3연까지는 마치 동양화의 한 폭을 보는 듯도 하고, 동양화에 어울려 놓은 한 편의 한시를 번역해 놓은 것 같은 분위기이기도 하다.

그런데 문제는 4연의 결구이다. 이 결구도 보기에 따라서는 한 폭의 동양화 같은 풍광속에 그 풍광을 완상하며 앉아있는 주인공을 보는 듯한 분위기이다. 말하자면 선경과도 같은 동양화 속에 흔히 속세를 등진 승려를 배치시켜 놓은 그런 그림의 분위기 말이다.

그러나, 좀더 이 결구를 눈여겨 살펴보면, 그런 그림의 분위기를 뛰어넘는 화자의 정신세계를 발견하게 한다. 그것은 바로 장자(莊子)의 『소요유』나 『대종사』에서 볼 수 있는 그런 세계이다.

즉, 석정의 다른 시 '내 몸이 가벼이 흰 구름이 되는 날은 / 강 넘어 저 푸른 산 이마를 어루만지리……’(「靑山白雲圖」)에서 보여주듯, 평범한 인간의 생활이 아닌 도인의 기상을 읽을 수 있게 해주는 그런 세계 말이다.

그리고 이 같은 삶의 초탈한 면모는, 세간의 영리와 자질구레한 인간사를 초월하여, 자연과 하나가 되는 것, 즉 구름이 되기도 하고 바람이 되기도 하고, 혹은 ‘화석이’ 되기도 하는 그런 것이다.

장자는 『소요유』에서 ‘바람을 타고 시원스레 잘도 노닐다가 15일 후에 돌아오니, 그는 인간들이 생각하는 복들을 생각하지 않은 자이다.’라고 열자(列子)에 대한 묘사를 하고 있다.

뿐만 아니라 나의 생을 자연에 맡겨두는 삶의 자세는 『대종사』에서도 구체적으로 예시하고 있다. 즉, ‘나의 엉덩이가 변하여 수레바퀴가 되고 나의 정신이 변하여 말이 되면 나는 이를 타고서 떠나갈 것이니, 어찌 굳이 수레가 있어야 할까?…… 주어진 때에 안주하여 순리대로 사노라면 슬픔도 즐거움도 나의 마음에 들어오지 못하리……’와 같은 자세이다.

장자의 『소요유』나 『대종사』는 이와 같은 초일(超逸)한 삶을 보여준다.

그러므로 석정의 시 「靑山白雲圖」나 「化石이 되고 싶어」는 바로 그러한 장자의 정신세계에서 영향 받은 작품임을 알 수 있다.

나의 꿈을 엿보시겠읍니까

햇볕이 유달리 맑은 하늘의 푸른 길을 밟고
아스라한 산넘어 그 나라에 나를 담쑥 안고 가시겠읍니까?
어머니가 만일 구름이 된다면……

바람 잔 밤하늘의 고요한 은하수를 저어서 저어서
별나라를 속속드리 구경시켜 주실 수가 있읍니까?
어머니가 만일 초승달이 된다면……

내가 만일 산새가 되여 보금자리에 잠이 든다면
어머니는 별이 되어 달도 없는 고요한 밤에
그 푸른 눈동자로 나의 꿈을 엿보시겠읍니까?

작품 해설　　두 말할 필요도 없이 이 작품도 장자의 영향권에서 쓰여진 작품이다. 이 작품도 석정의 다른 시 「임께서 부르시면」이나 「化石이 되고 싶어」와 같이, 세간의 영리와 자질구레한 인간사를 초월하여 자연과 하나가 되는, 초탈한 면모를 보이고 있는 작품인 것이다.

그것은 바로 장자의 『소요유』나 『대종사』에서 보여주고 있는 정신세계이다.

따라서 장자의 『소요유』나 『대종사』의 정신세계를 다소라도 이해하지 못하고 이 작품을 해설하거나 이해하려드는 것은, 억지이거나 무리수를 범하는 일일 수밖에 없다.

이 시에서 우선 자연과 하나가 되는 면모는, '어머니가 만일 구름이' 될 수도 있고, '어머니가 만일 초승달이' 될 수도 있으며, 혹은 '내가 만일 산새가' 될 수도 있음을 보여주는 대목이다. 이러한 구절들을 대하면, 이루지 못할 망연한 꿈을 꾸고 있는 듯한 몽환적 분위기를 연출시켜 준다. 그리고 바로 이 몽환적 분위기를 연출시켜 주는 것 같은 대목이 이른바 장자의 『소요유』이다.

그러므로 석정의 이 같은 작품을 세속적 논리로 해명하려는 것은 무리수를 두는 일이 아니고 무엇이겠는가.

三行詩

푸른 하늘에 씌워진 세줄기 포푸라우
단조로운 삼행시를 읽기에도
괴로운 날.

5月.
비낀 햇볕에
녹색 잉크는 유난히도 찬란하다.

황혼이 밀려오고 가고
새벽과 대낮이 드나들어도
무거운 마음을 던져볼 강물도 없고나!

오로지 「삶」과 「죽엄」이란 다만 한 순간에 있거니
가을처럼 쇄락한 마음으로
저 삼행시를 다시 읊어보고 싶도다.

작품 해설　　이 작품에 보이고 있는 관념이나 정서를 결론부터 말해본다면, 장자의 "제물론"이나 "양생주" 사상이 밑받침되어 쓰여진 작품으로 보인다.

이미 잘 알려진 바와 같이 석정은 박한영 선사의 문하에서 불전을 공부하였고, 또 한편으로는 시골(전북 부안군 부안읍 선은리)에 내려와 농사를 지으면서 노장사상과 도연명에 심취했기 때문에, 노·장의 "소요유"와 "제생사"의 고차원적 사상을 쉽게 이해했을 것으로 믿는다. 그렇기 때문에 이 무렵 석정이 쓴 시들에는 장자의 "제물론"이나 "양생주"의 정신적 경지를 많이 기웃거린 흔적이 보이는 것이다.

　우선 좀더 이해를 돕기 위하여 "제물론"이나 "양생주" 사상에 대한 다음의 인용을 참고해 보기로 한다.

　　"齊物論" : 『莊子』의 內篇 7편중 제2편, 세상 모든 종류의 眞僞是
　　　　　　非를 가리는 논쟁을 모두 상대적인 것으로 보고, 雜論을
　　　　　　한결같이 하나로 귀속시킴을 말하며, 이를 통해 장자사
　　　　　　상의 전모를 엿볼 수 있다. 그에 따르면 現象은 모두 연
　　　　　　관성을 지닌 하나의 全體이며, 인간의 喜怒哀樂도 진군
　　　　　　(眞君 : 天地의 主宰者)의 작용에 의한 것이라 하였다.
　　　　　　따라서 만물은 一體이며, 그 무차별 평등의 상태를 天均
　　　　　　이라 하는데, 이러한 입장에서 보면 生死도 하나이며 꿈
　　　　　　과 현실의 구별도 없다. 이와 같은 忘我의 경지에 도달
　　　　　　하는 것이야말로 수양의 극치라 하였다.

　　"養生主" : 낮과 밤이 서로 번갈아 간다 함은, 살았다가 죽고 죽었다
　　　　　　가 삶은 마치 끝이 없는 고리와 같다. 비록 지혜로운 사
　　　　　　람일지라도 그 처음이 되는 비롯은 추구해 볼 수 없다.
　　　　　　(日夜相代平前, 方生方死, 方死方生, 如環無端, 雖者
　　　　　　知者, 不能規乎, 其始而己)

　　"養生主" : 삶과 죽음, 생존과 멸망, 곤궁과 영달, 가난과 부, 어짊과
　　　　　　불초함, 훼담과 영예, 굶주림과 목마름, 추위와 더위, 이
　　　　　　모든 것은 사물의 변화요 命(하늘)의 운행이다. 낮과 밤
　　　　　　이 서로 나의 앞에서 번갈아 간다.

　위의 인용문에서 '天均'이라 표현한 말은 석정의 초기시를 이해하는데 좋은 참고가 될 것 같다. 이 말은 노장사상과 불교적 영향을 함께 아우르는 석정시의 사상적 근거로 보이기 때문이다.

　말하자면 위에 보인 "양생주" 사상뿐 아니라 불교적 영향(불교의 "영생

관")도 이 무렵 석정의 시에는 많이 보이는 것이다.

석정의 이 무렵 작품을 대하노라면, 이미 이승과 저승의 거리는 압축되어 나타난다. 삶이 단절되는 것이 아니라, 이승과 저승의 삶은 연속선상에 있는 것이며, 이승에서의 삶은 또 다른 삶의 세계인 저승의 삶으로 옮겨놓을 뿐인 것이다. 초기시를 쓸 무렵의 정서 속에는 '「삶」과 「죽엄」이란 다만 한 순간'일 뿐이며, '때와 때의 바뀜'일 뿐이라는 정신세계, 즉 순간적 삶에 얽매일 필요도 집착할 필요도 없다고 하는 장자의 사상에 상당히 많이 감염되어 있었다고 할 수 있다. 그러므로 시인은 계절의 순환을 바라보듯, 낮과 밤의 끝없는 변화를 지켜보듯, 영원한 시간의 윤회를 지켜보면 되는 것이다. 그리고 바로 그렇기 때문에 '순간' 속에서 영원을 지켜볼 수 있는 시의 세계, 즉 '가을처럼 쇄락한 마음으로 / 저 삼행시를 다시 읊어보고'도 싶은 것이다.

다시 말하자면, '「삶」과 「죽엄」이란 다만 한 순간'(三行詩)이라는 표현이나, 석정의 다른 시 '삶과 죽음은 / 때와 때의 바뀜인가?'라는 표현들은, 삶과 죽음을 마치 낮과 밤의 끝없는 순환처럼 인식하고 있는 "양생주" 사상에 그 터전을 두고 있다고 하겠다.

솔직히 말해서 이 시는, 작품의 완성도나 시의 유기체적 구조미에서 그렇게 수준이 높은 작품은 아닌 것 같다.

따라서 "대표작품해설" 반열에 올려놓고 얘기할 수 있는 작품이 아니라는 말이다. 이 작품이 『詩學』(1939. 10)에 발표된 작품임에도, 같은 해 12월에 발간된 첫 시집 『촛불』에 넣지 않은 것을 보면, 이 시인도 그걸 인정했던 것 같다.

그럼에도 불구하고 여기서 해설하게 된 것은, 앞에서 검토했던 장자의 사상("제물론" "양생주" 사상)들이 이 작품처럼 확연하게 진술된 경우도 드물기 때문이다. 바로 그 '「삶」과 「죽엄」이란 다만 한 순간'이라는 표현 말이다.

그리고, 1연의 '삼행시를 읽기에도 괴로운 날'이라고 한 표현은, 바로 3연의 '무거운 마음'으로 이어지는 정서로 보인다.

그것은 비록 시인이, 동양적 허무주의라 할 수 있는 '양생주' 등의 사상에 매료되어 있다 할지라도, 덧없이 흐르는 세월 속에서만은 '무거운 마음'이었을 것이기 때문이다.

즉, '황혼이 밀려오고 가고 / 새벽과 대낮이 드나들어도'에서 볼 수 있는 세월의 흐름 속에서는 '무거운 마음'일 수밖에 없다고 하겠다.

다른 한편으로 생각해 보면 바로 그 '무거운 마음'이나 '괴로운 날'의 심정적 갈등을 잘 극복함으로써, 「삶」과 「죽엄」이란 다만 한 순간'이라는 "양생주" 사상도 잘 터득될 수 있었다고 볼 수도 있다.

따라서 '가을처럼 쇄락한 마음으로' '삼행시를 다시 읊어도'보고 싶었다고 할 수 있는 것이다.

靑山白雲圖

이 투박한 대지에 발은 붙였어도
흰 구름이 이는 머리는 항상 하늘을 향하고 사는 산

언제나 숭고할 수 있는 푸른 산이
그 푸른 산이 오늘은 무척 부러워

하늘과 땅이 비롯하던 날 그 아득한 날 밤부터
저 산맥 위로는 푸른 별이 넘나들었고

골짝에는 양떼처럼 흰 구름이 몰려오고 가고
때로는 늙은 산 수려한 이마를 쓰다듬거니

고산 식물들을 품에 안고 길러 낸다는 너그러운 산
청초한 꽃그늘에 자고 또 이는 구름과 구름

내 몸이 가벼이 흰 구름이 되는 날은
강 넘어 저 푸른 산 이마를 어루만지리……

작품 해설 이 작품은 언뜻 보면 옛 한시를 번역해놓은 것 같은 서경시로서 그야말로 한 폭의 그림(동양화)을 연상시키는 작품이다. 그러나 기본적으로는 석정시의 본류에서 벗어나지 않는 작품이라 할 수 있다. 첫 시집 『촛불』 무렵의 기본 정서를 이루고 있던 노장사상과 그 맥을 같이하고 있을 뿐만 아니라, 마지막 시집 『대바람 소리』의 기본 정서와도 맥을 같이하고 있기 때문이다. 동양정서에서 출발하여 동양정서로 끝을 맺은 그 정서 말이다.

가령 동양적 허무주의라 할 수 있는 노·장의 "제물론"의 관념, 즉, "소요유"나 "제생사"의 관념, 물아일체 물아양망의 관념, 만물은 일체이며 무차별 평등의 상태라 일컫고 있는 '천균'(天均) 등의 관념을 기웃거린 흔적이 나타나는 정서, 혹은 삶과 죽음은 때와 때의 바뀜일 뿐이며, 이승과 저승의 삶은 연속선상에 있는 것으로 인식되는, 말하자면 불교의 '영생관'과도 이어지는 '양생주' 관념이나 정서, 이러한 것들이 혼용되어 석정시에는 나타나고 있다.

그러므로 '내 몸이 가벼이 흰구름 되는 날은 / 강 건너 저 푸른 산 이마를 어루만지리……'와 같은 물아일체의 정서, 혹은 '천균'(天均) 등의 관념을 그의 시에서 볼 수 있게 되는 것이다.

물론 이와 같은 정서는 석정시에 한정되어 나타나는 것만은 아니다. '당시(唐詩)'나 혹은 그 영향을 받은 한시(漢詩), 그리고 우리 현대시인 가운데서도 특히 '영생관'과 조화를 이루는 서정주의 일련의 시들이 '제물론'이나 '양생주' 사상과 만나고 있다. 가령,

내가 / 돌이 되면 // 돌은 / 연꽃이 되고 // 연꽃은 / 호수가 되고
// 내가 / 호수가 되면 / 호수는 / 연꽃이 되고 // 연꽃은 돌이 되고
　　　　　　　　　　　　　— 서정주의 시 「내가 돌이 되면」 전문

서정주의 이와 같은 정신주의가 반영된 시들은 그것이 '양생주' 사상과 관련을 맺고 있거나, 불교의 '영생관' 혹은 '윤회사상'과 관련을 맺고 있거나간에 그의 시에 많이 나타나고 있는 건 사실이다. 그것을 꼭 짚어 '양생주' 관념에서 영향받은 것이라거나, '영생관'에서 영향받은 것이라고 단정짓기는 어려울지 몰라도, 그러한 동양의 관념이나 정서들이 혼용되어 나타나고 있는 것이다.

마찬가지로 석정의 이 작품도 그러한 관점에서 이해해야 된다. 그래야만 '흰구름'이 '푸른산'을 쓰다듬는다는 표현이 가능할 수 있고, '내 몸이' 흰구름이 되어 '푸른산' 이마를 어루만진다는 표현도 가능할 수 있게 된다

고 하겠다. 즉 ≪내≫가 곧 ≪흰구름≫이요, 그리고 그 ≪흰구름≫이 ≪푸른산≫을 쓰다듬고 어루만진다. 말하자면 물아일체 물아양망의 상태에 젖어있다고나 해야될지, 아무튼 석정의 이러한 시들은 동양적 정서나 관념 속에 상당히 많이 경도된 상태에서 쓰여진 것은 분명하다고 하겠다.

山水圖

 - 山水는 오롯이 한 폭의 그림이냐

숲길 짙어 이끼 푸르고
나무 사이사이 강물이 희어……

햇볕 어린 가지 끝에 산새 쉬고
흰 구름 한가히 하늘을 거닌다

산가마귀 소리 골짝에 잦은데
등 넘어 바람이 넘어 닥쳐와……

굽어 든 숲길을 돌아서 돌아서
시냇물 여음이 옥인 듯 맑아라

푸른 산 푸른 산이 천년만 가리
강물이 흘러 흘러 만년만 가리

작품 해설　　이 시도 언뜻 보면 옛 한시를 번역해놓은 것 같은 서경시로서, 시의 부제로 되어있는 '山水는 오롯이 한 폭의 그림이냐'처럼, 그야말로 한 폭의 그림(동양화)을 연상시키고 있는 작품이다. 그리고 이 같은 한시풍의 시 세계는, 동양의 시관인『시 가운데 그림이 있고, 그림 가운데 시가 있다.』(詩中有畵, 畵中有詩)는 말에 그 기반을 두고 있다고 하겠다. 동양의 한시들이 주로 서경시가 그 주류를 이루고 있는 것은, 바로 동양의 옛 시인들이 이러한 동양 시관에 의존하고 있었던 때문이라고 이해해야 된다.

그러나, 석정의 이 시를 좀더 눈여겨 살펴보면, 꼭 서경시만은 아니라는 것을 직감하게 될 것이다. 이 시의 첫 연에서 4연까지는, 앞에서 말한 대로 우선 서경시적 분위기로 읽혀진다. 그러나 마지막 5연에 이르면 얘기는 사뭇 달라진다.

우선 이 5연의 말미에 '가리'라는 단어가 두 번이나 반복되어 있는데, 이 '가리'라는 단어가 무얼 의미하고 있는 것인지?가 분명치 않다. '천 년만' '만 년만'이라는 한정어 뒤에 붙인 말로 봐서는, '갈 것인가?'라는 뜻인 것 같기도 하고, 또 한편으론 '푸른산'이나 '강물'이 '천년'이나 혹은 '만년'동안 흘러흘러 '가리라'는, 영원성의 시간 개념으로 이 단어를 읽는다면, 이 '가리'는, '갈 것이다'는 말로 읽힐 수도 있다. 후자의 경우, '천년' '만년'은 숫자대로의 개념이 아니라, 영원성의 개념임은 두 말할 나위도 없다. 다만 이 경우 '―만'이라는 한정어미 처리가 잘 못 쓰였다고 할 수 있다.

그러나, 한편으로 생각해보면 전자나 후자 모두, '푸른산'과 '강물'의 ≪영원≫을 바라보고 있다고 할 수 있으며, 바로 그 점에서는 양자가 매한가지라고 하겠다.

바로 이 점이다. 우리가 이 시를 좀더 눈여겨 살펴볼 때, 직감하게 되는 또다른 세계는, 시의 화자가 ≪영원≫을 바라보고 있다는 점이다. 다시 말하자면, 이 시인의 '山水圖'라는 그림(서경시)은, 공간개념으로서의 그림만이 아니라, 시간개념으로서의 ≪영원≫을 보여주는 그림이라는 사실인 것이다. 그리고 우리의 생각이 여기에 도달하면, 그것은 바로 장자의 '양생주'사상이나 불교의 '영생관'으로 이어지는 작자의 시정신이 어른거리기 마련이다. 즉, 우주 만물의 순환변전의 역사, 특히 '山水'(자연)의 순환변전의 역사를 이 시에서는 보여주고 있다는 말이다. 그리고 또 한편으로는 이 작품도 역시 노·장의 '자연'을 그대로 이어받고 있는 작품이라는 것도 두 말할 나위도 없다고 하겠다.

작은 짐승

난이와 나는
산에서 바다를 바라보는 것이 좋았다.
밤나무
소나무
참나무
느티나무
다문다문 선 사이사이로 바다는 하늘보다 푸르렀다

난이와 나는
작은 짐승처럼 앉아서 바다를 바라다보는 것이 좋았다
짐승처럼 말없이 앉아서
바다같이 말없이 앉아서
바다를 바라보는 것은 기쁜 일이었다

난이와 내가
푸른 바다를 향하고 구름이 자꾸만 놓아 가는
붉은 산호와 흰 대리석 층층계를 거닐며
물오리처럼 떠다니는 청자기빛 섬을 어루만질 때
떨리는 심장같이 자지러지게 흩어지는 느티나무 잎새가
난이의 머리칼에 매달리는 것을 나는 보았다.

난이와 나는
역시 느티나무 아래에 말없이 앉아서
바다를 바라다보는 순하디순한 작은 짐승이었다

 이 작품도 앞의 「작은 짐승이 되어」와 같은 반열에 올려놓고 얘기할 수 있는 작품이다. 작품의 구조면에서도 비슷한 일면이 있거니와, 그 정서면에서도 물아일체의 망아의 경지, 혹은 자연친화나 자연과의 합일(合一)의 정서를 보게 해 주는 그런 작품인 것이다.

이 시에 나오는 이름 '난이'는, 시인의 다른 작품에 등장하는 '일림'이나 '에레나'와 함께 이 시인의 딸의 이름이다. 한용운의 「님의 침묵」에 나오는 '님'이 다양하게 해석될 수 있는 것과는 달리, 이 시의 '난이'는 딸의 이름 그대로 혈연으로서의 이름임을 이해해야 된다.

여기서 우선 '난이'와 화자는 '작은 짐승'으로 직유되어 있다. 그리고 '짐승같이 말없이 앉아서'나 '바다같이 말없이 앉아서'와 같은 시행에 눈을 박으면, '짐승'과 '바다' 혹은 '밤나무' '소나무' '참나무' '느티나무' 그리고 '붉은 산호'처럼 떠 있는 '구름'이나 '하늘' 등의 우주적 자연의 질서는 모두 합일화 된다.

합일화 동일화 될 뿐만 아니라, 어느 것이 주체이고 어느 것이 객체인지 모를 정도로 혼연일체가 되어 물아일체 망아의 경지에 도달하는 것이다.

그러므로 '떨리는 심장같이'라는 직유법으로 '느티나무 잎새'가 떨어지는 것을 비유할 수도 있고, 사람과 잎새가 의인화되어 일체감 있게 표현될 수도 있다고 하겠다.

다시 말하자면 '난이의 머리칼'에 '느티나무 잎새'가 매달리는 것을 바라보고 있던 화자는, 이미 거기서 동일성을 발견할 뿐만이 아니라, '난이'(인간)가 곧 '잎새'(자연)이고, '잎새'가 곧 '난이'인 것을 발견하는 정신의 경지에 있었던 것이다.

작은 짐승이 되어

- K에게

한때 네 몸둥아리에서는
푸성귀 내음새도 안 나더니
산에서 몇 해나 살고 왔기에
왼통 산 내음새가 젖어 흠뻑 젖어
내 코를 찌르는것이 즐거웁고나

도라지 더덕 칙넌출 얽힌 비탈길로
난초 맥문동 석곡 우거진 사잇길로
호랑이 여우 살가지 지나간 숲길로
노루 고랭이 토끼 뛰어다닌 길로
너도 거침없이 뛰어다녔더냐 ?

그 언제 나 또한 산으로 가서
진정 한 마리 작은 짐승이 되어
도라지랑 더덕이랑 맥문동 궁궁이랑 파뒤쓰며
거침없이 온 산을 쏘다다니며
산이 무너지게 거센 소리로 한 번 울어 볼거나……

◈ 작품 해설　　　이 작품은 동양적 정서가 유지되고 있으면서도 그 후반부는 조금 다른 측면에서 읽어야 될 작품에 해당되는 경우이다. 말하자면 노·장적 정서가 그대로 유지되고 있으면서도 또 한편으로는 개인적 ≪어둠≫이나 시대적 ≪어둠≫의 정서가 그 후반부에 흐르고 있는 경우이다. 이러한 작품구조는 석정시(※ 특히 중기시 중에서, 현실을 투시하는 작품)의 기본구조라고도 할 수 있는 구조이며, 그러한 구조와 정서는 그의 중기

시집 『山의 序曲』 후기시집 『대바람 소리』 등에 나타나는 시적구조의 한 전형을 이루고 있는 것이기도 하다.

다시 말하자면 시의 전반부는, 노·장적이거나 서정적인 분위기로 흐르다가, 시의 후반부(※특히 끝부분)에 이르면 부르르 경련을 일으키듯 시대현실 혹은 개인적 ≪어둠≫과 관련된 언어를 들이대는 그런 구조 말이다.

그의 작품 『작은 짐승이 되어』도 바로 그런 경우에 해당되는 시이다. 이 작품도 어찌보면 노·장의 '自然'같기도 하지만, 또 어찌보면 순연히 자연친화적인 서정적 분위기로 읽혀지기도 한다. 'K에게'라는 부제가 붙은 이 작품은 1연과 2연의 경우 더욱 자연친화적인 서정적인 분위기로 읽힌다.

그러나, 자세히 관찰하여 보면, 1연과 2연은 3연을 말하기 위한 도입부에 불과하다. 정작 시의 화자가 말하고 싶은 부분은 3연 중에서도 마지막 행, '거센 소리로 한번 울어'보고 싶은 심정을 토로한 부분인 것이다.

'산이 무너지게' '한 번 울어'보고 싶은 심정은 무엇 때문인가?

그것은 개인적인 ≪어둠≫ 때문일 수도 있고, 시대적 ≪어둠≫ 때문일 수도 있다. 여기서도 일제시대 작품이라는 이유 때문에 선입견은 금물이다. 이 시의 어디에도 그렇게 단정할 근거는 없다.

다만, 석정의 글 '상처 입은 작은 역정의 회고'에서 『망국의 백성으로서 짓밟힐 대로 짓밟힌 그 당시 우리는 차라리 한 마리 짐승으로 태어나지 못한 것을 한탄했던 것도 사실이다.』라고 진술하고 있는 것을 참고로 한다면, 시대적 ≪어둠≫일 개연성이 높다고 하겠다. 말하자면 식민지시대 망국의 백성으로서의 울분과 그 ≪어둠≫ 때문에, '한 번 울어'보고 싶었을 것이라는 말이다.

抒情歌

흰 복사꽃이 진다기로서니
빗날같이 뚝뚝 진다기로서니
아예 눈물 짓지 마라 눈물 짓지 마라……

너와 나의 푸른 봄도
강물로 강물로 흘렀거니
그지없이 강물로 흘러갔거니

흰 복사꽃이 날린다기로서니
낙엽처럼 휘날린다 하기로서니
서러울 리 없다 서러울 리 없어……

너와 나는 봄도 없는 흰 복사꽃이여
빗날같이 지다가 낙엽처럼 날려서
강물로 강물로 흘러가 버리는……

작품 해설   이 작품도 역시 노·장의 "소요유"나 "제생사"와 같은 동양적 허무주의와 맥을 잇고 있는 작품이라 할 수 있다. 앞의 시의 해설에서도 여러차례 관련시켜 말한 바 있지만, 석정은 박한영 선사의 문하에서 불전을 공부하였고, 그 뒤에 시골(全北 扶安郡 扶安邑 仙隱里)로 내려와 농사를 지었으며, 그 때 그가 살던 집 이름을 '청구원'(靑丘園)이라 이름하였고, 바로 그 때 장자의 "제물론"이나 "소요유"의 정신적 경지를 많이 기웃거린 흔적이 보이는데, 그러한 흔적이 이 작품에도 나타나고 있는 것이다. 말하자면 장자의 "천균"(天均)의 논리대로라면, '생사도 하나이며'

'꿈과 현실의 구별'도 없으며, 그야말로 "망아"의 경지에 있는 상태, 인간 수양의 극치속에 있는 경지, 그러한 경지나 논리 속에 석정이 심취하고 있을 때, 위의 '抒情歌'와 같은 작품이 탄생됐으리라고 보는 것이다. 그리고 바로 그렇기 때문에 '흰 복사꽃'이 '낙엽처럼' 휘날린다 해서 '서러울 리' 없는 것이며, '낙엽처럼' 날려서 '강물로' 흘러가 버린다 해서 '서러울 리'도 없는 것이다. 그것은 모두 다 "순환원리"의 자연의 이법에 따른 것이며, 생(生)과 사(死)가 모두 하나인 '天均'의 논리에 따른 것이며, 물아일체의 망아의 경지 속에 있는 것이어서, '피고' '지는' 모두가 우주자연의 순리요 섭리인 것이다. 그러므로 시의 화자는 '서러울' 까닭이 없다 하겠으며, 우주 자연의 섭리에 따르면 그만인 것이다. 그리고 이것이 이 시의 정서의 개략이라 하겠다.

슬픈 構圖

나와
하늘과
하늘 아래 푸른 산 뿐이로다

꽃 한 송이 피워낼 지구도 없고,
새 한 마리 울어 줄 지구도 없고,
노루 새끼 한 마리 뛰어다닐 지구도 없다

나와
밤과
무수한 별 뿐이로다

밀리고 흐르는 게 밤 뿐이요
흘러도 흘러도 검은 밤 뿐이로다
내 마음 둘 곳은 어느 밤하늘 별이드뇨

작품 해설　위의 작품은 우선 일제의 현실에 밀착되어 나타나고 있다. 노장사상과 도연명의 시경(詩境)을 기웃거리고, 신화적 이상향이었던 '그 먼나라'를 기웃거리던 그가, 어느덧 현실세계로 귀환하여 시선을 멈춘 곳은 '흘러도 검은 밤뿐'인 그러한 곳이었다.

『촛불』 무렵 그가 즐겨 부르던 '어머니'도 그 자취를 감추고, 안개처럼 아련하게 깔렸던 수식어마저 이제는 감추어져버린 채로, 암울한 현실만이 그의 앞에 펼쳐지고 있었던 것이다.

이 작품은 우선 전반부 두 연과 후반부 두 연을 분리시켜 생각해볼 필요가 있다.

먼저 전반부를 보면, 1연에 '푸른 산 뿐'이라는 표현이 보인다. ≪地上≫의 '푸른 산'을 표현한 것이다. 그런데 그 다음 2연에는, '꽃 한송이' '새 한 마리' '노루 새끼 한 마리 뛰어다닐 지구'도 없다는 것이다. 1연에 대해 2연은 우선 역설적이다.

이 시의 후반부도 상황은 비슷하게 나타난다.

먼저 후반부 3연을 보면 '무수한 별 뿐'이라는 표현이 보인다. ≪天上≫의 '무수한 별'을 표현한 것이다. 그런데 그 다음 4연에는, '내 마음 둘 곳은 어느 밤 하늘 별'이냐고 물음으로써, '별'이 없는 '밤 뿐'이라는 것이다. 3연에 대해 4연 또한 역설적이다.

그러므로, 이러한 역설이 왜 가능한가?가 이 시를 이해하는 초점이 된다. 아니 그 역설을 이해하는 것이야말로 이 시를 이해하는 지름길이 된다고 하겠다.

우선 1연의 '푸른 산'(地上)이 우리들 인간(민족)의 안식처나 귀의처로서, 혹은 이상향으로서의 푸른 산이 되기만 한다면, 역설은 불필요하다. 그러나, 화자의 의식 속에 있는 '푸른 산'은 이미 안식처나 귀의처, 혹은 이상향이 아니다. 이미 그 곳은 '몸 담을 곳'이 못되는 장소이다.

후반부의 경우도 마찬가지다.

우선 3연에 보이고 있는 '무수한 별'이, 우리들 인간(민족)의 삭막한 갈증을 풀어줄 수 있는 존재물이 되기만 한다면, 역설은 불필요하다. 그러나, 화자의 의식 속에 있는 '무수한 별'은 이미 삭막한 갈증을 풀어줄 수 있는 별이 아니다. 이미 그 별은 기대하는 별이 못 되는 것이다.

따라서 이 시는 ≪地上≫의 자연과 ≪天上≫의 자연을 빌어서 역설이 가능했던 것이다. 시인의 표현대로라면, 당시 일제하의 현실은 『몹쓸 지구』였던 것이다.

다음과 같은 시인의 '자작시 해설'은 좋은 참고가 되리라 믿는다. 『천지를 바라봐야 몸 담을 곳이 없고, 꽃 한송이 새 한 마리 나를 달랠 수 있는 것도 아니었다. 다만 어둔 밤이 나를 에워쌀 따름이었다. 어제도 흐르던 검은 밤이 오늘도 흐르고, 다만 그 무서운 밤이 밀리고 흐를 뿐이었으니 어쩌지 못하는 마음은 어느 밤하늘 별에다 두어야 할 것이었던가?』

한편, 이 작품은 앞에서 해설한 작품들, 즉 '촛불' 무렵의 일련의 작품들이 노・장의 자연에 밀착되어 있었던 데 비하여, 이 작품은 그 ≪자연≫으로부터 빠져나왔다는 점에서 그 의의를 찾을 수 있다. 말하자면 현실을 도외시하던 시인이, 이제 이 작품에서는 현실에 눈을 돌릴 작품이라 할 수 있는 것이다.

이것은 이 시인에게 있어 매우 중요한 변화이다. 그리고 그 변화는, 외부로부터 온 것이 아니라, 시인 자신의 내부로부터 온 것이라고 할 수 있다. 즉, 이상적 자아와 현실적 자아 사이에 갈등을 빚게 된 데서 온 것이라고 할 수 있는 것이다.

당시의 일제현실은 그의 표현대로 '밀리고 흐르는 게 밤 뿐이요 / 흘러도 흘러도 검은 밤 뿐'인 그런 암울한 상황이었는데, '그 먼나라'(이상향)만을 동경하고 있을 수는 없었던 것이다.

黑石고개로 보내는 詩

- 廷柱에게

흑석고개는 어느 두메산골인가
서울서도 한강
한강 건너 산을 넘어가야 한다드고

좀착한 키에
얼굴이 까므잡잡하여
유달리 희게 드러나는 네 이빨이
오늘은 선연히 뵈이는구나

눈 오는 겨울밤
피비린내 나는 네 시를 읽으며
꽃처럼 붉은 울음을 밤새 울었다는 청년
그 청년이 바로 우리 고을에 있다

정주여
나 또한 흰 복사꽃 지듯 곱게 죽어 갈 수도 없거늘
이 어둔 하늘을 무릅쓴 채
너와 같이 살으리라
나 또한 징글징글하게 살아보리라

작품 해설　　이 시를 이해하기 위하여 신석정, 서정주 두 시인의 선후배 관계를 우선 정리해 볼 필요가 있겠다. 물론 신석정이 선배인 줄은 알고 있지만, 이 기회에 확실하게 정리해 보기 위해서이다.

　신석정 시인이 첫 얼굴을 지면에 보인 작품은 '기우는 해'로서 1924년

(당시 18세) 조선일보 지면이었고, 이후 이어서 조선, 동아에 시작품을 발표하기도 한다.

그러나 그가 1930년 중앙불교전문강원에 들어가 박한영 스님 밑에서 불전 등을 공부하며 원생들의 회람지『圓線』을 편집한 바 있고, 이후 본격적으로 시작품을 발표하기 시작한 것은, 1931년 6월(당시 25세)『詩文學』제3호에 시「선물」을 발표하면서부터라고 할 수 있다. 따라서 그의 문단 데뷔 연도는 1931년으로 보는 것이 타당할 것 같고, 그 이전의 것들은 습작과정의 '독자투고' 정도로 판단해야 옳을 것 같다. 왜냐하면, 1931년 이전의 작품들은 첫 시집『촛불』에 모두 들어있지 않은 걸 보더라도 그렇고, 또 흔히 '목가시인'이라 불려지던 시점이 바로 그 무렵이기 때문이기도 하다.

서정주 시인이 지면에 첫 얼굴을 보인 시작품은『그 어머니의 무탁』(동아일보, 1933)이고, 이후「가을」「비내리는 밤」등 8, 9편을 동아일보 등에 발표하기도 하지만, 이는 모두 습작과정의 독자투고 작품들이고, 이 시인도 석정과 마찬가지로 중앙불교전문강원에 들어가(석정보다 3년 늦은 1933년) 교장인 박한영 대종사의 문하에 입문하게 된다.

그러나 그가 본격적으로 문단에 데뷔하게 된 계기는, 동아일보 신춘문예에 시「壁」(1936)이 당선되면서부터이고, 그 해 11월 동인지 "시인부락"의 편집인 겸 발행인으로 활약하면서부터는 이른바 그 "생명파"(인생파)라는 이름을 얻게 된다.

그러므로 이들 두 시인의 선·후배 관계는 자명하게 드러난다고 하겠다.

이「黑石고개로 보내는 詩」는, 부제로 '廷柱에게' 라고 붙인 것처럼 고향의 후배시인 정주에게 보낸 시이다.

여기 보이고 있는 '黑石고개'는, 당시 서정주가 살던 흑석동을 그렇게 표현한 것이고, 3연의 '꽃처럼 붉은 울음을 밤새 울었다'는, 서정주의 시 '문둥이'(제1시집『花蛇集』)에서 인용한 구절이다.

한편, 이 시의 구조를 살펴보면, 4연으로 된 기승전결 구조를 이루고 있는 것처럼 보인다.

　제1연은 서정주가 살고 있는 장소(흑석동)를 상기시켜 주고 있고, 제2연은 서정주의 외모에 대한 인상을 묘사해 보이고 있으며, 제3연은 서정주의 시 '문둥이'를 떠올리고 있다고 하겠다.

　그러나 정작 이 시인이 서정주에게 보내는 정감어린 메시지는 바로 제4연이다. 그러니까 4연을 말하기 위하여 1연~3연까지의 도입과정이 필요했다고 할 수 있다.

　그리고 4연에서 '너와 같이' '징글징글하게 살아보리라'는 표현은, 서정주의 시 '문둥이'에 대한 일종의 화답이라고 볼 수 있다.

　말하자면 서정주의 시 '문둥이'의 『原罪의 형벌』(조연현의 표현)을 극복하려는 강렬한 삶에 대하여 이 시인도 공감하고, 시인 자신도 그와 같이 강렬하게 살고 싶다는 의지를 정감있게 표현한 화답의 결구라고 볼 수 있는 것이다.

三 代

-한때 우리는 斷念의 哲學을 배웠느니-

벼슬을 잃으신 할아버지는
벼슬과 나라를 고스란히 단념하면서
술과 친구와 글에 묻히어
말썽 많은 세월을 잊은 듯이 보내시더니……

나라를 잃으신 아버지는
육친도 벗도 고향도 단념하면서
어무찬 설움에 큰뜻을 세우시고
밤길로 밤길로 국경을 넘어가시더니……

에미도 애비도 잃어버린 자식은
한때 제 몸까지도 단념하면서
갈라진 하늘을 목메이게 호흡하더니
모조리 단념하기를 서로 맹세도 하였더니라.

작품 해설　　이 시는 시대적 역사적 현실을 리얼하게 그려내고 있는 작품이다. '歸鄕詩抄'같은 작품이 가난한 농촌의 현실을 처연하게 그려내고 있는 데 비해서, 이 시는 한 발 더 나아가 조선말과 식민지 시대, 그리고 분단된 우리 민족의 현실을 절실하게 느끼게 해준다.

　즉, 조선말 과거시험으로 '벼슬'길에 오르려던 할아버지는 '나라'도 '벼슬'도 '단념'하고 '술과 친구와 글에 묻히어' 세월을 보내야 했고, 일제에 조국을 잃어버린 아버지는, '육친도 벗도 고향도 단념'하고 국경을 넘어야 했으며, 해방이 되었으나 남북이 '갈라진' 분단현실 속에서는 '에미도 애비도' '제 몸까지도' 단념해야 하는 자식의 세대에 이르기까지, '三代'에 걸친 민족수난사를 투시하고 있는 작품인 것이다.

말하자면, 한 가정의 '三代'를 통하여 우리 민족의 '三代'를 투시하도록 해주는 작품이며, 굴절 많은 우리의 근·현대사를 리얼하게 압축하고 있는 작품이라 할 수 있다.

그리고 이 작품은, 시인의 시선이 이제는 《자연》이나 《老莊》이 아니라 시대와 역사를 투시하고 있다는 점에서 평가하고 이해해야 할 시기에 이른 작품이라고 볼 수 있다.

歸鄕詩抄

1

껌도 양과자도 쌀밥도 모르고 살아가는 마을 아이들은 날만 새면 띠뿌리와 칡뿌리를 직씬직씬 깨물어서 이빨이 사뭇 누렇고 몸에 젖은 띠뿌리랑 칡뿌리 냄새를 물씬 풍기면서 쏘다니는 것이 퍽은 귀엽고도 안쓰러워 죽겠읍데다.

2

머우 상치 쑥갓이 소담하게 놓인 식탁에는 파란 너물 죽을 놓고 둘러 앉아서 별보다도 드물게 오다 가다 섞인 하얀 쌀알을 건지면서
<언제나 난리가 끝나느냐?>
고 자꾸만 묻습데다.

3

껍질을 베낄 소나무도 없는 매마른 고장이 되어서 마을에서는 할머니와 손주딸들이 들로 나와서 쑥을 뜯고 자운영순이며 독새기며 까치봉통이 너물을 마구 뜯으면서 보리 고개를 어떻게 넘겨야겠느냐고 산수유꽃 같이 노란 얼굴들을 서로 바래보고 서서 걲어합데다.

4

술회사 앞에는 마을 아낙네들이 수대며 자배기를 들고 나와서 쇠자라기와 술찌겅이를 얻어가야 하기에 부세부세한 얼굴들을 서로 쳐다보면서 차표 사듯 늘어서서 꼭 잠겨있는 술회사문이 열리기를 천당같이 기두리고 있읍데다.

5

장에 가면 혼전만전한 생선이 듬뿍 쌓여 있고 쌀가게에는 옥과

같이 하얀 쌀이 모대기 모대기 있는데도 어찌 어머니와 할머니들은
쌀겨와 쑤시겨전을 찌웃찌웃 굽어보며 개미같이 옹개옹개 모여 서
야 하는 것입니까?

 쌀겨에는 쑥을 넣는 게 제일 좋다고 수군수군 주고 받는 이야기
가 목놓고 우는 소리보다 더 가엾게 들리드구만요.

작품 해설 이 작품도 고향의 가난한 현실에 그 시선이 밀착되어 나타
나고 있다. 6.25 동란이라는 동족상잔의 비극이 휩쓸고 지나간 뒤, 우리
겨레들이 겪어야 했던 처절한 풍경들에 그 시선이 머문 것이다. '흘러도
흘러도 검은 밤 뿐'이던 일제의 터널로부터 빠져 나왔지만, 다시 시인의
시야를 덮친 것은 '역사의 거센 탁류'가 휩쓸고 간 현장이었던 것이다. 시
집『氷河』에 실린 이러한 작품들은 당시 우리네 고향 마을의 눈물겨운 참
상이 실로 안쓰럽게 펼쳐지고 있는 것이다.

 이 작품은 시대의 《추위》와 고향의 《추위》를 아울러서 바라보게 해
주는 작품이다. 즉 6.25 사변이라는 동족상잔의 비극을 겪던 때의 농촌의
춥고 배고프고 쓰라리던 현실을 이 시는 그려내고 있다.

 〈언제나 난리가 끝나느냐?〉는 말에서 느낄 수 있는 바와 같이, 정말
지루하고 답답하기만 하던 6.25 사변, 그리고 그 당시 가난한 농촌의 《현
장보고서》라고 할 수 있는 이 시는 정말 춥고 배고프던 시절의 참상을
처연하게 그려내고 있다.

 시의 유기체적 구조미를 아예 염두에 둔 것 같지 않고 그냥 소박하게
직설적으로 진술되고 있는 이 시는, 그럼에도 불구하고 당시의 현실을 절
실하게 느끼도록 해준다. '띠뿌리와 칡뿌리' '자운영 순이며 독새기며 까지
봉통이 너물' '쇠자래기와 술찌겅이' 이런 것들을 먹고 '부세부세'하게 뜬
'산유유꽃같이 노란 얼굴들'……, 정말 그 당시 참상을 겪지 않은 사람은
실감이 나지 않을, 처참했던 농촌현실을 리얼하게 그려내고 있는 것이다.

望鄕의 노래

한 이파리
또 한 이파리
시나브로 지는
지치도록 흰 복사꽃을

꽃잎마다
지는 꽃잎마다
곱다랗게 자꾸만
감기는 서러운 서러운 연륜을

늙으신 아버지의
기침소리랑
곤때 가신 지 오랜 아내랑
어리디어린 손주랑 사는 곳

버리고 온 <生活>이며
나의 벅차던 청춘이
아직도 되살아 있는
고향인 성만 싶어 밤을 새운다.

작품 해설 시집 『촛불』이나 『슬픈 牧歌』 무렵 그의 시에 보이던 노·
장적 자연이나 몽환적 세계는 이제 자취를 감추고, 시집 '氷河' 무렵 시들
은 자아(화자)의 현실과 시대의 현실로 그 시선이 바뀌고 있다.

　이 『望鄕의 노래』 같은 작품은 시적 자아(화자)의 현실이 강하게 표출
되고 있는 작품이라 할 수 있다.

우선 이해를 돕기 위하여 이 작품의 구조를 살펴보면, 1연에서는 고향을 떠올리게 하는 공간적 배경(정경)을 회화적으로 그려내고 있고, 2연에서는 시간적 배경(정경)을 회화적으로 그려내고 있으며, 3연에서는 1연과 2연의 배경 저 편, 시의 화자로 하여금 회한의 발걸음을 재촉하게 만드는 곳, 그 오랜 그리움의 얼굴들이 살고 있는 고향을 상기시켜 주고 있고, 4연에서는 '버리고 온 〈生活〉'이 '아직도' 살아있는 고향 때문에 밤을 새우는 화자를 만나게 해준다.

말하자면 이 시의 주인공인 화자의 심정적 세계는 4연에서 보게 된다고 하겠다. 그러니까 1연에서 3연까지의 내용은, 4연에서의 화자의 심정적 정황을 말하기 위한 정경이 되고 있다.

잘 알려진 바와 같이 석정의 고향은 전북 부안군 부안읍 선은리 이다. 그가 젊은 시절 이곳 선은리 마을에 '靑丘園'이라 이름한 집에서 농사를 짓고 살았는데, 바로 그곳 '靑丘園'이 있는 고향으로 회한의 그리움을 보이고 있는 작품이라 할 수 있다. 화자가 잠 못 이루고 밤을 새우는 것은, 가난했던 시절의 〈生活〉이나 가족들이 자꾸만 눈에 어른거리기 때문이라고 하겠다.

이야기

상나무가 둘러 있는 마을 샘에서는 <숲안떡>이랑 <양년이>네
언니랑 그 지긋지긋한 감저순과 봄내 먹어 내던 쑥을 헹기면서 <돌
쇠>엄마가 가엾다고들 이야기하였다.

옥같은 서리쌀밥에 저리지를 감아 한 사발만 먹고프다던 <돌쇠>
엄마는 해산한 뒤 여드랠 꼽박 감저순만 먹다가 그예 세상을 떠나
고 말았다.

감저순은 속을 몹시 깎아낸다는 이야기, 그러기에 凶年 너무새론
쑥을 덮어먹을 게 없다는 이야기, 소같이 마냥 먹어 대던 쌀겨도곤
차라리 피를 훑어 죽을 끓여 먹는 게 낫다는 이야기……

샘을 둘러 서 있는 상나무에서도 감저순과 쑥 내음새가 구수하고
마을 아낙네의 새로운 생존철학 강의에서도 너무새 내음새가 자꾸
만 풍겨온다.

하늘이여
피가 돌기에 마련이면
어찌 독새기를 먹어야 하는 가뭄과 농토를 앗어가고 쌀겨를 먹이
는 물난리와 자맥을 먹는 벼이삭에 몹쓸 바람을 보내야 하는가.

가을도곤 오는 봄을 근심하는 마을 아낙네의 서글픈 이야기가 오
늘도 내일도 퍼져 가는 한 지구는 영원히 아름다운 별일 수 없다.

   석정의 이 시를 읽으면 백석(白石 : 백기행)의 시집『사슴』에 실려있는「가즈랑집」이라는 작품이 떠오르게 된다.

왜냐하면 두 작품 모두 시인의 시선이 고향의 가난한 현실을 바라보고 있다는 점과, 두 작품 모두 고향의 토속어나 토속적 이름(호칭)들로 표현되어 있다는 점 때문일 것이다.

참고로 하기 위하여 백석시(白石詩)를 다음에 인용해 보기로 한다.

예순이 넘은 아들 없는 가즈랑집 할머니는 중같이 정해서 할머니
가 마을을 가면 긴 담뱃대에 독하다는 막써레기를 몇대라도 붙이라
고 하며

간밤엔 섬돌 아래 승냥이가 왔었다는 이야기
어느메 山골에선가 곰이 아이를 본다는 이야기

나는 돌나물김치에 백설기를 먹으며
넷말의 구신집에 있는 듯이
가즈랑집 할머니
내가 날 때 죽은 누이도 날 때
무명필에 이름을 써서 백지 달어서 구신간 시렁의 당즈깨에 넣어
대감님께 수영을 들였다는 가즈랑집 할머니

— 白石詩「가즈랑집」일부

석정시「이야기」는 6.25이후 전라도 지역 고향마을의 가난한 현실을 반영하려는 작품이고, 백석시「가즈랑집」은 일제시대 함경도 지역 고향마을의 가난한 현실을 소재로 하고 있는 점이, 우선 눈에 띄는 유사성이라 할 수 있다.

이들 작품의 두 번째 유사성은, 고향의 토속어나 토속적 이름(호칭)들에서 찾을 수 있을 것 같다.

가령 석정시에 씌어진 토속어, '감저순' '행기면서' '저리지' '너무새'

‘독새기’ 등을 들 수 있고, 백석시에 씌어진 토속어 ‘막써레기’ ‘멫대’ ‘구신집’ ‘구신간 시렁’ ‘당즈께’ 등을 들 수 있다. 그리고 토속적 이름(호칭)으로는 석정시의 ‘숲안떡’ ‘양년이’ 등을 들 수 있고, 백석시의 ‘가즈랑집 할머니’ 등을 들 수 있다.

그러나, 서로 다른 점이 있다면, 전자(석정시)는 작자의 감정이 강하게 표출되고 있는 데 비해(특히 후반부 두 연) 후자(백석시)는 작자의 감정개입 없이 담담하게 회화적으로 서술되고 있다는 점이다.

한편, 두 작품 모두 불운한 시대와 가난한 고향을 배경으로 하고 있기 때문에, 시대의 ≪추위≫와 고향의 ≪추위≫를 아울러서 바라보게 해주고 있다는 점에서는 매한가지라 할 수 있을 것 같다. 다시 말하자면, 식민지 시대나 6.25사변 무렵의 시대상, 혹은 그 시대 농촌의 춥고 배고프고 쓰라린 현실을 두 작품을 통하여 보게 된다고 하겠다.

氷 河

동백꽃이 떨어진다
빗속에 동백꽃이
시나브로 떨어진다.

수
평
선
너머로 꿈 많은 내 소년을 몰아가던
파도소리
파도소리 부서지는 해안에
동백꽃이 떨어진다.

억만 년 지구와 주고받던
회화에도 태양은 지쳐
엷은 구름의 면사포를 썼는데
떠나자는 머언 뱃고동 소리와
뚝뚝 지는 동백꽃에도
뜨거운 눈물 지우던 나의 벅찬 청춘을
귀 대어 몇 번이고 소근거려도
가고 오는 빛날 역사란
모두 다 우리 상처입은 옷자락을
갈갈이 스쳐갈 바람결이여
생활이 주고 간 화상쯤이야
아예 서럽진 않아도
치밀어 오는 뜨거운 가슴도 식고

한 가닥 남은 청춘마저 떠난다면
동백꽃 지듯 소리없이 떠난다면
차라리 심장도 빙하되어
남은 피 한 천 년 녹아
철철철 흘리고 싶다.

작품 해설   시집 『氷河』가 세상에 그 얼굴을 보인 것은 1956년, 이 시기는 두 가지의 고난의 역사가 휩쓸고 간 뒤의 해이다. 그 하나는 "6.25 사변"이라는 동족상잔의 피비린 역사가 휩쓸고 간 뒤이고, 또다른 하나는 몇 년 동안 계속된 흉년으로 인하여 조국강산이 온통 가난으로 찌들은 때이다. 더구나 이 시인의 개인사적 정황으로 보면, 정말 생(生)과 사(死)의 갈림길을 짭짤하게 체험한 뒤의 해라고 할 수 있다. 그리고 바로 그 때, 시집 『氷河』가 세상에 그 얼굴을 보였고, 이 시집의 표제시 『氷河』가 쓰여진 것이다.

솔직히 말해서 이 시는 시집의 표제시임에도 불구하고, 시의 유기체적 구조의 면에서나 시의 완성도 면에서 성공작으로 생각되는 작품은 아니다. 하지만 이 시의 정서는 우선 뜨겁다. 『촛불』 무렵이나 『슬픈 牧歌』 무렵, 노·장의 "제물론"이나 "양생주" 사상, 그리고 그 몽환적 세계, 혹은 꿈같은 이상향을 유영하던 시인이, 어쩌면 이렇듯 '철철철' 피가 흐르는 시를 쓸 수 있는지, 극과 극의 변화를 보일 수 있는지, 의문스러울 정도로 이 시는 뜨겁다. 마치 벼랑을 기어오르다가 긁히고 긁혀서 상처투성이가 된 핏빛 상채기를 보는 것과도 같은, 그런 시인 것 같다.

우선 이 시에 상징물로 등장하고 있는 것은 핏빛으로 물들어 있는 '동백꽃'이다. 그 '동백꽃'이 화자의 의식 속에서 떨어지고 있다. 어쩌면 처절하리만큼 아픈 모습이다.

이 시인이 생(生)과 사(死)의 갈림길을 짭짤하게 체험했던 일(※ 신석상

저『신석정 편전』("죽음보다 외로운 가슴을 위하여", 東泉社, 1984 참조)을 참고로 해보면, '동백꽃' 떨어지는 모습은 예사롭지가 않다.

더구나 '한 가닥 남은 청춘마저' '동백꽃 지듯 소리 없이' 떨어지는 모습은, 오히려 처절한 아름다움일지도 모른다.

그리고 더더욱 처절한 아름다움은, 그 핏빛 '동백꽃'이 '氷河'되어 '한 천 년' 흐르는 일이다. '철철철' 얼음 속에서 흐르는 일이다.

말하자면, 6.25사변으로 인한 동족상잔의 피묻은 역사, 그리고 생(生)과 사(死)의 갈림길을 겪은 시인 자신의 피묻은 역사가 '한 천 년' '철철철' 흐르리라는 것이고, 역사의 증언처럼 그렇게 '흐르고 싶다'는 것이다. 이것이 이 시의 정서의 개략이다. (※ 단 5연의 끝행 '흘리고'는 '흐르고'의 오식(誤植)인 듯)

待春賦

우수도
경칩도
머언 날씨에
그렇게 차가운 계절인데도
봄은 우리 고운 핏줄을 타고 오기에
호흡은 가빠도 이토록 뜨거운가?

손에 손을 쥐고
볼에 볼을 문지르고
의지한 채 체온을 길이 간직하고픈 것은
꽃 피는 봄을 기다리는 탓이리라.

산은
산대로 첩첩 쌓이고
물은
물대로 모여 가듯이

나무는 나무끼리
짐승은 짐승끼리
우리도 우리끼리
봄을 기다리며 살아가는 것이다

작품 해설 이 작품도 시인의 시선이 이제는 ≪自然≫이나 ≪老莊≫이 아니라, 시대와 사회, 그리고 그 사회 속의 인간들을 투시하고 있다는 점에서 평가해야 할 시기의 작품이다.

이 시는, 실로 유별난 체험을 겪은, 이 시인의 개인사(※ 신석상의 『신석정 평전』 "죽음보다 외로운 가슴을 위하여"(東泉社, 1984) pp. 25∼31 참조)를 이해하고, 또 서로 교류하고 지냈던 정지용이나 김기림 등이 친일지 '국민문학'에 작품을 게재하고 있을 때, 유독 지조를 지키고 있었던 석정을 이해하고, 그리고 해방 후 좌·우익의 갈등을 빚고 있었던 한국문단 상황 등을 이해한다면, 다소 작품배경 이해에 도움을 받을 수 있으리라고 생각된다.

말하자면 '나무는 나무끼리 / 짐승은 짐승끼리 / 우리도 우리끼리'에 보이는 정서는 그런 의미에서 시사해 주는 바가 크다고 하겠다.

아무튼 이 무렵 시의 화자는 또 다른 '봄'을 기다리고 있는 건 사실이다. 그 '봄'의 의미가 무엇인지 확실하게 단정할 수는 없지만, 그가 『촛불』 무렵 지향했던 '그 먼나라'(도연명의 '무릉도원'과 같은 이상향)는 분명 아닐 것이며, 노·장적 "허무"의 세계나 "소요유"의 경지, 혹은 "眞君"(천지의 주재자)의 경지는 더더구나 아닐 것이다.

분명한 것은 이 무렵 이후 그의 시에 많이 등장하는 그 '봄'은 현실에 대한 인식을 ≪겨울≫이라고 지칭한 데서 비롯된 그 어떤 세계인 것만은 분명하다고 하겠다.

말하자면 현실을 ≪겨울≫이라고 할 때, 현실보다는 더 나은, 좀 더 밝은 미래지향 개념으로서의 ≪봄≫인 것만은 분명한 것이다.

山山山

지구엔
돋아난
산이 아름다웁다.

산은 한사코
높아서 아름다웁다.

산에는
아무 죄 없는 짐승과
「에레나」보다 어여쁜 꽃들이
모여 살기에 더 아름다웁다.

언제나
나도 산이 되어 보나 하고
기린같이 목을 길게 느리고 서서
멀리 바라보는
山
山
山.

  이 시인은 유독 산을 좋아한 시인이다. 그래서인지 그의 시집에는 ≪산≫을 소재로 한 작품이 유독 많다. 그리고 그의 시집 중에서 특히 제2시집 『슬픈 牧歌』와 제4시집 『山의 序曲』에 ≪산≫을 소재로 한 작품이 많은 것 같다.

그런데 『슬픈 牧歌』에 보이는 ≪산≫은, 시의 화자가 거기 동화되는 산

이요 합일(合一)되는 산, 즉 물아일체 물아양망의 산인데 비하여, 『山의
序曲』에 보이는 ≪산≫은, 시의 화자가 거기서 명상하는 산이요 귀의하고
싶은 산, 즉 정적 은둔적인 산으로 표현되고 있다.

한편, 제3시집 『氷河』에 실려있는 「山山山」은, 이 시집에서 ≪산≫을
제재로 한 유일한 작품이라 할 수 있는데, 이 「山山山」은 「슬픈牧歌」나
「山의 序曲」에서 보여주는 ≪산≫이 아닌, 멀리서 관망하는 산이요 관조
하는 산이요 동경하는 산이다.

시인이 작고하기 전 그의 서가에는 『침묵은 산의 얼굴이니라. 숭고는
산의 마음이니라. 나 또한 산을 닮아 보리라』는 구절을 써 붙여 놓았었다.
이 구절에는 그가 산처럼 의연하게 불의와 타협하지 않으며, 뜻이 높은 선
비의 정신으로 살고 싶음을 거기 함축시키고 있었다고 볼 수 있다.

마찬가지로 이 작품에서도 시의 화자는, 그 '山'을 닮고 싶어서 '기린같
이 목을 길게 느리고 서서' 동경하는 산으로 표현되고 있다. 그리고 그
'산'은 '아무 죄 없는 짐승과' '「에레나」보다 어여쁜 꽃들이 / 모여서 살기
에' 더욱더 그리운 곳이 되고 동경의 대상이 된다. '한사코 / 높아서' 동경
의 대상이 되기도 한다. 여기서 '높아서'라는 표현은, 실제의 산고(山高)만
을 의미하는 표현이 아니라, 앞에서 보인 구절 『숭고(崇高)는 산의 마음이
니라』의 그 『崇高』가 함축되어 있는 표현이라는 것도 잊지 말아야 한다.

봄이 올 때까지

퇴색한 세월의 가쁜 숨소리 낡은 커튼에 흐트끼고, 바람도 흐르
다간 앙상한 나무에 석상처럼 정지하는 날.

인젠 山도 통곡에 지쳐 동결된 침묵속에 호읍도 망각하고.

문주란·풍란·석곡·선인장·만년청·제라니움들이 외로운 가
족처럼 모여서, 더러는 얼굴을 맞대고, 더러는 볼에 볼을 문지르고,
더러는 여윈 손을 높이 들고,

이 외로운 가족들이 겨울을 거부하며 살아가야 하는, 나의 작은
방에서 이들의 의지를 배워야 하고,

이 가족들 사이에 끼어 함부로 떨어진 뭇 종자들이 어두운 지층
에서 발아를 음모하는 밀어를 나는 믿어야 하고,

때론 窓 너머로 기린처럼 길게 목을 내밀고, 시계탑 언저리에 쏟
아지는 태양의 분수를 횡단했을 비둘기의 빨간 발목에 묻어오는 어
린 봄을 나는 맞이해야 하고,

일체를 부정하라!
이런 엄숙한 자세로 이 가난한 창변에서
새로운 봄에 대비할 예의를 나는 궁리해야 한다.

작품 해설　위의 시 「봄이 올 때까지」는 우선 '봄'과 '가을'의 2분법적
시대인식을 볼 수 있게 해준다. 이러한 시대인식의 표현은 이미 시집 『氷

河』무렵「待春賦」등의 시작품에서 보여준 기법이지만, 시집『山의 序曲』에 이르면 그 표현 빈도가 더욱 많아진다. 그러니까 석정시에서의 현실은 대체로 '겨울'(혹은 밤, 어둠)이며, 그가 기대하는 미래지향적 세계는 '봄'(혹은 하늘, 새벽)으로 표현된다.

사실 석정시의 단순구조가 바로 여기에서 비롯된다고도 볼 수 있다. 그리고 그 외에도 '지옥' '멍든세월' '소란한 세상' '어둠' '시시한 세상' '퇴색한 세월' '시끄러운 세상' 등의 현실인식도 그런 단순구조를 부채질하는 요인이 되고 있다고 보여진다. 좀 더 현실에 대한 미시적 접근이나 내시적 접근, 혹은 김현의 표현대로 '고고학적 노력'이 있었더라면 하는 아쉬움이 남는 것이다. 그리고 한편으로 이 작품은, 가장 석정의 후기시 다운 작품이라고 말할 수도 있다.

석정의 후기시 구조들이 대체로 전반부에서는 서정적 톤으로, 혹은 정관적 관조적 톤으로 흐르다가, 갑자기 시의 말미에서 '일체를 부정하라' 식으로 한 번 부르르 흥분(?)하거나, 일도양단의 언어로 직핍하는, 그런 구조가 많이 보이기 때문이다. 혹자는 이러한 석정시의 세계를 참여시 운운하며 거론하기도 하지만, 그것은 석정시의 본질을 잘 파악하지 못한 데서 온 편견일 뿐임을 이해해야 된다. 말하자면 석정시의 이러한 면모는, 그의 선비적 개결성이 마침내 마땅찮은 현실에 대하여 흥분(?)하고 비판한 언어일 따름인 것이다.

아무튼, 이 작품도 석정의 초기시『촛불』무렵과는 달리 시인의 시선이 현실을 투시하고 있음을 볼 수 있는 건 사실이다.

특히 이『봄이 올 때까지』는 시작품으로서의 긍정적인 면과 부정적인 면을 이만큼 아울러 보유하고 있기도 드물 것 같은 그런 작품이다. 따라서 그 긍정적인 면과 부정적인 면을 항목별로 검토해 봄으로써 독자들의 작품 이해에 다소나마 기여해 볼까 한다.

(1) '봄, 새벽(태양)' '겨울, 어둠' 등의 표현 문제

- 긍정적인 면 : 시대상황 인식을 ≪봄≫과 ≪겨울≫로 단순화함으로 써 독자들로 하여금 빠르게 그 메시지를 전달받을 수 있도록 해주 는 것 같다. 특히 이 작품을 쓴 시점이 4.19직전(1960년 1월)이었 음을 참고로 해보면, 시인이 생각한 그 ≪겨울≫은 당연히 이승만 독재정권 치하로 보이기 때문이다.

- 부정적인 면 : 이러한 양극적인 표현은 시의 내용을 단순화시켜버 릴 위험성이 있다. 시대인식에 대한『고고학적 노력』(김현의 표현, 동아일보, 1967. 11. 9)도 없이 ≪겨울≫로 규정지어버리면 시의 단순구조를 부채질 할 위험성이 있는 것이다. 특히 독자들의 상상 력에 기여해야 하는 시의 본질을 생각하면 더욱 경계해야 될 요소 라고 생각된다.

(2) 「봄이 올 때까지」 등 현실투시 작품의 시인의식 문제

- 긍정적인 면 : 현실을 투시하고 비판할 수도 있는 문학(시)적 특성 으로 볼 때 우선 긍정적으로 평가받아 마땅하다. 특히 그가 시집 『촛불』『슬픈 牧歌』무렵, 노·장적 세계에 많이 침잠했고, 현실을 도외시했다고도 볼 수 있는 초기시를 생각해 볼 때 더욱 그러하다.

- 부정적인 면 : 초기시에서 '제물론' '양생주' '대종사' 등 노장사상 을 보임으로써 독자의 정서순화에 크게 기여한 바 있다. 중기시(특 히 시집『氷河』『山의 序曲』무렵의 시)에서는 문학의 현실참여 문 제에 무리하게 집착함으로써(※문학의 현실참여에 대한 다소간의 오해에서 비롯된 듯) 오히려 비문학적 작품을 자초하는 결과를 낳 지 않았나 싶다.

(3) 「봄이 올 때까지」 등 현실투시 작품의 시적구조의 문제

- 긍정적인 면 : 시 「봄이 올 때까지」는 석정시 구조의 한 전형을 보 여주는 작품이다. 이 시작품의 구조는, 1연~6연 까지는 일종의 도 입부이다. 그러니까 시인이 독자를 향하여 말하고자 하는 진술(메

시지)은 당연히 7연(結句)이다. 이런 구조는 석정시에서 흔히 보는 일이다. 물론, 이 「봄이 올 때까지」는 1연~6연 까지는 암시법을 사용함으로써, 간접적으로 화자의 시대의식을 보여주는 효과를 거두고 있다.

- 부정적인 면 : 이러한 시적 구조는, 우선 시의 유기체적 구조에 흠을 보이는 일이다. 시의 완성도 면에서도 흠을 보이는 일임은 더 말할 나위도 없다. 특히 암시법으로 진술된 1연~6연의 경우, 무리한 식물 이름 나열 등이 거슬리기는 하지만, 그런대로 간접적으로 시대의식을 보여주는 묘미를 거두고 있다. 그러나, '一切를 否定하라' 식의 구호조의 직설적 결구는, 아무래도 거슬린다고 아니 할 수 없다. 어찌보면 선비적 ≪直言≫을 과시하는 것 같은 이런 구절이 시적으로는 문제가 된다고 할 수 있는 것이다.

앞에서도 말했지만, 시는 독자의 상상력에 기여해야 한다는 점이다. 따라서 직설적 논설투의 언어나 신문의 고십(gossip)과 같은 언어는 금물이다. 구호조의 언어는 더더욱 금물이다. 두 말 할 필요도 없이, 시의 언어는 상징적 표현과 비유적(은유적) 표현이 바람직스럽게 이루어졌을 때 독자의 상상력에 기여할 수 있으리라고 믿는다.

그래야만 시대와 사회를 "포괄"해서 표현하고 "내포"해서 표현할 수 있을 것이며, "응축"된 시의 세계를 독자로 하여금 맛볼 수 있도록 할 수 있으리라 믿는 것이다.

만약, 석정시 중에서 초기의 시(『촛불』『슬픈 牧歌』무렵의 시)에 비하여 중기의 시(『氷河』『山의 序曲』무렵의 시, 특히 현실투시의 시)가 시의 완성도 면에서 다소 떨어진다고 한다면, 바로 그런 이유에서가 아니겠는가 하는 생각이다. 물론 초기의 시가 비유와 상징의 면에서 바람직스럽게 이루어졌다는 말은 아니라는 것을 덧붙여 둔다.

3月이 오면

　　함박눈 내리고 우리 이야기 조용조용 함박눈 내리듯 주고 받는
사이 퍼얼펄 함박눈 내리고 우지 가지 달린 꽃망울 그 중에서 자잘
모름하게 달린 생대나무
　　산수유나무 꽃망울 속에서 들려오는 3月의 이야기, 그 이야기에
묻어오는 향내 머금은 바람소리 시방 들려오는 함박눈 퍼얼펄 내리
는 속에 자주 들려오고……

　　푸르디 푸른 것, 모두 빨가장이 아셔가는 가을 푸른 하늘에 또롯
이도 주렁주렁 달려 있는 산수유 구슬구슬 빨간 열매를
　　백장미같이 하얗고도 부드럽게 늙으신 아버지가 눈을 찔끔 감으
시면서 씨 발라내던 그 죄없는 이야기 간직한 채
　　함박눈 퍼얼펄 내리는 속에 산수유는 서서 구례·산동 가시내들
의 홍어리던 이야기도 노래도 부르고 우리 아버지도 부르고……

　　에라!
　　3月이 오면 꽃바람 속에 산수유 꽃바람 노오란 속에 오늘 같은
함박눈 내리던 이야기 주고 받으며 경칩에 뛰어나온 개구리처럼 그
런 이야기 할까 보다. 그렇게 서러울 것도 그렇게 외로울 것도 없는
기인긴 겨울을 나던 이야기 개구리처럼 서로 할까 보다.

작품 해설　　이 작품도 앞의 「봄이 올 때까지」와 비슷한 구조를 이루고
있다. 3연으로 된 이 시는, 바로 그 3연을 진술하기 위하여 1연과 2연의
도입부가 필요했던 것이다. 그러니까 3연을 읽기 전에 1연과 2연만을 읽
을 때에는 얼핏보기에는 서정시를 읽어 내려가듯 읽기 마련이다.
　　그러나 3연의 '에라!'에서부터는 읽어 내려가던 분위기가 사뭇 달라진

다. 말하자면 시대에 대한 인식, 즉 현실투시의 내용이 거기 잠복해 있었던 것이며, 바로 거기 잠복해 있는 현실은 예의 그 ≪겨울≫인 것이다.

그러므로 '경칩에 뛰어 나온 개구리처럼' '기인긴 겨울을 나던 이야기' 할 날을 대비하게 되는 것이다.

다시 말하자면, 화자에게 있어 아직은 ≪겨울≫이기 때문에 '一切를 否定'(「봄이 올 때까지」)하는 자세로 그 ≪겨울≫속에 칩거하다가, 만약 기대해 마지않는 '3月'(봄)이 오기만 한다면, '경칩에 뛰어나온' '개구리처럼' 지난 ≪겨울≫의 칩거하던 '이야기'를 하고자 하는 것이다.

智異山

숭고한 산의 Esprit는
모두 이 산정에 집약되어 있고
상징되어 있다.
-하여
신은 거기에 내려오고
사람은 거기 오른다.

1

6月에 꽃이 한창이었다는 <진달래> <석남> 떼지어 사는 골 짝. 그 간드라운 가지 바람에 구길 때마다 새포름한 물결 사운대는 숲바달 헤쳐 나오면, <물푸레> <가래> <전나무> 아름드리 벅차도록 밋밋한 능선에 담상담상 서 있는 <자작나무> 그 하이얀 <자작나무> 초록빛 그늘에, <射干> <나리> 모두들 철그른 꽃 을 달고 갸웃 고갤 들었다.

2

씩씩거리며 올라채는 가파른 단애. 다리가 휘청 휘청 떨리도록 아슬한 산골에 산나비 나는 싸늘한 그늘 <길경>이 서럽도록 푸르 고 선뜻 돌 타고 굴러오는 돌돌 굴러오는 물소리 새소리 갓나온 매 미소리 온 산을 뒤덮어 우람한 바닷속에 잠긴 듯하여라.

3

<더덕> <으름> <칡> 서리고 얽힌 널출 휘휘 감긴 바위서 리, 그저 얼씬만 스쳐도 물씬 풍기는 향기, 키보담 높게 솟은 <고 사리> <고비> <관중> 군락에 <마타리> 끼워 어깰 겨누는 덤불, 짐승들 쉬어 간 폭삭한 자릴 지날 때마다 무침ㅎ고 나도 딩굴

고 싶은 산골엔 헐벗고 굶주린 자취가 없다.

4

발 아래 구름이 구름을 데불고 우릴 몰고 간 골짝엔 어느덧 빗발이 선하게 누비는데, <전나무> 앙상한 가지에 유난히도 눈자위가 하이얀 <동박새> 외롭게 우는 소릴 구름 위에 위치하고 듣는 사양도 향그러운 길섶, 늙어 쓰러진 나무를 나무가 한가히 베고 누워 산바람 속에 숨이 가쁘다.

5

길 넘는 <억새> <시나대> 번질한 속을 짐승인 양 갈고 나가면 산정 가까이 <들국화> 산드렇게 트인 꽃 벌판 눈부신 언저리에, <산목련>도 꽃진 자국에 붉은 열맬 숱하게 달고, <층층나무>랑 나란히 섰다.
예서부턴 짝달막한 나무들이 얼굴만 뾰주름 내밀고, 남쪽으로 다정한 손을 흔들며 산다.

6

해가 설핏하기 앞서 재빠른 귀또리, 산귀또리 서로 부르는 소란한 소리, 어느 골짜구니에선 벌써 자즈라지게 <소쩍새> 울어예고, 자주 구름이 쓰다듬고 가는 산정에 산을 베고 누으면, 하이얀 구름의 하이얀 커튼 사이사이 손에 잡힐 듯 촉촉 고갤 들고 솟아나는 별. 뻗어간 산맥의 검푸른 물결도 높아, 으시시 한여름 밤이 차라리 겨울다이 칩다.

7

불 피워 닦은 자리 아랫목보담 정겨운 산정. 텐트 자락 살포시 젖히고 고갤 내밀면, 부딪칠 듯 떨어지는 잦은 유성도 골짝을 찾아 묻히는 밤.

　어서 보내야 할 얼룩진 오늘과, 탄생하는 내일의 생명을 구가할
꿈을 의논하는 꽃보라처럼 난만한 노숙. 벌써 쌔근쌔근 산새처럼
잠이 든 벗도 있다.

작품 해설　　　이 시는 "智異山"의 장엄한 원시적 질서를 그대로 그려내
려 하고 있는 작품이다. 그것은 마치 정지용이 "白鹿潭"이라는 작품에서
한라산의 원시적 질서를 그려내고 있는 것과 비슷하다고 할 수 있다. 그러
나 "智異山"은 한라산과는 또 다른 웅장하고 엄숙한 무엇을 간직하고 있
는 산이다. 이 시인의 말대로 숭고한 산의 에스프리(Esprit)는 모두 이 산에
집약되어 있고 상징되어 있는 것이다.

　신이 창조한 우주적 질서를 그대로 간직하고 있는 지리산, 그 신은 아
직도 거기 내려오고, 신이 차려 놓은 자연의 잔치에 참예하고자 인간 또한
거기 오른다.

　말하자면 신이 창조한 역사 속에 인간은 겁 없이 거기 뛰어드는 것이라
고나 할까.

　이 작품은 우선 번호 1번에서 7번까지, 마치 일곱 편의 시처럼 나열돼
있지만, 그 내용으로 볼 때 7연으로 된 한 편의 작품으로 보아도 무방할
것 같다.

　그리고 각 연들은 서로 주종관계 없이 대등한 자격으로 쓰여지고 있으
나, 다만 그 순서는 산의 밑으로부터 산의 정상에 이르기까지 오르는 순서
대로 묘사되고 있다. 즉, 산록대(山麓帶)→교목대(喬木帶)→잡목대(雜木
帶)→삼림대(森林帶)→관목대(灌木帶)→초목대(草木帶)→산정(山頂)의 순
으로 묘사되어 있고, 마지막 7연에서는 산정에서의 노숙 장면이 묘사되고
있다.

　사실 이 "智異山"은 시인과는 특별한 인연이 있는 산이어서 그런지 특

별한 애정을 갖고 있는 산인 것 같다. 그래서인지 여기 묘사된 22종의 식물(진달래, 石榴, …… 등등)들은 마치 가족구성원들처럼 단란하게 의인화되어 나타난다.

즉, '철그른 꽃을 달고 갸웃 고갤 들었다'라든지, '나무를 나무가 한가히 베고 누워' 같은 구절, 혹은 '짝달막한 나무들이 얼굴만 뽀주름 내밀고' '남쪽으로 다정한 손을 흔들며 산다' 같은 구절, 그리고 '산을 베고 누우면' 같은 구절들이 마치 단란한 가족처럼 의인화 된 구절들이라 할 수 있다.

다만 마지막 7연만은 조금 다른 양상으로 나타나고 있다. 물론 이 7연은 산정에서의 노숙 장면을 묘사한 것이긴 하지만, 석정의 다른 작품에서도 볼 수 있는 시적 구조의 전형처럼 시인은 이 7연을 시의 결구로 의식한 것 같다. 말하자면 이 7연에 이 시인의 시적 자아가 가장 또렷하게 나타나 있는 것이다.

즉, '얼룩진 오늘'과 '탄생하는 내일'의 '생명을 구가할 꿈을 의논'한다는 진술이 바로 그것인데, 이러한 구절은 석정시의 여느 결구에 나타나는 시적 자아의 의식과 비슷하게 나타난다고 하겠다.

다시 말하자면, 석정시의 '오늘'의 현실은 ≪겨울≫이거나 ≪어둠≫(혹은 '밤')이고, 미래지향적 내일의 세계는 또 ≪봄≫이거나 ≪새벽≫(혹은 '태양')으로 나타나는, 그런 시적 세계와 의식 말이다.

그러므로, 화자의 오늘은 '얼룩진' 오늘이고, 화자의 내일은 '꿈을' 구가할 날로 표현되고 있다고 하겠다.

山나비랑 앉아서
     - <老姑壇> 가는 길에

山에는
신나무
신나무가 빨가장히 탄다.

물푸레나무
가무태나무
자작나무
층층나무
거제수나무
비자나무
전나무
잣나무
시루나무
나도밤나무
고르쇠나무들이
빽빽이 서 있는

山麓帶를 지내서
雜木帶를 지내서
森林帶를 지내서
灌木帶를 지내서
아직 草木帶가 나서기 전

골골이 타고 오는
바람소리

물소리
물소리 바람소리
잘잘 멋이 흐르는
거문고의 산조.

새가
날아간 뒤
다람쥐도 지나갔을 바위 언저리
산나비랑 나란히 앉아서
멀리 돌아가는 섬진강을
숲 새로 바라보다

문득
나는
두보의 <春望>을 외워본다.

작품 해설　　　이 작품도 앞의 "智異山"과 비슷한 구조를 보이고 있는 작품이다. 물론 "智異山"처럼 번호를 붙여(1~7연) 항을 달리하지 않은 점, 혹은 '산나무' '고르쇠나무' 등 나무들의 이름을 나열한 점, 그리고 '山麓帶'에서 '草木帶'까지 나무들의 분포를 직접 명칭으로 기술한 점이 "智異山"과 다르다고 할 수 있다.

그러나 우선 '山麓帶'에서 '草木帶'까지의 나무의 분포를 등고(登高)의 순서대로 배열한 점이 비슷하다고 할 수 있고, '문득 / 나는 / 두보의 <春望>을 외워 본다.'고 한 6연의 결구처리(※ 석정시 구조의 전형)가 또한 비슷하다고 할 수 있다.

한편, 이 시를 독자들이 처음 대하면, 우선 서정시나 혹은 서경시로 읽힐 수 있다. 특히, 1연에서 5연까지가 더욱 그럴 것이다. 이 시의 제목 또

한 서정시적 분위기를 느끼게 하는 제목이다. 그러나, 6연을 예사롭게 보아 넘겨서는 안 된다.

얼핏보면 6연도 서정적 분위기를 느끼게 하는 구절이고, 또 두보의 시 「春望」도 그렇게 읽힐 수 있다. 그러나 화자의 의식세계는 전혀 다른데 있다는 걸 알아차려야 된다. 즉 그 「春望」은 화자의 의식세계가 반영된 예의 그 ≪봄≫을 기대하고 바라는 것이다. 화자의 현실은 늘 ≪겨울≫이기 때문이다. 그러니까 두보의 시 「春望」의 실제 내용과는 어쩌면 긴밀한 관련성이 없다고 해도 과언이 아니다.

다시 말하자면 '山나비랑 앉아서' 정말 운치 있게 두보의 시를 연상하는 것 같지만, 작자의 의도는 전혀 딴데 있다는 걸 이해해야 된다고 하겠다. 즉, 예의 그 <봄>을 기다리는 그런 의식의 반영인 것이다.

抒情小曲

3月보다 따스한
네 손을 달라.

백목련보다 하이얀
네 가슴을 달라.

불보다 불보다 뜨거운
네 심장을 달라.

시방 거리에는
음악 같은 실비 내리고,

실비 내리는 속에
동백꽃 뚜욱뚝 지는 소리 들려오고,

돌멩이의 체온도 그리운
죽음보다 외로운 오후.

음악같이 내리는 실비 속에
나는 산처럼 서서 널 생각한다.

작품 해설　　　이 시는 시인의 제4시집 『山의 序曲』에 실려있는 작품이다. 이 시집은 시인의 나이 61세 되던 1967년에 나온 시집이고, 따라서 그가 이순을 넘어선 때에 펴낸 시집이다.

그러니까 자연적 연치로 따지면, 그가 이미 노년에 이른 때에 펴낸 시집인 것이다.

따라서 그의 작품 '抒情小曲'은 이미 노년에 이르른 시인의 심정적 자아가 잘 나타나 있는 작품이라 할 수 있다. 그리고 이 시에서 그런 심정적 자아가 가장 직접적으로 표출된 곳은 7연으로서, 바로 그 '죽음보다 외로운'에 잘 나타나 있다고 하겠다.

그러면 그 '죽음보다 외로운' 심정은 어디에서 온 것인가? 그것은 두말할 필요도 없이 절대고독에서 온 것이다.

이제 노년에 이르른 그에게는, 죽음의 그림자가 어른거릴 나이이고, 언뜻언뜻 귀신과도 만나는 나이이다. 따라서 시인은 고독한 것이고 그 고독은 절대고독이라 할 수 있다. 저승의 계단을 저벅저벅 내려가는 뒷모습을 문득문득 바라보는 자만이 얻을 수 있는 고독, 바로 그런 절대고독의 상태에서 이 시가 쓰여졌다고 볼 수 있다.

그러므로, 생명이 움트는 계절 '3月보다 따스한' '네 손'이 그립고, '백목련보다 하이얀' '네 가슴'(순수하고 젊은 가슴)이 그립고, '불보다 뜨거운' '네 심장'(살아있는 젊은 심장)이 그리운 것이다. 젊은이의 손, 젊은이의 가슴, 젊은이의 심장이면 모두 다 화자에게는 그 무엇보다도 그리운 대상이다. 싱싱한 젊음 그 자체가 화자에게는 부러운 대상이요 그리움의 대상인 것이다. 아니 어쩌면 그 대상이 비록 사람이 아니라 할지라도 이 삼라만상 가운데 생명이 약동하고 있는 그 무엇이라도 생명력이 넘치는 것이면 모두다 그리웠을지도 모른다.

이 시의 화자에게 있어서는 '동백꽃 뚜욱뚝 지는 소리'는 아름다운 낙화를 보게 해 주는 순간이 아니다. 더구나 화자의 심정을 처연하게 자극하는 '음악같은 실비'는, 더더욱 듣기 싫은 소리일 수 있다. 그리고 그런 처연한 심사를 자극하는 분위기(3연, 4연)이기 때문에 화자는 더욱 '죽음보다' 외로운 심정에 빠진다고 하겠다.

이 시는 이순을 넘어선 시인의 심정적 자아가 잘 표출된 시이다. 젊고 순수하고 뜨거운 '널' 그리워하는 시적 자아가 잘 나타나 있는 것이다.

네 눈망울에서는

네 눈망울에서는
초록빛 5월
하이얀 찔레꽃 내음새가 난다.

네 눈망울에는
초롱초롱한
별들의 이야기를 머금었다.

네 눈망울에서는
새벽을 알리는
아득한 종소리가 들린다.

네 눈망울에서는
머언 먼 뒷날
만나야 할 뜨거운 손들이 보인다.

네 눈망울에는
손잡고 이야기할
즐거운 나날이 오고 있다.

작품 해설　　이 작품은 전주 덕진 공원에 세워져 있는 신석정 시비(辛夕汀詩碑)에 새겨진 시이다. 이 작품이 인구(人口)에 많이 회자되는 그의 대표작이 아님에도 불구하고 선정된 이유는 아마도 다음 두가지 면에서 일 것 같다.

　　첫째로, 이 시에서 눈에 띄게 두드러지는 면은 그 형식(작품구조)이 잘 정비되어 있다는 점이다. 우선 그 표현기법이 간결하고, 각 연의 첫행을 반복해서 표현하는 형식미를 취하고 있다. 물론 석정시의 이와 같은 형식미는 꼭 이 작품에서만 보는 것은 아니다. 가령 시집『山의 序曲』에서만 해도 '내 가슴속에는' 같은 작품이나 '나의 노래는' 같은 작품, 혹은 '窓' 같은 작품들이 바로 그러한 형식미를 보이고 있다.

그리고 또 한편으로 생각해보면, 일반 독자들에게 많이 알려진 '그 먼 나라를 알으십니까' 같은 작품은, 상대적으로 그 형식미에 있어 시비에 새기기에는 알맞지 않다고 생각된 것 같다. 우선 시의 길이가 길고 시행도 흔히 말하는 유장조로 돼 있어서, 시비에 새기기에는 다소 무리라고 여겨졌던 것 같다는 말이다.

두 번째로는 아무래도 그 내용면에서 선정이유를 생각해 보지 않을 수 없다. 우선 이 시의 중심 소재는 '눈망울'이다. 그것도 늙고 힘없는 눈망울이 아니라, 소년 소녀에게서만 볼 수 있는 '초롱초롱한' 눈망울이다. '찔레꽃 내음새'가 나는 눈망울이요, '새벽을 알리는' 눈망울인 것이다. 그러므로 그런 눈망울을 소유한 소년소녀들은 정말 미래를 걸만한, 걸지 않으면 안될 대상들이다. 그들이야말로 화자에게 있어서 미래지향적 대상이요 기대해 마지않는 후진들인 것이다.

따라서 이 시는 미래의 세대를 기리는, 노시인의 메시지가 담긴 시라고 볼 수도 있다. 그리고 그 메시지는 '머언 먼 뒷날' '즐거운 나날'이 오고 있음을 예고하는 메시지이다. 그리고 바로 그런 교시성이 있는 작품이라는 점이 내용면에서의 선정 이유라고 볼 수 있다.

말하자면 이 작품은 그 형식면에서 잘 짜여져 있을 뿐만 아니라, 그 내용면에서도 후대를 기리는 내용으로 되어있기 때문에, 시비에 새겨지는 작품으로 선정됐을 것이라는 말이다.

그리고 그 표현이 우선 난삽하지 않고, 대중에게 잘 어필할수 있는 평이한 표현이라는 점도 선정의 이유가 됐을 것 같다.

初 雪

이팝나무 꽃이 뒤덮인
그 白雪같은 숲길을
少年과 少女는 걸어가고 있었다.
한참을 걷다 보면
나는 바로 少女의 손을 이끌고
걸어가는 손이 뜨거운 少年이었다.

하늬바람이 간지럽도록
불고 있었다.
나지익한 하늘의
그토록 푸른 물결이 일렁이는 여름,
언덕을 넘어 가면
자꾸만 나부끼는 麥浪속에
少女와 나는 묻혀 있었다.

창 밖
初雪에 덮인 山을 바라보다
문득
꿈을 생각하던 나는
義手같이 차가운 손으로
여윈 볼을 만져 본다.

　　　이 시도 기본적으로는 앞의 '抒情小曲'과 비슷한 정서를
보이고 있다. 앞의 '抒情小曲' 해설에서 얘기했듯이, 노년에 이르는 시인
의 정서에서 볼 수 있는 무언가 쓸쓸하고 공허한 그런 정서 말이다. 즉,

‘돌멩이의 체온도 그리운 / 죽음보다 외로운 오후’(‘抒情小曲’)에서 볼 수 있는 시인의 정서, 혹은 ‘義手같이 차가운 손으로 / 여윈 볼을 만져 본다.’(‘初雪’)에서 볼 수 있는 정서가 바로 그런 정서라 할 수 있다.

말하자면 이순을 넘긴 시인에게는 과거 젊었던 시절이 그립고 젊음 그 자체가 그리운 것이다. 그러므로 ‘白木蓮보다 하이얀 / 네 가슴을’(‘抒情小曲’) 그리워하는 것이고, ‘이팝나무 꽃이 뒤덮인 / 그 白雪같은 숲길을’(‘初雪’) 걷던 소년시절이 그립다고 하겠다.

한편, 시작품 ‘初雪’은 몽환적 그리움이 가득히 넘치는 시이다. 특히 1연과 2연은 몽환적 과거에 대한 기억으로 가득하다. ‘나는 바로 少女의 손을 이끌고 / 걸어가는 손이 뜨거운 少年’이라든가, ‘자꾸만 나부끼는 麥浪 속에 / 少女와 나는 묻혀’ 있었다는 꿈결같은 기억들이 바로 그것이다.

그러나, 시의 마지막 3연에 이르면, 과거의 기억으로만 ≪되감기≫하던 테이프가 돌연 현실로 돌아온다. 현실은 그런 꿈결같은 과거와는 전혀 동떨어진 ‘여윈 볼’만이 만져질 뿐인 현실이다. 그리고 바로 그러한 현실이 화자의 비극이자 이 시의 모티브가 된 것이다.

다시 말하자면, ‘여윈 볼’이 만져질 뿐인 노년의 화자이기 때문에 과거의 꿈결같은 ‘少年’시절이 그립고, 몽환적 과거에 사로잡힐 수밖에 없었다고 하겠다.

이 시는 그만큼 인간의 보편적 정서가 보이는 아름다운 서정시라고 볼 수 있다.

대바람소리

대바람소리
들리더니
소소한 대바람소리
창을 흔들더니

小雪 지낸 하늘을
눈 머금은 구름이 가고 오는지
미닫이에 가끔
그늘이 진다.

국화 향기 흔들리는
좁은 서실을
무료히 거닐다
앉았다 누웠다
잠들다 깨어 보면
그저 그런 날을

눈에 들어오는
병풍의 「樂志論」을
읽어도 보고……

그렇다!
아무리 쪼들리고
웅숭거릴지언정
— ＜어찌 帝王의 門에 듦을 부러워하랴＞

대바람 타고
들려오는
머언 거문고소리…….

 시작품 「대바람 소리」는 석정의 다섯 번 째 시집 『대바람
소리』의 표제시이다.

시 「대바람 소리」에 나타나고 있는 시인의 정서는, 이제 노년의 선비적
인 자세로 안착하는 모습을 보여준다. 초년시절 아련한 꿈의 세계를 보여
준 '그 먼나라'(도연명 '무릉도원'의 영향)로부터 출발하여, 노장사상이나
일제하의 어둠, 혹은 시대와 사회에 대한 투시와 관조의 시기를 우회하여,
드디어 도달한 세계가 바로 장자의 '낙지론'인 것이다. 노장사상에서 출발
하여 결국 노장사상으로 귀환한 것이다.

이 점은 매우 중요한 일이다. 무모한(?) 꿈의 세계를 펼쳐보였던 『촛불』
무렵 작품에 대한 회의와 반성으로, 때로는 일제하의 어둠을 표현하기도
하고, 때로는 시대현실에 대한 비판이나 투시, 혹은 관조의 언어를 보이기
도 하고, "참여시를 蛇蝎視"해서는 안된다는 견해를 보이며 마치 자신이
참여시를 지향하고 있는 듯한 자세를 취한 적도 있지만, 결국 석정시의 토
양은 노장사상이었음을 그의 귀환을 통하여 보게 되는 것이다.

그는 결국 동양적 선비일 수밖에 없었던 것이다. 그리고 이 「대바람 소
리」같은 작품을 대하면 『나물 먹고 물 마시고 팔 베고 누웠으니, 대장부
살림살이 이만하면 족하도다』하던 옛 유학자들의 모습이 떠오를 정도로
"체념"의 정서나 "은둔사상"의 정서를 발견하게 된다. "체념"의 정서나
"은둔"의 정서는 바로 동양의 정서로 뿌리박혀 있기 때문이다.

한편, 이 시에 나오는 "낙지론"은, 벼슬을 사양한 채 은일생활을 즐긴
도가(道家) 중장통(仲長統)이 지은 글로써, 석정시의 5연에 보이고 있는
＜어찌 帝王의 門에 듦을 부러워하랴＞는 구절은 바로 그 "낙지론"에 담

겨 있는 구절이다. 여기에 "낙지론" 전문을 인용해 보겠다.

거처하는 곳에 좋은 논밭과 넓은 집이 있고 산을 등지고 냇물이
곁에 흐르고 도랑과 연못이 둘러 있으며 대나무와 수목이 둘러져 있
고 타작마당과 채소밭이 집앞에 있고 과수원이 집 뒤에 있다. 배와
수레가 걷거나 물을 건너가는 어려움을 대신하여 줄 수 있고, 심부름
하는 이가 육체를 부리는 일에서 쉴 수 있게 한다. 부모를 봉양함에
는 진미(珍味)를 곁들인 음식을 드리고 아내와 아이들은 몸을 괴롭히
는 수고도 없다. 좋은 벗들이 머무르면 술과 안주는 차려서 즐기며,
기쁠 때 길한 날에는 염소와 돼지를 삶아 바친다. 밭이랑이나 동산을
거닐고 평평한 숲에서 노닐며, 맑은 물에 몸을 씻고 시원한 바람을
좇으며, 헤엄치는 잉어를 낚고 높이 나는 기러기를 주살로 잡는다.
기우제(祈雨祭)를 지내는 제단(祭壇) 아래에서 바람을 쐬며 놀다가
훌륭한 집으로 읊조리며 돌아온다. 안방에서 정신을 평안히 하고 노
자(老子)의 현묘(玄妙)하고 허무한 도(道)를 생각하며, 조화된 정기를
호흡하여 지인(至人)과 같아지기를 구한다. 통달한 사람 몇 명과 도
(道)를 논하고 책을 강론(講論)하며, 하늘과 땅을 올려다 보고 내려다
보며 고금(古今)의 인물들을 한데 종합하여 평(評)한다. 「남풍」(南風)
의 전아한 가락을 연주하고 「청상곡」(淸商曲)의 미묘한 곡도 연주한
다. 온 세상을 초월한 위에서 거닐며 놀고 하늘과 땅 사이를 곁눈질
하며, 당시(當時)의 책임을 맡지 않고 기약된 목숨을 길이 보존한다.
이렇게 하면 하늘을 넘어서 우주 밖으로 나갈 수가 있을 것이니, 어
찌 제왕(帝王)의 문으로 들어가는 것을 부러워 하겠는가?

—「樂志論」 전문

물론 여기 보인 "낙지론"의 작자의 현실과 이 무렵 석정의 현실이 똑같
다는 얘기는 전혀 아니다. <어찌 帝王의 문에 듦을 부러워>하지 않을 정
도로 이제 "체념"의 정서를 간직하게도 되었다거나 "은일"생활을 하고 있

었던 점이 서로 비슷한 점이라고 할 수 있을 뿐이다. 그리고 위의 "낙지론"에 보이는 '노자의 현묘(玄妙)하고 허무한 도(道)를 생각하며'에 보이는 정서도, 석정이 초기시 무렵에 심취했던 노·장의 허무주의적 사상과 맞물려 생각하게 하는 점이라고 할 수 있다.

아무튼, 이 '대바람 소리'에 나타나고 있는 정서는, 시의 화자가 이제 노년의 유가적 선비의 자세로 안착해 있는 모습을 보여주고 있으며, '대바람 소리'나 '거문고 소리'를 즐기며 안일한 생활 속에 있는 모습을 보여주고 있다고 하겠다.

그러므로 '국화 향기 흔들리는' 서실을 '앉았다 누웠다 / 자들다' 할 수도 있는 것이며, '병풍의 「낙지론」을 읽어도' 볼 수 있었던 것이다.

秋夜長 古調

梧桐에
비낀 달
가을은 치워라.

古梅
성근 가지
영창에 걸리었고
철새 나는
하늘을
무서리 나려

풀벌레 사운대는
밤은
정작 고요도 한저이고

어디서
대피리 소리
마디마디 가삼이 시리다.

시나대 숲에
바람이 머물어
촛불도 눈물 짓는 기인긴
이 밤

나는
唐詩를 펴들고
아득한 아득한 잠을 부른다.

작품 해설 이 작품에서도 앞의 '대바람 소리'에서처럼, 화자는 이제 노년의 유가적 선비의 자세로 안착(安着)해 있는 모습을 보여준다. 예의 그 동양적 '체념'의 정서와 '은둔'의 정서, 혹은 앞의 '낙지론'에서 볼 수 있었던 '은일' 생활의 모습을 보이고 있다고 하겠다. 그리고 그의 '은일' 생활의 벗은 '唐詩'나 '대피리 소리', 혹은 '梧桐에 비낀 달'이나 '철새 나는 하늘' 같은 것들이다. 말하자면 이 시의 화자는 '秋夜長' 깊은 밤에 그 '은일' 생활의 고요를 다스리기 위해서 '唐詩'를 읽기도 하고 '梧桐에 비낀 달'을 완상하기도 하는 것이다.

한편, 이 시는 제목 그대로 길고 긴 가을밤에 옛 가락(古調)으로 노래한 작품이다. 그런 만큼 시의 분위기도 옛 한시의 서경적 분위기를 연상시킨다. 이러한 시를 대하면 『시 속에 그림이 있고, 그림 속에 시가 있다.』고 했던 옛 동양의 시관을 생각하게 만든다. 그리고 실제로도 이 시의 1연에서 5연까지는 그러한 그림(敍景)을 보게 해준다. 그러므로 이 시에서 시적 자아가 확연하게 드러나고 있는 연(聯)은 마지막 6연 뿐이다. 즉, '唐詩'를 펴들고 '아득한 아득한 잠'을 부르는 화자, 바로 그 '은일' 생활의 주인공을 만나게 된다.

다시 말하면 시집 『촛불』무렵의 노장사상으로부터, 몇 단계의 우회의 과정을 거쳐서, 이제 장자의 '낙지론'이나 '은일'생활 속에 안착해 있는 한 사람의 동양적 선비를 발견하게 된다는 말이다.

그리고 이 작품과 같이 석정시에 있어 중국 고전의 영향은 매우 큰 비중을 차지한다. 이러한 것은 그가 초년에 유가적 가풍 속에서 자랐다는 점, 그리고 그 시대에는 당시(唐詩)나 혹은 두보와 고문진보(古文眞寶) 등을 읽는 것은 보편화된 일반적 학문이었다는 점들이 석정시의 유가적 토양이 된 것이다. 이 작품 외에도 '好鳥一聲' '山房日記' 등의 시에서도 이와 유사한 정적(靜的) 은둔적인 화자의 정서가 드러나는 것을 보게 된다.

그리고 한편으로 생각해보면, 석정의 개인사적 수난이나 은일생활로의

귀환 등은 일맥상통하는 바가 있으며, 따라서 이 무렵의 석정시의 노·장
적 귀환은 그런 점에서 의미를 찾아야 되리라고 믿는다.

好鳥一聲

갓 핀
靑海
성근 가지
일렁이는
향기에도
자칫
血壓이
오른다.

어디서
찾아 든
볼이 하이얀
멧새
그 목청
진정
서럽도록
고아라.

봄 오자
산자락
흔들리는
아지랭이
아지랭이 속에
靑海에
멧새 오가듯
살고 싶어라.

  　　“은둔” 생활이나 “은일” 생활이란 그 무슨 동굴 속에라도 칩거하는 것을 말함이 아니다. 『나물 먹고 물 마시고 팔을 베고 누웠으니 대장부 살림살이 이만하면 족하도다』하던 옛 선비들의 안빈낙도의 자세, 즉 세상의 모든 영리와 오욕으로부터 초연한 자세로 살아가는 생활을 말함이다. 거기에 노자의 현묘(玄妙)하고 허무한 도를 생각하며 사는 생활이면 더욱 그 “은일” 생활의 격에 맞는다고 하겠다.

　　앞에서도 시 ‘대바람 소리’를 해석하며 얘기된 것이지만, 이 무렵 시의 화자는 바로 그런 초연한 자세 속에 있다고 하겠다. 가령 그가 『氷河』무렵 보여주던 현실투시의 작품, 혹은 『山의 序曲』무렵 보여주던 일연의 현실비판 작품 같은 시들을 시집 『대바람 소리』에서는 만나기가 어렵다. 그만큼 이 시인은 장자의 ‘낙지론’의 경지에 안착(安着)한 노년의 세계를 보여주고 있는 것이다.

　　물론 이 ‘好鳥一聲’도 예외가 아니다.

　　이 시의 중심 소재는 당연히 ‘靑梅’와 ‘멧새’이다. ‘靑梅’도 자연이고 ‘멧새’도 자연이다. 화자가 ‘靑梅에 / 멧새 오가듯 / 살고’ 싶다는 것은 자연과 더불어 합일(合一)되어 살고 싶다는 말이다. 따라서 ‘靑梅’도 자연이고 ‘멧새’도 자연이고 그 ‘멧새’처럼 살고 싶은 시의 화자도 자연이다. 말하자면 물아일체 물아양망의 “소요유”의 경지 속에 이 시의 화자는 살고 싶은 것이다. 그러므로 ‘멧새 / 그 목청 / 진정 / 서럽도록’ 곱게 들릴 수 있다고 하겠다. 이제 이 시에서는 그의 연치와 더불어 ‘자연인’이나 혹은 ‘자유인’의 경지를 보여주고 있다고도 하겠다.

山房日記

봉우리 넘어오는 구름
추녀를 스쳐가고

골엔
꾀꼬리 和答하는 소리
山이 울린다.

방을 둘러 가는
山나비 지친 나래 소리……

그저 해만 설핏하면
소쩍새 울고,

山도 을씨년스러워
하늘만 바라보는데,

밤 들기 전
풀버레 사운대는 속에
나긋나긋 잠이 온다.

　이 시는 우선 '山房'에서의 낮의 정경과 저녁 무렵의 정경을 그려내고 있는 작품이다. 시의 1연에서 3연까지가 '山房'에서의 낮의 정경이고, 4연에서 6연까지가 저녁 무렵의 정경이다.

그리고 이 시도 앞의 '秋夜長 古調'처럼 한시의 서경적 분위기를 연상시키는 작품이다. 말하자면 이 시도 『시 속에 그림이 있고, 그림 속에 시가

있다』던 옛 동양의 시관을 생각나게 하는 작품인 것이다. 그리고 시인이
이러한 한시풍(漢詩風)의 작품을 보이고 있는 것은, 그가 유가적 가풍 속
에서 성장했다는 점, 혹은 당시(唐詩) 등의 영향을 받았다는 점을 들 수
있을 것이다. 특히 그가 1954년에 『中國詩集』(正陽社)을 번역 출간했던
점을 상기한다면 그러한 정황들이 잘 이해되리라 믿는다.

그러나, 여기서 우리가 주목해야 할 점은, 그런 서경적 한시풍의 세계를
이야기하자는 데에 있는 것이 아니다. 그것은 바로 ‘풀버레 사운대는 속에
/ 나긋나긋 잠이’ 오는 화자를 바라보자는 데 있다. 거기 보이는 시적 자아
의 심정적 세계가 바로 이 작품 이해의 요체라 할 수 있는 것이다.

다시 이 작품의 구조를 보면, 1연에서 6연까지의 산속에서의 정경들은
시각적 청각적 이미지가 교차되어 나타난다. 즉, 1연 - 시각, 2연 - 청각,
3연 - 시각, 4연 - 청각, 5연 - 시각, 6연 - 청각의 순으로 표현되고 있다.

하지만, 1연에서 5연까지는 그 어디에도 시적 자아가 보이지 않는다. 6
연에서야 비로소 ‘나긋나긋’ 잠이 오는 시적 자아를 발견하게 된다. 다시
말하자면 1연~5연까지는 자연(대상)만 있고, 자아(나)가 없다. 6연에서 비
로소 ‘풀버레 사운대는 속에’(자연 속) ‘나긋나긋 잠이’오는 화자(나)가 보
이는 것이다.

그리고 6연에 보이는 이런 정황은, 바로 그 물아일체의 경지, 자연과의
합일의 정서를 보이는 것이라고 하겠다. 이런 작품에서 보면 언제 이 시인
이 현실투시의 작품, 혹은 현실비판의 작품을 보였었던가 싶을 정도로 초
연한 모습을 보여준다.

한편, 이와 같은 작품은 앞에서 말한 노장사상과 한 맥락으로 이어지는
작품이라는 것도 또한 이해해야 할 대목이다.

은방울 꽃

나는
그 때 외롭게
산길을 걷고 있었다.

그 때
나무 가지를 옮아 앉으며
「동박새」가 울고 있었다.

어쩜
혼자 우는 「동박새」는
나도곤 더 외로웠는지 모른다.

숲길에선
은방울꽃 내음이 솔곳이
바람결에 풍겨 오고 있었다.

너희들의
그 맑은 눈망울을
은방울꽃 속에서 난 역력히 보았다.

그것은
나의 꿈이었는지도 모른다.
너희 가슴 속에 핀 꽃이었는지도 모른다.

　　이 시의 중심소재는 동박새와 은방울꽃이다. 동박새도 귀여운 모습의 새이고 은방울꽃도 귀여운 모습의 꽃이다.

동박새는 눈의 가장자리에 은백색의 고리무늬가 있는 예쁜 새이고, 농조로 기르기도 하는 익조(益鳥)이며 백안작(白眼雀) 수안아(繡眼兒)라고도 부르는 새이다.

은방울꽃은 사람들이 생화로 많이 애용하기도 하는, 진중하게 다루어지는 꽃이며, 또 행복을 상징하는 꽃으로서 흔히 결혼식에 신부가 가지기도 하는 꽃이다.

작자는 이 예쁘고 귀여운 새와 꽃을 서로 대조시키며 시를 형상화시키고 있다.

전반부 1연에서 3연까지는 그 귀엽고 예쁜 동박새의 모습을 떠올리게 한다. 떠올리게 할뿐만 아니라 외로운 동박새로 표현하고 있는데, 그것은 바로 화자 자신이 외롭기 때문이다. 그리고 그 화자의 외로움은, 마치 은방울꽃과도 같은 소녀들을 생각해 내는 계기가 된다. 말하자면, 귀엽고 예쁜 동박새의 모습을 바라보던 화자는, 그 마음이 바로 전이되어 귀엽고 예쁜 은방울꽃과도 같은 소녀들을 상기하게 된 것이다.

눈의 가장자리에 은백색의 고리무늬가 있는 예쁜 동박새는, 은방울꽃처럼 예쁘고 '맑은 눈망울'을 가진 소녀들을 환치시켜 생각하게 하는 계기가 되어주었던 것이다.

이 시는 1968년 전주여고 교지 『거울』에 실린 작품이다. 따라서 시인은, 그 전주여고 학생들이 어린 손녀딸 같이도 느껴졌을 것이며, 귀엽고 예쁜 동박새나 은방울꽃 같이도 생각되었을 것이다.

아니 어쩌면 그 은방울꽃과도 같은 소녀들의 아름다운 미래를 생각하고 있었는지도 모를 일이다.

梧桐島엘 가서

오동도엘
갈거나

오동도엘
가서
숱하게 핀
동백꽃 웃음소릴
들을거나!

시나대 숲을
돌아가면
시나대보다 높은
바다가 일렁이고

일렁이는 바다로
노을 비낀 속에
동백꽃 떨어지는
소릴 들을거나!

오동도엘
가서
동백꽃보다
진하게 피 맺힌
가슴을 열어 볼거나!

　　이 작품의 중심소재는 '오동도'와 '동백꽃'이다. 그 중에서 '오동도'는 동백꽃이 많이 자생하는 섬으로 널리 알려져 있기 때문에, 어쩌면 당연히 끌어들일 수 있는 소재라고 할 수 있지만, '동백꽃'은 이 작품에서도 예사로운 소재로 보이지 않는다. 특히 이 시의 마지막 연, '동백꽃보다 / 진하게 피 맺힌 / 가슴'이라는 표현에 눈을 박으면 더욱 그러하다.

한편, 이 시인의 작품 속에 '동백꽃'이 소재로 등장하는 경우는 이 작품에서만이 아니다.

가령 시인의 다른 작품 '氷河'에도 '동백꽃 지듯 소리없이 떠난다면' 같은 구절이 보이고, 또 '抒情小曲'에도 '동백꽃 뚜욱뚝 지는 소리 들려오고' 같은 구절이 보인다.

그런데 중요한 것은, 이들 시에 보이는 '동백꽃'들이 아름다운 낙화를 보이는 꽃으로 등장하는 것이 아니라는 점이다. 그 꽃들은 예외 없이 '한 가닥 남은 청춘마저' 떠날 것을 예감하고 있을 때 떨어지는 꽃이고, '죽음보다 외로운 午後'에 '뚜욱뚝 지는 소리'를 듣게 해주는 꽃이다. 말하자면 시의 화자가 처연한 심정에 젖어 있을 때, 떨어지는 모습을 보게 해준다.

물론 '梧桐島엘 가서'에서도 예외가 아니다.

이 시의 화자가 2연에서는 '동백꽃 웃음소릴' 들으려는 포즈를 취함으로써 어쩌면 그 '웃음'이 자조적 웃음으로 보이기도 하지만, 마지막 연에 '피맺힌 가슴'을 보이는 대목에 이르면, 독자로 하여금 또 다른 심정적 세계를 감지하게 만든다.

그것은 무엇일까? 화자에게 있어 그 '피맺힌' 사연은 과연 무엇일까?

그러나 여기서 우리가 그 '피맺힌' 시인의 사연을 알려고 노력할 필요는 없다. 그것이 시인의 굴곡 많은 인생역정으로 볼 때, 개인사적인 것일 수도 있고, 시대고(時代苦)에서 온 '피맺힌' 사연일 수도 있다. 그 두가지 중 어느 것이어도 시를 이해하는 데는 지장이 없다.

다만 분명한 것은 시의 화자가 처연한 심정에 젖어 있을 때, 오동도엘 갔고 '피맺힌' 가슴을 열어보고 싶었다는 점만은 분명하다고 하겠다.

눈맞춤

바람이 불고 있었다.

안개 같은 비가
비 같은 안개가
유리창에 밀려오고

머언 산 봉우리들이 안개 같은 빗속에
함초롬이 가고 있었다.

우
루
루
어디서 아주 먼 데서
우룃소리가 들려오고
오룃소리에 갓 핀 冬柏이 흔들리고.

유리창 너머 시나대 숲에서는
사르르사르르 사비약눈 나리듯
댓이파리들이 서로 볼을 문지르고 있었다.
바람은 연신 불고 있었다.

안개 같은 빗사이로
비 같은 안갯사이로
엷은 햇볕이 내다보는 동안

문득

떠난 지 오랜 <생활>을 찾던 나의 눈은
아내의 눈을 붙잡았다.
아내의 눈도 나의 눈을 붙잡고 있었다.

불현듯 마주친
아내와 나의 눈맞춤 속에
어쩜 그토록 긴 세월이 흘러갈 수 있을 것인가……
나는 몰랐다.

齒列 한 모서리가 무너진 아내는
이내 遠雷처럼 조용히 웃고 있었다.
조용한 우리들의 눈맞춤 속에
우
루
루
루
遠雷가 아스라이 또 들려오고 있었다.

작품 해설　　이 시는 본질적으로는 서정시이지만, 서사성이 짙게 나타나는 작품이라 할 수 있다. 그리고 이 시의 서사적 주인공은 시의 화자('나')와 화자의 '아내'이다. 이 두 주인공의 '눈맞춤'을 위해서 그 무대배경을 매우 몽환적으로 깔아놓은, 서경적(회화적)이며 서사적 작품이라 할 수 있다.

　가령 이 시에서 '바람'이 불고있다든가, '안개같은 비가' 유리창에 밀려오고 있다는 표현, 혹은 '머언 산봉우리들이' 그 안개 같은 빗속에 함초롬이 가고 있었다든가, '아주 먼데서 / 우뢰소리가' 들려온다는 표현, 그리고 '댓이파리들이 서로 볼을' 문지르고 있다는 표현들에서 볼 수 있는 환상적

배경들은, 두 주인공이 어떤 깨달음의 '눈맞춤'을 하기에는 매우 안성맞춤인 꿈결같은 배경이라고 하지 않을 수 없다. 그리고 그러한 환상적 배경들은 1연에서 6연까지 이어지며 깔리고 있다.

그런데 이 시의 7연에 이르면 드디어 그 주인공들이 등장한다. '문득 / 떠난지 오랜 <生活>을 찾던' 화자의 눈은, '아내의 눈'을 붙잡고, '아내의 눈도' 화자의 눈을 붙잡고 있었다는 대목이다. 이 7연의 표현을 좀더 잘 이해하기 위해서는 다음과 같은 싯귀를 참고로 해볼 필요가 있을 것 같다.

> 늙으신 아버지의
> 기침소리랑
> 곤때 가신 지 오랜 아내랑
> 어리디 어린 손주랑 사는 곳
>
> 버리고 온 <生活>이여
> 나의 벅차던 청춘이
> 아직도 되살아 있는
> 고향인 성만 싶어 밤을 새운다.
>
> — '望鄕의 노래'에서

이 시인의 작품 '눈망울'과 위에 인용한 작품 '望鄕의 노래'에는 '떠난지 오랜 <生活>'이라든가 '버리고 온 <生活>'이라는 표현들이 보인다.

이러한 두 구절의 싯귀에 나타나는 정황으로만 본다면, 마치 탕아(蕩兒)의 귀환과도 같은 느낌이 잠깐 스쳐가는 것도 사실이지만, 그것은 이 시인의 개인사적 내용과는 전혀 무관한 표현이라는 점도 이해해야 될 것 같다.

말하자면, 7연에서의 화자의 심정적 세계를 진단해보면, 정말 오랫동안 그냥 무심결에 지내왔던, 혹은 일생동안 곁에 있었어도 진정으로 '눈맞춤'을 해본 적이 없는, 그러나 마치 포근한 고향처럼 거기 그렇게 늘 존재하

고 있었던 아내를 재발견하는 순간이었고, 그리고 뒤늦은 깨달음의 귀환
을 하는 순간이었다고나 할 수 있을 것이다.

불현듯 마주친
아내와 나의 눈맞춤

바로 그 순간이야말로 정말 인생살이의 '긴 세월'이 스쳐지나가는 순간
이었을 것이다.

정말 인생살이의 '긴 세월'동안 동고동락 해왔고, 만고 풍상을 함께 겪
어온 삶의 진정한 동반자, 그리고 그 중에서도 일제하의 쓰라렸던 생활,
6.25사변으로 인한 생(生)과 사(死)의 삶의 고빗길, 혹은 4.19나 5.16으로
인한 민족수난의 역사 속을 정말 용케도 함께 걸어온 진정한 의미의 인생
의 친구, 그 친구와의 파노라마처럼 스쳐 지나가는, 진정한 깨달음의 '눈
맞춤'이 이룩되는 순간,

齒列 한 모서리가 무너진 아내는
이내 遠雷처럼 조용히 웃고 있었다.

그 '눈맞춤'의 순간에 바라본 그의 아내는, 그 옛날 인생의 첫 출발점
에서 보았던 아내, 바로 그 새댁의 얼굴은 이미 아니었던 것이다. '齒列
한 모서리가 무너진', 이제는 늙고 생기 잃은 아내의 모습만이 거기 있었
고, 그 아내와의 정말 '긴 세월'이 흐르는 극적인 '눈맞춤'이 이루어졌던
것이다.

그러나 이 작품에서 또 하나 생각해 볼 만한 대목은 그 '遠雷'가 주는
이미지다.

이 시의 4연에 보이고 있는 '우릿소리'는 단순히 그 환상적 배경만을
도와주는 '우릿소리'라고 할 수 있지만, 이 시의 맨 끝연에 보이는 '遠雷'

는 두 주인공의 극적인 '눈맞춤'을 결정적으로 도와주는 조명장치가 되고 있는 것 같다. '우루루루' '遠雷'가 아스라이 들려오는 순간이야말로 두 주인공의 인생살이의 '긴 세월'을 순간포착으로 보여주고 있는 조명장치의 구실을 하고 있다는 말이다.

다시 말하자면, 그 '遠雷'소리가 아스라이 들려오는 순간이야말로 시의 화자인 '나'와 '아내'와의 《一生》이 축약되어 나타나는 순간이었다고 할 수 있으며, '아내' 또한 그 순간을 함께 깨달으며 '遠雷처럼 조용히 웃고' 있었던 것이다.

그리고 그 '아내'가 웃고 있었던 모습은 또한 그들의 《一生》의 지나간 흔적들을 보이고 있는 웃음, 쓸쓸하고 공허하고 그러나 평화로운 그러한 웃음, 그런 어떤 웃음이 '조용히' 흐르고 있었던 것이다.

솔직히 말해서 이 시는, 시의 완성도 면에서나 시의 유기체적 구조의 면에서 그 수준이 좀 떨어지는 작품이 아닌가 생각된다. 그럼에도 불구하고 여기 대표작해설 반열에 이 작품을 올려놓은 것은, 작품내용의 희소성 때문이다.

말하자면 이 작품은, 시인의 아내와 관련된 유일한 작품이라 할 수 있다. 가령 그의 작품 속엔 딸 이름 '一林'이 등장한다든가, '蘭이'라는 이름이 나온다든가, 그의 막내딸 '에레나' 등의 이름이 나오기는 하지만, '아내'가 시작품 전편의 중심 인물로 등장하는 경우는, 그의 다섯 권의 시집 가운데는 없었던 일이다.

그리고 바로 그 점은 우리에게 또다른 생각을 갖도록 만들어 준다.

말하자면 시인이 그의 인생살이 속에서 정말 인생고와 시대고, 그리고 사회에서의 고통들을 겪으며 지나오는 동안, 그리고 때로는 방황하고 절망하고 또 쓸쓸하고 허전한 인생의 터널을 지나오는 동안, 또 그리고 그러한 삶의 허기속에서 시작품을 써오는 동안, 실로 무심결에 그냥 옆에 두고 지나쳐 왔던 아내, 실로 그의 인생살이에서 그 어느 누구보다도 가장 소중한 존재였음에도 불구하고, 바로 그 소중함도 잊어버린 채로 그냥 그렇게 범연히 지내왔던 아내, 마치 안방을 지키고 있는 장농처럼, 늘 거기 그렇게 그 자리에 있었던 아내에 대한 미안함과 자괴감이 한꺼번에 어우러진 그 순간, 그 '눈맞춤'의 순간을 우리는 보게 된다는 말이다.

시인의 긴 인생살이의 여로에서 정말 오랫동안 잊고 있었던 고향을 향한 마음의 행로처럼, 그 순간이야말로 떠돌이의 귀환이 이루어지는 순간이었다고나 할까. 그리고 그것은 마치 노장사상에서 출발하여 결국 노장사상으로 귀환하고 있는 그의 시세계처럼, 아니면 전통적 유학 가문에서 탄생하여 결국 그도 유학자적 선비적 자세로 귀환하고 있는 그의 인생처럼, 그는 그의 조강지처에게로 귀환을 이룩했던 것이고, 그리고 '문득' 그 인생의 반려자를 재발견하는 순간을 갖게 되었다고 할 수 있는 것이다.

그러므로 이 작품은 이 시인의 인생살이의 역사, 그 긴 인생 드라마를 축약하여 볼 수 있게 해주는, 또 다른 의미의 읽는 재미를 주는 작품이라고도 할 수 있을 것이다.

◉부록◉

원형비평의 시도

문 덕 수 ■

1.

상이한 여러 문학작품에서 原型的 패턴(archetypal pattern)을 추구하여, 그 동일성을 찾아 체계화한다는 것은 흥미있는 작업이다. 그러나, 일종의 비교문학적 방법인 이 작업을 위해서는 두어 가지 전제조건이 필요하다.

첫째, 개개의 작품에 대한 고립적인 가치평가를 중지해야 한다. 어떠한 종류의 비평이건, 작품의 가치를 판단한다는 것은 비평에 있어 不動의 상식인데, 그 가치판단을 중지함은 비평기능에 대한 변혁의 시도라고 하겠다. <비평가란 첫째, 어떤 사항에 관하여 그것의 價値, 眞實, 正當性 또는 그것의 美나 技巧에 대한 鑑識을 포함한 합리적 의견을 말하는 사람, 둘째, 무자비하게 결점을 들추어내어 판단하는 사람, 즉 트집쟁이, 惡評家, 셋째, 문학이나 예술작품의 長點을 판단하는데 숙달한 사람> 등으로 정의하고 있다. (「웹스터新高級辭典」) 이러한 전통적 정의는 原話批評 또는 原型批評에 있어서는 일단 중지해야 한다. 물론 작품 하나하나가 가

___

지는 그 가치를 부인하지는 않는다. 다만, 어떠한 내용 때문에 우수한가 하는 비평은 중지해야 한다. 神話批評家 프라이(Northrop Frye)는 <하나하나의 작품에서 받는 문학적 경험에 입각하여 문학비평을 함은 다만 피아노치는 것을 보고 잘 친다고 하는 것과 같은 하나의 特殊機能에 지나지 않으며, 그것은 손끝의 작업이며, 본래의 知的批評이라고 할 수 없다>고 말한다. (프라이 著「批評의 解剖」) 프라이는 비평에 있어서 작품의 가치평가를 중시하지 않으며, 또 그런 비평을 하지도 않는다.

둘째, 작품에서 받는 인상과 감동을 중시하는 印象批評, 創造批評 등을 물리쳐야 한다. 상이한 여러 작품에서 原型的 패턴을 찾는 이른바 原型批評은 일종의 知的 작업이며, 인상과 감동의 서술이 아니요, 또 그것들의 主觀的 창조도 아니다. 프라이도 印象과 感動을 중요시하지 않을 뿐 아니라, 그러한 비평을 하지도 않는다. <批評이 존재하는 권리를 조금이라도 지키려고 한다면, 비평이란 그것이 다루는 예술에서 어느 정도 독립하여 그 자신의 권리에 있어서 存立하는 思想 및 知識을 構築한 것으로 假定하지 않으면 안된다>고 프라이는 말한다. (프라이著「批評의 解剖」) 비평 자체의 독자적 권리에 입각하여 思想 및 知識을 構築한 것으로 보는 神話批評 또는 原型批評은 주관주의의 입장에서, 작품에서 받는 인상과 감동의 서술인 印象批評, 그러한 인상과 감동의 창조적 표현인 創造批評과는 대립된다. 다만, 批評 그 자체의 權利를 인정하는 점에서는 와일드의 입장과 상통한다. 神話批評은 작품 상호간의 질서를 체계화하는 작업이므로, 차라리 엘리오트(Thomas Sterns Eliot)의 비평이론과 상통하는 점이 있다. 엘리오트는 문학작품의 고립된 하나하나의 個性이나 특징을 무시하고, 항상 유럽 전체의 전통과의 관련하에 하나의 큰 질서를 추구하는 데 주력한다. (엘리오트의「傳統과 個人的 才能」參照) 엘리오트가 작품 상호간의 전통적 역사적 질서를 중시한다면, 프라이와 보드킨(Maud Bodkin)의 原型批評은 原型的 패턴, 즉 普遍的 秩序를 중시한다고 할 수 있다. 프라이에 의하면, <文學史는 전체로서 原始的인 형태에서 복잡한 형태로 움직여나간다. 그러므로, 문학은 原始的 문화에 있어서 考究되는 정도의 素朴狹少한 형태가 복잡하게 混入되어 구성된 것으로 볼 수 있다>고 한다. (프라이 著「同一性의 神話」) 그러므로, 작품 하나의 고립된 비평, 작품 하나하나에서 받는 印象과 感動을 서술하는 비평 등은 용납할 수 없다. 작품 상호간의 관련과 비교에서, 그러한 작품에 공통되는 기본적 패턴은 멀리 神話와 傳說에 있다고 본다.

셋째, 작품 상호간의 기본적 질서를 찾는다는 것은, 즉 圖式化(schematization)의 작업임을 의미한다. 한 작품은 여러 가지 요소로 구성되어 있다. 그 중에는 偶然的, 附屬的, 枝葉末端的인 것등도 포함되어있다. 原型批評은 그러한 것들을 제거하고, 그 가운데서 다른 작품, 또는 신화와 전설에 있는 原型을 찾아내어, 그것을 체계화해야 한다. 이러기 위해서는 프라이의 말대로 詩에서 후퇴하여 거리를 두고 보아야 한다. (「批評의 解剖」) 비평이 작품에 의거하면서도 그 작품에서 어느정도 독립하여 비평 자체의 存立權 위에 서야함은 두말할 나위도 없다.

2

그러면, 보드킨이 말하는 「原型的 패턴」과, 프라이가 말하는 「神話的 原型」이란 무엇인가? 먼저 보드킨이 말하는 原型的 패턴부터 보기로 하자.

보드킨은 그의 저서 「詩의 原型的 패턴(Archetypal Patterns in Poetry, 1934)」에서 「바람」을 읊은 세 시인, 즉 로제티(Dante Gabriel Rosseti), 베

르하렌(Emile Verharen), 코울리지(Samuel Taylor Coleridge)등의 시를 예로 들고, 자연의 운동인 바람의 停止와 運動의 패턴을 파악하여, 이것을 시인의 마음의 停止와 前進, 休息과 躍動, 靜止와 激動의 패턴을 나타낸 것이라고 한다. 이러한 原型的 패턴은 아무 관계가 없는 이 세 시인의 작품에 潛在하고 있는 공통적, 기본적 질서라고 본다. 여기서는 이 세 시인의 작품을 다 列擧하는 번거로움을 피하고, 코울리지의 「老水夫의 노래(The Rime of the Ancient Mariner)」의 일부를 들어, 보드킨이 말하는 原型的 패턴의 실례로 삼겠다.

미풍이 갑자기 잠자고 돛대가 떨어졌다.
더할나위없이 슬픈 일이었다.
그리고 우리는 다만 바다의 靜寂을
깨뜨리기 위하여 말을 하였다!
....
다음날도 그 다음날도
속삭이지 않고 움직임도 없이 그대로 굳어
마치 그림으로 그린 바다 위에
또한 그린 배와 같았다.

—「老水夫의 노래」 제2부

Down dropt the breeze, the sails dropt down,
'Twas sad as sad could be;
And we did speak only to break
The silence of the sea!
....
Day after day, day after day,
We stuck, nor breath nor motion;

As idle as a painted ship
Upon a painted ocean.

    미풍조차도 멎고, 바다가 마치 그림으로 그린 듯한 靜寂으로 돌아갔다.
바람의 停止와 그 靜寂은 시인의 心情의 沈滯요, 下降이다. 停止와 沈
滯가 계속 되다가, 이 노래의 제6부에 이르러 바람이 불기 시작한다.

그 사이에 바람이 불어왔다.
소리도 없고 움직임도 없이.
바람은 바다 위를 지나가지 않고
잔잔한 물살과 그림자로 왔다.
바람은 내 머리를 불고, 볼을 쓰다듬고,
봄의 목장을 부는 바람처럼
이상하게도 두려움을 뒤섞었으나
그것은 기쁨으로 느껴졌다.

But soon there breathed a wind on me,
Nor sound nor motion made:
Its path was not upon the sea,
In ripple or in shade.
It raised my hair, it fann'd my cheek
Like a meadow-gale of spring-
It mingled strangely with my fears,
Yet it felt like a welcoming.

    여기서 감미로운 바람이 불어, 배는 속력을 내고, 모든 停止와 沈滯는
사라지고 시인의 심정은 새로운 기쁨으로 용솟음친다. 바람의 이와같은 停
止와 運動은 그대로 시인의 心理的 起伏을 상징한다. 자연의 운동과 상
태에 시인 자신의 심정을 投影하여 표현하는 것은 낭만주의 시인들의 일

반적 경향이다. 보드킨은 또 이와같은 原型的 패턴을 상상력의 패턴이라고도 본다. 보드킨은 이러한 原型적 패턴을 특히 「再生」의 패턴이라고 하는데, 「再生」이라는 말은 융(Carl Gustav Jung)의 논문 「再生에 대하여」에서 가져온 말이다. 융은 이 논문에서 몇 개의 再生의 패턴을 열거하고 있으며, 일찌기 융의 정신분석학의 강연을 들은 적이 있는 보드킨으로서는 당연한 영향이다. 이러한 「再生」의 패턴은 단순히 「죽음과 再生」이라는 좁은 의미로 볼 것이 아니라, 우리의 일상생활에서의 생명의 起伏 그것이라 하겠다. 우리의 생활은 환경과의 부단한 교섭의 과정이다. 환경과의 교섭과정에서, 어떤 장애나 여러 가지 여건으로 敗北와 挫折을 겪게 된다. 이 경우, 우리는 우울과 실망과 비탄에 잠긴다. 그러한 敗北와 挫折이 한동안 계속되다가, 그 장애와 여건을 극복하고, 다시 成功과 回復으로 上昇한다. 그리하여, 기쁨과 희망과 跳躍으로 전진한다. 敗北에서 勝利로, 挫折에서 回復으로, 後退에서 前進으로, 停止에서 運動으로, 下降에서 上昇에로의 프로세스가 보드킨의 이른바 再生의 패턴이다.

보드킨은 다시 나아가, 그 실례로서 버지니어 울프(Virginia Woolf)의 「댈로웨이 부인(Mrs. Dalloway)」을 들어 설명하고 있다. 「댈로웨이 부인」은 여주인공의 하루생활을 중심으로 한 심리소설이다. 댈로웨이 부인은 브르통 여사의 초대장이 남편에게만 오고 자기에게는 오지 않았음을 알고, 매우 심한 충격을 받고 우울과 挫折을 겪게 된다. 그러나, 그것도 市街로 나가 쇼윈도우를 기웃거리고, 하늘의 飛行雲을 바라보곤 하다가 이내 回復된다. 또 어릴 때의 친한 사람이 댈로웨이 부인을 심방하자, 그 남자와 한동안 옛날 어린 시절의 여름철을 보낸 海岸風景의 哀歡에 잠기기도 하고, 꽃집에 들어가 꽃의 향기를 맡기도 하면서, 감정의 上昇과 下降을 반복한다. 단 하루의 생활과정에서도 많은 심리적 起伏이 계속되는데, 이것이 모두 再生의 패턴이다.

우리나라의 고전소설, 즉 金萬重의「謝氏南征記」에서도 그러한 再生의 패턴을 볼 수 있다. 謝氏夫人이 翰林學士인 劉廷壽의 아내가 되어, 그 특출한 才德으로 劉氏집안은 好運을 맞고, 一家는 和氣가 넘친다. 그러나, 그러한 好運과 和氣도 謝氏夫人의 시아버지의 사망으로 다시 슬픔에 빠진다. 여기서도 上昇과 下降의 再生的 패턴이 있다. 세월이 흘러감에 따라 그 슬픔도 차차 가시게 되나, 謝氏의 膝下에 자식이 없으므로 새로운 心慮가 일어난다. 현숙한 謝氏夫人은 남편에게 娶妾할 것을 권하자, 남편은 河間人 喬氏을 맞이하고, 喬氏에게서 玉童子를 얻어, 一家는 다시 和氣를 회복하게 된다. 또한번 下降과 上昇을 겪게 된 것이다. 그러나, 이 和氣도 한순간에 지나지 않는다. 玉童子를 낳은 喬氏는 謝氏를 謀害할 흉계를 꾸미게 되고, 더욱이 謝氏에게도 뜻박의 胎氣가 있자, 질투의 불길은 加熱되어 毒物로 謝氏를 살해하려고 한다. 다행히 죽음을 면한 謝氏는 드디어 生男을 하여, 劉氏一家의 기쁨은 한량이 없다. 下降에서 上昇으로의 이러한 기쁨도 喬氏가 집안의 書記인 董淸과 짜고, 그와 동침까지 하면서 謝氏에게 억울한 누명을 씌워 마침내 謝氏를 축출하고, 남편 劉 翰林까지 董淸의 정치적 謀害로 流配케 함으로써 다시 슬픔으로 변한다. 쫓겨난 謝氏는 그 뒤에도 계속되는 喬氏의 살해음모를 요행히 피하기도 하고, 갖은 苦楚를 겪은 나머지 자살까지 하려는 不運을 겪는다. 이렇게 下降이 계속된다. 그러는 중에, 劉 翰林은 天子의 世子册封으로 인한 특사를 받아 유배지에서 풀려났으나, 後患을 두려워한 董淸이 군대를 보내 죽이려고 하자, 投身自殺을 꾀한다. 劉氏一家는 이같이 不運의 奈落에 떨어져 破滅 직전에 이르렀으나, 現夢의 지시대로 謝氏가 보낸 女僧의 배로 남편 劉 翰林은 구조된다. 이리하여 다시 옛 부인 謝氏와 邂逅한 劉 翰林은 謝氏에게 前過를 깊이 사과하고, 다시 謝氏를 맞아들여 一家의 好運을 되찾게 된다.「謝氏南征記」는 이와같이

不運과 好運의 연속적 과정의 點綴이며, 이것은 보드킨이 말한 「再生의 패턴」이라 하겠다. 이와같은 原型은 다른 고전소설, 즉 「沈淸傳」「九雲夢」「春香傳」「洪吉童傳」「興夫傳」 등에서도 그대로 나타나있다.

3

原型的인 再生의 패턴은 현대시에서도 찾아볼 수 있다.

임은 갔습니다. 아아 사랑하는 나의 임은 갔습니다.

푸른 山빛을 깨치고 단풍나무 숲을 향하여 난 작은 길을 걸어서 차마 떨치고 갔습니다.

黃金의 꽃같이 굳고 빛나던 옛 盟誓는 차디찬 티끌이 되어서, 한숨의 微風에 날아갔습니다.

날카로운 첫 키스의 追憶은 나의 運命의 指針을 돌려놓고 뒷걸음쳐서 사라졌습니다.

나는 향기로운 님의 말소리에 귀먹고, 꽃다운 님의 얼굴에 눈멀었습니다.

사랑도 사람의 일이라, 만날 때에 미리 떠날 것을 염려하고 경계하지 아니한 것은 아니지만, 이별은 뜻밖엣일이 되고 놀란 가슴은 새로운 슬픔에 터집니다.

그러나 이별을 쓸데없는 눈물의 源泉을 만들고 마는 것은, 스스로 사랑을 깨치는줄 아는 까닭에, 걷잡을 수 없는 슬픔의 힘을 옮겨서 새 希望의 정수박이에 부었습니다.

우리는 만날 때에 떠날 것을 염려하는 것과 같이, 떠날 때에 다시 만날 것을 믿습니다.

아아 임은 갔지마는 나는 임을 보내지 아니하였습니다.

제 곡조를 못 이기는 사랑의 노래는 임의 沈默을 휩싸고 돕니다.

— 韓龍雲의 「임의 沈默」 전문

이 시에서, <그러나> 이후와 그 이전과를 비교해보면, 詩想의 逆轉을 볼 수 있으리라. 영원히 불변할줄 믿었던 맹세도 헛것이 되고, 運命도 逆行하고, 이별로 인한 驚愕과 슬픔은 이루 말할 수 없는 지경에 이른다. 이러한 前段의 시상은 불행이요, 비극이다. 그러나, 後段 즉 <그러나, 이별은 쓸데없는……> 이후에서는 완전히 轉回되어, 希望과 기쁨에의 陶醉로 上昇한다. 이러한 上昇의 원인은 여하한 슬픔과 不幸도 극복할 수 있는 높은 叡智와 逆說精神이 있기 때문이다. 슬픔과 기쁨, 不幸과 幸福, 下降과 上昇은 人生의 근원적인 「再生의 패턴」이라 하겠다.

> 끝없는 하늘로 떠돌아다니다가
> 비로서 여기와 머무는 하나의 漂流物.
> 얼어붙은 樹液의 덩어리.
> 이상하게 낯익은 形態를 하고,
>
> 너는 눈을 뜬다 이 漂流物에서.
> 悔恨을 모르는 사랑의 눈을.
>
> 아, 液體로 녹아드는 甘味로움이
> 幻覺의 무지개같다.

金潤成의 「열매」(現代文學, 1971·6)의 후반부다. 끝없는 漂流와 凍結에서, 다시 눈을 뜨고, 甘味로운 液體가 녹아드는 「열매」는 自然의 循環이라는 패턴이 들어있다. 「열매」는 原型的 이미지로 보면, 「女性의 乳房」을 象徵하나 (프로이트의 「精神分析學」·이용호譯本 上卷) 여기서는 이 문제를 덮어두고, 休息에서 運動으로, 沈滯에서 回復으로 나아가는 再生의 패턴이 있다는 사실만을 지적하겠다.

세상은 흑과 백
백 위에는 돛배가 뜨고, 흑에는 조개잡이 아낙네들이 사라졌다.
그 위에는 구름이 피고 개펄에는 수없는 가슴 구멍이 파헤쳐졌다.
그 뉘의 고무신 한 짝
어느 늙은 어부가 남기고 간 유산.

— 劉庚煥의 「바다가 내게 묻는 말」에서

劉庚煥의 시에서는 再生의 패턴이 <흑과 백>으로 抽象되어있다. 즉, <흑>은 沈滯요 下降이며, <백>은 運動이요, 上昇이다. 조개잡이 아낙네들이 사라지고, 개펄에 수없는 구멍이 파헤쳐져있는 이미지와, 돛배가 뜨고, 구름이 피는 이미지는 上下의 콘트러스트를 이루어, 生命의 起伏을 그대로 보여주고 있다. 이것은 劉庚煥의 詩的 想像力의 타입이기도 하다. 그의 다른 작품에도 이러한 再生의 패턴이 일관하고 있다.

징그러웁기까지 한 그리움이 출렁이는 여운 속으로, 反抗이 아련히 녹아들어가는 生理를 닮는다.
늘어지는 듯 위아래로 들먹이면서 피어오르는 石花의 꽃무늬, 溫泉水처럼 솟구쳐올라 못견디게 하는 바다의 遺傳.

— 劉庚煥의 「石花」의 2연

나래를 쳐라 나래를 쳐라 청산 가는 나비 훨훨 벌을 지나 남빛 강을 건너 또 계곡을 넘고.

나래가 아프면 청무우밭에 쉬고 나래가 지치면 절벽을 찾고 나래가 부러지면 남빛 강에 떨져 죽고….

— 劉庚煥 「나비」 2연

「石花」의 1연에서는 <反抗이 아련히 녹아들어가는> 停止狀態를, 2연에서는 <위아래로 들먹이면서 피어오르는 꽃무늬>와 <溫泉水처럼 솟구쳐올라 못견디게 하는 바다의 遺傳>의 上昇活動을 대조시켰다. 그 다음의 <나비>는 이 시인이 즐겨 읊는 제재이다. 고시조 <나뷔야 靑山가쟈, 범나뷔 너도 가쟈. 가다가 져무러든 곳에 드러 자고 가쟈. 곳에서 푸待接ᄒ거든 닙헤셔나 ᄌ고가쟈>(六堂本「靑丘永言」)와 유사한 패턴을 지니고 있다. 前進과 休息, 삶과 죽음의 패턴으로 구성되어있다.

최근에 발간된 두 시인의 시집, 즉 李廷基의 「CJS孃의 사랑」(現代文學社刊 1971) 李在徹의 「飛翔 그以後」(螢雪出版社刊 1971)에서도 再生의 패턴을 볼 수 있다.

<blockquote>

새로운 朝廷의 터를 닦고
새로운 朝廷의 으뜸을 세워
새로운 朝廷의 和平를 이룩하여
千年의 法統이 이어져
찬란한 法統을 보필할 이 땅에
행복의 沙阜 숲이 다시 우거지려면,
하룻밤에 여섯번씩 寢臺를 바꾸는
갈보 누예, 너는 죽어 썩어야 한다!
「불 끓는 煉獄에서 再會하자.」
「병신 육갑하네.」
탕! 탕! (오빠!)

</blockquote>

— 「CJS孃의 사랑」의 최후

「죽음과 再生」의 패턴이다. 엘이오트의 「荒蕪地」전체가 再生의 패턴인 것과같이, 李廷基의 「CJS孃의 사랑」도 再生의 패턴이다. 「荒蕪地」가

제1차 세계대전 후의 황폐한 유럽의 文明狀況이라면, 「CJS孃의 사랑」은 墮落한 韓國史의 리얼리티라고 하겠다. 이 두 長詩가 죽음으로 끝나지만, 「再生」을 예언하고 있다. 「CJS孃의 사랑」은 한국의 荒蕪地다.

李在徹의 「街路樹」(시집 「飛翔 그 以後」에 수록)는 여름에서 봄에 이르기까지의 사철의 循環으로 구성되어있다. 계절이란 再生의 패턴이 아니고 무엇이겠는가.

> 초여름은 참응로 偉大했거니.
> 초록빛 장갑을 薰風에 날리면서
> 和暢한 五月의 거리를 무슨
> 奇蹟이 일어날 것만 같아 발돋움하군 했다.

이와같이, 초여름에서 시작하여, 審判의 가을을 거쳐, <세찬 朔風의 前哨兵떼가 佇立한 裸身을 함부로 掩襲하는> 겨울을 맞이한다.

> 이른 봄 돋아날 竹筍같은
> 새론 發芽를 위해 차분히도
> 너는 지금 冬眠에 들어가고 있는 것인가.
>
> — 李在徹의 「街路樹」의 종연

이렇게 冬眠의 겨울로 끝나나, 이른봄의 새로운 發芽를 暗示하고 있다. 季節의 循環은 「죽음과 再生」의 패턴을 단적으로 나타낸다.

4

  융博士와 보드킨女史에 있어서 가장 중요한 개념은 原型(archetypal)이다. 하이먼의 著書에서는 <文學的 觀點에서 그들의 가장 중요한 것이 原型의 개념이다.>라고 말하고 있다(Stanley Edgar Hyman, The Armed Vision, p. 133). 사실상, 原型批評은 프로이트, 융을 거쳐 프라이와 보드킨에 이르러 크게 발전했지만, 그러한 批評은 이미 프로이트가 그의 「작은 상자 고르기의 動機(The theme of the Three Caskets)」에서 훌륭하게 試圖한 바 있다(이용호譯 프로이트 「藝術論」). 原型的 패턴은 神話와 傳說에서부터 현대의 문학작품에 이르기까지 그 속에 들어있다. <文學史는 전체로서 原始的 모습에서 복잡한 모습으로 움직여나아간다. 그러므로, 文學은 原始的 文化에 있어서 考究되는 정도의 素朴狹小한 形態가 복잡하게 混入된 것으로 볼 수 있다>고 프라이는 말하고 있다. (프라이著 「同一性의 寓話」1963 12面) 神話와 傳說에서부터 현대문학에 이르는 과정을 통하여 原型的 패턴을 찾을 수 있고, 반대로 현대문학에서부터 고대문학으로 소급하면서 찾아낼 수 있다. 심리학자 융은 그러한 原型으로서 어머니, 딸, 英雄, 神 등의 이미지를 열거하고 있다. 유럽 문학에서는 天國과 地獄, 英雄과 惡魔 등의 이미지가 큰 비중을 차지한다. 四君子는 동양화에 있어 지금도 不變의 原型이지만, 우리 古典詩歌에서는 나무(소나무, 亭子나무 등), 물(流水, 沼, 潭, 泉 등), 하늘(長天, 長空 등), 꽃(梨花, 梅花, 菊花, 躑躅花, 蘭 등), 새(제비, 두견새, 白鷗, 白鷺, 까마귀, 鳳凰, 鶴 등), 산(靑山, 泰山 등), 구름, 해, 달 등의 原型이 수두룩하게 나온다. 鄭炳昱 교수가 古時調 1,648 首에서 꽃에 관한 시조만을 추리고 그 중에서 꽃의 頻度數를 조사한 바 있다. 桃花(26회), 梅花(23회), 菊花(19회), 梨花(13회), 落花(12회), 李花(10회), 蘆花(8회), 蓮花(6

회), 海棠花(5회), 牡丹(4회), 蓼花(3회), 石榴(2회), 杜鵑花(2회), 冬柏花(2회) 등의 순서로 나타난, 이러한 종류도 우리 시조의 原型이 됨은 두말할 여지가 없다.

여기서는 「물」의 原型的 이미지를 살펴보겠다. 「물」의 美感은 흐름과 맑음과 그 소리의 統一로 형성된다. 이것이 물의 이미지의 일차적인 속성이다. 헷세는 <일찌기 그렇게 좋은 물을 본 일이 없었다. 흐르는 물소리와 그 모양이 그렇게 굳세고 아름다울줄을 몰랐었다>고 「싯달다」에서 말하고 있다. (金俊變譯 「헷세」 正音社刊, 世界文學全集 20권)

> 물결이 쏠리는 그 힘, 굽이치는 그 폭, 출렁이는 그 여운, 감싸주는
> 그 품, 물결은 유유하나 몸부림은 가라앉아 줄기차다.
>
> — 劉庚煥의 「물결은 줄기차다」의 1연

이것도 흐르는 물의 아름다움이다. 너무도 아름답기에 그것은 신비한 것이요, 도덕과 종교의 경지에까지 이른다. <이 강에서 그는 익사하려고 생각하였었다.> (金俊變譯 「싯달다」前揭書) 그러기에 고금을 막론하고, 물은 문학의 중요한 제재가 되고 있다.

물의 흐름은 무엇을 의미하는가? 시적, 도덕적, 종교적인 다양한 의미가 있다. 「구약성서」「전도서」에서 솔로몬 왕은 <모든 강물은 다 바다로 흐르되, 바다를 채우지 못하여, 어느 곳으로 흐르든지 그리로 연하여 흐르니라>고 읊었다. (「전도서」 1장7절) 솔로몬 왕의 憂愁에 어린 이 노래에는 <무엇을 가리켜 이르기를 보라, 이것이 새것이라 할 것이 있으랴>(「전도서」 1장 10절)에서 알 수 있는 바와같이, 一切의 無常性, 虛無性을 나타낸다. 이와같은 의미는 기욤 아폴리네르(Guillaume Apollinaire)의

「미라보 다리」에도 있다.

> 미라보 다리 아래 세느江은 흐르고
> 그리고 우리들의 사랑도 흐르네.

헤라클레이토스(Herakleios)의 말과 같이 萬物은 流轉한다. 인생도 사물도 물도 같이 흘러서 흐르며, 어제의 것이 그대로 머물러있지 않다. 흐르는 물에서 一切의 無常性과 虛無性을 볼 수 있다. 그러기에 孔子도 냇가에 서서, <가는 것은 이와같아서 밤낮으로 쉬지 않구나>(子在川上曰, 逝者如斯夫, 不舍晝夜)라고 하였다. (「論語」子罕). <가는 것>, 즉 <逝者는 比喩이다. 그것은 인생과 자연을 다 포함한다고 볼 수 있다. 그러나, 흐르는 물에서 永遠性, 不變性을 볼 수도 있다.

> 강의 많은 비밀 중에서 그는 오늘 단 하나, 그의 영혼을 붙잡는 단 하나의 비밀을 보았다.
> 그는 보았다. 즉, 이 물은 흐르고 흘러 영원히 흐르고 있으나, 언제나 그 곳에 있다는 것을. 항상 그 곳에 있어 어느 때나 같은 물이나, 순간마다 새로운 물이라는 것을!
>
> — 헤르만·헷세의 「싯달다」 9장

<언제나 그 곳에 있다>는 것은 停止요, 永遠이요, 不變이며 <흐르고 있다>는 것은 無常性이다. 또, 「싯달다」에 있어서는, 그가 강을 볼 뿐 아니라, 강이 또한 그를 본다. <강은 여러 종류의 눈으로 그를 보고 있었다. 푸른 눈으로, 혹은 흰 눈으로, 혹은 수정같은 눈으로, 혹은 푸른 하늘빛같은 눈으로 보고 있었다.>(金俊燮譯 「싯달다」, 正音社刊 世界文學全集 20권). 싯달다는 강을 보고, 강은 여러 종류의 눈으로 그를 본

다. 그리하여, 그는 강을 사랑하고, 강은 그를 한없이 기쁘게 한다. 싯달 다가 강에서 보고들은 비밀은 영원한 흐름과 영원한 存在다. 강은 변화와 불변, 순간과 영원의 同時的 存在다. 우리 古典文學에서도 물의 영원성 을 읊은 것이 있다.

青山은 엇뎨ᄒ야 萬古애 프르르며,
流水ᄂ 엇뎨ᄒ야 晝夜에 긋디 아니ᄂ고.
우리도 그치디 마라 萬古常青 호리라.

— 李滉의 「陶山十二曲」에서

구룸빗치 조타ᄒ나 검기를 ᄌ로ᄒ다.
ᄇ룸소ᄅ ㅣ 묽다ᄒ나 그칠 적이 ᄒ노매라.
조코도 그츨뉘 업기ᄂ 물뿐인가 ᄒ노라.

— 尹善道의 「五友歌」에서

李滉은 萬古常青을, 尹善道는 중단없는 영속성을 보고 있다.

물은 흐른다.
흐르는 물을 따라 나도 흘러가면은
죽은이들이 의초로이 모여사는
바다와 같은 마을이야 없는가.

— 金冠植의 「溪谷에서」의 종연

金冠植의 「溪谷에서」(「現代文學」 통권6)의 물도 「영원한 흐름」이다. 그 영원한 흐름이 도달하는 곳은 죽은 이들이 의초로이 모여사는 彼岸의 세계다. 그러니까 金冠植의 물의 흐름은 영원한 生命의 輪廻다.

다만, 흐르는 것은 흐르는 것이다.
그러나 그냥 흐르는 것은
정지된 것이다.

정지된 흐름—이 정지된 흐름의
길목에서, 호젓이
떠나야 한다. 드디어 찬란히
떠나야 한다.

宋河璇의 「다시 長江처럼」(시집 「다시 長江처럼」 금강출판사)에서는 「停止된 流水」와, 그 속에서의 자신의 孤獨한 출발을 보고 있다. 人生이란 流水요, 停止란 그러한 흐름 속에서의 자신의 한 瞬間이다. 다시 長江처럼 소리죽이고 떠나야 할 자신의 한 순간의 停止-. 여기서도 순간과 영원의 패턴이 있다. 기욤·아폴리네르의 <밤도 오고 鐘도 울려라. 세월은 흘러가는데, 나는 이곳에 머무네>에서도, 세월의 흐름 속에 있는 순간의 停止를 보고 있다. (南平祐譯 「미라보 다리」, 東亞出版社刊 20世紀詩集에 수록)

불교, 유교, 도교 등에서는 「물」에서 도덕적, 종교적 원리를 본다. 「觀無量壽經」의 十六觀法 중,「小觀」은 황홀찬란한 映像과 더불어 중교적 진리를 보여준다.

光明臺의 양쪽에는 각각 백억 개의 華幢과 많은 악기가 달려있으며, 여덟 종류의 맑은 바람이 광명 속으로부터 불어와서 이 음악기구를 켜기도 하고, 두드리거나 불기도 하면서, 「모든 것의 끝은 괴롭고(苦), 종말 있는 일체의 본질을 없애며(空), 때문이 이것들은 變移하고 (無常), 그들 자체가 독립해서 존재할 수 없다(無我)」는 음을 연주하고 있다.

— 釋智賢譯 「十六觀法」에서

於臺兩邊各有百億華幢無量樂器以爲莊嚴八種淸風從光明出鼓此
器演說苦空無常無我之音是爲水想名第二觀

이 대목에 이르기까지, 즉 고요하고 맑은 물이 고정하여 水板을 이루
고, 그것이 유리판으로, 大地로 변하고, 그 유리의 들판 아래에는 七寶金
幢이 떠받들고, 그 위에는 거대한 光明臺를 이루기까지의 形象을 거쳐야
한다. 이 光明臺 양쪽의 백억 개의 華幢과 많은 악기, 이것들이 佛法을
연주한다 (釋智賢譯「十六觀法」, 現代詩學誌 1971, 8). 싯달다도 물을
사랑하고, 물 곁에 남아서 물에서 배웠다(金俊變譯「싯달다」, 正音社刊
世界文學全集 20권, 255面). 孔子는「孔子家語」에서 水德을 찬미하고
있다.

> 냇물은 흘러서 멎지 않는다. 더욱이 냇물은 모든 生物에게 생명을 부
> 여하고도 그런 일을 했다고 생각하지도 않는다. 그러므로, 물은 마치
> 「德」과 같은 것이다. 냇물은 또 흐를 때, 스스로 卑下하여 반드시 흐름
> 의 이치에 따른다.
> 이 점에서 냇물은「義」와 같다. 냇물은 또 언제든지 흘러 다함을 모
> 른다. 냇물은「道」와 같다. 냇물은 다시 흘러 百仞의 골짜기에 이를지
> 라도 조금도 두려워하지 않는다. 그것은 내게「勇」을 생각케 한다. 냇
> 물은 川底의 움푹한 곳이 있으면 그것을 평탄케 한다. 냇물은「法」그
> 대로 이다. 냇물은 근원에서 나와 반드시 동쪽으로 흐른다. 냇물은「志」
> 를 지니고 있다고 하겠다. 萬物은 냇물의 恩澤을 입고 있다. 이것은 善
> 化와 같다. 물의 德은 이와같은 것이 있다. 그러기에, 君子는 볼 때 반
> 드시 이것을 본다.

냇물의 도덕적 此喩이다. 모럴리스트인 孔子로서는 도덕적인 水德을
본다는 것은 당연하다. 老子도 지극히 선한 것은 물과 같다> (上善若水)

고 한다.

> 지극한 선(善)은 물과 같다. 물은 모든 만물을 이롭게 하나 다투지 않는다. 모든 사람이 싫어하는 낮은 곳에 있다. 그러므로, 물은 도에 거의 가까운 것이다.
> 上善若水. 水善利萬物而不爭, 故幾於道.
>
> —「道德經」8장

> 강과 바다가 능히 모든 골짜기의 왕자(王者)가 될 수 있음은 강과 바다가 아래에 있기 때문이다. 그러므로, 능히 모든 골짜기의 왕이 될 수 있다. 그러므로, 성인이 백성의 위에 있고자 하면, 반드시 말로써 백성의 아래로 내려간다. 성인이 백성보다 앞에 있고자 하면, 반드시 자신을 백성의 뒤에 둔다.
> 江海所以能爲百谷王子, 以善下之, 故能爲百谷王, 是以聖人欲上民, 必以言下之 欲先民, 必以身後之.
>
> —「道德經」66장

물이 아래로 흐른다는 屬性에서 도덕을 보는 태도는 孔子와 老子에 있어서 같다. 물의 도덕적 此喩다.

물에 관한 民俗의 탐구는 더욱 흥미있는 작업이다. 民間信仰에서는, 물은 生產力을 갖는다. 金蛙의 誕生地는 「鯤淵」이라는 물이요 (三國遺事 卷之一 「東扶餘」), 朴赫居世의 王妃가 태어난 곳은 「我判英」우물이다. 水路夫人의 失踪地는 東海 龍宮이요, 沈淸이 빠져죽고 還生한 곳은 印塘水이다. 물의 生產力을 「生生力」이라고 하며, 그러한 물을 「祿水」라고 하는 이도 있다(金烈圭著 「韓國民俗과 文學研究」). 죽음과 再生은 對偶를 이룬다. 「물」은 출생만을 상징하는 것이 아니라, 「죽음과 再

生」을 동시에 상징한다. 「箜篌引」의 「河」는 죽음을 상징하고, 黃眞伊의 「一到滄海ㅎ면」도 죽음을 상징한다. 「沈淸傳」의 印塘水는「죽음과 再生」을 상징한다.

5

다음엔 「거울」의 이미지를 보겠다. 「거울」의 屬性은 대상의 反映이다. 「거울」의 발명이 어느 때부터인가, 누가 처음 거울을 발명했는가 하는 문제는 그 성질상 덮어두고, 그 屬性에서 볼 때 <보고 싶은 慾望>이 거울을 발명했다고 할 수 있다. 「거울」의 이미지는 고금을 막론하고 그러한 慾望을 一次的으로 내포하고 있다. 朴榮濬의 단편 「판잣집 아주머니」(「現代文學」1967·8, 世宗出版公社刊 「슬픈 幸福」)에는 다음과 같은 대목이 있다.

　　이상한 일이었다. 엉뚱한 일로 남편을 생각하게 될 줄은 나도 모를 일이었다. 나는 거울 있는 데로 가서 내 얼굴을 보았다. 거울 있는 데로 가지 않고 아주머니 보고 약을 발라달라는 것이 순서일 것인데도, 나는 거울 있는 데로 갔다. 얼굴을 다쳐서 어떻게 하나 하는 걱정때문은 아니었다. 그저 내 얼굴이 보고 싶었던 것이다. 그런데, 얼굴을 마주하니, 내 얼굴 위에 남편의 얼굴이 겹쳐서 비치었다. 시무룩한 얼굴이었다. 배가 고파 부어오른 얼굴이었다. 아주머니가 와서 약을 발라주었지만, 나는 거울에 나타났던 남편 얼굴 때문에 그냥 멍하니 앉아있었다. 일할 생각도 안하고—.

남편과 싸워 집을 뛰쳐나온 女人이 食母살이를 하다가, 항아리를 발로 차고 넘어져서 뺨에 피가 나는 상처를 입었다. 약을 먼저 바를 생각은 않하고, 자기 얼굴이 먼저 보고 싶어서 거울 있는 데로 갔다. 피가 흐르는 자기 얼굴에서, 남편에게 얻어맞아 피를 흘렸던 일을 聯想하고 남편을 생각하는 것이다. 보고 싶은 慾望은 거울을 찾게 된다. 보고 싶은 慾望의 대상은 자기요, 동시에 모든 그리움 내지 필요이다.

> 그립고 아쉬움에 가슴조이든
> 머언 먼 젊음의 뒤안길에서
> 인제는 돌아와 거울 앞에 선
> 내 누님같이 생긴 꽃이여.

徐廷柱의 「菊花 옆에서」(「徐廷柱 詩選」)의 3연이다. 청춘시절의 煩惱, 憧憬, 焦慮, 彷徨에서 돌아온 이 女人은 거울에서 무엇을 보았을까. 물론 自己모습이다. 그러나, 청춘시절의 煩悶, 憧憬, 焦慮, 彷徨의 모습이 아니라, 그런 것을 극복한 안정된 자기의 아름다운 姿態이다. 즉, 새로운 自己의 발견이다. 이 경우다. 자기 「거울」은 단순히 物體가 아니라, 자기의 意識 그 자체, 存在의 自覺 그 자체다.

안톤·체홉(Anton Tchechov)의 단편에 「얼보이는 거울」(南郁譯 哲也堂刊 「귀여운 女人」에 수록. 1965)이 있다. 응접실에는 선조의 초상화들이 걸려있고, 한쪽 구석에 <브론즈 틀 속의 커다란 거울>이 하나 걸려있다. 박색이었던 증조모는 거울을 몹시 좋아하여, 자나깨나 그 거울에서 떨어지지 않았으며, 죽을 때에도 棺 속에 넣어달라는 유언까지 했다. 그러나, 너무 커서 넣지는 못했다. 이 거울은 妖魔다. 아내는 그 거울을 보더니, 自己의 너무도 아름다운 얼굴에 황홀하여, 새파랗게 질려서 와들와들 떨다가 졸도했다. 다음날 저녁 무렵에야 깨어난 아내는 거울을 한사코

요구하며, 그 거울만을 들여다본다. 박색인 아내의 얼굴이 그 거울에서만
은 천하일색으로 비치었기 때문이다.

　　못난 얼굴이 絕世佳人으로 비치는 거울은 확실히 妖物이다. <제 얼
굴 더러운 줄 모르고 거울만 나무란다>는 俗談이 있지만, 이 경우에는
그 반대다. <제 잘난 맛에 산다>는 말도 있다.　이 세상의 女人은 제각
기 자기가 가장 美人이라고 생각한다. 그것을 부정하는 사람도 心中에는
역시 그렇게 생각하고 있다. 精神分析學的인 면에서는, 이것도 自己救
濟의 구실을 하겠지만 지나치면 나르시시즘에 빠진다. 황홀한 아름다움
에 도취되어, <어쩜… 이렇게　내가 아름다울꼬!> (南郁　譯 「얼굴보이
는 거울」)하고, 탄식하는 이 아내는 이미 나르시소스(Narcissos)가 된 것이
다. 거울에 비친 자기모습을 보고 나르시시즘에 빠졌을 때, 「거울」은 단순
한 구도가 아니라 자기자신이다. 그 거울에서 떨어진다는 것은 죽음을 의
미한다. 그러기에 일찌기, 나르시소가 호수에 비치는 제 모습에 황홀하여
죽어서 水仙花가 된 것처럼, 그 거울 속의 自己 이미지는 變身이요, 再
生이다. 거울은 거울을 사랑하는 이의 存在 그 자체다.

　　거울 속에는 소리가 없소

저렇게까지 조용한 세상은 참 없을 것이오.

거울 속에도 내게 귀가 있소
내 말을 못 알아 듣는 딱한 귀가 두 개나 있소

거울 속의 나는 왼손잽이요.
내 握手를 받을 줄 모르는 — 握手를 모르는 왼손잽이오.

거울 때문에 나는 거울 속의 나를 만져보지도 못하는구료마는
거울이 아니었던들 내가 어찌 거울 속의 나를 만나보기만이라도 했
겠소.

나는 至今 거울을 안 가졌소마는 거울 속에는 늘 거울속의 내가
있소.
잘은 모르지만 외로된 事業에 골몰할께요.

거울 속의 나는 참 나와는 反對요마는 또 꽤 닮았소.
나는 거울 속의 나를 근심하고 診察할 수 없으니 퍽 섭섭하오.

　　李箱의 「거울」(高大文學會刊 「李箱全集」二卷)의 전문이다. 이 「거
울」도 ＜보고 싶은 慾望＞이라는 보편적 屬性에서 벗어나지 않는다. 그
러나, 李箱의 「거울」은 自己分裂로 인한 또 다른 自己다. ＜내 말을 못
알아듣는＞ 즉 自己意思가 자기에게 疏通이 안되고, 自己와의 對話가
단절된 심각한 분열이 있다. ＜내 握手를 받을 줄 모르는＞, 즉 自己와의
融合이 안되는 또 다른, 自己, 이런 自意識의 分裂이 李箱의 거울이다.
그러기에 그는 거울 속의 나를 무서워하며 떨고 있고 (「詩第一五號」의
1, 高大文學會刊 李箱全集 二卷), 거울 속의 自己를 해방시키려고 하나
도리어 囹圄에 갇혀 떨고 있으며, 마침내 自殺까지 권고하나 그것도 不

可能하다. (前揭書 42面) 李箱의 <거울>도 자기를 비추어주기는 하되, 그것은 융합이 불가능한 분열된 自意識의 비극적인 모습이다. 李箱은 죽을 때까지 意識의 거울을 지니고 있었다. 이것도 의곡된 나르시즘이다.

「대상의 反映」이라는 거울 본래의 구실은 迷信, 民俗과 관련되어 점을 치고, 도둑을 잡는 일까지 확대된다. 모울(Molle)의 저서 「살아있는 圖書館(Living Librarie, 1621)」에는 다음과 같은 이야기가 있다. <一部의 魔術師가 달아난 盜賊을 거울(looking-glass)이나 유리병(glass-viall)을 점칠 때에는, 淸淨無垢한 어린이로 하여금 이것을 보게 하여, 때묻은 사람에게는 보이지 않는 形象과 象徵를 거기서 찾아내게 하였다.> (존·브랜드저 日譯 「英國의 故事」115面) 또 보댕(Jean Bodin)은 「惡魔와의 싸움(Daemonomachia, 1580)」에서, 프랑스 남부 툴루즈(Thoulouse)에 있었던 포르투갈인이, 隱匿物을 어린아이의 손톱(naile)에 反映시켜 보였다고 한다. 오늘날에 있어서도 占師는 水晶占卜(chrystallomantia)이니, 손톱 占卜(onychomantia)이니 하면서, 맑게 간 水晶이나 손톱에서 正體를 알 수 없는 呪文을 외고, 보댕의 말처럼 純潔無垢한 어린 아이를 불러 거기서 무엇인가를 찾아내게 한다(前揭書). 이같이 魔術師 또는 占師가 그의 미신적 악마적 操作에 「거울」을 이용하였는데, 이것이 일종의 「鏡占」이다.

영국의 고전학자 포터(John Poter)는 그의 저서 「그리스 古俗談」(Greek Antiquities, 1697-99)에서, <거울에 의한 水占을 鏡占(catoptromancy)이라 하여, 먼저 거울을 물에 적시고, 그 거울에 비치는 患者의 顔面의 상태에서 그 症勢의 결과를 점쳤다>고 말하고 있다. (존·브랜드著 日譯本 「英國의 故事」116面). 이와같은 迷信과 占卜은 모두 「거울」의 제一차적 속성의 비과학적, 미신적 확대에 지나지 않다. 이 점에서도 「거울」은 魔物로 발전할 가능성을 보여준다.

이밖에도 거울을 적신 그 물에 손을 씻으면 不和로 헤어지게 된다든지, 촛불을 밝혀 거울을 보면 불길하다든지, 하는 民俗도 있다. 또 어린아이를 거울에 비추어 보이는 것도 불길하다고 한다. (존·브랜드의 前揭書) 부서진 거울을 보면, 별로 유쾌한 기분을 주지 않음은 고금동서를 불문하고 공통적인 현상이다. 그러기에, 거울을 부수면 친구를 잃는다든지, 가족이나 그 집 주인이 불행하게 된다는 이야기도 있다(존·브랜드의 前揭書).

6

原型批評은 직접적인 관계가 없는 여러 작품에서 原型이 될 수 있는 이미지를 찾아, 그 기능을 다각도로 분석하는 것이다. 이 경우, 몇가지 문제가 생긴다. 첫째 作品에서 유리되는 현상이 일어난다. 作品에서 原型的 이미지를 찾아내면, 그 作品 전체는 그 이미지만 남겨놓고 후퇴한다. 따라서 批評은 작품에서 멀어지는 경향이 있다. 19세기의 科學批評이 作品보다는 作品이 생산된 環境, 時代, 人種 등의 연구에 치중한 나머지, 作品 자체에서 유리된 일이 있었는데, 그와 같은 결점을 原型批評도 가지고 있다. 이 난점을 어떻게 극복할 것인가가 하나의 문제점이다.

둘째는, 상이한 작품에서 찾아낸 각각의 이미지 상호간의 영향문제다. 그 이미지의 反復과 유사성이 讀書體驗에서 온 것이냐, 그렇지 않으면 無意識的 傳承에서 온 것이냐 하는 것이다. 물론 다른 이유도 있을 것이다. A작품의 「물」과 B작품의 「물」의 象徵이 유사하다면, 그것은 무슨 이유 때문인가 하는 문제를 말한다. 틸리트슨(Kathleen Tillotson)은 그의 논문에서 (YES: In the Sea of Line, Mid-Victorian Studies, London, pp. 157-79), 아놀드(M. Arnold)의 抒情詩 한서 「섬」이라는 이미지를 찾아내

고, 그 源泉으로서 호편에 라티우스, 존·케블(John Keble), 조지·엘리오
트(George Eliot) 브라우닝, 코울리지 등에서 찾아내고 있다. 그리하여, 호
라티우스의 「섬」과 아놀드의 「섬」은 讀書體驗의 影響에서 그 유사성을
이룬 것이라 보고 있다. (川崎壽彦 「原型을 찾는 批評」 「英語靑年」
1970, 3). 이미지 상호간의 관계를 讀書體驗에 한정한다는 것은 모순이
있고, 실제로 그런 일이 없는 경우도 얼마든지 있기 때문이다. 차라리 無
意識的 傳承이 많다고 보는 것이 타당하다고 생각한다.

중용적 관조의 시학
— 송하선의 시 세계

千 二 斗 ■

1.

송하선(宋河璇) 교수가 금년으로 이순(耳順)을 맞는데 이를 기념하여 시집을 상재(上梓)한다고 한다. 송 교수와 나는 대학의 선후배간이요 또 문단 학계에서도 역시 선후배의 관계로서 같은 고장에서 살아오는 동안 여러 가지로 돈독한 교분을 이룩하여 왔다. 그러한 송 교수가 어느새 이순을 맞는다 하니 유수같은 세월을 새삼 실감하지 않을 수 없다. 이순을 맞는 송 교수의 앞으로의 삶과 시가 더욱 밝고 빛나기를 바라면서 그의 시 세계를 살펴 보기로 한다.

송하선의 조부인 유재(裕齋) 송기면(宋基冕)은 호남의 거유(巨儒)인 전 간재(田艮齋)의 수제자로 인근에 명성이 높은 한학자이면서 명필이었고 또 위당(爲堂) 정인보(鄭寅普) 등과 더불어 당대에 민족주의 시인으로 명성이 도저하던 분이다. 송하선의 숙부인 강암(剛庵) 송성용(宋成鏞)은 당

■ 문학평론가. 원광대 명예교수

대의 국필(國筆)로서 현재 노익장을 과시하고 있고, 연전에 작고한 송하선의 백씨 아산(我山) 송하영(宋河英) 또한 한학자로서 그리고 서예가로서 명성이 높은 분이었다. 그의 당내간에도 문인 학자가 매우 많다. 이러한 가문의 영향 탓인지 송하선 또한 학문과 시는 물론이요 서예에서도 일가를 이루고 있다.

　이번에 내는 시집은 1970년에 출간한 송하선의 첫 시집 「다시 長江처럼」 무렵에서 최근에 이르기까지의 작품들을 골고루 뽑아서 모두 4부로 나누어 수록하고 있어서 그의 시 세계를 종합적으로 살필 수가 있다. 그래서 그의 초기 시에서 최근에 이르기까지의 시편들을 좇아가면서 그의 시의 자취를 살펴보고자 한다.

　첫 시집 「다시 長江처럼」에 두드러지는 모티프는 삶에의 지향성이라고 말할 수 있을 것이다. 이런 점에서 일차적으로 주목의 대상이 되는 작품이 첫 시집의 표제로도 되어 있는 「다시 長江처럼」이다.

　　　지난 봄은 참 부끄러웠다.
　　　아득한 지슴길에서 부질없이
　　　허둥대어 온 그 지겹던 여름은
　　　참 부끄러웠다.

　　　가을이 오기 전, 가을이 오기 전의
　　　이 살갗 저미는 고요한
　　　방황의 길목에서, 부끄러웠던
　　　그 지난 여름처럼
　　　겨울이 먼저 올까 두려워지느니

　　　몰라
　　　저 지난 봄, 지난 여름

다만, 흐르는 것은 흐르는 것이다.
그러나 그냥 흐르는 것은
정지된 것이다.

정지된 흐름—이 정지된 흐름의
길목에서 호젓이
떠나야 된다. 드디어 찬란히
떠나야 된다.

바람 안에서 울고 바람 안에서
울부짖을지라도, 도도히
떠나야 한다. 다시 長江처럼
소리 죽이고 떠나야 한다.

그의 초기 시 중에서도 빼어난 이 작품에 두드러지는 것은 삶에의 건강하고도 줄기찬 지향성(志向性)이다. 작중 화자(作中話者)는 첫 머리에서 '지난 봄은 참 부끄러웠다.'라고 진술한다. 그리고 '아득한 지슴길에서 부질없이 / 허둥대어 온 그 지겹던 여름' 또한 '참 부끄러웠다'라고 진술한다. 화자에 있어서 이제까지의 시간들은 통틀어서 '방황의 길목'에 해당되는 것이고 '그냥 흐르는 것'이고 따라서 그것은 '정지된 것'이라고 인식한다. 그러므로 화자는 설사 '바람 안에서 울고 바람 안에서 / 울부짖을지라도' 그 '정지된 흐름'에서 '다시 長江처럼' '도도히 떠나야 한다'는 것이다.

화자에 있어서 '지난 봄' 혹은 '부질없이 허둥대어 온 여름'의 시간들이란 요컨대 철없이 방황하던 젊음의 시간들을 말하는 것이다. 그러한 철없이 방황하던 젊은 날의 시간들을 청산하고, '그냥 흐르는' '정지된 흐름'

이 아닌 '도도한 長江처럼' 흐르는 그러한 시간을 정립하겠다는 것이다.

이 「다시 長江처럼」은 그의 초기 시의 성격을 잘 표상하고 있다. 송하선은 30대 초반에 이 시집을 냈고 또 본격적인 문단활동을 시작한 것도 이를 전후한 무렵으로 알고 있거니와, 그는 자기의 젊은 날의 방황을 어느 정도 청산한 시점에서 자신의 시의 방향을 정립한 것이다. 그 시의 방향이란 앞서 언급한 바 삶에의 건강한 지향성을 말하는 것이다. 이러한 건강한 삶에의 지향성은 <일월에>에 있어서 '내 가슴 스쳐간 빛깔들을 / 한 오락 한 오락 따라가서 / 하이얀 마음 바탕에다 수를 놓아가네.'라는 진술에서와 같은 신중한 삶의 자세에로 이어지고 <崙港>에 있어서의 '부랑하던 마음은 어느덧 / 되돌아와서 / 가라앉은 속으로 안기우고 / 바다가 무심히 흐르듯 / 무심히 흐르는 帆船이 되고 싶데.'에서 볼 수 있는 바와 같은 건강한 일상성에서의 회귀의 의지에로 이어지며 <낮은 목소리로>에서 볼 수 있는 바 '산다는 것이 죽는 일일 때 / 죽어서도 사는 목소리를 / 배워야겠습니다.'라는 의연한 선비적인 자세의 반영으로 이어진다.

그런데 송하선의 이러한 삶의 지향성은 기본적으로는 서두에서 말한 바 그의 가문의 유가적(儒家的) 전통과 무관하지 않음을 알 수 있다.

> 오히려 용용한 역사는
> 이 오솔길에 흐르고,
>
> 굽이굽이 돌아서 난 이 길에는
> 먼 조상들 외로이 지켜 온
> 넋이 흐르고,
>
> 다시 외줄기로 길이 트이면

하늘은 멀고
추억처럼 송홧가루 날리고,

아아 水泡같은 세월은
그 위로 흘러가고
黃土벌 사연이 숨은 이 숲 속에는
안개가 깔리고 자꾸만 깔리고,

그 안개 속에서도 숲들은 門을 연다.

이는 '오솔길'이라는 작품의 제2부이다. 이 구절에 앞서 작중 화자는
첫째 연의 끝 부분에서 '아 아 누가 여길 지나갔나 / 그 무한한 세월을
/ 은방울 꽃으로 가득 채운 일월을.' 이라는 의문을 제기한 연후에 앞서
인용한 바와 같은 제2부로 이어지는 것이다. '굽이굽이 돌아서 난', '은방
울 꽃으로 가득 채운,' 그리고 '송홧가루 날리는' 그러한 오솔길에서 화자
가 보고 있는 것은 '용용한 역사'의 흐름이며, '먼 조상의 발자취'이며 그
들이 '외로이 지켜 온 넋'이다.

오솔길로 상징되는 시간의 지속에서 이 시인은 역사를 의식하고 있으
며 무엇보다도 먼저 '조상'의 발자취와 그들의 넋을 의식하고 있다. 사물
을 관조함에 있어서의 이와 같은 자세는 분명 그의 가문의 유가적 전통과
긴밀히 관련된다고 해야 할 것이다. 오랜 시간의 지속에 대한 전적인 승
복 그리고 먼 조상에 대한 절대적인 경외의 정신, 그것은 유가적 질서의
기점이다. 이러한 의식은 송하선의 시세계의 한 중요한 성격을 이루고 있
다고 할 수 있다. 그의 이러한 유가적인 삶의 자세는 「그대는」의 화자가
'높게 / 그러나 아주 높아져버리진 말고 / 높아지려는 마음이게 // 깊게
/ 그러나 아주 깊어져버리진 말고 / 깊어지려는 마음이게' 그렇게 살아주

기를 청자(聽者)에게 당부하는 것과 같은 중용적 삶의 자세에로 연결되기
도 한다.

<blockquote>

모질게 살아온 돌의 손금처럼
바람소리처럼
우리네 한 세상 사는 일
참 어렵고도 어렵더라.

친구여
돌을 보며 돌의 손금을 보며
바람소리 들으며 우는 친구여
그대 쉰흔 살도 더 넘은 나이엔
우린 그 때
무슨 뉘우침으로 다시 만나랴.
무슨 뉘우침의 바람소리를
다시 들으랴.

</blockquote>

— 「돌을 보며」, 4, 5연

　이는 이 시집 제2부에 수록된 「돌을 보며」의 끝 부분이다. 이 시의 모
티프는 「오솔길」의 그것과 비슷한 점을 느끼게 한다. 「오솔길」의 화자가
오솔길에서 '용용한 역사', '먼 조상들이 외로이 지켜온 넋' 등을 읽어낸
것처럼 「돌을 보며」의 화자는 '사는 일 추워지는 어느 저녁 나절 / 문득
주어든 돌 하나'에서 '모질게 살아온 손금'을 보고 있으며 모질게 살아오
는 동안에 숱하게 겪었을 사나운 세월의 '바람소리'를 듣는다. 사물을 보
고 거기서 어떤 의미를 읽어내고 사유의 소재를 찾아내는 것은 어디까지
나 그 주체자의 몫이다. 그러기에 화자는 이 다음에 '쉰흔살도 더 넘은
나이엔' 또 '무슨 뉘우침의 바람소리를 / 다시 들으랴.'라고 의문을 제기하

는 것이다. 어떤 현상에서 과거의 시간을 의식하고 그것을 오늘의 자신과
관련하여 사유하고 나아가서 이를 다시 미래의 시간과 관련지어 생각하
는 삶의 방식, 바로 이러한 삶의 방식이야 말로 앞서 언급한 그의 삶의
지향성이다.

2.

　한편 송하선의 시세계에는 자연에의 유다른 친화성이 표상되는 경우가
많다. 강, 꽃, 학 등등 자연물을 읊은 시편들이 많은 것도 이를 반증하는
일이라 하겠다.

　　　일요일 아침
　　　건강한 아침을 뜨락에서 맞으면
　　　홀연히 郊外의 산숲에선 나를
　　　나들이 나오라 부르는 소리
　　　보이지 않는 妖精이 부는 트럼펫 소리.

　　　그 소리의 은은한 기별에 눈을 뜬 나는
　　　산들바람 일렁이는 가슴을 데불고
　　　어느새 바위 틈에 비벼 핀 풀꽃 앞에
　　　지늘키듯 앉는다.

　　　　　　　　　　　　　　　　　　　　—「妖精」1, 2연

　화자는 산숲이 부르는 소리에 이끌리어 '산들바람 일렁이는 가슴을 데
불고' 산을 찾아간다는 것이다. 화자는 '건강한 아침'의 봄의 기운을 '妖
精'으로, '郊外의 산숲'에서 느끼게 되는 봄의 기운을 '妖精이 부는 트럼

펫 소리'로 의식한다. 꽃과 나의 만남을 '바위 틈에 비벼 핀 풀꽃 앞에
/ 지늘키듯 앉는다.'라고 말한다. 여기에서 이 시인의 자연에의 친화성을
볼 수 있다.

멀리 두고 이쪽에서
외로운 황홀 속에 있고 싶네.

그리하여 나의 혼이 밝아오고
나의 혼이 깊어지고 넓어지는
그 五相의 얼굴을
이만큼의 거리에서 눈여겨 보리니,

사랑이여 잔잔한 호수의 마음이여,
그대 열반의 한 세계에 이르르면
날 어느 목소리로 불러주려나.

— 「연꽃(1)」 전반부

　화자는, 연꽃을 저만큼 '멀리 두고 이쪽에서 / 외로운 황홀속에 있고
싶네'라고 말한다. '이만큼의 거리에서' 연꽃의 '五相한 얼굴'을 눈여겨
보게 되면 나의 혼이 '밝아오고' '깊어지고 넓어지'리라는 예감을 가지고
연꽃 앞에 다가서는 것이다. 이 시인에 있어서 연꽃은 지극히 내면화되어
있다. 연꽃에서 정중동 동중정(靜中動 動中靜)의 경지를 보고 있는 「연
꽃(2)」는 이러한 내면화가 한결 심화된 것이라 할 것이다. 이 밖에 「꽃」
「아지랑이」 「석류의 시」 「모란」 「학(1), (2)」 등도 같은 맥락에서 이해할
수 있는 작품들이라 하겠다.

한편 송하선의 시세계에는 도시적인 것에 대한 혐오와 아울러 시골에
대한 유다른 친화성이 표상되어 있다. 이 역시 그의 자연에의 친화성과
맥락을 같이하는 면이라 하겠다.

시골 사람이 모처럼
서울 복판에 닻을 내리고
강남으로 지하도로 그 칙칙한
밀림 속으로 들어가 보면
이르는 곳마다 무더운 빙하
이르는 곳마다 싸늘한 사막.

아, 사람으로 강을 이루고
사람으로 밀림을 이루는 서울,
어느덧 나도 멍멍하게
거기 밀리고 밀리어 흐르고 있었지만,

그때,
문득 어디선가 잡아당기는 밧줄 하나
시골의 사립문에는
나의 영혼 쉬어 갈 눈빛 하나가
오롯이 서서 기다리고 있었네.

— 「시골의 사립문에는」 후반

이 시의 전반부에서 화자는 '서울의 거리에 밀물처럼 / 사람이 흐르지
만……나의 영혼 쉬어갈 이름은 없구나'라 개탄하고 있으며, 뒤이어 여기
에 인용한 바와같은 시행으로 이어지는 것이다. 이 시에서 우리는 화자의
단호한 양분법적인 견해를 느끼게 된다. 즉 서울은 '빙하'요 '사막'인데
반하여 화자를 밧줄로 잡아당기는 '시골의 사립문에는 / 나의 영혼 쉬어

갈 눈빛 하나'가 기다리고 있다는 것이다. 서울은 사람 살 곳이 못 되고 시골이야말로 내 영혼이 쉬어 갈 곳이라는 이러한 양분법적인 견해의 옳고 그름에 대한 판단은 각자의 취향에 따라 다르겠으나 이러한 견해가 이 시인의 일관된 신념임을 부인할 수는 없다. 이러한 그의 신념은 산문시 「여꾸다리 葉信」 연작을 비롯하여 「아, 전라도여」 「삼례의 장날」 「비비낙안」 등등 그의 시집의 도처에서 보게 된다.

시골 고향에의 그의 유다른 애착의 연장선상에서 그의 누이에의 추억들을 읊은 시편들을 만나게 된다.

3.

두 번째의 시집 「겨울 풀」 무렵에 오면 첫 시집에서 볼 수 있는 전통 숭상의 면이 이어지는 일방 상당히 다른 면이 나타나고 있다. 「연꽃(2)」 「상전에서」 같은 작품들은 자연 내지 시골에의 친화성을 드러내고 있다는 점에서 첫 시집의 연장선상에서 이해할 수 있는 작품들이라 할 수 있으나 「겨울풀」 「겨울의 초혼」을 위시한 겨울 이미지를 모티프로 하는 일련의 시편들은 현실비판적 의식이 짙은 작품들이라는 점에서 새로운 면이라 할 수 있다.

서슬 퍼런 바람에도
풀들은 아직 살아 있다.
전류가 안으로 안으로 흐르듯
어둠의 땅 속에 아직 은밀히 살아 있는
뿌리들의 훈훈한 교감.

서슬 퍼런 바람 속에서도
풀들은 아직 일어선다.
잠 못 드는 수맥이 물농울쳐 솟구치듯
눈보라 속 눈보라 속에 은밀히
수런대며 일어서는 풀들의 말씀.

아, 이 겨울은
어디쯤 머언가.

忍冬의 때에 이는 바람의 칼날에도
휘파람 안으로 불며 불며
아직 살아 있는
풀들의 혼.

이는 송하선의 제2 시집의 표제로도 되어 있는 「겨울풀」이라는 작품이다. 이 시를 읽으면 70년대 유신체제 아래서의 그 암울한 기억들이 환기되어진다. 이 시는 김수영의 「풀」이라는 시를 연상케 한다. 김수영의 「풀」이 사나운 바람 앞에서의 풀의 대응 자세를 노래한 것이라면 이 작품은 칼날같은 겨울의 추위 아래서의 풀의 대응 자세를 표상하고 있다는 점에서 그렇다. 김수영의 「풀」과 마찬가지로 이 작품에 있어서의 풀 역시 포악한 독재자 아래서 삶을 지탱해가야 하는 민초(民草)·민중을 상징하는 것이라는 점에서도 비슷하다. 그러나 김수영의 풀이 소극적인 가운데도 포악한 압제자에 대하여 그나름의 적극적인 대응의 자세를 보이고 있는데 반하여 송하선의 풀은 그 대결의 자세가 한결 내면화되어 있고 또 철저히 수동적이라는 점에서 양자의 차이를 볼 수 있다.

그러나 이 시에 있어서의 풀·민초의 수동적 자세 역시 결코 순응주의의 그것이 아니다. 혹독한 추위 아래 풀·민초는 어쩔 수 없이 수동적인

몸짓을 하고 있는 것은 사실이지만 결코 그 추위에 굴복하거나 그 추위의
횡포를 용납하지 않는다. 풀·민초에 있어서 이 추운 겨울은 한 '忍冬의
때'에 지나지 않는다. 때가 되면 어김없이 봄이 찾아온다는 믿음이 깔려
있다. 「겨울의 말」 「겨울의 엽서」 「추위」 등의 시편들은 모두 그러한 문
맥에서 이해될 수 있는 작품들이다. 그리고 이런 시편들에 흐르는 인동
(忍冬)과도 같은 질긴 인고의 연장선상에서 다가올 찬란한 봄에의 간절한
기다림이 예비된다.

> 한때 피어났던 겨울의 혼들아
> 개나리처럼 다시 피어나
> 이 땅에
> 어린 봄을 불러오너라.
>
> — 「겨울의 초혼」 제3연

> 아가야 이쁜짓하는 아가야
> 어서 어서 자라서
> 니네들의 동화의 나라
> 니네들만의 그 봄을 불러와야지,
> 어른들이 아직은 이루지 못한 봄
> 니네들만의 찬란한 그 봄을.
>
> — 「아가야 아가야」 끝연

'어른들이 아직은 이루지 못한 봄'을 어린이의 '동화의 나라'에서나마
실현되기를 바라는 화자의 모습에서 우리는 다름아닌 시인 자신의 간절
한 염원의 표백을 읽을 수 있다.
　이런 간절한 염원의 다른 한편에 송하선은 이 혹독한 겨울과 의연하고

도 과감하게 대결하지 못하는 나약한 소시민으로서의 자기 자신의 자의
식을 응시하기도 한다.

> 인섭이,
> 자네에게나 창피하게 귀 대고 말하네만
> 이 겨울 어떡하나.
> 딱한 우리들 어떡하나.
> 오금도 펴지 못하고
> 강 건너 불구경하듯 바라만 보고 있는
> 이 나라 사내된 구실을
> 단 한 번도 못해보는 딱한 우리들
> 어떡하나.
>
> ─「겨울의 엽서」 중간 부분

온 천지를 얼어붙게 하는 유신체제라는 이름의 겨울 앞에서 '이 나라
사내된 구실을 / 단 한 번도 못해보는' 자기 자신의 부끄러운 모습을 바
라보고 있다. 이러한 삶의 자세는 80년대의 폭압정치 하에서 정면으로 대
결하지 못한 자신의 모습을 '하늘을 우러러 그 날들은 / 미안하다 미안하
다 미안하다.' 라는 고백으로 이어진다. 부끄러운 자신의 모습을 외면하
지 않고 응시한다는 것 그 또한 한 용기라 할 것이다. 부끄러운 자신을
합리화하거나 위장하지 아니한다는 점에서 그렇다.

4.

근래의 그의 시편들에서는 삶 자체를 긍정하고 포용하려는 자세가 두
드러진다. 이러한 삶의 자세는 앞서 언급한 그의 삶의 지향성의 연장선상

에 놓이는 것이라 하겠으나 어떻든 그의 시에서 보게 되는 중요한 삶의 전기(轉機)라 할 것이다. 「멍에」(2부 「안개 손에서」 무렵)의 화자가 멍에를 진 소의 모습에서 보고 있는 것은 '참는 마음'이며 '명상하는 자세'이며 소리 없이 '멍에를 질 뿐'인 그러한 자세이다. 화자는 그 모습에서 '聖者와도 같은 고독'을 보고 이를 찬탄하고 있다. 이러한 삶의 자세는 「나목의 시」에 이르러 한 순명(順命)의 자세의 정립에로 이어진다.

이제야 다시 생각하게 되네.

바람 부는 언덕에 홀로 서서
너는 왜 허허로이 옷을 벗어 던지는가를

너는 왜 그 열매를
바람결에 하나씩 떠나보내는가를.

順命의 몸짓으로
눈보라 속에 홀로 서 있는가를
耳順이 다 되어서야 비로소
다시 눈 뜨며 바라보게 되네.

— 「나목의 시」 1, 2, 3연

잎이고 열매고를 막론하고 모든 것을 훌훌 다 떠나보내고 난 벌거벗은 겨울 나무의 모습에서 '耳順이 다 된' 화자는 '順命의 몸짓'을 비로소 보게 된다는 것이다. 이는 시인 송하선에 있어서의 한 눈뜸이라 할 것이다. 이는 서두에서 볼 수 있었던 바 그의 삶의 꾸준한 지향성이 당도한 한 경지라 하겠다. 1부 「안개 속에서」 이후에 수록된 근래의 그의 시들 가운데에는 이러한 삶의 자세를 반영하는 작품들이 상대적으로 많다. 가령

아, 무엇을 더 바랄 것인가.
그대와 나의 창변에
이승의 햇살이 내리고 있네.

— 「이성의 햇살」 끝연

에서 볼 수 있는 바 있는 그대로의 현실을 있는 그대로 수용하려는 자세, 「갈대」에 있어서 긴긴 방황의 끝에 비로소 갈대들이 우는 소리를 들었노라는 진술에서 볼 수 있는 바 한 깨달음 등도 앞서 언급한 바 송하선에 있어서의 순명의 자세와 관련된다고 하겠다.

갈대들이 우는 소리를 들은 것은
그 날의 황혼 무렵이다.

그 길고 긴 날 하루의
방황의 끝,
그 날의 인연의 끈을
끝내 풀지 못하고
황혼이 물드는 창변에
지긋이 앉았을 때

바로 그 시간이다
갈대들이 우는 소리를 들은 것은.

— 「갈대」 전반부

이순(耳順)이라는 말은 귀가 순해진다는 말이다. 말하자면 사물을 있는 그대로 받아들일 수 있게 된다는 뜻이다. 이 시의 화자는 오랜 방황의 끝에 마침내 갈대들이 우는 소리를 들었노라고 말한다. 말하자면 이제 비로소 갈대의 내면의 소리를 제대로 듣게 되었다는 것이다. 이순(耳順) 혹은 순명에서 연유되는 일이라 하겠다.

> 모처럼 고요한 시간에
> 마디 굵은 손을 보며
> 손금을 보며 지긋이 앉으니,
>
> 나의 손은 갑자기
> 지나간 시간들의 그 많은 얼굴
> 지나간 사랑의 얼굴이 잘 보이는
> 아른아른한 유리창이어라.

— 「손」 3, 4연

사물의 소리를 제대로 들을 수 있게 되는 것이 이순이라 한다면 이순은 동시에 모든 사물의 형상을 제대로 볼 수 있게 된다는 뜻이기도 하다. 자신의 손에서 지나간 시간을 떠올리는 「손」의 화자의 모습에서 우리는 송하선의 초기의 시 「오솔길」에서 지나간 시간을 떠올리는 화자의 모습이 연상되는 것도 사실이지만 그러나 「손」의 화자의 자세는 한결 가라앉아 있다. 그만큼 나이를 느끼게 하는 것이다.

「분수를 보며」에서 볼 수 있는 바 저돌적인 급진주의를 거부하는 일방 온건한 중용적인 삶을 지향하려는 자세, 「새해에는」에서 '사람이 잘 보이지 않는 세상에도 / 기적처럼 사람이 있다는 믿음'을 갖고자 스스로에게 다짐하는 자세, 그리고 「섬」연작에서 볼 수 있는 바 자아의 근원적 고독을 받아들이려는 자세 등도 앞서 언급한 바 순명의 자세의 연장선상에서 빚어지는 모습들이라 하겠다.

송하선의 시의 어법은 대체로 읽기에 그다지 힘겹지 않다. 그의 시의 어법이 대체로 전통적인 데 뿌리를 두고 있기 때문이다. 그러면서도 만만치 않은 언어적 긴장을 유지하고 있다. 그가 살아온 삶 자체가 유가적 교양에 뿌리를 둔 중용적 자세에서 연유되는 것이라 할 수 있거니와 그의 시의 어법 또한 전통적인 데에 뿌리를 두고 있으면서도 현대시로서의 참신한 감각을 잃지 않고 있다.

이순을 고비로 하여 그의 삶과 시가 더욱 건강하고 풍요로와지기를 기대한다.

담담함, 혹은 허허로움

— 송하선의 시세계

장 석 주 ■

"나"라는 개체성 안으로 세계가 들어와 교섭이 이루어질 때 세계는 비로소 의미를 갖는다. "나"와 무연한 세계, 즉 주체적 관여가 없는 세계는 아무 뜻도 있을 수 없다. "나"의 삶을 감싸고 있는 세계는 주체의 겪음이란 경험을 통해 인지된다. 겪음의 근본적 연속성 안에서 세계는 "나"의 삶을 가능하게 하고 또한 의미라는 메아리를 만들어준다. 거꾸로 "나"는 세계 속에서 비로소 존재의 의의를 찾을 수 있다. 우리를 이 세상에 살게 하는 것, 그냥 단순히 숨쉬고 밥 먹고 하는 본능적인 행위의 삶을 넘어서서 뜻을 구하며 고양된 상태의 삶으로 나아가게 하는 것은 그 생명의 중심적인 원천에서 나오는 개인의 의지다. 아마도 뜻 있는 삶, 안락하고 행복한 삶을 추구하는 것은 누구나의 일반적인 바램일 것이다. 그렇다하더라도 누구나 뜻 있는 삶, 행복한 삶을 살지는 못한다. 주체의 소망과 의지가 실현되는 물적 토대인 현실이 그것을 받쳐주지 못하기 때문이다. 예를 들면 대학을 나온 젊은이라면 당연히 제 뜻을 펼칠 직장을 구할 것이다.

■ 시인, 문학평론가

월급도 많이 주고 보람도 느끼게 해주는 직장이라면 그 젊은이를 행복하게 해주겠지만, 경기 침체와 열악한 여러 현실적 여건이 그 젊은이를 오랫동안 실업 상태에 묶어둘 수도 있다. 그럴 때 그가 불행과 고통 속에서 허덕일 것은 불 보듯 빤한 일이다.

대체로 보통 사람들이 현실에서 구하는 것은 정치적 자유와 정의가 실현된 사회, 더불어 함께 잘 사는 사회와 같은 공의에 합당한 세계보다는 권력과 돈, 명예와 같은 인간 보편의 욕망과 관련된 것들, 그리고 보람 있는 일과 직장, 훌륭한 교육, 주거시설, 생의 반려자, 가족의 안녕, 건강, 인간관계 등이 있다. 그것들이 얼마나 충족되느냐 하는 데 따라 한 개인이 이 세상에서 느끼는 행복감은 비례한다. 투박하게 정의하자면 삶이란 "나"를 둘러싸고 벌어지는 사건들의 총체다. 즉 인간이 욕망하는 것들을 얻으려는 주체의 의지의 작용과 현실세계 사이의 교섭에서 일어나는 일체의 것들을 포괄하는 어떤 것이다. 서정시가 탄생하는 자리는 "나"라고 지칭되는 존재의 생명의 중심적인 원천과 관련되어 있다. 서정시는 자전적 기억에 바탕을 두고 있기 때문에 불가피하게 생명을 내고 기른 땅의 토착적 정서로 기울어질 수밖에 없다. 사람의 천품이나 길러진 인격은 제각각이겠지만 웅숭 깊고 무궁하며 신실한 삶에 대한 선호는 일치할 것이다. 바른 사람이라면 인생에서 그런 삶을 앙망(仰望)하고 구하려고 할 것이다. 그런 삶으로 나아가기 위해서는 자기성찰과 결단이 요구될 것이다. 우리가 송하선 시인에게서 확인하는 것도 욕망을 반성하고 욕망을 억제하는 태도이다. 그래서 획득한 것이 삶에 대한 담담함, 허허로움일 것이다. 그것은 분명 경륜의 축적으로 빚은 지혜와 성숙의 산물이다. 시력(詩歷) 서른 해를 거뜬히 넘는 송하선 시인의 시세계는 소월(素月) 김정식(金廷植)으로부터 미당(未堂) 서정주를 거쳐 박재삼으로 이어지는 전통 서정시의 계보에 속한다. 송하선의 시들은 우리 시를 휩쓸고 지나간 민중

시도 아니요, 해체시도 아니요, 생태시도 아니다. "나"의 개체적 삶의 경험에서 길어내는 소박하고 조촐한 서정시의 세계다. 개체의 경험 중에서도 숭고하고 장엄한 것보다는 자연이나 가족, 이웃, 나날이 일상과의 교섭에서 이루어지는 하찮고 사적인 경험들이 압도적으로 많이 쓰인다. 우선 그이의 시들은 삶으로부터 나오는 정한(情恨)의 세계를 주로 노래한다.

> 한 평생
> 노래만을 부르다가
> 이 세상을 하직한 그 사람
> 그 사람의 뒷모습을
> 너는 보았느냐
>
> 그 노래가 허공으로
> 재가 되어 공염불이 되어
> 사라지는 줄도 모르고
> 애간장이 터지게
> 노래 불렀던
> 그 사람
> 온 생애를 신들린 듯
> 시를 읊조렸던 그 사람
>
> 그 사람의 뒷모습을
> 매미야
> 너는 보았느냐

「매미의 울음」은 시인으로 한 평생을 산 자신의 처지를 "매미"에 빗대어 돌아보는 시다. 어쩌면 시인은 생물학적 노년기에 접어든 자신의 인생을 돌아보며 생산과 건설보다 시를 짓고 읊조리며 살아온 자신의 삶에 한 점 회한을 갖고 매미 같다고 느꼈을지도 모른다. 송하선 시인의 다른 시편들이 그러하듯이 이 시도 특별한 사회적 감각이나 윤리적 기율보다는 지나버린 생에 대한 관조에서 빚어진 덧없음을 노래한다. 그 덧없음은 노래들이 허공 속에 재가 되어 사라져버렸기 때문이 아니라 그게 "사라지는 줄도 모르고/애간장이 터지게" 노래를 불러왔다는 사실로부터 연유한다. 무지는 어리석음을 낳고 그것은 마땅히 반성의 까닭이 되는 것이다. 그렇다할지라도 한 여름철 나무에 달라붙어 "애간장이 터지게" 울어 제끼는 매미를 어리석다고만 할 수 없다. 매미의 울음은 생물적 개체로서 부여받은 신성한 생의 소명인 것이다. 그것은 일에 지친 사람에게 청량한 위로가 되었을 수도 있다.

절대 고독이 무엇인지
그 쓰라린 황야를
걸어본 이는 안다.

채워도 채워도 채울길 없는
날아도 날아도
안식의 나래 접을 곳 없는
그 허기虛氣 속을
걸어 본 이는 안다.

꽃밭을 찾아 나비가 날듯
영원 허공을 떠도는
이 지상의
허기진 존재들은 안다.

그 스스로도
꽃비 내리는 마을을 찾아가는

　　한 마리의
　　쓰라린 나비인 것을.

　「나비 2」와 같은 시는 직설의 어법으로 인생에 대한 감회의 일단을 털
어놓는다. 크고 작은 문제를 안고 있는 인생의 하중(荷重)에 짓눌린 상태
에서 행복을 느끼기란 쉽지 않은 일이다. 그 행복이 "물안개 자욱한 강건
너 저 마을/아내가 사립에서 기다리고 있다는 것/그래도 깃들일 수 있는
둥지와/어느 만큼의 양식과/낯익은 시집 몇 권/그대 곁에 놓여 있다는
것"(「강을 건너는 법」)에서 토로하듯이 소박하고 작은 것이라 할지라도
쉬운 일이 아니다. 송하선 시인에 따르면 인생이란 "쓰라린 황야를 걸어
가는 것"이다. 수많은 서정시인들은 인생을 빗대 고단한 여행길이라고 말
하고 그 객수(客愁)를 노래해왔다. "절대 고독"은 그 객수의 한 일단이다.
"채워도 채워도 채울길 없"고, "날아도 날아도/안식의 나래 접을 곳 없
는" 인생의 "허기虛氣"에서 그 절대 고독은 연유한다. 우리가 그 절대 고
독에 공감하는 것은 그것이 인생을 깊이 관조한 자의 마음 바탕에서 나오
는 짙은 애수가 서려 있기 때문이다. 부득이 구차한 삶을 꾸리지 않았더
라도 인간이 "꽃밭을 찾아 나비가 날 듯" 불가피하게 "영원 허공을 떠도
는" 존재임을 깨닫는 존재라면 느끼는 그 절대 고독인 것이다. 그 절대
고독은 송하선 시인의 시세계의 후경(後景)이라고 할 수 있다.

　　그것은 자연으로 다시 돌려보내는 일이다
　　아니다 아니다 그것은
　　수천 마리 독수리의 매서운 입 속으로
　　보내는 일이다
　　독수리의 입 속으로 피 속으로 들어가서
　　더더욱 매서운 독수리로 부활하도록

하는 일이다

그리하여 매서운 독수리로 하여금
죽은 시체들을 또다시 먹게 하는 일이다
왕성하게 먹고 왕성하게 똥을
눕게 하는 일이다
누운 똥은 다시 거름이 되고 그 거름은
다시 새 생명을 탄생하게 하는 일이다
아니다 아니다 그 새 생명을
사람의 입 속으로 다시 보내는 일이다

사람의 입 속으로 피 속으로 들어가
부활한 사람 독수리로 하여금
죽어간 생명들을 시체들을 먹게 하는 일이다
왕성하게 먹고 왕성하게 똥을
눕게 하는 일이다
누운 똥은 다시 거름이 되고 그 거름은
다시 새 생명을 탄생하게 하는 일이다
사람 독수리의
새 생명을 또 다시 탄생하게 하는 일이다

　"티베트의 '풍장' 모습을 보고"라는 부제가 붙어 있는 「풍장」은 나고
죽는 생명의 자연스런 순환의 고리를 말한다. 죽음을 말할 때조차 불필요
한 감정의 낭비를 억제하며 담담한 어조로 노래할 줄 아는 시인이야말로
품격 있는 시인이다. 우리는 살면서 여러 현실적 곤란을 겪는다. 존 쿠퍼
포우어스는 존재가 겪는 현실적 곤란들이 "상실, 궁핍, 질병, 신경질적인
흥분, 격정과 질투, 혐오와 악의, 잔혹과 야수적 행위, 무료, 자기 탐구,
야심, 경박, 모든 종류의 감기, 공복, 불결, 피폐, 불면증과 고통에 관계되

는 것들"이라고 말한다. 우리가 원하건 원치 않건 간에 그런 현실적 곤란이 초래한 궁지에 몰려 허겁지겁 삶의 길을 달려와서 맞닥뜨리는 죽음 앞에서 허무감과 깊은 쓸쓸함을 느끼는 것은 자연스런 일일 터이다. 그러나 그 죽음을 눈앞에 두고 있는 시인의 어조는 의외로 담담하다. 시인은 죽음을 마치 무정물적인 것처럼 다룬다. 시체를 독수리의 먹잇감으로 방치하는 이국(異國)의 낯선 장례 풍습이 충격을 줄 수도 있었을 텐데, 시인은 그저 죽음이 "자연으로" 다시 되돌아가는 것이라고 노래한다. 죽음과 삶은 한 몸이다. 순환하는 것이다. 그래서 소멸은 소멸로 끝나는 것이 아니고 다시 새 생명을 얻어 돌아온다. 어쨌든 죽음을 뒤집어서 새로 태어날 생명을 그리고 있는 이 시를 물들이고 있는 평화, 혹은 "축복 받은 고요한 정조(情調)"는 인상 깊은 것이다.

> 늙은 소 한 마리가 우시장으로 갑니다
> 제 살점 팔리는 곳을 향해 묵묵히 갑니다
> 고삐 쥔 주인은 가는 곳을 알 테지만
> 가는 곳을 모르는 채로 소는 그냥 갑니다
>
> 서편 하늘에 물드는 저녁놀이 곱습니다
> 물 안개가 강물 위에 희부옇게 흔들립니다
> 성자聖者처럼 묵묵히 늙은 소가 갑니다
> 저승길 가는 길도 아마 저런 듯 싶습니다
>
> ― 「늙은 소가 가고 있네」

> 한 무리의 새떼들이
> 저녁놀 속으로 날아갑니다
> 아내와 자식들을 찾아
> 가물가물 날아가고 있습니다

새떼들이 찾아가는 곳은
숲속의 안식의 집이겠지만
그들은 집이 온전히 남아 있는지
가족들은 무사히 잘 있는지
어떻게 되었는지
모르는 채
가물가물 찾아가고 있습니다

지금 그들이 집에 돌아가면
어쩌면 토악질을 하게 될 지도
모릅니다, 오늘 그들이 주어먹은
곡식들 물고기들 때문에
어쩌면 토악질을 하게 될지
남은 생애는 어떻게 될 것인지
모릅니다

한 무리의 새떼들이
저녁놀 속으로 날아갑니다
그들은 집이 온전히 남아 있는지
남은 생애는 어떻게 될 것인지
모르는 채

가물가물 날아가고 있습니다
저녁놀은 무심히
뉘엿뉘엿 저물어가고 있습니다

—「새떼들이 가고 있네」

두 편의 시에서 두드러지는 감정은 어디론가 "간다"는 것, 즉 존재의
이동이 일으키는 정서다. 사람은 모태로부터 무덤으로 나아가는 존재다.

삶은 세월과 함께 어디론가 가는 것이다. 앞서의 시는 우시장을 향해 묵묵히 나아가는 소를 노래하고, 뒤의 시는 숲속의 집을 향해 날아가는 새 떼를 노래한다. 두 편의 시의 공통적인 시간 배경은 서편 하늘이 "저녁놀"에 물든 시간이다. 말할 것도 없이 이는 인생의 황혼기에 대한 은유이다. 시인은 제 살점을 팔러가는 우시장을 향해 말없이 나아가는 소의 무사무욕(無私無慾)한 행보에서 "성자"의 모습을 본다. 아마도 시인은 욕망에 휘둘려 허겁지겁하거나 불투명한 미래에 대한 두려움 때문에 갈팡질팡 흐트러지는 발걸음을 경계하며 살아왔는지도 모른다. 저녁놀을 배경으로 제 주인과 함께 우시장을 향해 묵묵히 걸어가는 소에게서 뜻밖에도 저승길을 향해 나아가는 삶의 태도를 암시 받았을 수도 있다. 소야말로 자연의 리듬에 감응해서 철저하게 자연의 리듬에 순응하는 삶을 사는 동물이다. 자연 속에 사는 모든 생명들은 다 저마다의 리듬을 갖고 산다. 식물은 절기에 맞춰 꽃망울을 터뜨리고 열매를 맺는다. 유독 사람만이 고소득과 눈앞의 성과를 위해 그 자연의 리듬을 위반해 과속의 삶을 산다. 속도에 대한 광기어린 신념은 필경 재난을 부른다. 바로 광우병이 그 극단적인 예이다. 광우병이란 식물성의 식성을 타고난 소에게 더 빨리 더 높은 수익을 올리기 위해 고농도의 동물성 사료를 먹인 까닭에 생긴 질병이다. 인간은 지금보다 더 느리게 살 필요가 있다. 「늙은 소가 가고 있네」는 소와 같이 남은 인생의 시간을 살고 싶은 시인의 은근한 내적 소망이 평이한 어조 속에 담담하게 배어 나오는 시다. 느림의 삶이란 "잃어버린 어제의 질서"(「금강산 별곡」) 안에 고요히 안기는 일일 것이다. 아마도 "직선으로 돌진하지 말고/우회하여 가는 것이 바른 길"(「분수를 보며」)이라는 삶의 지혜를 잠언으로 빚은 시구는 소의 행보에 대한 사유가 맺은 결실일 터이다. 인류는 산업 혁명 이후 직선적인 진보의 궤도 속으로 진입해 대량 생산과 대량 소비로 이어지는 상품 소비사회를 새로운 환경으로 받아들이며 많은 것들을 잃어버렸다. 전례가 없는 생산력의 확대로 물질적 부와 잉여의 시간을 향유하게 되었지만 자연 생태계의 파괴와 근본적인 마음의 평화 같은 것을 잃어버린 것이다. 새삼스럽게 이십세기 후반기에 자연과의 조화를 강조하는 느림의 가치에 대한 재발견이 호응을 얻는 것도 다 그런 맥락 때문일 것이다. 자연과의 조화를 일구는 느리게 사는 삶의 방법과 태도는 처벌의 대상이 아니라 마땅히 기리고 추구해야할 "바른 길"인 것이다. "소"를 주인공으로 내세운 또 다른 시편 「멍에」에서 형틀을 짊어진 채 골고다의 언덕을 묵묵히 나아간 예수 그리스도에 비유한다. 시인은 이렇게 쓴다 ; "그러나 누가/횃불같은 눈으로 맥진하는/소의 고독을 알 수 있으랴/사랑하던 자에게 제 살과 피를 먹이는/성자聖者와도 같은 고독을/그 누가 알 수 있으랴." 이것은 절대적 희생이고 헌신이다. "다만 멍에를 질 뿐/멍에를 지는 이유를 말하지 않는다." "소"가 구현하는 그 희생과 헌신의 삶을 우러르는 시인은 일체의 구차한 것, 변명을 탐탁치 않게 여긴다.

저녁놀 진 서편 하늘을 날아가는 한떼의 새를 바라보며 느낀 감회를 적고 있는 뒤의 시편은 보다 일상적이다. 날아가는 새들을 보고 "그들은 집이 온전히 남아 있는지/가족들은 무사히 잘 있는지/어떻게 되었는지/모르는 채/가물가물 찾아가고 있습니다"라고 일상 속에 잠재된 불확실성과 위험들에 대한 걱정을 적음으로써 간접적으로 태평스럽지 못한 세월을 건너온 시인의 삶을 엿보게 한다. 하루 일과를 끝내고 안식의 집으로 돌아가는 길에서 아내와 자식들은 다 별일이 없는지, 집은 제대로 무사한지를 걱정하는 것은 기우에 지나지 않은 일인지도 모른다. 비약일지 모르지만, 나는 시인의 삶을 관통하고 있는 해방과 분단, 전쟁과 혁명, 피의 항쟁과 민주화라는 거친 과정을 이어온 역사가 한 개체의 무의식 속에 새겨 놓았을 가족과 일상의 안위에 대해 무시로 파고드는 걱정들을 떠올린다.

그것은 기우가 아닌 것이다.

> 겨울 나무들이 모두들 제 홀로 깊게 명상하는 자세를 취하고 있습니다. 마른나무 어깨 위에 까마귀 떼를 앉혀 놓은 걸 보니, 아마 죽음 같은 것에 대하여 명상하는 모양입니다.
>
> 겨울 나무들이 모두들 제 홀로 깊게 기도하는 자세를 취하고 있습니다. 검은 구름을 몰고 오는 눈보라가 멎을 기미를 보이지 않고 있으니, 아마 구원의 손길을 달라고 기도하는 모양입니다.
>
> 아직도 겨울 나무들이 눈을 부릅뜨고 서 있습니다. 산 비탈 저 쪽엔 진눈깨비가 아직도 안개처럼 깔리고 있습니다.
>
> 겨울 나무들이 모두들 제 홀로 깊게 침잠하는 자세를 취하고 있습니다. 산 비탈 내리는 진눈깨비 속엔 아직 산까치들이 날아오고 있으므로, 겨울 나무는 내일을 기다리며 인동의 시간을 침잠하는 자세로 서 있는 모양입니다.
>
> ── 「겨울 나무」

이를테면 제 마른 어깨 위에 까마귀 떼를 앉혀 놓고 "홀로 깊게 기도하는 자세"를 취하고 서 있는 "겨울나무"는, 시인이 문득 성자를 보았던 "소"와 겹쳐지는 시적 이미지다. "소"의 이미지의 식물적 변용이 "겨울나무"인 것이다. "겨울나무"는 눈보라가 멎을 기미가 없는 한 겨울의 궁지 속에서 현실의 수난을 고스란히 견디며 "인동의 시간"을 살아내는 성자인 것이다. 성스러움을 깡그리 탕진한 이 세속의 시대에 "소"나 "겨울나무"와 같은 미물에서 성자의 삶을 읽어내는 시인의 마음은 인간의 편견과 오만으로부터 저만치 벗어나 있는 드물게 보는 겸허하고 순수한 마음일 터이다. 시인은 또 다른 시편 「나목」에서 "모든 욕망을 털어 버리고/지워버려야 될 것을 모두 지워버리고/떠나보내야 할 것을 모두 떠나보내고/부질없는 사랑도 부질없는 흔적들도/모두다 털어 버려야 된다는 것을/바람결에 떠나 보내야 된다는 것을" 가르쳐주는 존재라고 말한다. 시인은 "나목"에서 무소유를 추구하는 탁발승(托鉢僧)의 모습을 읽어내는 것이다.

이 세상에 태어나는 순간부터
나의 손은 무언가를 붙잡으려고 했네
누군가의 손길이 닿았을 때
처음 움켜잡으려고 했을 때부터
내 손의 이별의 역사는 시작되었네

나의 손이 이별의 역사라는 것을
상실의 역사이며 놓아줌의 역사
버리고 떠남의 역사라는 것을
오늘은 새삼스레 생각하게 되는구나
무엇인가 움켜잡으려고만 했던
그것이 바로 슬픔의 근원이라는 것을

때로는 이 손으로 그리운 이를
붙잡으려 했고 때로는 이 손으로
그리운 이를 놓아주었고
때로는 담담하게 때로는 허허로이
내 손이 확인한 그 많은 이별의 순간들

모처럼 다냥한 겨울 한낮에
마디 굵은 손을 보며 호젓이 앉으니

유리창엔 아른아른 성애가 피고
성애 핀 유리창 밖엔 그 많은 슬픔의
이별의 얼굴들이 보이는구나

어떤 이는 슬픈 눈빛으로
어떤 이는 행복한 얼굴로
어떤 이는 천치 같은 모습으로
아지랑이처럼 아른아른 보이는구나

이별한 사람만 아른아른 보일 뿐
나의 손이 진실로 붙잡은 이는
이 세상엔 아무도 없구나

— 「손」

「손」은 송하선 시인의 특징을 두루 보여주는 시편이다. 어렵지 않은 구
문 속에 인생의 소박한 진실을 담아내려는 노력이 "이 세상에 태어나는
순간부터/나의 손은 무언가를 붙잡으려고 했네"와 같은 구절을 빚어냈을
것이다. 대지의 어머니로부터 떨어져 나왔을 때 인간은 살기 위해 손을
뻗어 무언가를 움켜쥐었을 것이다. 무언가를 붙잡으려는 손은 곧 실존적
기투(企投)에 대한 좋은 은유이다. 우리는 먹고살기 위해 일해야 한다. 일
을 한다는 것은 손을 쓴다는 것이다. 산다는 것은 손을 뻗어 이 세계로부
터 무엇인가를 쟁취하려는 욕망과 충족의 변증법적인 체계에 지나지 않
는다. 그리하여 손이 일궈내는 역사는 "상실의 역사이며 놓아줌의 역사/
버리고 떠남의 역사"이고, 이것은 곧바로 삶의 역사에 겹쳐지는 것이다.
시인은 유리창에 성에가 끼고 햇빛이 따뜻한 겨울 한낮에 제 손을 물끄러
미 들여다보며 지나온 생을 반추한다. 손은 근원적이고 전체적인 삶의 역
사를 하나의 근경(近景)이자 축도(縮圖)로 보여주는 것일 게다. 그 손이

움켜쥐고 있는 구체적이고 개별적인 삶의 뜻을 되새기는 행위는 고즈넉하다. 이것은 자기가 자기 안에서 자기를 보는 행위에 속한다. 즉 "낯섦/불안, 어두움의 경험을 친숙함/안심/밝음의 경험으로 전환하는 것"■이다. 시를 쓰는 행위도 인간의 경험을 어두운 것에서 밝은 것으로 낯선 것에서 친숙한 것으로 전환하는, 즉 주체화하는 행위의 한 범주에 드는 일이다. 그러나, 이것도 살아 있는 동안에나 가능한 일이다. 시인은 "살아간다는 것은/마침내/하나의 섬島으로 남는 일입니다." (「섬 1」)라고 말한다. 단독자의 절대 고독 속으로 귀환한다. 그 다음은 ? 손에 움켜쥐었던 것을 놓아주고 떠나는 것이다. 다시말해 실재의 소멸을 가리키는 소실점을 향해 걸어가는 것이다. 삶은 그 이상도 아니고 이하도 아니다. 시인은 "이렇듯이 흘러가노라면/어디쯤의 시공時空에서/나는 부재不在일까." (「오솔길」)라고 쓴다.

평생의 시업을 기리고 정리하는 이 시집에서 시와 인생에 대한 시인의 태도를 가장 잘 축약해 보여주는 싯구를 골라낸다면 다음과 같은 싯구일 것이다. 시인은 쓴다 ; "꽃을 바라보듯/맑은 마음으로 눈을 모으면/노을이 물드는 저 강물도/한 송이 눈부신 꽃으로 보인다는 것"(「강을 건너는 법」). 꽃을 바라보듯 세계를 순정한 마음으로 바라보면 세계는 "눈부신 꽃"으로 다가온다. 여기서 강조되는 것은 아마도 평심서기(平心舒氣)를 품고 생을 일관되게 관조하며 살아왔을 시인의 마음이 마침내 도달한 긍정과 상생의 마음일 터이다.

■ 이정우, 「나-되기, 남-되기, 우리-되기」, 『주체』(이정우 · 조광제 등 공저), 산해, 2001

독자적 관점의 세심한 미당 연구서
— 송하선의 『서정주 예술언어』

이 보 영 ■

미당 서정주의 시 세계에 대한 연구가 꾸준히 이어져 오고 있다. 송하선이 말한 대로 그의 시작품은 '보배로운 우리의 정신문화 유산'으로 자리를 잡았으니 당연한 일이다.

송하선만 해도 첫 저서 『시인과 진실』에 수록된 「서정주론」을 비롯하여 『미당 서정주 연구』를 펴냈고 이번에 다시 역저 『서정주 예술언어— 그의 삶과 문학 그리고 대표작 해설』을 상재하기에 이르렀다. 이만큼 집요하고 열심히 서정주 문학을 연구한 예는 달리 없을 것 같다.

이 새로운 저서에서 우선 주목되는 것이 독자적인 관점인데, 그것은 서정주의 시를 전체적으로, 그 발전과정을 따라서 검토하는 관점이다. 그리고 이런 연구를 위한 모델로 삼은 것이

'吾十有五에 而志于學하고'로 시작하여 '七十而從心所欲하여 不踰矩호라'로 끝나는 공자(『논어』)의 유명한 말이다.

여기서 잠깐 돌이켜 본다면, 이제까지 한국에서의 작가연구는 해당 작

<hr>

■ 문학평론가, 전북대 명예교수

가의 문학사적으로 유명한 작품들 중심으로, 또는 기껏 해서 그 작가의 잘 알려진 어떤 시기의 작품 중심으로 이루어져온 일이 많았다. 그 결과 그 작가의 문학세계의 전체적 파악은 뒷전으로 밀려나고 만다. 여기에는 그 작가에 대한 어떤 비평가의 권위적 연구가 거의 결정적 장해물이 되곤 했다. 가령 李箱의 경우만 해도 정명환의 「부정과 생성」은 李箱의 문학을 발전적 생성이 불가능한 것으로 간주하고 있는데, 이 중요한 평론의 영향력은 매우 커서 실지로는 李箱에게 내면적 발전이 있었다고 보는 견해는 맥을 못 추고 있는 실정이다. 이와 같은 폐단은 시정되어야 하며, 그런 의미에서도 송하선이 이번 서정주 연구에서 보여준 관점은 정당하고 유익하다고 본다.

서정주의 시인으로서의 발전과정을 추적해보는 것은 여러 가지 이점(利點)이 있다. 먼저, 시인도 역사적 존재인 만큼 시대와 환경의 압력을 면할 수 없지만 그때그때 그 난관을 헤쳐 나오는 과정에서 그의 내면적 발전이 이루어진다. 서정주의 경우, 그의 '정신주의'나 무애적(無礙的)인 '자유인'의 경지란 하루아침에 이루어진 것이 아니다.『질마재신화』도 이 시인의 후기에, 그러니까 그것이 나올만한 때가 되어서야 햇빛을 본 것이다. 이와 같은 발전과정의 연구는 동시에 시인의 언어적 표현이 발전적이거나 필연적 변화의 연구와 병행된다. 또한 시인의 생애에 걸친 작품의 전체상을 조망하고 검토할 수 있게 해준다.

우리는 이와 같은 관점에 입각한 연구상의 특징들을 저서의 곳곳에서 볼 수 있지만, 여기서 덧붙이고 싶은 것은 서정주의 발전과정의 큰 줄기에 대한 검토에서는 그 접근이 학술적이지만, 그 검토에 반드시 필요한 미당적인 시어(詩語)의 의미 분석에서는 섬세한 직관이 자주 작용하고 있다는 점이다. 이것은 여러 권의 시집을 가지고 있는 송하선의 시인적 감성에 연유할 것이다.

그러면 『서정주 예술언어』에서 발견되는 중요한 논점을 알아보기로
하자.

『서정주 예술언어』는 내용 구성이 잘 되어 있다. (그렇다고 해서 그 구
성이 기계적으로 잘된 것이라는 뜻은 아니다.) <서론>을 제외하고, 1장
부터 7장까지 시기별로 정리되어 있는데 그때그때 나온 시집(들)이 그 시
기의 성격을 말해준다. 제1시집 『화사집』은 20대(代)의 시인의 내면세계
의 성격을 증언해주고 제2시집 『귀촉도』는 시인의 30대, 제3시집 『신라
초』와 『동천(冬天)』은 50대, 제6시집 『질마재신화』는 60대, 끝으로 제7시
집 『떠돌이의 시』 등 네 권의 시집은 70대에 접어든 시인의 심경을 말해
준다.

이렇게 시기를 따라서 열거된 시집들은 장수를 누린 서정주의 시 세계
를 일목요연하게 개관할 수 있도록 해주어 이 저서를 매우 적절한 서정주
문학 안내서로 만들어주고 있는데, 나는 그 점을, 각 장(章)마다 그 시기
대표작의 꼼꼼한 읽기와 분석이 곁들어져 있기 때문에 이 저서의 장점이
라고 본다.

송하선은 앞에서 인용한 공자의 정신적 성장 단계와 대응시키면서 각
시기에 속하는 작품들의 분석을 통하여 그 시기에 처한 시인의 내면세계
의 성격을 해명하고 있다.

가령 『화사집』의 시기인데 「자화상」, 「화사」, 「대낮」 등을 통해서 가장
잘 알려진 이 초기 작품의 성격과 그 시사적(詩史的) 의미가 해명되고 있
다. 문학사적으로는 소위 '생명파' 시인에 속했던 이 무렵 서정주의 시어
에 대하여 송하선은 다음과 같이 논평한다.

그의 [이 시기의] 언어는 단순히 언어감각적 차원에서 끝나는 그런

언어가 아니라, 좀더 생명적이고 근원적인 차원으로 독자들을 사뭇 끌
고 들어가는 그런 언어이다.

이 시기의 언어가 야성적 언어감각의 차원에 머무르지 않고 근원적, 생
명적인 인간 문제를 반성시키는 차원의 언어라는 것이다. 송하선은 더 나
아가 『화사집』 시들이 보다 육정적인 '형이하적' 차원에서 「부활」이 바로
말해주는 '형이상적' 또는 불교적인 차원으로 벌써부터 이동하는 경향을
지적하고 있기도 하다.

한 가지 아쉬운 것은 고열에 들뜬 듯하고 때로는 악마적이기도 한 그
초기시에 대해 시인 자신이 고백한 보들레르의 영향이라는 문제를 역시
초기에 그 영향을 받았다는 '고대 그리스' 문학의 영향이라는 문제와 함
께 검토해 주지 않은 점이다.

이번에는 『서정주시선』의 시기인 '불혹'(공자)의 나이에 쓴 유명한 시
『국화 옆에서』에 대한 논평을 들어보기로 하자.

송하선은 이 시가 애송되는 비밀을 '한 아름다움의 탄생의 어려움, 한
가지 일의 성숙의 어려움, 그리고 그만큼 더디고 아프게 탄생하고 성숙되
는 것에 대한 신비로움과 생명의 존엄성을 노래'했고 그리고 이 꽃이 탄
생하기까지의 '우주의 섭리와 자연의 순환, 그리고 그 많은 기상의 변화
들이 이룬 하나의 총체(總體)로서의 국화를 노래'한 점에서 찾는다. 따라
서 '인고(忍苦)의 세월 뒤에 피어난 꽃'에 비유된 '중년 여인의 아름다움
그 자체가 아니라 그 아름다움을 이루기까지의 과정을 노래'한 점에 이
시의 보다 중요한 의미가 있다고 한다.

이것은 「국화 옆에서」에 대한 세심하고 심도 있는 논평으로서, 서정주
의 대표적인 시에 대한 이런 논평이 계속되고 있다. 그런데 여기서 주목
해야 할 것은 이 작품은 '민족적으로 개인적으로' 고난을 겪음으로써 젊

은 시절보다 현명해진 나머지 '봄의 화사한 어느 꽃보다도 여러 가지 어려운 기상조건을 이겨내고 피어난 가을날 국화에게서 또 다른 어떤 아름다움'을 시인이 발견하여 노래했다고 말한 점이다. 송하선은 '국화'의 아름다움에서 역경을 이겨낸 여인의 아름다움을 보았고, 그것은 곧 서정주의 내면적 발전을 의미하는데, 그런 발전은 그 의미를 달리하여 시인의 50대와 60대, 70대에도 이루어진다.

그러면 50대('知天命'의 나이)에 발표된 서정주의 역시 유명하지만 난해한 「동천」에 대한 논평을 들어보기로 하자.

이 작품에서 먼저 문제가 되는 것은 '우리님의 고운 눈썹'인데, 송하선은 그 '눈썹'을 '불교적인 은유로서의 만월(滿月)'로 본다. 따라서 화자(시인)가 '하늘에다 옮기어' 놓은 '님'은 시인의 '영혼 속에서 갈구(渴求一求道)'하는 그 극한점에 자리잡은 '님', '즈믄밤의 꿈'에서 그리워하는 '님'이다. 이것은 '님'과 '고운 눈썹'에 대한 송하선 나름의 종교적 해석으로서 수긍되는 바가 있지만, 어떤 플라톤적인 사랑의 대상으로 보는 해석도 불가능한 것은 아니다.

이 시의 또 하나의 문제인 '매서운 새'의 의미도 송하선은 불교적으로 해석한다.

그러므로 하늘로 하늘로 날아오르던 '새' 한 마리가 만월과 함께 시인의 렌즈에 오버랩되는 순간, 실로 '매서운 시인의 눈에는 시인 자신의 숙명적 구도(求道)의 한계상황과의 유사성을 발견하게 되었을 것이며, 바로 그렇기 때문에 그 '새'는 다름 아닌 시인 자신의 자화상으로 인식되었던 것이다.

「동천」의 '새'가 왜 '매서운 새'인가 라는 의문은 송하선의 예리한 관찰에 의하여 풀린다. 그 '새'는 시인의 분신(分身)이었던 것이다. 시인의

계속할 수밖에 없는 '숙명적 구도의 한계상황'에 대한 지적도 경청할 만
하다. 송하선의 논평은 다음과 같이 이어진다.

> 따라서 그 '새'야 말로 숙명적 한계상황을 극복하며 날아오르는 실로
> '매서운' '새'일 수 있으며, 시인 자신의 분신(分身)과도 같이 '시늉하
> 며' 비끼어 갈 수도 있는 것이다.

송하선은 끝으로 그 '새'의 정신상황은 '시인의 자화상적 현실'인 동시
에 '우리들 모든 인간의 현실일 수 있다'고 말했는데, 적절한 지적이다.
「동천」은 상징적인 시이다. 따라서 이 시의 중요한 시어를 어느 한쪽으로
치우쳐 해석하지 못하도록 한다. 송하선의 종교적 해석은 「동천」에 대한
설득력을 갖춘 해석의 하나로 보고 싶다. 그런데 '매서운 새'가 '그걸 알
고 시늉하며 비끼어 가네'에는 시인의 기지로 인한 유머의 여유도 있다.
따라서 송하선처럼 이 작품을 처음부터 끝까지 엄숙하게만 해독할 필요
는 없다고 본다.

송하선이 「동천」에 대한 논평에서 말한 대로 '매서운 새'의 비상(飛翔)
은 '숙명적 한계 상황'의 극복을 위한 것이다. 이는 서정주의 50대의 정
신상황을 대표적으로 보여준 한 예였지만 그처럼 이 시인의 정신적 발전
은 70대에 이르도록 멈추지 않았고, 70대에 이르러 마침내 송하선에 의
하면 '자유인'의 경지(공자의 '不踰矩'의 경지)에 이르렀다고 볼 수 있다.
그리고 그런 발전의 과정은 민족적, 개인적인 한(恨)의 마지막 지혜로운
극복의 결과인데, 그 슬기는 '영생주의'(서정주)와 '적당히 굽을 줄 아는
풍류(風流)'(서정주)에 나타나며, 이를 바로 말해주는 작품이 각각 「상리
과원」계통의 50대의 시 「내 영원은」과 70대의 「곡(曲)」이다.

그런데 서정주가 노년에 이를수록 더욱 뚜렷하게 보여준 경향이 있으

니, 그것은 한국인의 '원형적 고향'(송하선)으로의 회귀이다. 여기에는 두 가지 길이 있다. 하나는 미당이 태어난 고향으로의 회귀로서 이를 말해주는 60대 서정주의 기념할만한 시집이 『질마재신화』로서 고향의 설화와 토속어의 자유로운 상상적 사용이 그 매력이다.

다른 하나는 한국민족의 원형적 고향인 신라시대로의 회귀로서, 이를 말해주는 70대 서정주의 시는 「학이 울고 간 날들의 시」로서 그 소재의 원천은 『삼국유사』이다. 원형적 고향으로서의 회귀 경향은 3·40대 서정주의 「석굴암 관세음의 노래」나 춘향(春香)과 관련된 시들을 통하여 이따금 내비치곤 했지만, 노년기에 아주 현저해진다. 그리하여 서정주의 시는 명실공히 '실로 보배로운 우리의 정신문화 유산'이 되었다는 것이다.

송하선이 면밀하게 입증한 것처럼, 장시일에 걸친 시인의 정신적 발전을 한국에서는 서정주에게서만 볼 수 있다는 것은 분명 놀랍고도 마음 든든한 일이다. 그 발전과정을 추적한 『서정주 예술언어』는 서정주 연구를 위한 또 하나의 유익한 디딤돌이 되리라고 확신한다.

서정주 문학 연구의 한 결정
— 송하선 지음 『서정주 예술언어』

조 명 제 ■

1.

　『花蛇集』 50年, 未堂文學 55年이 되던 1991년 가을, 당시 그에 대한 본격 문학연구서가 출간되어 『花蛇集』 50년의 의미를 한층 뜻 깊은 것이 되게 한 적이 있다. 시인 宋河璇 교수의 『未堂 徐廷柱硏究』(鮮一文化社 刊)가 그것인데, 그 후 8년의 세월이 지난 새 천년 벽두에 『서정주 예술 언어』(국학자료원)라는 이름으로 재출간되었다. 이 개정 증보판에는, 그 간 저자로서 늘 아쉽게 여겨오던, 미당의 대표시에 대한 평설이 곁들여졌 다. 시집 출간의 시기별 단위에 따라 미당의 시편들을 정선하여 하나하나 에 해설을 덧붙인 이 책은 초학자는 물론 미당 문학 전문 연구자들에게도 알찬 자료가 될 것이다.

　살아 있는 동안 자신이 쓴 시의 한 생애를 보다시피 한 경우도 드물지 만, 未堂의 경우 이렇듯 장족의 詩歷에도 불구하고 이제껏 그에 대한 본 격적 연구서가 나오지 못했다는 아쉬움이 있었던 게 사실이다. 그간 金

■ 시인, 문학평론가

允植 교수 외 여럿의 글을 모은 『徐廷柱硏究』와, 金華榮 교수의 단행본 『未堂 徐廷柱의 詩에 대하여』가 있긴 했으나 단편적 혹은 일면적 고찰들이어서 未堂文學에 대한 전면적이고 본격적인 연구는 못 되었던 것이다. 이번 송하선 교수의 『서정주 예술언어』가 未堂의 文學과 人生에 대한 전면적이고 본격적인 연구서라는 사실 자체만으로도 저자의 노력과 공로는 높이 평가되어 마땅할 것이다. 하지만 宋교수의 이번 저술은 단지 그런 외형적인 찬사나 고무에 그치고 말 성질의 것이 아닐뿐더러 그것은 순전히 저자가 바라는 바도 아닐 줄 안다. 중요한 것은 바로 그 저서가 잘 입증해 주듯, 면밀한 작품 분석과 심사숙고한 논조와 치밀한 문체와, 그리고 시인에 대한 진지한 인간적 접근이 낳은 알찬 연구성과 그 자체이다.

2.

　『서정주 예술언어』의 체제는 未堂의 처녀 시집 『花蛇集』(未堂 20代)으로부터 『떠돌이의 詩』 『鶴이 울고 간 날들의 詩』 등 未堂 70代에 이르기까지의 간행 시집들을 10년 단위로 구분하여 그 정신적 변모와 발전과정을 추적, 고찰한 것으로 되어 있다. 그리고 「白石의 『사슴』과 未堂의 『질마재神話』 對比考」를 끝章으로 마련하여 北方情調와 南道情緖의 시적 특질과 공통적인 시인의식의 측면을 밝혀내고 있다. 이 개략적인 체제의 소개만으로도 우선 본저가 未堂 文學硏究에 있어서 본격 저작물이며 총체적 연구의 한 結晶體임을 짐작할 수 있을 것이다.

　저자는 제12시집 『山詩』를 제외한 제1시집 『花蛇集』으로부터 제10시집 『노래』에 이르기까지의 시집 중에서 특히 주목할 만한 것들, 이를테면

『徐廷柱詩選』,『冬天』,『질마재神話』같은 시집들의 작품들을 가장 값진 것으로 놓고 시적 성과와 정신적 발전과정을 유기적 전체로서 논의하되, 詩史的 의미를 크게 부여해야 할 시집과 아예 논의 자체에서 생략해야 할 시집들을 구분한 것이다. 논의에서 실제로 제외시킨 시집은『西으로 가는 달처럼』,『노래』,『안 잊히는 일들』그리고『山詩』이다.

주요 시집에 액센트를 쳐가며 논의를 전개해 나간 저자의 연구 방법은 傳記的 方法과 分析的 方法을 날과 씨로 결합시킨 종합적 방법을 선택한 것이다. 한 장수 시인의 문학세계에 대한 본격 연구로서 이 같은 방법의 채택은 불가피한 것이라고 할 수 있다. 특히 저자는 未堂의 전기적 사실과 시적 발전과정을 孔子가 이른 '인간 정신의 발전과정('吾十有五而志于學~七十而從心所欲不踰矩)'과 결부시켜 논구함으로써 한 시인의 다양하고도 명징한 시세계와 정신발전의 과정을 흥미롭게 파악해 보이고 있다. 孔子云에 따라 전개해 나간 논의는 골격을 보면, 먼저 제1시집『花蛇集』무렵, 곧 시인 未堂이 20代였을 때로 정신적 육체적 방황의 결과에 초점을 맞추고 있다. 孔子가 학문에 뜻을 두었다는 시기에 관련된 나이의 未堂은 그리스의 신화적 육정적 방황과 보들레르적 갈등을 치열하게 겪으면서, 미성숙하나마 그의 문학청년기를 화려하게 출발하고 있다는 것이다. 저자는 시집『花蛇集』의 출간을 '선천적으로 시인일 수밖에 없었던 서정주의 기질과 후천적으로는 시에 뜻을 둔 한 사람의 문학청년적 방황이 낳은 필연적 산물'이라고 말한다. 그리하여 육정적 갈등은 결국 생명적이고 본질적인 가치로 연결되는 것인 만큼, 1930년대 당시 세련된 감각적 기교주의나 경향파의 이데올로기적 병폐에 대립하여 새로운 충격을 가했던 것에 유념한다.

암울한 시대와 기교적 냉철주의에 대항하여 직정적이고 원색적인 육성으로서 인간의 생명적 현실을 일깨워 충격한 사실에 대해 저자는 '이 시인에 이르러 드디어 피와 살의 음악을 보게 되'고 '유유자적하던 시조의 가락이 아니라 목줄기 저 깊은 핏대 속에서 뽑아내던, 아니 전신으로 울던 우리의 <판소리>로 비교될 수 있'게 되었다는 날카로운 지적을 하고 있다.

저자는, 시인의 이 『花蛇集』 시기를 작품적 성과보다는 문학사적 의의와 문학적 출발의 의미에 크게 무게를 두고 있다. 사실 초기의 견줄 데 없이 철저한 방황이야말로 장차 大詩人이 될 수 있는 자질의 한 징후가 되는 법이다. 흔히 거론되는 터이지만, 저자도 『花蛇集』 첫머리에 나오는 「自畵像」의 그 '八割이 바람'에 주목한다. 어쩌면 未堂의 문학적 생애와 발전과정을 지배하고 관통하는 것이 '바람'(방황)이듯, 저자의 未堂 文學 硏究도 그 '바람'의 실마리를 찾기로 시작하여 그것이 관류하는 체계와 특성 파악을 매듭으로 하고 있다 할 것이다. 다만 그 '바람'의 水位가 일정한 높이가 아니라, 시인의 정신연령의 연치를 더해감에 따라 변모하는 그 성숙도를 고찰한 것이다. 말하자면 강렬한 육정적 방황의 形而下的인 것으로부터 점차 생명적 고열성 및 치열한 정신적 방황의 形而上的인 것으로 변모됨을 추적한 것이다. 이러한 논구과정에서 이미 그 속에 내재해 있는 未堂의 제반 특질들, 이를테면 이미 말한 떠돌이 정신 외에 불교적 윤회사상과 동양정신의 시적 형상의 前兆를 캐고 있다.

제2시집 『歸蜀途』 무렵, 곧 孔子의 '立'에 해당하는, 시인의 나이 30代의 시적 특질과 정신적 변이를 저자는 정서적 안정과 형이상의 동양적 사유로 시세계를 확립해 간 것으로 파악해 보여준다. 20代 문학청년 시절의 질주와는 달리 가정적 정서적 안정 위에, 기항지를 들락거리는 배[船]과도 같은 것으로 비유될 시인의 정서 또한 『花蛇集』 시절의 거센 산문적 리듬에 비하여 7·5調 계통의 가라앉은 톤과 형식적 정비를 통해서 그 점을 확인시켜 준다는 것이다. 말하자면 이 시가 미당의 시인의식이

'배암 같은 계집'(『花蛇集』)에 머무르는 것이 아니라, 해방공간의 '아득한 하늘'로 확대되고 있는 중요한 변화를 읽어내고 있는 것이다.

孔子가 말한 '不惑'을 未堂은 광복 직후의 혼란과 6·25동란 같은 쓰라린 고초의 역정을 겪고서, 1955년 제3시집 『徐廷柱詩選』을 세상에 내면서 맞는다. 남한의 주요 도시를 두루 피난하며 서울로 오가야 했던 냉엄한 역사적 현실 속에서 '인고의 세월 뒤에 피어난 꽃'(「국화 옆에서」)의 발견과 달관, 융융한 현세적 흐름의 통찰과 한(恨)의 초극, 그리고 채색한 구름의 천상적 세계를 노래한 특징적 시기로 저자는 불혹의 未堂研究을 규정한다. 시인의 유장한 산문율의 가락이 발현된 것도 이 무렵으로 「내리는 눈발 속에서는」, 「無等을 보며」, 「上里果園」, 「春香遺文」등 그 원숙한 체험적 통찰력과 달관의 경지를 드러낸다는 것이다. 저자는 또한 지상과 천상, 현실과 미래, 이승과 저승으로 그 시적 공간을 확대해 나간 이 무렵부터 未堂의 大家的 징후를 발견하게 된다고 지적하고 있다.

未堂 50代의 시, 특히 시집 『冬天』의 세계를 저자는 未堂詩의 압권으로 평가하여 최고의 예술적 가치를 인정한다. 이 단계에 함께 포함시키고 있는, 未堂이 45세 때 출간한 제4시집 『新羅抄』는 물론, 지금까지의 모든 방황과 시적 천착은 바로 『冬天』의 세계를 탄생시키기 위한 하나의 준비과정이었다고 말한다.

> 제5시집 『冬天』의 경우는, 이 시인의 이제까지의 문학적 성과 중에서 가장 뛰어난 압권으로 보인다는 점을 전제해 두고자 한다. 그 동안 이 시인은 『花蛇集』에서 출발하여 『歸蜀途』, 『徐廷柱詩選』등 그때그때마다의 필연성을 유지하면서 많은 시적 변화를 보여왔는데, 드디어 『冬天』에 이르러 그 화려한 개화를 보이고 있다고 말 할 수 있다. 어떻게 보면 이제까지의 네 권의 시집들은 이 『冬天』에서의 화려한 개화를 위한 예비 과정이었거나, 아니면 우회의 과정에 불과했던 것인지도 모

른다. 말하자면 '한 송이 국화꽃을 피우기 위해 / 봄부터 소쩍새는 그렇
게 울었'던 것처럼.

未堂詩의 맥락을 웬만큼 짚어내고 있는 사람이라면 저자의 이러한 관
점이 매우 정확하다는 것을 인정할 것이다. 사실 未堂詩의 긴장된 예술
적 절창은 시집『冬天』의 세계라는 것을 未堂 스스로도 어떤 TV 대담에
서 표명한 바 있다.

'知天命', 未堂의 표현으로는 '귀신허고도/相面은 되는 나이'의 시인
의 시적 원숙성을 저자는 永生的 開眼이라는 말로 요약한다. 그리고 그
것의 기반을 '계층을 초월한 사랑'과 '불교적 破天荒의 상상력'이라고 강
조한다. 未堂 40代 중반의 시집『新羅抄』를 50代의『冬天』과 함께 묶어
다루되, 작품으로서의 성공보다는 그것의 詩史的 의미를 크게 부여하고
있는 저자는,『三國遺事』나『三國史記』를 통한 신라정신에의 탐닉 결과
도출해낸 '계층을 초월한 사랑'의 시적 형상에서 未堂的 의의를 찾는다.
「老人獻花歌」나「善德女王의 말씀」같은 작품을 예로 들어, 비록 작품으
로서는 그다지 성공적이지는 못하다 할지라도, 연령이나 신분을 초월한
사랑의 형상화 정신은, 격조 높은『冬天』의 전 단계로서 좋은 토대가 되
었음을 지적하고 있다. 그리고,『徐廷柱詩選』무렵의 안주로부터 또 다른
모험 — 강렬한 求道的 방황을 보여주는「꽃밭의 獨白」은 永生的 開眼
(永生主義)을 얻어가는 과정의 한 중요한 작품으로 이해하고 있다.

시집『冬天』중에서도 저자가 白眉로 꼽아 면밀히 분석과 감상을 전
개하고 있는 작품은「연꽃 만나고 가는 바람같이」이다. 傳達素 '죽음의
공포로부터의 초극'이 완전 용해된 이 작품에 대해 저자는 '섭섭하게'라
는 부사어로 시작한 것으로부터 서술어의 생략과 부사성 각운의 처리, 措
辭의 妙 등 시인의 천부적인 언어 비술에 의해 일체의 군더더기가 없는,

'더 보탤 수도 더 뺄 수도 없는 긴밀한 구성'의 수작으로 평가하고 있다.

특히 이 단계에서 저자의 비판적 필치도 한층 두드러지는데, 가령 「秋夕」 같은 작품은 改作 이전의 것이 훨씬 시다운 작품이라는 예리한 통찰을 보여주는 경우가 한 예이다. 그 작품의 제목도 처음 발표 당시의 「달밤」이 훨씬 잘 어울릴 뿐 아니라, 본문 중 '달아 달아 밝은 달아/ 秋夕이라 / 밝은 달아'보다도 개작 이전의 '달아 달아 밝은 달아 / 30년만에 / 밝은 달아'가 시적 정서의 면에서 압도적임을 확인해 주고 있다. 기왓장 넘어오는 달을 보는 순간 눈썹이 아름다운 30여년 전의 그 '계집애의 影像'이 떠오르는 그리움을 담아내는 데는 분명 '30년만에 / 밝은 달아'라는 표현이 절묘한 것이라 할 수 있다. 시에 있어서는 이 경우 '秋夕이라' 보다는 고도하게 객관화된 주관적 표현인 '30년만에'가 오히려 보편적 정서에 等價된다고 해야 할 것이다.

인간의 숙명적 한계상황과 불교적 인연생기의 윤회사상과 그 순환원리의 생명적 현실인 '永遠'을 꿰뚫어 悟達한 파천황의 상상력으로 특징지어지는 『冬天』의 계절을 지나 耳順의 未堂이 상도한 시적 현실은 제6시집 『질마재神話』의 세계이다. 우리의 시골 마을 어디서든 만날 수 있고 들을 수 있었던 설화적 모티브를 未堂 특유의 유장한 산문조의 가락과 토속적 어투로 천착한 일련의 '질마재 이야기'는 구체적 詩空의 한 마을 '질마재'를 통해 가장 우리다운 것의 원형적 심상과 설화적 정서의 보편성을 획득해낸 예로 꼽힌다.

저자는 이 시기의 未堂詩를 '原型的 고향의 說話詩'로 개관하고, 상실한 과거(고향 : 원형)에 대한 회귀의식과 공동체적 민족의식의 뿌리를 확인하는 시인의 이같은 작업은 오늘 우리들의 삶을 성찰해 볼 수 있는 계기를 만들어 준다고 그 의의를 말한다. 또한 '이 『질마재神話』는 유신통치가 심화되고 산업화가 가속되던 70년대, 우리 고유의 전통이 자꾸만 매몰돼 가던 시점에서 이루어진 노력이라는 점에서, 그의 시인의식이나 시대현실에 대한 시적 대응의 자세도 파악되어져야' 한다는 견해를 내보이고 있다.

未堂에 대한 저간의 적잖은 비난과 역사의식의 부재 운운에 대한 저자의 분석적 해답은 제7시집 『떠돌이의 詩』와 제9시집 『鶴이 울고 간 날들의 詩』 등을 묶어 논의한, 未堂 70代의 시세계 탐구에서 보다 구체적으로 주어진다. 孔子의 이른바 '從心所欲 不踰矩'를 未堂은 떠돌이 '自由人'과, 완곡 고결한 蘭草의 그것 같은 '曲卽全'의 지혜로(그 시적 삶을) 실현한다는 것이다.

未堂의 떠돌이 의식은 『花蛇集』속의 「自畵像」의 그 '八割이 바람'이래 줄곧 이어지고 혹은 심화된 것이지만, 70代 노년의 떠돌이 의식은 '20代의 서구적이고 정열적인 거센 방황'이 아니라 사뭇 그 '바람'을 잠재우고 '한눈팔이' 정신으로 설 만큼의 가라앉은 세계이며, 동양 혹은 한국적 정신주의의 形而上的 세계에 대한 천착 및 산책이라고 풀이한다. 莊子의 이른바 '逍遙遊'의 경지에 부합될 이런 정신의 산책은 '삶의 현장에서 비껴 선 정신주의'라는 비방을 받게도 되었던 것인데, 저자는 문단 일각의 그같은 비판에 대해 일종의 곡해라는 입장을 취한다. 未堂의 몇몇 散文과 시 「曲」이라는 작품을 인용해 '自然과의 融和를 통한 得力'의 '殊勝한 힘'을 강조하고, '曲卽全'의 현실 대응적 슬기를 간과해서는 안 되리라는 점을 분명히 하고 있다. 그것은 未堂이 밝힌 바 '現實에서 쓰러지지 않고, 다음 세대를 넉넉히 기르면서, 永遠에서 가장 끈질기게 안 滅亡하고 사는 것'에 대한 해명이며, 모든 시인이 획일적 대응자세를 갖도록 요구할 수 없는 한 未堂의 '以存策'이나 '曲卽全'적 대응자세도 일면의 가치로 인정함이 마땅하다는 견해인 것이다. 저자는 '굽음의 以存策은 절대권력의 세계에서 눌리운 자들이 살아 남을 수 있기 위하여 가져야 했던 현실주의'라고 한 金禹昌 교수의 견해를 인용하고, 이는 未堂 자신만의 현실이 아니라 60년대 이후 80년대 까지 군사문화 속에서 '눌리운 자'의 대다수인 모든 민중이 겪어야 했던 현실이었으며, 따라서 그같은 현실적 대응만이 고난 극복의 길이며 '單生中心'을 뛰어넘는 '다음 세대를 넉넉히' 기르는 방책이라고 거듭 천명한다.

저자는 本論의 끝 章에서 白石의 시집『사슴』과 未堂의 시집『질마재 神話』를 텍스트로 하여 북녘의 '가즈랑 고개'와 남녘이 '질마재' 사이의 시적 거리를 대비, 조정해 보여주고 있다. 우선 그들이 갖는 일정한 시간적, 공간적 거리에도 불구하고 설화와 신화, 혹은 민속야담의 시적 수용이라든가 토속어의 과감한 구사라든가, 시대에 대응하는 시인 의식의 성숙도 등에서 공통된 사항을 집어내고 있다.

좀더 일찍이 이 두 시인의 대비 연구가 이뤄지지 않은 점을 아쉬워한다고 밝힌 저자는 오늘 우리 현실을 감안한 본고의 의의를 다음과 같이 말하고 있다.

'시골 사람이 쓰는 말 그대로'의 어법으로 우리 민족의 원색적 고향을 詩作品 속에 재현시키려 노력했던 白石과 未堂을 살펴보는 일은 결코 무의미한 일만은 아닐 것 같다. 왜냐하면 이들 두 시인의 方言을 통하여 우리는 넋의 시골을 다시 바라볼 수 있고, 우리 민족 고유의 주체적 정서를 되새겨 보는 거울로 삼을 수 있으며, 나아가서는 詩的 言語의 생명력을 다시금 생각해 보는 계기가 될 수 있다고 믿기 때문이다.

그러나, 이러한 유사성에도 불구하고 저자는 두 시인의 텍스트에 내재해 있는 이질적 특성들을 충분히 대비해 그 본질을 밝혀주고 있다. 먼저 이들 시에 나타나는 북도 방언과 남도 방언 사이의 차이를 확인하고 향토적이며 민속적인 방언(白石)과 토속적이며 원색적·주술적 방언(未堂)을 대비한다. 다음으로 이들 시에 나타나는 설화적 요소의 대비에서는 白石의 설화시가 한 폭의 사실화 같은 강한 리얼리티를 특질로 하는 데 반해, 未堂의 그것은 원형적 고향의 심상을 재구한 강한 허구성을 그 특질로 한다는 것이다.

이들 시에 관류하고 있는 시인의식의 대비에서는 '민족주체의 정신'의 모색(白石)과 '민족의식의 뿌리와 한국인의 원형'의 발견(未堂)으로 정리한다. 이 경우 그 차이야 어떻든 '일제 탄압이 가중되고 민족의 본질적 가치보다 서구적 외래적 가치가 더욱 기승을 부리던 1930년대에, 민족 고유의 토착적 언어와 정서로 대응했던 白石이나, 유신통치가 더욱 고질화되고 다급하게만 추진됐던 산업화 추세에 인간 소외가 그 어느 때보다 심화되던 무렵, 우리 민족의 원형적 모습을 토속어로 시화하고 아울러 강한 교시성을 던져주려 했던 未堂의 시적 대응은 비슷한 일면을 지녔다'는 저자의 논평에 주목하지 않을 수 없다.

3.

未堂文學의 이해를 위해 저자는 「『三國遺事』와 未堂詩」라는 자료를 말미에 보태어 놓고 있다. 주지하다시피 『三國遺事』는 未堂의 詩精神이나 文學的 想像力의 원천이 된 문헌으로 未堂詩 이해에 있어 필요 불가결한 자료이다. 저자는, 未堂文學 研究者는 물론 일반 독자들의 그러한 필요성을 의식한 듯, 未堂詩 가운데 특히 『三國遺事』에서 시적 재료(동기)를 얻은 작품들을 뽑고 일일이 갈피를 잡아 그와 관련된 『三國遺事』의 해당 부분(번역분)들에 붙여 친절히 정리해 놓고 있다. 예를 들면, 『三國遺事』의 『智哲老王』과 관련된 시로 「小者 李생원네 마누라님의 오줌 기운」(『질마재 神話』), 「智大路王 夫婦의 힘」(『鶴이 울고 간 날들의 詩』)
을 대비시키고, 『三國遺事』의 「水路夫人」과 관련된 시로는 「水路夫人
은 얼마나 이뻤는가?」(『鶴이 울고 간 날들의 詩』), 「老人獻花歌」(『新羅
抄』), 「水路夫人의 얼굴」(『冬天』)을 짝지은 것 등이다. 이러한 짝짓기 자
료만도 적잖은 분량을 차지한 이 부분은 이미 언급했듯 徐廷柱文學의 이
해나 감상을 위해서는 물론, 그 연구에도 친절한 길잡이가 될 것이다.

　詩論을 강의하며 『다시 長江처럼』을 비롯한 다수의 시집과 『詩人과
眞實』『韓國現代詩理解』 등의 저서를 낸 바 있는 宋교수의 이번 力著
『서정주 예술언어』를 필자는 소설 읽듯 읽어 내렸다. 말하자면 未堂의 詩
가 갖는 마력처럼 그것은 처음부터 끝까지 눈을 뗄 수 없게 하는 그 어떤
흡인력이 있었다. 아마도 그것은 未堂文學의 전모를 유기체적 질서로 파
악하여 전개해 나가되, 논의의 대상 작품을 정선하였으며, 작품의 분석
및 문체가 명료한 때문이라고 판단된다. 요컨대 宋교수의 『서정주 예술
언어』는 未堂文學 본격연구의 礎石은 물론 未堂文學研究의 새로운 기
폭제가 될 것이 분명하다.

시적 담론과 평설 -서정주·신석정 대표작해설-

인쇄일 초판 1쇄 2003년 07월 18일
          2쇄 2014년 07월 20일
발행일 초판 1쇄 2003년 07월 25일
          2쇄 2014년 07월 23일

지은이 송 하 선
발행인 정 찬 용
발행처 국학자료원
등록일 1987.12.21, 제17-270호

서울시 강동구 성내동 447-11 현영빌딩 2층
Tel : 442-4623~4 Fax : 442-4625
www. kookhak.co.kr
E- mail : kookhak2001@hanmail.net
ISBN 978-89-279-0264-5 *03810
가 격 24,000원

*저자와의 협의 하에 인지는 생략합니다.